Scarlet
스칼렛

www.bbulmedia.com

Scarlet
스칼렛
www.bbulmedia.com

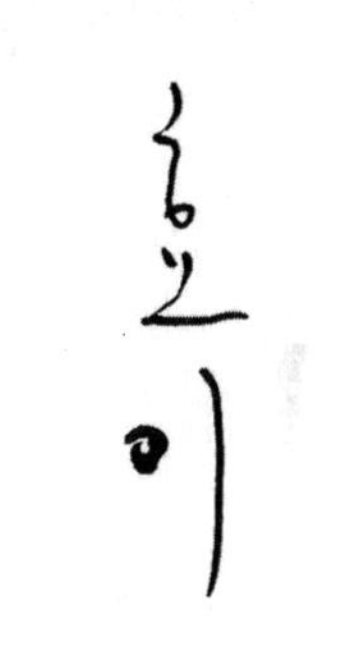

1판 1쇄 찍음 2015년 8월 12일
1판 1쇄 펴냄 2015년 8월 18일

지은이 | 한희연
펴낸이 | 정 필
펴낸곳 | **(주)뿔미디어**

기획 · 편집 | 이은정, 안리라, 강서윤

출판등록 | 2002년 9월 11일 (제1081-1-132호)
주소 | 경기도 부천시 원미구 소향로 17, 303(두성프라자)
전화 | 032)651-6513 / 팩스 032)651-6094
E-mail | scarlets2012@hanmail.net
블로그 | http://blog.naver.com/dahyangs
홈페이지 | http://bbulmedia.com

값 9,000원

ISBN 979-11-315-6685-5 03810

※파본은 구입하신 서점에서 교환하여 드립니다.

SCARLET ROMANCE STORY
한희연 장편 소설

목차

一話 · 지나온 길

신월, 나뭇잎이 붉게 무르익는 절기에 막 들어선 성도, 청수는 여전히 더위가 만연했다.

그럼에도 실로 오랜만에 열린 노비 시장은 불볕더위 속에서도 활기를 띠고 있었다. 장사치들은 자리를 잡고 앉아 소매를 부쳐 댔고, 아이들은 뭣 모르고 소란스럽게 떠들며 뛰어다녔다. 돈 깨나 있는 자들 눈에 들어 보려는 기녀들까지 백주 대낮부터 꾸미고 나서니, 이방인들은 축제라도 벌이는 날로 착각할 정도의 절경이었다.

"길을 비키시오!"

이미 발 디딜 틈 없던 길목에, 잘 차려입은 하인이 나타나 권마성을 외치기 시작했다.

"길을 비키시오! 수란 상단의 후주께서 행차하시오! 모두 길을 비키시오!"

머잖아 하인의 뒤로 산더미 같은 재물을 쌓은 수레 석 대가 연이어 나타났다. 행인들은 수레에 산처럼 쌓인 재물을 경외의 눈으로 보며 얼른 길을 비켰다.

흥분한 기녀들은 제 옷가지며 머리를 매만지며 소곤거렸다.

"이런 곳에서 뵙게 되다니."

"얘, 내 얼굴 좀 보아! 분이 들뜨지는 않았겠지?"

기녀들 다음으로는 묶여 있는 노비들이 환호성을 질러 대기 시작했다.

노비들 사이에서도 수란 상단에 팔려 가면 팔자가 핀다는 이야기는 이미 저명했다. 매질을 당하는 일이 없는 것은 물론이고, 후주의 인정을 받으면 신분을 회복시켜 주고 품삯까지 준다고 하니, 어찌 선망하지 않을 수 있겠는가.

"저분이야! 저분!"

"수란 상단의 후주다!"

사람들의 시선이 한데로 모아졌다.

수란 상단의 후주는 당장 황실에 진상해도 될 법한 금란 비단으로 지은 도포를 걸치고 있어 거리의 사람들과 뚜렷하게 신분이 구별되었다. 지저분한 것을 끔찍이도 싫어한다는 소문대로 먼 길을 오고도 신발 앞코에는 흙먼지 하나 묻지 않은 채였다.

"시끄럽구나."

후주 서단휘가 읊조리자, 곁에 선 부하 도운이 웃으며 말을 받았다.

"너무 그러지 마십시오. 이 나라, 특히 성도 사람에게 수란 상단이 어떤 의미인지 잘 아시지 않습니까? 모두 그저 선망하고 있을 뿐입니다."

"대가를 원하는 선망은 필요치 않다."

냉랭한 말에 도운이 웃으며 화두를 돌렸다.

“그보다 조만간 정식으로 후계를 논하는 이야기가 나올지도 모르겠습니다. 이번 거래는 어디 하나 흠잡을 곳이 없었으니 말입니다.”

“조급할 것 없는 일이다.”

“물론이지요. 머잖아 전부 사형의 것이 될 테니 말입니다.”

두 사람은 좁은 길목 앞에서 수레와 함께 잠시 멈춰 섰다.

하인이 길을 넓히기 위해 애쓰고 있었으나, 한창 시전이 붐빌 때라 쉽지 않은 듯했다.

“하필 오늘이 장이 닫히는 날이라 더 북적이는 것 같습니다. 몇 달에 한 번 있는 장이니 별수 없지만, 이래서야 해가 다 저물어야 이 궁에 당도하겠습니다.”

“행수님께선 어차피 출타 중이시니 굳이 서두를 것 없다.”

“그렇긴 하지만……. 흐음, 오늘따라 더 시끄럽군요.”

도운은 눈살을 찌푸리며 주변을 살폈다.

아닌 것이 아니라 시전 한구석이 계속 소란스러웠다. 사람들이 모여서 웅성거리는 모습을 보아하니 상인들 사이에 시비라도 붙은 모양이었다.

“어차피 길이 열릴 때까지 기다려야 하니 무슨 일인지 알아볼까요?”

“우리 상단에 노비장 따위에 낄 놈은 없다. 그러니 상관하지 마라.”

수란 상단과 무관하다면 그들에게도 연관이 없는 일이었다. 다른 상인의 장사까지 끼어들어 첨언해 봐야, 위세를 부린다는 말밖엔 얻을 것이 없을 터였다. 애초에 사람을 사고파는 시장이 적막한 것이 더 어불성설이다.

때마침 길이 열렸다.

멈춰 있던 수레가 움직이기 시작하고 두 사람도 걸음을 떼려던 참이었다.

"꺄악!"

"비켜!"

"저년 잡아라!"

"멈춰!"

한창 소란스럽던 방향에서 커다란 고함과 함께 한 계집애가 인파를 헤치고 달려 나왔다.

무시하고 가려던 단휘는 얼결에 계집아이와 눈이 마주치고 말았다. 계집애는 도망치던 중이라는 사실을 잊었는지 갑자기 우뚝 멈춰 섰다.

질겁한 눈빛에 주춤거리는 행동.

계집애는 누군가가 단휘를 보며 한 번도 지은 적 없는 표정을 하고 있었다.

"저기, 저년 잡으시오! 도망친 노비입니다! 좀 잡아 주십시오!"

"저, 저, 저! 저년이 언제 저기까지!"

뒤를 쫓아온 고함 소리를 무시하고 단휘는 다시 수레의 뒤를 따랐다.

그때 계집애가 미쳤는지 아니면 황망한 중에 눈에 뵈는 것이 없었는지, 냉큼 단휘에게로 달려와 옷소매를 붙들었다. 그 순간, 단휘와는 무관했던 소음과 눈초리들이 한순간에 왈칵 몰려들었다.

"도, 도와주세요! 제발요! 반드시 은혜는 갚을게요! 제발 한 번만 도와주세요!"

단휘가 지저분한 계집애의 손을 보고 넋을 놓은 사이, 옆에 있던 도운이 더 기함하였다.

"놓아라! 그 지저분한 손으로 감히 어딜! 이분이 누구신 줄 알고 이러느냐!"

도운의 만류에도 계집애는 고집을 피웠다.

"한 번만 도와주시면 저도 반드시 도련님의 목숨을 구해 드리겠습니다."

하도 기가 차서 헛웃음도 나오지 않는 말이었다.

"감히 누가 누굴 구해?"

한참만에야 입을 뗀 단휘가 냉랭히 하문하였다.

"후, 후주님!"

"아이고, 이게 무슨! 놔라, 이년아!"

부하들이 발을 동동 구르며 계집애를 떼어 내려 했지만 조그만 것이 버티는 힘이 제법 셌다. 마치 단휘가 벼랑 끝에서 만난 동아줄이라도 되는 것처럼, 계집애는 악착같이 버텼다.

"미친년 같으니! 뭣 하고 있는 게야!"

때마침 계집애의 뒤를 쫓아온 상인들이 합세했다.

계집애의 행패에 잔뜩 열이 오른 상인은 두 팔의 소매를 걷어붙이며 기세 좋게 소리쳤다.

"오냐, 너 같은 년을 귀한 손님께서 먼저 손보게 할 수는 없지. 유곽에 가기 전에 제대로 가르쳐 주마. 네년이 이제 무엇으로 먹고 살아야 하는지 말이야!"

상인은 계집애의 머리칼을 잡아채고 마구 뒤흔들어 댔다.

"아악! 놔, 놔주세요! 저는, 전! 아악!"

계집애는 비명을 지르면서도 단휘의 소매를 붙든 손을 놓지 않았다.

놓기는커녕 도리어 옷깃 쪽으로 깊숙이 손을 뻗어 가며 더 간절하게 매달렸다.

"제발, 제발!"

부하들과 계집의 힘자랑이 이어지던 그때, 순간적으로 균형을 잃은 단휘의 발목이 비틀렸다.

"아!"

단휘는 중심을 잃고 옆으로 휘청했다.

"사형!"

결국 단휘는 흙먼지를 일으키며 계집애와 함께 넘어지고 말았다.

"윽, 콜록, 콜록!"

기침을 하며 눈을 뜬 단휘는 바로 앞에 있는 계집애의 더러운 얼굴을 보고 기함했다.

아이는 무례하게도 물러날 생각은 않고 단휘의 멱살을 잡아 끌어당겼다. 코끝을 찌르는 악취에 눈살을 찌푸린 단휘에게 그녀가 작게 속삭였다.

"저기, 바로 당신 옆에 서 있던 사람이에요. 저자가 당신을 죽여요. 정확한 날은 몰라요. 그렇지만 분명 머지않았어요."

"뭐?"

"절대 무시하지 마요. 흘려듣지도 마세요. 낌새를 알아챘을 때는 늦어요. 안전하다고 믿는 곳으로 도망쳐요. 가능한 한 멀리. 그래야 목숨을 건져요. 내 말이 도움이 되면 반드시 빚을 갚으러 와요. 도망치지 않고 기다릴게요."

단휘가 무슨 뜻인지 자세히 물어보려 했지만, 부하들이 일으킨 탓에 틈을 놓치고 말았다.

"후주님! 괜찮으십니까!"

"사형! 다친 곳은 없으십니까?"

"아이고, 저희가 곁에 있었는데도 저따위 계집 하나를 막지 못하고! 소, 송구합니다!"

부하들이 수선을 떠는 사이, 혼자 일어난 아이는 차분하게 제게 내려질 벌을 기다리고 있었다. 체념한 사람처럼 보였으나 계집애의 두 눈은 흔들림 없이 단휘를 향해 있었다.

짜악!

상인의 큰 손이 아이의 뺨을 갈겼다.

"네 이년! 감히 누구의 옷을 더럽힌 줄 아느냐! 저분이 걸친 옷은 네년이 평생 몸을 팔아도 변상하지 못할 값비싼 것이다! 뭘 뻔뻔스럽게 서 있느냐! 어서 사죄하지 못하겠느냐! 이 쓸모없는 년! 죽일 년 같으니!"

상인은 욕을 하는 것만으로는 분이 풀리지 않았는지 넘어진 아이에게 발길질까지 해 댔다.

결국 보다 못한 도운이 상인을 말리고 나섰다.

"그만하십시오. 그러다 죽겠습니다."

"아이고, 그래도 변상을 어찌해야 할지……."

"됐습니다."

도운의 대답에 상인이 히죽 웃으며 인사를 올렸다.

"그래 주신다면야 감사드리지요. 저희처럼 하루 벌어 하루 먹고 사는 것들이 무슨 돈이 있겠습니까요. 역시 수란 상단답게 대인배십니다. 은혜를 베풀어 주셔서 감사드립니다."

상인이 기다렸다는 듯 제 무리와 함께 아이를 끌고 가 버리자, 도운은 경멸 어린 시선으로 그들이 떠난 자리를 쳐다보며 읊조렸다.

"노비를 파는 주제에 하루살이를 자처하다니, 추잡하군요. 저런 놈들이 데려다 파는 유곽이라니 가 보지 않아도 알 만합니다. 참, 한데 아까 그 계집이 뭐라고 한 것입니까?"

"저를 사 달라고 간청하더구나."

"예? 감히 그런 무례한!"

단휘는 분개하는 도운을 두고 부하들에게 명령을 내렸다.

"소란은 이제 됐다. 그만 이궁으로 돌아가자."

이미 수레는 저만치까지 가 버려 잘 보이지도 않았다. 도운을 비롯한 부하들이 서둘러 수레가 있는 쪽으로 향하였다.

단휘는 잠시 아이가 끌려간 방향을 쳐다보다가 그들의 대열에 합류해 길을 재촉하였다.

✠

창서국의 황궁에서 조금 떨어진 땅에 감히 이궁이라 불리는 가옥이 있었다.

'황제가 거처하는 황궁과는 다른 궁'이라는 이름의 가옥은 수란 상단의 27대 행수인 서노타의 가택이었다. 이름 좀 날리는 청루를 다섯 개쯤 합친 크기의 대궐 같은 집은, 대대로 이어진 수란 상단의 위명을 그대로 증명하는 도성의 명물이기도 했다.

"후주님이 돌아오셨다!"

"물류고를 열어라!"

이궁은 닷새 만에 거래를 마치고 돌아온 단휘 일행으로 인해 금방 시끌벅적해졌다. 하인들은 두 개의 물류고를 열어 거래로 얻은 재물을 차곡차곡 쌓았고, 반빗아치들은 서둘러 화로의 불을 키웠다.

한동안 모두가 소란스러웠지만, 하늘에 어둠이 찾아들고 밤이 깊어지자 그 소란함이 꿈이었던 것처럼 이궁은 조용해졌다.

"도련님! 먼 길을 다녀오셨는데 어찌 쉬지도 않고 나와 계십니까요?"

후원을 거닐고 있던 단휘는 정적을 깨뜨리는 목소리에 뒤를 돌아보았다.

"옹지감, 너였느냐."

삭정이 같은 몰골을 하고 있는 나이 든 부하가 꾸벅 인사를 올렸다. 옹지감은 수란 상단에서 단휘를 포함해 3대에 걸쳐 서씨 가문을 위해 일해 온 충직한 부하였다.

"날이 밝으면 도련님의 호연이 열릴 것입니다. 행수님께서 출타 중이시니 도련님의 책임이 더 막중하겠지요. 분명 노곤한 날이 될 터이니 속히 침수에 드시는 것이 좋겠습니다요."

"알고 있다."

알고도 침상 밖을 헤매고 계십니까, 그런 말이 들려오는 듯하였다.

단순히 수마가 오지 않아서가 아니었다. 잠을 청하면 청할수록 누군가가 숨통을 누르고 있는 것처럼 갑갑해져 결국 야밤에 후원까지 나온 것이었다.

"아참. 대체 옷은 어쩌다 그리 더럽히셨습니까? 전 도련님이 거래를 하러 가신 것이 아니라 어디서 대련이라도 하고 오신 줄 알았습니다요."

"전부 버려라."

"물론 그리했습니다요."

이궁으로 돌아오는 길에 있던 일이 떠올라 단휘의 미간이 좁아졌다.

처음 그 아이와 대면한 순간이 쉽사리 머리에서 떠나질 않았다. 못 볼 것이라도 본 것처럼 기함하며 와들와들 떨던 모습도, 그를 붙든 이후로 잠시도 흔들리지 않던 곧은 두 눈도 말이다. 더군다나 계집애가 했던 허무맹랑한 말까지 환청처럼 계속 들려오는 것을 보니, 단휘가 노곤하기는 한 모양이었다.

'바로 당신 옆에 서 있던 사람이에요. 저자가 당신을 죽여요.'

왜 하필 그런 말을 지껄였을까.

어쩌면 계집애는 수란 상단이 베푸는 관용에 대한 소문을 듣고 단휘에게 매달려 볼 속셈이었는지도 모른다.

하나 단지 그뿐이었다면 어이하여 굳이 도운을 건드렸단 말인가.

'한눈에 보기에도 도운에 대한 내 총애가 남다르다는 것을 알았을 터…….'

참으로 이상한 것은 그 아이가 헛소리를 할 사람으로 느껴지지 않는다는 점이었다. 어쩌면 거짓이 아닐 수도 있다, 그리 느끼고도 단휘는 그 진심 어린 눈빛과 목소리로부터 고개를 돌렸었다.

도운이 그를 배신할 리 없기에.

"도련님? 안색이 좋지 않으십니다. 하구를 불러올까요?"

"의원은 됐다. 그보다 내 명령은 전부 처리하였느냐?"

"예, 전부 준비해 두었습니다. 오고 있습니다."

"그만 쉬겠다."

그제야 단휘는 걸음을 돌려 처소로 돌아갔다.

❈

창호지에 낯익은 그림자가 비쳤다.

오늘 밤 수마가 찾아오지 않는 이는 단휘뿐이 아닌 모양이었다.

"사형, 주무십니까?"

서안 앞에 앉아 있던 단휘는 서안을 밀치고 일어나 도운을 맞아들였다.

"어쩐 일이냐?"

"절기에 맞지 않게 쓸쓸한 밤이 아닙니까? 사형과 따뜻한 차라도 한잔 마실까 해서 찾아왔습니다. 결례가 안 된다면 들어가도 되겠습니까?"

말뿐인 것이 아니라 도운은 정말로 찻상을 들고 있었다.

"새삼스럽게 허락을 구하느냐."

단휘가 허락하자 도운은 직접 차를 우렸다. 단휘는 수없이 봐 온 도운의 유려한 손놀림을 물끄러미 바라보았다.

머잖아 도운은 다 우린 차를 단휘 앞으로 내밀었다.

"드시지요."

잔 안에서 옅은 녹색 빛깔의 차가 일렁였다.

단휘는 잔을 물끄러미 바라보기만 할 뿐, 손을 뻗지 않았다. 어딘지 경계심이 선 듯한 단휘의 얼굴을 바라보던 도운이 조심스럽게 물었다.

"오늘 만난 계집이 했던 말을 신경 쓰고 계십니까? 사형의 목숨을 구해 드린다고 했던가요? 마치 사형의 앞날에 불길한 일이라도 닥쳐올 것처럼 말하는 바람에, 헛소리라는 걸 알면서도 귀담아 듣고 말았습니다. 용서해 주십시오."

"아니다."

단휘가 차를 마시며 대수롭지 않은 투로 대답했다.

"상황이 급하니 입에서 나오는 대로 지껄인 거겠지. 마음 쓰지 마라."

"역시, 참으로 사형다우십니다."

옷깃만 스쳐도 인연이라는 격언이 가장 안 어울리는 사람이 바로 서단휘였다. 어려서부터 상단의 위세를 등에 업고 여기저기 유세를 부리고 다니는 일 없이, 단휘는 그와 무관하다고 생각되는 일에는 무심한 시선 한 자락 흘리는 일이 없었다.

도운은 아득한 눈길로 서서히 비워져 가는 단휘의 잔을 바라보다 물었다.

"사형, 혹 제가 처음 이궁에 왔던 날을 기억하십니까?"

"기억 못 할 리 없지 않느냐."

8년 전, 이궁 앞에서 죽어 가고 있던 아이를 가장 먼저 발견한 사람이 바로 단휘였으니 말이다.

"사형께선 왜 제가 상처투성이가 되어 이궁 근처에 버려져 있었는지 일절 묻지 않으셨지요. 지난 8년간 궁금해하지도 않으셨습니다."

흔들리는 등잔불이 도운의 얼굴에 음영을 그려 냈다.

어딘지 위화감이 감도는 낯이었다.

"하면 제대로 걷지도 못하던 널 붙잡고 캐묻기라도 했어야 한다는 뜻이냐?"

"수란에는 저 말고도 비렁뱅이나 노비 출신의 학자, 의원, 무사들이 많다는 것을 압니다. 대대로 수란의 행수들은 총명한 이들을 거둬들여 가르치기를 즐겨 왔다지요. 하나 사형, 누군가가 그런 선행을 악용할 수도 있다고는 생각해 보지 않으셨습니까? 예를 들면……."

도운의 말이 끝나기도 전에 단휘는 등 뒤에 다가온 적의 기운을 느꼈다. 적은 단휘의 목에 칼끝을 들이댔다. 차가운 날붙이가 살결을 누르는 감촉에 단휘가 미간을 찌푸리며 다시 도운을 보았다.

도운은 나지막한 목소리로 말을 갈무리하였다.

“8년간 친형제처럼 곁을 지켰던 놈이 실은 처음부터 가장하고 이 궁에 숨어든 밀정일 수도 있지 않습니까.”

마주 보고 있던 도운의 눈빛에 살기가 서렸다. 지난 8년 동안 도운에게서 한 번도 느낀 적 없는 살기였다.

“네가, 나를 죽이려 하느냐?”

빈 찻잔을 내려놓으며 단휘가 하문하였다.

“이미 답을 알고 계시지 않습니까. 구태여 되묻다니, 사형답지 않으십니다.”

허공에서 마주친 도운의 시선은 찰나의 흔들림조차 없었다. 이미 결의를 마친 사람의 눈빛이었다.

단휘는 설핏 웃으며 하문했다.

“고작 너희 둘이서 이 몸을 제압할 수 있으리라 생각했느냐?”

“둘은 아니지만 설령 겨우 둘이라고 해도 무리는 없으리라 사료됩니다.”

도운은 천천히 몸을 일으켜 방에 장식되어 있는 도검 쪽으로 다가갔다.

단휘는 도운이 등을 돌리자마자 제 목 언저리에 들이대어 있던 칼날을 손등으로 쳐 냈다. 칼이 적의 손에서 떨어지는 순간, 단휘가 놈의 손목을 잡아 아래로 끌어당기며 몸을 일으켰다. 적은 속절없이 끌려가다가 반대쪽 품에서 다른 단도를 꺼냈다.

“으윽!”

단도는 순식간에 단휘의 등을 깊게 찔렀다.

팔까지 전부 무뎌지는 감각에 단휘가 미간을 찡그렸지만, 곧 발을 치켜 올려 적의 손목을 다시 치고 다른 쪽 팔꿈치로 놈의 급소를 내려쳤다.

쿵.

적이 쓰러진 순간, 바닥의 울림이 갑자기 머릿속까지 전해져 왔다. 심지가 뜨겁게 녹아내리듯 불타는 기분이 든 동시에 눈앞이 명멸했다. 마치 새까만 밤길을 헤매듯 시야에 잡히는 것이 없었다.

“하, 읔.”

“약 기운이 참으로 잘 돌지 않습니까? 독은 잔에 미리 발라 두었습니다. 서해국에만 서식하는 뱀의 독이라, 일찍이 접해 본 적이 없으실 겁니다.”

비틀거리던 단휘는 가까스로 탁상을 붙잡고 몸을 지탱했다.

“큭큭, 꽤 볼만한 모습입니다.”

도운은 발로 가볍게 툭 단휘의 팔을 쳤다.

동시에 중심을 잃은 단휘가 바닥에 쓰러져 맹인처럼 앞을 더듬었다.

“비렁뱅이 몇 거둬서 가르치는 정도로 수란 상단이 저질러 온 모든 악행이 용서받을 수 있으리라 생각했나? 너희 가문의 피가 흐르는 자들은 저승에 가도 결코 안식을 취하지 못할 것이다!”

도운은 가까이 다가와 도검으로 이미 상처가 난 단휘의 등을 쑤셨다.

“으윽! 하, 네가! 네가, 왜, 왜…….”

“지난 8년간 오늘만을 기다렸다. 그간의 은혜를 생각해서 내 손으로 널 죽이진 않겠다. 어차피 오늘 밤이 가기 전에 너는 죽을 것이다. 너는 단둘이서 가능하냐고 물었지? 잘 생각해 보아라. 이 넓은 세상에 너희 상단을 원망하는 자들이 고작 두 사람뿐일 리 없지 않은가.”

마지막으로 도운은 멀쩡히 자리를 지키고 있던 등불을 발로 찬 후 방에서 도망쳤다.

혼자 남은 단휘는 시꺼멓게 변한 눈앞에서 무언가 빛나는 느낌을 받았다. 새카만 어둠 속에서 빛나는 유일한 빛을 향해 단휘는 계속 손을 뻗어 갔다. 그러나 희망처럼 보이던 불빛이 실은 화염이라는 사실을 알아차리는 데는 그리 오래 걸리지 않았다.

"아아악!"

금방 온몸이 뜨겁게 달아올랐다.

도망쳐야 했지만 방향이 전혀 잡히지 않았다. 자칫 잘못했다간 불길 속으로 뛰어들 수도 있다. 우선 일어나야만 했으나 이미 단휘의 손과 발은 뻣뻣하게 굳어 가고 있었다.

"하아, 하, 정말, 그 계집, 어떻게……."

투둑, 투둑, 무언가가 떨어지는 소리가 연달아 들렸다.

쿠쿵!

위쪽에서 무언가가 내려앉을 기세로 큰 소리가 났다. 바로, 단휘의 위에서.

그 순간, 천장을 받치고 있던 서까래가 아래에 있던 단휘를 덮쳤다.

"으헉!"

등에 떨어진 서까래로부터 옷에 불이 옮겨 붙었다.

도망칠 수 없다면 발버둥이라도 쳐야 하는데 손가락 하나도 움직일 수가 없었다. 점점 의식이 흐릿해져 갔고 몸은 축 늘어졌다.

쾅!

그때 뭔가가 부서지는 소리와 동시에 사람들의 발소리가 울렸다.

"도련님, 도련님!"

차가운 물이 전신에 뿌려지고, 머잖아 등을 짓누르던 감각이 사라졌다. 아직 시야는 탁했지만 목소리만으로 대강은 상대를 알 수 있었다.

"흐윽, 늦어서 송구합니다! 도련님이시라면 어느 정도는 버티실 줄 알고. 송구합니다, 송구합니다. 아까 명령하신 대로 미리 부하들을 불러들이긴 했으나, 생각보다 적들이 많아 바로 오지 못했습니다. 하오나 염려하지 마십시오. 도운은 멀리 도망치지 못했습니다. 한로가 직접 쫓고 있습니다. 죽여서라도 데려올 것이니 부디……."

크게 외치는 소리가 점차 웅얼대는 것처럼 들리더니 이내 그조차도 들리지 않았다.

곧 단휘는 의식을 잃었다.

사흘 후.

내내 사경을 헤맨 단휘는 옹지감과 여러 의원의 극진한 간병 속에 겨우 깨어날 수 있었다. 옹지감은 눈을 뜬 단휘를 보자마자 다행이라며 몇 번이고 머리를 숙이고 울었다. 온몸을 마비시키는 독만으로도 위험한데, 열상에 출혈까지 있어 이대로 영영 눈을 뜨지 못할 수도 있다고 의원이 경고한 모양이었다.

"흐윽, 정말 다행입니다. 다행입니다, 도련님!"

"일단, 살았구나."

손가락이 움직여졌다. 앞도 흐리지 않았고 소리도 제대로 들렸다. 어떻게든 살아남긴 한 모양이었다. 단휘는 옆으로 누워 있던 몸을 일으키기 위해 움직였다.

그 순간 생살이 찢어지는 고통과 함께 구토가 치솟아 올랐다.

"우윽!"

놀란 옹지감이 황급히 단휘가 다치지 않은 부분의 등을 쓸어내리며 말했다.

"아직 움직이시면 안 됩니다! 의원부터 데려오겠습니다. 다들 후주님께서 깨어나셨다는 전갈만 기다리고 있습니다."

단순히 볼 부상이 아니었다.

이제껏 살면서 느껴 본 어떤 통증도 이에 비할 바가 아니었다. 몸을 조금만 움직여도 등의 살갗이 다 찢어지는 아픔이 느껴졌다.

마치 몸이 통증을 통해 말하는 것만 같았다. 네가 당한 일을 단 한순간도 잊어서는 안 된다고. 아픔이 머릿속에 경고를 심어 놓는다.

"도운은, 하읔, 도운은 어찌 되었지?"

"한로가 놈의 오른팔을 잘라 끌고 왔습니다. 최대한 다치지 않게 생포하려 했지만 쉽지 않았던 모양입니다. 팔 외에 다른 곳도 출혈이 많았지만 의원들이 겨우 시료해서 숨만 붙여 놓은 상태입니다."

옹지감의 말을 다 들은 단휘가 조용히 읊조렸다.

"직접 봐야겠다."

"도운을 말씀이십니까?"

"그래."

옹지감의 얼굴이 굳어졌다.

"저어, 송구하오나 도운의 상태가 그리 좋지 못하여 직접 보시면 괜히……."

단휘는 옹지감의 말을 무시하고 일어섰으나 곧 휘청거리며 벽에 어깨를 기댔다.

"으윽!"

"도련님!"

옹지감은 얼른 단휘를 부축하였다.

"도련님의 은혜를 배신한 배은망덕한 놈입니다! 어디가 곱다고 직접 누추한 옥사까지 가려 하십니까! 여기로 끌고 오도록 명령하겠습니다. 그러니 제발 누워 계십시오! 이렇게 움직이실 때가 아니란 말입니다!"

"하아, 됐다."

단휘가 제 어깨를 잡고 있던 옹지감의 손을 밀쳐냈다.

"직접, 봐야만 한다."

오늘에 이르기까지 단휘가 겪어 온 배신과 위험은 셀 수 없을 정도로 많았다.

수란의 후주라는 명성이 둘러싼 높은 담장은 탐스러운 과실이 숨겨진 곳간과 다르지 않았다. 사람들은 달콤한 꿀을 탐하는 벌처럼 늘 단휘의 곁을 맴돌았다. 수지타산이 맞지 않으면 언제든 드러낼 발톱을 숨긴 채. 그러니 곁에 있는 사람을 믿어서는 안 된다는 사실을 단휘도 알고 있었다.

하나 어찌 선뜻 믿을 수 있을까.

그 유순하고 착하던 아이가 하루아침에 그를 죽이려 들었다는 사실을. 우습게도 단휘에게는 오히려 지금이 꿈결처럼 느껴졌다.

발을 내디딜 때마다 전신을 울리는 통증도 단휘를 이 지독한 꿈에서 깨우지는 못하였다.

그러니 보아야 했다. 그 모든 일들이 정말로 벌어졌었는지, 그의 두 눈으로 직접 확인해야만 하였다.

이 지독한 악몽에서 깨어나기 위하여.

옥사로 온 단휘는 도운을 발견하였다.

말끔하던 도포는 온통 피에 물들어 검붉은 빛이 되었고, 총명하던 눈빛에는 절망만이 깃들어 있었다. 지난 8년간 가장 가까이 두었던 사내가 마치 처음 보는 사람처럼 낯설었다. 만약 옥사에 다른 죄인들이 더 투옥되어 있었다면, 단휘는 도운을 바로 알아보지 못했을 것이었다.

"너는 물러나 있어라."

"하오나……."

"명령이다."

망설이던 옹지감은 결국 자리를 비켰다.

단휘는 창살 앞으로 다가가 한참 동안 도운을 물끄러미 바라보았다. 생기를 잃은 도운은 마치 산송장 같았다. 단휘의 시선은 잠시간 오른팔이 있었어야 할 텅 빈 소매에 머물러 있었다.

참으로 재주가 많던 손이었다.

붓을 쥐어 주면 곧잘 훌륭한 필체로 글을 써 내고, 도기를 쥐여 주면 향긋한 차를 끓여 내던. 단휘를 위해서라면 기꺼이 검을 들고 휘둘러 주던, 언제든 기꺼이 그를 향해 내밀어 주던 그런 손이었었다.

"왜 반항하였느냐."

하문하는 단휘의 목소리가 떨렸다.

한참 비를 맞고 온 사람처럼 기운 없는 목소리였다.

"얌전히 끌려왔다면 팔을 잃지는 않았을 것이다."

"……."

"언제부터 이런 짓을 계획하였느냐. 처음부터였느냐? 아니면 날 노리는 다른 놈들에게 회유라도 된 것이냐?"

"……."

침묵, 그리고 다시 침묵이 이어지자 옥사의 창살을 잡은 단휘의 손이 주르르 미끄러졌다.

힘없이 차가운 바닥에 무너진 단휘는 옥사 안에 가둬진 짐승과 두 눈을 마주하였다.

"내게 말하여라. 전부 털어놓아라. 이유가 있었을 것이다. 그게 무엇인지 내게 말하여라. 내가 너를 도울 것이다. 그자들이 누구이건, 내가 모든 힘을 다해 막아 주겠다. 내가, 이 일을 전부 덮겠다. 그러니 말해 보아라, 내게……."

"하."

나지막한 웃음소리가 옥사 안을 울렸다.

"네가 막겠다고? 네가 막을 수 있겠느냐? 나 같은 자는 지천에 깔렸다. 그들 중 누구건, 기회만 준다면 네 목을 얻기 위해 나와 같은 짓을 불사할 것이다. 알겠느냐?"

메아리치는 도운의 목소리가 단휘의 머리와 가슴을 칼날보다도 아프게 쑤셔 댔다.

"평생 두려움에 떨며 살아라! 네 등을 누구에게도 편히 맡기지 못한 채! 모두를 의심하고 원망해라! 너는, 마땅히 그리 살아야만 한다. 네가 누리던 모든 호사는 수많은 사람들의 희생을 발판 삼아 얻은 것이니, 그래야만 세상이 공평하지 않겠…… 우윽!"

저주의 말을 내뱉던 도운이 피를 토해 냈다.

"커헉, 허억."

주르르.

지저분한 피가 흘러내려 옥사 바닥을 더럽혔다.

이미 도운의 몸은 가망이 없었다. 누구보다도 도운 스스로 느끼고 있을 터였다. 그러나 도운은 고통을 모르는 사람처럼 기쁘게 웃고 있었다.

"하아, 이제, 내가 이리 말하지 않아도 너는 그런 삶을 살게 되겠구나. 하하하하!"

"그런 삶이라……."

도운을 바라보던 단휘의 눈빛이 침잠하였다.

이제 형제 놀이는 끝났다.

지독한 꿈과 함께.

옥사를 나온 단휘는 눈치만 살피고 있던 옹지감에게 명령하였다.

"그만 도운을 죽여라."

"하오나 아직……."

"고문해도 아무것도 더 알아내지 못할 것이다. 시간 낭비 할 필요가 있겠느냐."

더 이상 어떤 감정도 남지 않은 목소리에 옹지감이 겨우 고개를 끄덕였다.

"예, 그리 명령하겠습니다요."

"전에 노비 계집애에 대해 알아보라던 것은 어찌 되었느냐?"

"한로가 그 아이를 유곽에 넘긴 상인을 찾아냈습니다. 사정을 알아보니, 고향에 있는 어미가 심하게 앓아 여기저기 돈을 빌려다가 병구완을 한 모양입니다. 그러다 결국 변제를 못 해서 노비로 팔려 왔다 하더군요. 아이를 판 사람은 제 아비라 합니다만, 주변에 망나니로 소문이 자자하답니다."

죽어 가는 어미와 친딸을 노비로 팔아 버린 아비라.

누구라도 절망할 법한 상황이었다. 하나, 그녀는 결의에 차 있었다. 그 입술이 뱉어 내는 허무맹랑한 말마저 단휘가 외면하지 못하도록 만들 만큼.

"최대한 부하들을 풀어 알아보긴 했습니다만, 도운은 물론이고 저희와 척을 진 다른 어떤 상단과의 접점도 찾아내지 못하였습니다. 지내던 곳 자체도 워낙에 벽촌이라 말이지요. 일부러 찾아가기도 어려운 곳입니다."

단휘의 눈이 가늘어졌다.

하면 계집애는 도운을 처음 본 자리에서 그따위 말을 지껄였다는 뜻인가.

"어미는 아직 살아 있느냐?"

"이름은 오연이라 합니다. 의원의 말에 의하면 숙환이 가볍지 않은 데다 누워만 있어 욕창까지 생겼는데, 수군이라는 곳이 약재는 구하기 어렵고 유능한 의원도 없어 내진조차 쉽지 않은 상황인 듯합니다. 머잖아 죽겠지요."

단휘의 입가에 만족스러운 미소가 그려졌다.

이때 옹지감은 처음으로 단휘가 아버지인 서노타 행수를 빼닮았다고 느꼈다.

"그 아이는 어디에 있느냐?"

"이궁을 정리하고 바로 유곽에서 사 왔습니다. 거기 주인장 말이 아직 손님은 받지 않았다고 하지만, 모를 일이지요."

"직접 가겠다."

"어디를요? 설마 그 아이에게 말씀이십니까?"

한시도 지체하고 있을 여유가 없었다.

단휘는 저를 부르는 옹지감을 두고 아이가 있다는 처소로 향하였다.

✻

단휘는 손수 문을 열고 방 안으로 들어갔다.

아이는 어둡고 지저분한 방에서 유일하게 빛이 들어오는 자리에 얌전히 서 있었다. 그가 들어오는 소리를 들었는지 그녀가 단휘를 향해 시선을 돌렸다.

"용케 살아남은 모양이네요."

"그건 너도 마찬가지 아니냐?"

계집애의 얼굴과 목, 그리고 손목에 이르기까지 눈에 보이는 곳곳이 온통 멍으로 가득했다. 처음 봤을 때만 해도 없던 상처였다.

아이는 재빨리 손으로 제 뺨과 목을 감쌌다.

"이제 절 여기서 떠나게 해 주세요."

"아직 더 할 말이 남지 않았느냐?"

"아뇨, 없어요."

단호하다 못해 매몰차기까지 한 대답이었다.

"나는 네가 도운의 배신을 예측한 방법이 무엇인지 알아야겠다."

"우리의 약조에 그런 내용은 없었어요. 저는 당신의 목숨을 살렸고, 당신은 대가로 절 놔주기만 하면 돼요."

숨을 쉴 때마다 통증이 퍼졌지만 단휘는 내색하지 않고 계집애를 몰아붙였다.

"대답해. 말하지 않는다면 넌 살아서 여길 나가지 못할 것이다."

계집애의 낯빛이 퍼렇게 질렸다.

마치 처음 만났던 찰나의 순간처럼, 못 볼 것이라도 보고 있는 표정이었다.

그녀는 한참을 망설이며 눈치를 살피다가 결국 입을 열었다.

"그저, 그저 보았을 뿐이에요. 그뿐입니다."

"보았다?"

"하, 하오면 이만 가겠어요."

계집애는 단휘의 시선을 피하며 계속 도망치려고만 들었다. 뭔가를 감추는 태도가 단휘를 더 집요하게 만든다는 사실은 미처 모른 채.

"아직 몸이 다 낫지도 않았는데 서두르는 이유라도 있느냐?"

"무슨 상관이지요?"

"네가 고향에 숨넘어가는 어미라도 두고 온 사람처럼 보여서."

비웃음과 함께 여유롭게 던진 대답에 계집애가 숨을 삼켰다.

저리 순진해서야. 정곡을 찔렸다는 표정을 감추지 못하는 것을 보니, 지금까지 내뱉은 말들도 거짓말은 아니었던 모양이다. 결국 보았다는 뜻이다. 지난 8년간 도운에게서 단휘는 보지 못했던 '어떤 것'을 말이다.

"다 죽어 가는 어미라는 년이 네겐 노비가 되면서까지 지켜야 할 존재이냐?"

"……."

저를 쏘아보는 계집의 시선 안에서 대답을 읽어 낸 단휘가 웃었다.

"그래. 그렇군."

"이, 이러지 말아요."

계집애는 겁에 질린 얼굴로 뒷걸음질 쳤다.

단휘는 제게서 조금이라도 멀어지려 애쓰는 아이의 턱을 움켜쥐고 작게 속삭였다.

"하나, 네 어리석은 효심은 이 몸에겐 나쁘지 않은 조건이구나."

"우리 두 사람의 일이었어요! 어머니와는 무관하잖아요!"

"내게는 무관하지 않아 보이는데."

"만약 우리 어머니에게 손이라도 하나 까딱하면 절대 용서하지 않을 겁니다!"

단휘의 손을 탁 쳐 낸 계집애가 품에서 끝이 날카로운 비녀 하나를 꺼내 겨누었다.

주웠는지 훔쳤는지 모르겠지만, 제대로 된 손잡이도 없는 물건을 끝만 날카롭다고 휘두르려 드는 꼴이라니.

단휘는 가소롭다는 시선으로 아이를 내려 보며 물었다.

"그걸로 날 찌르고 나면 여기서 도망칠 수 있을 것 같으냐?"

"이대로 이따위, 이따위 말도 안 되는 곳에 붙잡혀 있느니, 차라리 뭐라도 해 볼 거야! 당신이 깨어나길 기다리느라 이미 많이 늦어 버렸어. 난, 나는 여기서 이런 짓을 하고 있을 시간이 없어! 하루라도 빨리 돌아가야 해!"

"흠. 위세는 좋지만 머리는 나쁘구나. 가르쳐서 써먹으려면 꽤 고단하겠다."

"뭐……."

계집애가 발끈하기도 전에 단휘는 한달음에 코앞까지 다가갔다. 비녀를 쥐고 있던 계집애의 손목을 탁 치자 비녀가 바닥에 떨어졌다. 단휘는 계집애가 몸을 다 숙이기도 전에 재빨리 비녀를 침상 아래로 차 버렸다.

그 순간 몸이 갑작스러운 움직임에 놀라 통증을 보내 왔다.

"으윽!"

단휘는 계집의 여린 어깨를 쥐며 가까스로 몸을 지탱했다.

"노, 놓아……."

단휘는 발버둥 치려는 계집애에게 숨을 몰아쉬며 겨우 말했다.

"하, 아. 착각 마라. 윽, 수군에 있는 네 어미를 죽일 생각은 없다. 곧 우리 상단에서 가장 뛰어난 의술을 가진 의원을 보낼 생각이다. 명의에게 시료를 받게 해 주고, 배불리 먹여 주고, 좋은 옷을 입으며 안락하게 지내게 해 주겠다."

"당신이 왜……."

"앞으로 네가 어찌하느냐에 따라 네 어미의 명줄도 결정될 것이다. 하루일지, 달포일지, 아니면 절로 숨이 다할 때까지인지, 아직은 누구도 알 수 없지."

그는 수란 상단의 후주였다.

도운의 배신이 하나의 태풍처럼 몰아치고 지나간 자리에 잔재처럼 남아 있을 수밖에 없는, 후주였다. 모든 일이 끝났지만 단휘가 서 있는 자리도, 바라볼 풍경도 변하지 않았다. 8년을 함께 지낸 벗조차도 믿어서는 안 되는 이 자리가 앞으로도 단휘가 머물 곳이었다. 그러니 수란의 후주가 어린 계집이나 이용해 잇속을 챙기려는 것이냐고, 세상 모두가 손가락질해도 무관하였다.

살아남아야 하기에.

이 지옥 같은 곳에서 오늘을, 그리고 내일까지도.

"거래는 이제부터 시작이다."

二話 · 추문

4년 후.

창서국 원무 87년, 도성 청수.

"하암."

약방 주인은 늘어지게 하품을 하며 나른한 시선으로 약방 안을 둘러보았다. 다른 때라면 약재나 처방전으로 발 디딜 틈이 없을 가게 안이 횡하니 허전했다. 지난 달포 동안 마련해 둔 최상급 약재들을 꼭두새벽부터 거래처에 보낸 직후이니, 당연한 일이었다.

'황지가 너무 빡빡하게 말랐나? 폭쇄를 하루쯤 덜했어야 했는데. 눅눅한 것보다야 낫겠지만 그쪽 의원들 성에 안 차면 큰일인데.'

약재를 빠짐없이 다 납품하고도 주인장의 걱정은 그치질 않았다.

'괜히 뭐라도 하나 잘못 보내서 심기라도 거슬렀다간 여기 도성에서 장사해 먹고 살긴 다 글렀으니, 구차해도 별수 없지. 상대가 다름

아닌 수란 상단이니 말이야. 이것도 영광이라고 해야 하나…….'

수란 상단은 창서국의 초대 공신인 서도백이 건국 초기에 세운 이 나라 첫 번째 상단이다. 전해 내려오는 역사에 따르면 그는 본래 망국의 귀족 출신이었으나, 건국 당시 아낌없이 재물을 내놓고 이 나라가 세력을 넓힐 수 있도록 큰 발판을 마련해 준 이라고 하였다.

황제는 서도백에게 충성의 대가로 무기 취급을 윤허해 주었다.

이후로 오랜 세월에 걸쳐 수란은 창서국과 함께 번영해 왔다.

수란은 전국에 분점과 거래소를 지닌 것은 물론, 나라의 해역을 일부 소유하고 있었다. 또한 가까운 서해국과 먼 이룡국, 한창 영토 분쟁 중인 타라국에까지 거래 지역을 넓힌 유일한 상단이기도 하였다.

이처럼 재물이 모인 곳에는 응당 지킬 사람들이 모이는 법이라, 수란 상단은 그들을 위해 여느 상단과는 달리 뛰어난 의술을 가진 의원들을 영입하거나 직접 길러 왔다. 따라서 약재 역시 납품량이 많은 것은 물론이고, 값 역시 시세보다 두 배 이상 높게 쳐 주고 있다.

'거기다 거래처 목록에 수란 상단이 올라가기만 하면, 이 나라 사람들은 물건을 보지도 않고 품질을 인정해 주니 흥정에도 이롭지. 비위를 맞춰서 거래를 해 나간다고 해도 절대 밑지는 장사는 아니라고. 모두가 그 상단 앞에선 머리를 조아리는걸. 암!'

생각에 빠져 있던 약방 주인 앞에 그림자가 드리워졌다.

"여보시오."

차분한 여인의 음성에 약방 주인이 고개를 들었다.

'감색 도포에 흰 허릿단이라? 낯익은 복색인데? 아니, 잠깐만! 저 옷은 수란 상단의…….'

수란 의원의 옷을 입을 여인이라면 도성에 오직 단 한 사람뿐이다. 그제야 상대를 알아본 약방 주인은 얼른 바깥으로 달려 나와 인사를 올렸다.

"아이고! 얼마 만에 오셨는지! 너무 오랜만이라 금방 알아보지 못하였습니다!"

"예, 오랜만입니다. 그간 무탈하셨지요?"

"하비를 보내도 되는데 어찌 귀한 걸음을 하셨습니까요."

"귀한 걸음이라니 당치 않습니다."

이 손님의 이름은 정효이, 그녀는 무려 수란에서 후주 서단휘를 보필하는 것으로 알려진 의원이었다. 유독 명의가 많이 모인 수란에서 이처럼 어린 계집이 차기 행수의 안위를 책임진다는 이야기는 도성 사람이라면 모르는 자가 없었다.

'뭐, 다른 소문에 같이 엮이는 바람에 더 유명해지긴 하셨지만 말이지.'

약방 주인이 헛기침을 하며 다시 입을 뗐다.

"흠흠! 한데, 여긴 어쩐 일로 오셨습니까요? 호, 혹시 황지 때문입니까? 그게, 조금 바싹 마르긴 했는데 질이 낮은 건 아닙니다. 겉보기만 그렇지……."

섣부른 걱정에 여인이 곱게 미소 지었다.

"보내 주신 약재는 모두가 만족해하셨으니 염려치 마세요. 오늘은 물건값을 전해 드리고 개인적으로 쓸 약재도 찾을 겸 왔을 뿐입니다."

그녀는 먼저 두툼한 돈 주머니를 건넨 후 약방을 둘러보았다.

"참, 기왕 온 김에 배향초도 챙겨 가겠습니다. 앞으로 두 달간은 목록에 새로 추가해서 보내 주세요. 약차에 소량씩 넣어 함께 다릴 것이니 완전히 말려서 주머니에 넣어 보관해 주시면 됩니다."

"새로운 배합을 찾으신 모양입니다. 지난번에 일러 주신 배합도 효험이 아주 좋아서 다른 손님들이 난리였었는데. 배향초는 그냥 드릴 테니 말씀이나 해 주십시오."

약방 주인의 칭찬에 그녀는 머쓱하게 웃었다.

"다른 효험을 바란 건 아니고 맛 때문에 그렇습니다."

"맛, 말입니까?"

"약차는 탕약처럼 진단된 양만을 마시지 않고 장기적으로 두고두고 끓여 마시니까요. 많은 효험을 바라고 이것저것 섞다 보면 도리어 속이 상할 위험이 있습니다. 그래서 쓰지 않은 맛으로 최대의 효험을 누릴 수 있는 배합을 새로 찾는 중입니다."

약방 주인은 진심 어린 감탄을 내뱉었다.

"호오, 과연. 이젠 약차까지 개량하신다는 말씀이시지요."

저 연배에 저 정도 실력이라니.

찢어진 상처에 바르면 살이 쩍쩍 붙는다는 고약에서부터, 바르면 피부가 좋아진다는 연고에 이르기까지. 이미 정효이의 제약 실력은 저명하였다. 앞으로 제약에만 몰두하면 이 나라가 자랑할 약제사가 될 재목이 분명했다.

"참참, 이놈 정신 좀 보게."

약방 주인은 얼른 구석방으로 들어가 품에 서신을 한가득 안고 나왔다.

서신을 보자마자 흐려지는 그녀의 표정을 보고도 약방 주인이 애원하며 말을 이어 붙였다.

"좀 살려 주십시오. 정 의원님께서 직접 다니는 약방이라고 소문이 난 뒤론 연서가 다 이쪽으로 온다니까요? 거참, 의원님께서 이깟 연서 보고 만나 주기라도 할 줄 아는지. 하여간 잘난 집 놈들은 하나

같이 한심하기 짝이 없지요."

일부러 고객에 대한 비방까지 곁들였으나 그녀의 표정은 여전히 어두웠다.

"혼기가 지난 나이라 사내라면 무턱대고 달려들 줄 아는 모양입니다."

"예? 아, 아니 뭐 꼭 그렇게 말씀하실 것까지야."

생각지 못한 차가운 자기 평가였다.

민망해진 약방 주인이 제 뺨을 긁적이며 조심스럽게 첨언하였다.

"수란 상단 소속이시면 다른 규방 여인들과 비교해도 결코 부족한 출신이 아닙니다. 거기다 머리쓰개를 쓰고 다니셔도 미색이 다 가려지는 것은 아니지 않습니까요. 어느 사내가 정 의원님을 보고 혹하지 않을 수 있겠습니까. 사내란 다 그런 것입니다요."

약방 주인은 여느 규방 출신의 정갈한 규수들은 물론이요, 날고 긴다는 기녀들도 정효이의 앞에 서면 모두 시든 꽃처럼 보이리라 단언할 수 있었다. 그녀를 아는 사람들 사이에서는 후주가 얼굴을 보고 곁에 둔 게 아니냐는 말이 나돌 정도였다.

"어리석은 호기심입니다."

"에휴! 알지만 제 입장도 좀 헤아려 주십시오. 저도 장사는 해 먹고 살아야지요."

약방 주인이 울상까지 지어 가며 성토하자 그녀의 표정이 조금 누그러들었다.

정효이는 한숨을 내뱉더니 봇짐을 내려 연서들을 넣어 주었다.

"휴, 오늘은 주인장의 면을 봐서 가져가지만, 앞으로는 일절 받지 말아 주세요. 하비가 오면 주인에게 전언하라 하세요. 닿지 않을 마음이고 받아들일 수 없는 정성이니 아까운 세월을 낭비하지 말아 달라고 말입니다."

"노력이야 늘 하지요."

약방 주인은 무거워진 분위기를 풀 생각으로 가벼운 이야기를 화두로 올렸다.

"참, 연서 하니 말입니다. 거기 수란 상단 안에서 일하는 하비 중에 한 명의 미모가 범상치가 않아 날마다 연서를 받아 온다는데 정말입니까? 취골을 서성이며 그 계집 면이라도 한번 보려는 자들도 꽤나 즐비하다던데요?"

"하비…… 말입니까."

배향초를 챙기던 그녀의 분주한 손이 멈칫했다.

주인장은 그녀가 등을 돌리고 서 있던 탓에 표정이 달라졌다는 것까진 미처 알지 못하고 혼자 계속 떠들었다.

"예. 의원님도 그 소문은 아시지요? 그 하비가 후주님의 시중을 든다는데, 그 시중이라는 것이 예의 그런 것이 아니라 유곽에서나 한다는, 뭐 아시지요? 밤 시중 말입니다요. 시중에서는 그 잘난 후주께서 미천한 계집이나 품으시냐면서 호기심이 대단합니다요."

대대로 수란 상단의 행수는 나라의 숨은 황제라 불릴 만큼의 명성을 자랑하는 위치였다. 호사가들이 가장 좋아하는 화젯거리 중 하나가 수란 상단 자체인 것만으로도 이미 말은 다 한 셈이었다.

"소문은, 들었습니다."

사실 주인장이 묻고 싶은 이야기는 따로 있었다.

"정말 그리 경국지색입니까? 나이 먹고 이런 말 하긴 뭣하지만, 그래도 제가 본 중에는 의원님만큼 미색이 고운 자가 없는……."

"헛소문입니다."

"예?"

정효이의 단언에 주인장이 얼빠진 소리를 내고 말았다.

그녀는 돌아서서 주인장을 바라보며 차분하게 다시 대꾸했다.

“감히 후주님과의 염문이라니, 그리 간 큰 계집이 어디에 있겠습니까? 그런 아이가 있었다면 도성에 소문이 퍼지기도 전에 내쳐졌을 것입니다.”

“아, 듣고 보니 그럴 것도 같습니다요.”

주인장이 맞장구를 쳐 주자 정효이가 고개를 끄덕였다.

“후주님께선 명예를 중요시하는 분이시니 주인장께서도 조심하세요. 혹 아십니까? 이 말도 안 되는 추문이 귀에 들어가면 퍼뜨리고 다닌 자들을 일일이 찾아내 벌하실지 말입니다. 하면 여기 약재 값은 놓고 가겠습니다. 다음에 뵙지요.”

정효이는 주인장이 뭐라 더 말을 붙이기도 전에 훅 약방에서 나가 버렸다.

“쯧, 내가 너무 눈치가 없었구먼.”

소문은 이미 제법 구체적으로 나돌고 있었다.

사람을 가린다고 소문이 자자해도 후주 역시 사내인데, 안채까지 비워 놓고 도통 기녀 한 사람 집 안에 끌어들이지 않으니 말이다. 집 안에 따로 숨겨 놓은 계집이 있다는 말은 제법 신빙성이 있었다.

‘우리 정 의원님께서도 추문을 돌리는 자들의 화젯거리이신데, 아시려나 모르겠네.’

농처럼 말했지만 정효이의 미색은 제법 알려져 있는 데다 후주의 시중까지 든다 하니 그 소문에 가장 근접한 여인이 아니라 할 수 없었다. 실제로 상인들 중 몇 사람은 정효이가 바로 그 소문의 여인이라 생각해 일부러 접근하는 경우도 적지 않다고 들었다.

“뭐, 부끄러운 마음에 아닌 척 둘러댔는지도 모르지.”

주인장은 멋대로 단정 지으며 돈을 챙겨 넣었다.

❈

효이는 약방을 나와 하늘을 올려다보았다.

후주의 방으로 조반이 들어가는 모습을 보고 나왔으니 그리 시간이 늦은 건 아니었다. 하나 후주께 보고 없이 멋대로 출타한 터라 마음이 계속 급해졌다.

'빨리 찾아야 해.'

시전 곳곳을 달리던 효이가 문득 주변을 둘러보았다. 찾는 사람이라도 있는 것처럼 계속 주변을 두리번거리던 그녀는 구석진 곳의 길목을 발견하고 냉큼 그쪽으로 향했다.

상단으로 돌아가는 길과는 정반대였다.

'다행이다! 얼른 끝내고 가자.'

복잡한 뒷골목을 몇 번이고 돌아 막다른 길 앞에 다다랐다. 효이는 당혹스러워하는 기색도 없이 기다렸다는 듯 뒤를 돌아 물었다.

"저한테 무슨 용무입니까?"

아무도 없는 골목을 향해 묻자 이윽고 몸을 숨기고 있던 사내들이 모습을 드러냈다.

싸움이라도 준비하는 듯 몸을 풀며 길부터 막아서는 적들은 총 다섯 명이었다. 두건에 수놓아진 문양을 보니, 바로 나흘 전 수란에서 본점을 사들이는 바람에 구심을 잃은 호단 상단의 잔당들이 분명하였다.

"네년이 정효이지? 수란 상단 후주 서단휘의 부하라는 년."

"……."

"대답해라! 안 그러면 쓸모없는 그 혓바닥부터 뱀처럼 찢어발겨줄 테니까!"

적들은 벌써 팔만 뻗으면 닿을 거리까지 다가와 있었다. 효이는 침착하게 적들이 들고 있는 몽둥이와 밧줄을 눈으로 확인하며 대답했다.

"이미 알고 덮친 마당에 확인이 필요합니까?"

짜악!

대답하는 순간 단단한 손바닥이 날아와 효이의 뺨을 쳤다.

"윽!"

마찰음이 울림과 동시에 비틀거리던 효이는 가까스로 중심을 잡고 섰다.

"알고도 함정에 걸려 주다니. 네년 혼자서 우릴 다 상대할 수 있을 줄 알았나?"

"듣자 하니 네년이 서단휘의 최측근이라지? 노쇠해 병석에서 일어나지 못하는 행수 대신 전권을 휘두르는 놈이 총애하는 부하라면, 우리 상단을 되돌려 받을 미끼로 충분하다!"

"하."

참지 못한 웃음이 효이의 입술을 비집고 튀어나왔다.

"서단휘가 고작 부하 한 사람 돌려받자고 몰수한 상단을 돌려줄 사람으로 보였습니까? 적에 대해 아무것도 모르고 싸우겠다고 도발하는 꼴이라니. 언제까지 그런 허망한 꿈이나 꾸고 있을 생각입니까?"

"네년이! 네년이 뭘 안다고 함부로 지껄이는 것이냐!"

"평생을 몸담아 온 상단이다! 본점을 빼앗기는 순간 우리가 얼마나!"

"빼앗긴 것이 아니지요! 당신들 행수가 저희 후주님께 합당한 돈을 받고 판 것입니다. 그런 것을 거래라고 합니다. 아시겠습니까?"

퍽!

효이의 멱살을 잡아 쥔 적이 곧장 주먹부터 다시 날렸다.

"으윽!"

곁으로 다가온 적들의 눈에는 살기가 가득 차 있었다. 효이는 두려운 기색도 없이 그들에게 말했다.

"비록 구심점을 잃었지만, 건장한 몸만 있으면 어디 가서든 밥벌이는 할 수 있습니다. 두 발이 무사할 때 도성을 떠나세요. 그리고 다신 도성에 발을 들이지 마십시오. 하면 목숨은 구할 것입니다."

"미친년 같으니! 해 보고 안 되면 널 죽이면 그만이다. 분풀이감은 되겠지."

"잠시 기진해 있으라고. 우리가 서단휘와 거래를 마칠 동안만. 다시 깨어났을 때 보이는 것이 서단휘의 얼굴이 아니면 너는 죽은 목숨이라는 것만 알면 된다."

멱살을 잡고 있는 놈 뒤에 있던 사내가 효이의 급소를 향해 몽둥이를 휘두르려는 순간, 무언가가 공기를 가르고 날아왔다.

"으억!"

날아온 단도에 목 뒤를 맞은 적이 효이의 눈앞에서 쓰러졌다.

"으아악! 뭐, 뭐야!"

적들이 주변을 둘러보기도 전에 그중 한 사람이 갑자기 앞으로 고꾸라졌다. 쓰러진 적의 등 뒤에는 두 개의 단도가 꽂혀 있었다. 정확히 척추 주변을 노려 움직임부터 막고 숨통을 노린 빼어난 솜씨였다.

"으아악!"

"정신 차려, 이봐!"

적은 효이의 멱살을 놓고 쓰러진 동료의 상태를 살피기 위해 몸을 숙였다.

그 순간 다시 단도가 날아들어 급소를 파고들었다.

"허억, 으억!"

"하, 하, 하늘이다! 위에서 단도가 날아왔어! 건물 지붕을 봐!"

남은 두 놈이 위를 올려 보며 몽둥이를 고쳐 쥐었으나 그들이 찾는 적은 이미 지붕에서 내려와 코앞까지 다가와 있었다.

그의 귀신같은 움직임을 유일하게 포착한 효이가 다급히 외쳤다.

"한로! 안 돼! 죽이지 마세요!"

효이의 목소리를 들은 시커먼 인영이 잠시 멈칫했다. 하나 아주 찰나의 틈이었고, 그는 곧 남은 놈의 손목을 발로 내리찍어 땅에 박아 버린 후 다시 일어서지 못하도록 팔꿈치로 급소를 쳤다. 그러곤 덜덜 떨고 있는 놈의 턱을 주먹으로 친 후 발로 뒤통수를 강타했다.

"으, 윽……."

순식간에 적들을 모두 처리한 사내는 숨소리조차 흐트러지지 않은 모습이었다.

언제든 어둠에 숨어들기 편한 까만 도포 차림에, 의복처럼 어두운 머리칼이 부드럽게 어깨를 걸쳐 흘러내린 사내는 계집 못지않게 고운 낯을 하곤 무서운 살기를 드러내고 있었다.

"한로."

"……."

수란 상단 후주 서단휘의 숨겨진 눈이라 칭해지는 도성 최고의 살수 한로가 저 태연한 낯을 하고 있는 사내라는 사실을 아는 이는 몇 되지 않는다. 상단 내에서도 한로의 얼굴은 아는 이는 손에 꼽을 정도이니 말이다.

"효이, 여기서 뭘 하고 있었어요?"

얼른 저승사자가 떠오르는 착의였으나 한로의 목소리에는 걱정만이 가득 담겨 있었다.

"……."

효이는 힘이 풀린 다리로 엉금엉금 기어가서 적들의 상태부터 살폈다.

'세 사람은 즉사. 그렇지만 다른 두 사람은 정신만 잃었을 뿐이야.'

위험을 자처한 대가로 이만하면 수확이 없지는 않았다. 정말로 다행이었다.

"내 시야 바깥으로는 벗어나지 않기로 하지 않았어요? 약속했잖아요."

한로는 적들의 상태만 살피고 있는 효이의 손목을 잡아 억지로 일으켜 세웠다.

"안 죽였어요. 내게 죽이지 말라고 했잖아요. 내 말은 듣고 있어요?"

"네, 압니다. 알지만! 무시할 수가 없었습니다. 이자들이 제 주변을 맴돈 지 벌써 사흘이 지났어요. 더 있었다간 후주님 눈에 발각되었을지도 모릅니다."

후주는 적의 꼬리를 자르는 정도로는 만족하지 않았을 것이다.

따라서 여기 다섯 명과 뜻을 도모한 자들은 물론이고, 상단을 떠나 다른 밥벌이를 찾은 전 호단 상단 사람들까지 말려들었을 것이다. 그걸 알기에 효이는 두려움을 억누르고 위험을 자처했던 것이다.

늘 그래 왔듯.

"보았군요."

한로의 말에 효이가 차분히 고개를 끄덕였다.

"주변을 감싼 기운이 예사롭지 않았지만 보는 것만으로도 괴로운 살기는 아니었습니다. 살의가 아니라 미움이나 원망 정도로 치부할 수 있는 감정이었어요. 노리는 대상이 따로 있다는 뜻이겠지요. 정황상 후주님이 가장 정확할 것입니다. 이들에게서 마지막 남은 본점을 빼앗은 본인이시니까요."

효이가 더럽혀진 제 옷을 털며 설명하였다.

고작 스물밖에 되지 않은 효이가 어떻게 이 나라 최고 상단 후주의 주치의가 될 수 있었는지, 세상은 무수히 많은 속설들을 쏟아 냈지만 누구도 진짜 이유에 대해서는 알지 못하고 있었다.

누구라도 생각하기 힘들 것이다.

사람이 가진 악한 감정을 눈으로 보고 느끼는 힘을 가진 계집이라니.

비록 상대가 악한 감정을 품은 대상이 가까이 있어야 한다는 조건이 붙었다. 그래도 악의로 인한 위화감부터 크게는 살의를 보거나 느낄 수 있었으니, 적의를 감추고 내부로 숨어든 적들을 가려내기에는 탁월한 힘이었다.

"고작 다섯 명이서 상단을 되찾겠다고 나섰을 리 없습니다. 어딘가에 후주님께 반감을 품은 자들이 모여 있을 것입니다. 한로, 저들 상단과 관련된 사람들이 속히 성도를 떠날 수 있도록 도와주세요."

"효이, 저들에 대해서는 그만 잊어요."

한로의 대답에 효이가 반문했다.

"하면 저들의 목숨이 위험하리란 사실을 알면서도 외면하라는 말인가요?"

"난 그저 효이가 위험해지는 것이 싫을 뿐이에요."

"알아요. 알지만 저마저 저들을 잊으면 어찌 되는 것입니까? 결국 되지도 않을 싸움을 걸었다가 후주님의 손에 몰살당하기만 할 뿐이잖아요. 전 절대 그렇게 되도록 내버려 둘 수 없습니다."

한로는 흥분한 효이를 진정시키려는 듯 어깨에 손을 얹었다. 가볍게 누르는 듯했지만 커다란 손에서 느껴지는 힘은 보기보다 무거웠다.

"저들은 부당한 방법을 쓰려 했어요. 저런 자들의 목숨까지 귀하게 여기지 말아요."

"저런 자들요?"

효이의 눈에서 불꽃이 튀었다.

"저런 자들이라고 해도 얼마 전까지 호단 상단이라는 울타리 안에서 열심히 일한 사람들일 뿐입니다. 갑자기 상단을 잃고 의지할 곳이 없어 잠시 길을 헤매고 있을 뿐이에요. 조금만 도와주면 다시 제대로 살아갈 수 있을 겁니다. 그러니!"

한로는 흥분한 효이를 달래듯 말하였다.

"내 말은 저자들과 자신을 똑같이 보지 말라는 뜻이었어요. 당신은 저들과 다르니까. 자, 이제 그만 은월각으로 돌아가요. 작은 어른께서 찾으세요."

효이의 낯빛이 새파랗게 질렸다.

"후주님께서 제가 출타한 사실을 아셨습니까?"

"실은 작은 어른의 처소에 자객이 들었어요."

"예?"

효이가 자리를 비운 건 아주 잠시였다. 한데, 그사이 자객이 들었단 말인가.

"다치셨지만, 알다시피 다른 의원의 시료는 도통 받지 않으시잖아요. 그래서 효이를 부르셨다가 출타했다는 사실을 아셨어요."

"밤도 아니고 아침부터 자객이 들었다는 말입니까? 은월각은 절대 외부 사람이 행수님과 후주님의 처소로 찾아갈 수 없는 구조잖아요. 그 많은 문지기들은 다 어디에서 뭘 하고 있었던…… 아! 지금은 우선 돌아가야겠어요."

몰래 나왔다는 사실이 발각된 것만으로도 유별을 받을 터인데, 감히 후주께서 다치셨을 때에 자리를 비우게 되다니. 더 망설이고 있을 틈이 없었다.

효이는 급히 가려다 한로에게 다시 말했다.

"한로, 저 역시 저들과 별반 다르지 않습니다. 만약 저도 되찾아야 할 것이 눈앞에 있었다면 망설이지 않았을 거예요. 그러니 저들을 부탁합니다. 도성 근처에 얼씬거리지만 않는다면 당장 목숨은 구할 수 있을 거예요. 제발, 제발 부탁입니다."

효이는 허리를 깊이 숙여 가며 재차 부탁했다.

"……알았어요. 얼른 은월각으로 가요. 작은 어른께서 기다리신 지 오래예요."

"아! 고맙습니다, 고맙습니다, 한로!"

그제야 안도한 효이는 활짝 웃어 보이곤 곧장 은월각을 향해 달렸다.

※

도성의 큰 골목에서 굽이굽이 이어진 골목길들이 마지막에 닿는 끝점, 취골.

4년 전, 들개나 활보하던 이 땅을 모두 사들인 후주는 이곳을 밤에도 어둠이 찾아들지 않는 번화가로 만들고, 그 중심에 은월각이라는 새로운 수란 상단의 본거지를 지었다. 따라서 여기 취골에 들어서면 이미 수란의 땅에 발을 디뎠다고 보아도 무방했다.

"헉, 헉. 이제, 거의 다, 왔다."

작은 후문을 통해 은월각으로 들어온 효이는 곧장 복도를 달렸다.

"이제야 오셨습니까? 후주님께서 기다리신 지 오래되었습니다!"

전전긍긍하고 있던 문지기가 얼른 효이를 맞이했다.

"늦어서 송구합니다."

"어서 가시지요."

문지기가 문을 열어 주자 작은 후원이 모습을 드러냈다.

각지에서 구해다 심어 놓은 꽃과 나무로 장식된 호사스러운 후원이었다. 효이는 그 화려한 풍경에 잠시도 시선을 묶어 두지 않고 곧장 별채의 반합문 앞에 섰다.

"휴."

효이는 안쪽에서 깊게 소용돌이치는 감정을 느꼈다. 그것은 뭐라 정의할 수 없는 흉포함이었다.

'겁먹지 말자. 시료를 해 드리러 온 것뿐이야.'

결심을 다지고 효이는 조심스럽게 입을 뗐다.

"후주님, 효이입니다."

문을 열자 후주 서단휘가 방 가운데에 서 있는 모습이 보였다.

"후주님!"

단휘가 입고 있던 도포의 오른쪽 소매가 칼에 베여 잘려 있었다. 완전히 소매가 잘려 나가기 전에 칼을 피한 모양이지만 이미 다친 팔에서는 피가 뚝뚝 흐르고 있었다. 놀란 효이는 얼른 단휘에게로 다가가려다 탁상에 가려 미처 보지 못했던 주검을 발견하였다.

'어떻게 여기까지 무사히 들어왔지? 분명히 몇 번이고 문지기나 보초들을 거쳤을 텐데?'

이해할 수 없는 일이었다.

"멋대로 출타라."

왼손으로 주검의 등에 꽂힌 검을 뽑아내며 단휘가 읊조렸다.

자리를 비웠다는 사실을 질책하는 어투에 효이는 변명하지 못하고 고개를 숙였다.

"네 안일함이 만든 결과를 보아라."

"질책은 후에 달게 받겠습니다. 우선 시료부터 해야 합니다."

"허락 없이 멋대로 저자를 돌아다닌 주제에 달리 할 말은 없느냐?"

"그건……."

갑자기 턱에 우악스러운 힘이 느껴졌다.

"윽!"

억지로 고개를 든 효이는 후주 단휘와 정면으로 눈이 마주치고 말았다.

두꺼운 붓으로 그린 양 강직한 턱, 다소 마른 얼굴선 안에 짙은 눈매와 날렵한 콧대, 그리고 기녀보다 색이 어린 입술이 가지런히 자리하고 있었다. 세상에 어떤 사람이 그보다 요염하면서도 고울 수 있을까.

하나 지독하게 아름다운 단휘를 바라보는 효이는 황홀함이 아닌 두려움만을 느꼈다. 서단휘의 눈빛은 마치 죽은 사람처럼 온기가 없었다. 우아함이 묻어나는 특유의 자태마저 효이의 눈에는 그저 살기에 감싸여 있는 듯 보일 뿐이었다.

"대답하여라."

재촉하듯 고개를 살짝 옆으로 기울이는 단휘에게 효이가 급히 말했다.

"약방에 다녀왔을 뿐입니다. 약차가 너무 쓴 것 같아서 다른 약재를 더……."

스스로 물어본 말에 금방 무관심해진 단휘가 다른 말을 읊조렸다.

"아아. 다쳤구나."

단휘의 섬세한 손가락이 효이의 부은 뺨을 쓸었다. 부드러운 손길과 달리 효이를 내려다보는 시선은 겨울바람처럼 차디찼다.

"바, 밤새 뭐에 물리기라도 했는지 가려워서 계속 긁다 보니 부었을 뿐입니다."

"그러하느냐."

단휘가 손가락으로 뺨을 꾹꾹 누르자, 결국 효이가 신음소리를 내뱉고 말았다.

"정말, 읏!"

"어떤 버러지가 감히 널 다치게 했을까……."

"다치지 않았다고 하지 않았습니까! 그, 그만 놓아주세요!"

약해지기는커녕 점점 무자비하게 세지는 강도에 효이가 발버둥을 쳐 댔다. 분명 한쪽 팔을 다친 병자인데도 단휘는 한 손으로도 충분히 효이를 제압하고 있었다.

그는 턱을 붙잡고 있던 손을 내려 효이의 쇄골 언저리를 꽉 누르며 조용히 하문하였다.

"네게 줄기차게 연서를 보내던 놈과 밀회라도 즐기다 온 것이냐?"

"연서라니 그게 무슨!"

문득 효이는 언젠가 단휘가 제 처소에 왔다가 탁상 위에 있던 연서 무더기를 봤던 일을 떠올렸다. 당시 단휘는 조용히 넘어갔지만 생각해 보면 외부와 연통을 주고받는 일을 허락하지 않는 그가 정말로 용서했을 리 만무했다.

"정말로 약방에 다녀왔을 뿐입니다. 다른 일은 절대로 없었습니다."

"고작 약방에 다녀오기 위해 위험을 자처했다……."

무심한 투로 읊조리는 단휘의 얼굴에 어둠이 내려앉았다. 효이는 점점 위협적으로 변하는 단휘의 기운을 감지했다. 마주하기조차 두려워 고개를 숙였지만, 시선을 피해도 살벌한 기운은 피부에까지 닿아 오스스 소름이 돋게 만들었다.

"벗겨라."

이어지는 침묵이 더 두려워지려는 찰나, 아래를 향해 있던 효이의 시야로 단휘의 다친 팔이 쑥 들어왔다. 눈앞의 시신이 마음에 걸렸지만, 이 이상 단휘의 심기를 거스를 수는 없는 일이었다.

효이는 몸을 숙이고 조심스럽게 단휘의 도포와 소의를 한 꺼풀씩 벗겨 내기 시작했다.

황실에 진상하기에도 부족함이 없을 만큼 고왔던 도포와 소의를 바닥에 버리듯 내려놓은 효이는 가만히 단휘의 몸을 바라보았다.

길에서 나고 자라 검으로 연명해 온 무인의 몸이 이러할까.

마마 자국이나 볕에 탄 흔적 하나 없이 말끔한 얼굴과 달리, 고운 비단에 가려져 있던 단휘의 몸은 갖은 흉터로 가득했다.

또 다른 상처가 없는지 살피던 효이의 시선이 그의 등에 있는 열상 흉터로 향했다.

'그게 벌써 4년 전 일이구나…….'

깊게 찔린 창상, 그리고 주변 살들을 태운 열상이 겹쳐진 흉터는 4년 전, 덜 아문 모습을 봤을 때만 해도 절로 구역질이 솟을 만큼 끔찍한 상처였었다. 이 흉터를 낸 도운은 결국 도주에 실패했지만, 끝끝내 배신의 목적과 배후에 대해서는 알아내지 못했었다고 전해 들었다.

'가장 믿었던 벗에게 배신당하고, 약점 잡은 계집이나 이용해야 하는 사람이 수란 상단의 계승자라니.'

배를 곯지 않고 좋은 옷을 입는 것만으로 부러워하기에는 너무나 외화내빈 하지 않은가.

"손이 멈췄구나. 새삼 피를 보고 겁이라도 먹은 것이냐?"

"아닙니다. 피부터 닦아 내겠습니다."

효이는 따뜻한 물에 천을 적셔 핏자국을 닦아 낸 후 환부를 살폈다.

칼날에 넓게 베인 탓에 출혈은 컸지만 다행히 깊은 상처는 아니었다. 마치 일부러 칼날이 깊게 살결을 가르기 직전에 피한 것처럼.

"깊게 베이지 않으셔서 다행입니다."

젖은 환부가 마르는 사이, 효이는 약재를 빻아 살이 잘 붙을 수 있도록 돕는 고약과 섞어 바른 후 깨끗한 천으로 상처를 감아 매듭지었다.

"다 아시겠지만 격한 움직임은 자제하셔야만 합니다. 금주는 물론이고 가능하시면 연초도 많이 태우지 마세요. 목욕을 하실 때는 팔이 물에 닿지 않도록 해 주세요. 또 습한 곳은 상처를 벌릴 수 있으니 오랜 입욕은 피하셔야 합니다."

권고 사항을 읊으며 효이가 새 의복을 가져와 단휘가 소의와 도포를 입는 일을 거들었다.

그 혼자 내버려 두면 결코 매지 않을 옷고름까지 단단히 매 준 효이에게 단휘가 물어 왔다.

"저자가 어찌 여기까지 무사히 들어올 수 있었는지는 궁금하지 않느냐?"

시료가 끝난 후라 나른한 목소리였음에도 효이에게는 날이 선 것처럼 느껴졌다.

대외적으로 효이는 단휘의 주치의였으나 사실 그 자리는 좋은 구실에 불과했다. 효이는 단휘와 가까운 곳에서 내부에 발생하는 배신자들을 색출하라는 밀명을 받들고 있었다. 따라서 내부의 누군가 악의를 품고 은월각의 구조에 대해 바깥으로 누설하였다면 이에 대한 책임은 온전히 효이의 몫인 셈이었다.

효이는 단휘의 책망 어린 하문에 겁먹지 않고 대답하였다.

"은월각 내부에 있는 사람이 적에게 길을 알려 줬을 리 없습니다."

"꽤나 자신하는구나."

"문지기를 거치지 않고 여기로 오는 길이 있다는 사실은 매일 드나드는 저도 오늘에야 알았습니다. 더군다나 내부에 수상한 기운을 풍기는 자 역시 없었습니다."

단휘는 효이의 말을 받아들여 주었는지 추궁을 멈추고 다른 말을 꺼냈다.

"사흘 전 서해국으로 나가 있던 상선이 입항했었다. 어쩌면 그 배에 자객이 함께 실려 왔을지도 모르겠구나."

"달리 짐작이 가는 자라도 있으십니까?"

단휘의 입술이 호를 그렸다.

"내 호연을 열 생각이다. 이미 각 지방과 나라로 파발꾼들을 보내두었으니, 달포 후면 모두 은월각으로 모여들겠지. 너는 그날 호연에 참석해 배신자를 색출해라."

호연이라는 말에 효이가 움찔했다.

4년 전, 단휘가 도운에게 배신당한 날이 바로 그의 호연 전날이었다. 그날 이후 단휘는 단 한 번도 스스로 호연을 연 적이 없었다.

'4년 만에 처음으로 여는 호연을 배신자를 색출하는 자리로 삼다니.'

참으로 그다웠다.

진저리 쳐질 만큼.

"갑작스러운 움직임이라 의중을 의심하고 도망칠지 모릅니다."

단휘는 손등에 턱을 괴며 미소 지었다. 더없이 간교해 바라보며 소름이 끼쳤지만 또 더없이 아름다워 넋을 잃게 하는 미소였다.

"도망치는 자가 있다면 더 쉽게 찾아내 죽일 수 있으니 편하겠구나."

입술을 타고 흘러나온 말에 효이는 숨을 삼켰다.

"그날만은 네 허튼 짓을 용납하지 않겠다."

"무슨 말씀이십니까?"

"그간 네가 몰래 출타했던 이유에 대해 이 몸이 모르고 있다고 착각하지 마라."

효이의 두 눈이 불안하게 흔들렸다.

이제까지 효이가 몰래 적들을 빼돌린 일에 대해 전부 알고 있다는 투였다.

'그럴, 그럴 리가 없어. 만약 정말 알고 계셨다면 날 가만두셨을 리가……. 아니, 어쩌면 나한테만 어떤 벌도 내리지 않으셨는지도 몰라. 그렇다면 그동안 내가 도망치게 한 사람들은? 설마?'

사색이 된 효이에게 단휘가 나지막이 말하였다.

"네가 내 적을 놓아주면 나는 감히 도망을 친 놈의 두 다리부터 자를 것이다. 또한 너의 간언을 새겨들은 귀를 베어 낼 것이다. 네가 적을 천 리 밖으로 도망치게 하더라도 결국 놈의 숨통은 끊어질 것이니, 진정 놈들을 위한다면 그들이 받을 벌을 늘리지 마라.

"저는, 저는……."

"너도 내게서 도망치고 싶으냐?"

저도 모르게 뒷걸음질 치고 있던 효이에게 단휘가 물어 왔다. 할 수 있다면 해 보라는 오만 속에 감히 헤아리기 두려운 감정이 설핏 느껴졌다. 어쩌면 긴 세월 동안 그를 스쳐 간 배신자들을 향한 미움일 수도, 또는 간절함일 수도 있는 묘한 감정.

효이는 남몰래 그것을 불신이라 치부했다.

"가지 않습니다."

"……."

"저는 절대 후주님 곁에서 몰래 도망치지 않을 것입니다. 후주님께서 이 나라 어딘가에 숨기신 제 어머니를 되찾기 전까진 말입니다."

"그래."

단휘는 작게 코웃음 치며 의자에 등을 기댔다.

비웃음으로 일그러져 있던 입술이 그보다 작은 호를 그리며, 단휘는 두 눈을 감았다. 두려울 정도의 위압감을 뿜어내던 눈동자가 눈꺼풀 속으로 모습을 감추자 그는 그저 몹시 지쳐 보였다.

"효이야, 설령 네 몸이 잔악한 내 기운을 견디지 못해 바스러져도, 한 발자국이라도 더 내게서 떨어지지 마라. 절대로, 멀어지지 마라."

"……."

하면 대체 언제까지 저를 곁에 두려 하십니까. 제 힘이 닳고 닳아 쓰지 못하는 날이 오면 놓아주기는 하시렵니까.

그런 허망한 물음이 떠올랐지만 효이는 차마 입에 담지 못하였다.

그에게서 들을 대답이 두려워서.

※

효이는 제 처소로 돌아와 문을 닫자마자 그대로 주저앉았다.

"하아."

단휘의 주변에는 늘 난폭한 기운이 흘렀다. 효이는 그것을 수많은 사람들로부터 미움과 원망을 산 사람만이 가지고 있는 기운이라고 짐작했다. 그 어림짐작이 사실이건 아니건, 결과적으로 후주와 가까이 있는 것만으로도 효이가 지친다는 사실은 달라지지 않았다.

'어릴 때보다야 많이 나아졌지만 그래도 여전히 힘들어.'

언제쯤이면 단휘의 기운을 익숙하게 받아들일 수 있을까.

'아니지, 그날이 오기 전에 여길 떠나야지.'

문득 효이는 벌떡 일어나 침상 옆에 있는 장에 쌓여 있던 서신들을 꺼냈다.

[효이야, 내 딸. 잘 지내느냐? 어디 아픈 곳은 없지? 여긴 볕이 좋아 날이 따뜻하다. 몸이 쑤실까 혹 염려하고 있다면 그러지 마라. 마당에 핀 꽃을 본 떠 네 옷에 수를 놓았다. 직접 전해 줄 수 있다면 얼마나 좋겠느냐.]

[효이야, 널 보지 못한 지도 몇 년이 지났다. 어디 다치거나 아프지는 않느냐. 네가 잘 지낸다고 듣고 있지만 한 번도 보지 못해 마음이 놓이질 않는다. 내 딸, 어미가 만날 순 없더라도 늘 널 떠올리고 있다는 걸 알아다오.]

[내 딸, 이 어미는 다 나았으니 염려하지 마라. 서신에 답은 주지 않아도 네가 잘 지내고 있다고 믿으마. 그러니 너도 꼭 그리 믿고 잘 지내야만 한다.]

효이는 이미 다 외운 서신을 몇 번이고 몇 번이고 다시 읽었다.

"어머니, 어머니……."

적에게 위협을 당할 때조차 터지지 않던 눈물이 그리움 앞에서 속절없이 흘렀다.

단휘는 어머니의 서신을 건네주기만 할 뿐, 효이 쪽에서 답신을 보내거나 만나는 일은 일절 허락하지 않아 왔다. 그래서 때때로 이대로 어머니와 영원히 재회하지 못할지도 모른다는 두려움이 효이를 찾아왔다.

하나뿐인 가족을 잃을지 모른다는 불안 앞에서 효이는 무력하고 나약했다.

'울지 말자. 괜찮아, 괜찮아. 반드시 다시 만날 수 있어. 어떻게 해서든 돌아갈 거야.'

스스로를 다독이며 훌쩍이던 그때 스르륵, 부드럽게 문이 열렸다.

"효이."

"아!"

효이는 얼른 등을 돌리고 눈물을 닦아 냈다.

"어, 아, 그렇구나. 그 사람들을 벌써 다 도성에서 내보내셨습니까? 여, 역시 대단하십니다. 제가 참, 송구합니다. 매번 곤란하실 일들만……."

"도와줄게요."

한로는 곁으로 다가와 어지럽게 흩어진 서신들을 함께 정리해 주었다.

"어? 다치셨습니까?"

한로의 손등에 작은 상처가 나 있었다. 효이가 급한 마음에 손부터 덥석 잡았지만 한로는 재빨리 뿌리쳤다.

"별거 아니에요."

"하지만, 아, 차! 차라도 대접하겠습니다. 가지 말고 잠시만 계세요."

효이는 얼른 다관의 차를 따랐다. 서신 정리를 마친 한로가 자리에 앉자마자 효이가 기다렸다는 듯 물었다.

"저어, 역시 아까 제 부탁 때문에 다치신 거지요?"

"도성을 떠나지 않으려는 자들과 약간의 다툼이 있었어요. 이건 그자들이 던진 물건이 손등을 조금 스쳐서 생긴 것뿐이에요. 작은 소쿠리 같은 거였어요. 아, 다퉜다고 해서 염려하진 말아요. 누구도 다치게 하지 않았으니까."

"한로가 다쳤잖아요. 기다리세요. 제가 봐 드리겠습니다."

한로는 방에 둔 고약을 찾아 일어나려던 효이의 손을 붙잡았다.

"자, 다시 잘 봐요. 상처는 깊지 않고 벌써 피도 멎었잖아요. 더 마음 쓰지 말아요."

한로가 효이의 코앞에 대고 손등을 보여 줬다. 스치듯 베인 상처는 분명 깊지 않았고 가벼운 생채기라고 표현해도 무방할 정도였다.

그러나 아무리 가벼워도 효이 탓에 생긴 상처라는 사실은 변하지 않았다.

"송구합니다. 늘 제 무리한 부탁 때문에……."

"그보다 아까 그 서신들은 전부 어머니로부터 받은 거예요?"

"아아, 네…… 아마도요."

"아마도?"

효이가 힘없이 웃으며 말했다.

"실은 저희 어머니께선 글을 모르셨어요. 저도 여기 와서야 겨우 배우기 시작했었으니까요. 그래서 필체를 보아도 어머니라고 확신하지 못합니다."

효이의 불안은 바로 그 때문이었다. 처음부터 다른 누군가가 어머니인 척하고 대필했다고 해도 효이로서는 가려낼 재간이 없기에 마냥 안심할 수가 없는 것이다.

"……."

"참 못난 딸이지요?"

효이가 버티기 어려울 정도로 힘들어 할 때면, 단휘는 부질없는 희망을 붙들어 두듯 어머니의 서신을 건네주었다. 그런 날이면 효이는 제 자신은 아무리 아프고 힘들어도 괜찮다고, 죽을 때까지 편할 대로 이용당해도 괜찮다고 생각하며 다시 내일을 버틸 힘을 얻곤 하였다.

"전 믿으려고 합니다. 후주님은 대단한 상인이시잖아요. 저와는 일종의 거래를 하고 계신 셈이니, 명망 있는 상인으로서 계약은 충실히 이행해 주고 계시리라고 믿을 겁니다."

한로가 아닌 제 자신에게 하는 말이었다.

여기 이 자리에서 할 수 있는 일이라곤 그렇게 믿고 기다리는 게 전부이기에. 그리 믿지 않고서는 버텨 낼 수가 없기에.

"그래요. 분명 무사하실 거예요."

"네."

효이는 차를 마시는 한로를 계속 힐끗거렸다.

그 묘한 시선을 금방 눈치챈 한로가 웃음을 터뜨렸다.

"풉! 효이, 하고 싶은 말이 있으면 해요."

"저어, 한로. 혹시 지금까지 우리가 도성에서 후주님 몰래 내보낸 사람들 중에서 소식을 들은 이가 있으세요? 못해도 오십 명은 넘을 거예요. 그렇지요?"

"갑자기 그게 왜 궁금해요?"

아까 단휘의 태도가 못내 마음에 걸렸다.

효이가 몰래 은월각을 빠져나와서 벌이는 짓들을 훤히 알고 있다는 말투인 데다, 단휘는 훗날에라도 그에게 걸림돌이 될지 모를 사람들을 넋 놓고 봐줄 만큼 자비롭지 못했다.

"조금 마음이 쓰여서요, 갑자기."

시원찮은 대답을 들은 한로가 해사하게 웃었다.

"다는 모르지만 생계가 염려스럽던 사람들은 가끔 도성 밖으로 출타할 때마다 살피고 있었어요. 모두 효이에게 고마워하고 있어요. 효이가 작은 어른 몰래 도성을 빠져나갈 수만 있다면 만나게 해 줄 수도 있어요.”
“아!”
아무리 단휘가 무자비하다 해도 효이가 봐준 이들은 그에게 티끌의 영향조차 미치지 못할 사람들이다. 어쩌면 효이가 너무 예민했는지도 몰랐다.
“저와 만나 봤자 괜히 위험해지기밖에 더 하겠습니까. 다들 잘 지낸다면 그걸로 족합니다. 물자가 부족하면 저도 더 보탤 테니 언제든 말해 주세요.”
“물자는 충분하니 염려치 마세요.”
한로가 사근하게 웃으며 대답해 주자 효이는 괜히 더 미안해졌다.
“저어, 한로를 믿지 못해서 물어본 건 아닙니다. 늘 힘든 일을 도와주고 계셔서 정말 진심으로 고맙게 생각하고 있습니다.”
“난 괜찮아요. 그보다 뺨에 약 바르는 거 잊지 말아요. 붓기라도 하면 작은 어른께서 더 경을 치실 거예요.”
한로는 제 뺨을 툭툭 가리키며 말하곤 방을 나갔다.
“휴.”
혼자 남은 효이는 나지막한 한숨을 내쉬며 빈 찻잔을 어루만졌다.
연회는 달포 후, 그날 효이는 배신자를 색출하는 일에 최선을 다해야 할 터였다.
‘하나 색출한 다음은?’
단휘는 배신자에게 자비 따윌 베푼 적이 없었다. 배신자가 누구건 단휘는 그자의 두 눈을 뽑고, 혀를 자르고, 손톱을 빼내고, 손가락 마디마디를 자르고, 사지마저 절단해 한곳에 묻어 주지 않을 것이다.
그러니 누구도 그를 배반해서는 안 된다.
그것은 불변의 규율이었다.

'처음부터 틀렸던 거야. 처음부터 그 사람에게 도움을 청하지 말고 어떻게든 유곽에서 혼자 도망칠 궁리를 했어야 해. 차라리 그랬더라면 이렇게 많은 죄를 짓지는 않았을 텐데.'

아직도 효이는 처음으로 배신자를 색출했던 날을 잊을 수 없었다. 그녀의 혓바닥이 사람의 목숨을 앗아 가는 칼이 되어 휘둘러졌고, 이후 몇 날 며칠 동안 정신을 잃었었다. 울어도 보고 소리도 쳐 보고 차라리 죽겠다며 난리를 피웠었으나 변하는 것은 없었다.

그런 나날 속에서 효이는 남몰래 결심하였다.

'그자의 곁에서 단 한 사람도 무고하게 죽게 두지 않을 거야. 설령 살의를 품은 자가 있더라도 먼저 막아서 죽지 않게 할 거야. 한 사람이라도 더, 그 사람 곁에서 내가 살려 낼 거야.'

단순히 배신자를 색출해 내는 일보다 가시밭길이라는 것 정도는 처음부터 알았다. 하나 이 힘을 쓰는 죗값은 스스로 짊어져야 한다는 사실 또한 효이는 잘 알고 있었다.

'그래, 아직 호연까지는 달포나 남아 있어. 천천히 생각해 보자. 분명히 좋은 방도가 있을 거야.'

애써 그리 생각하며 효이는 지친 마음을 달랬다.

三話 · 앵속

날이 밝기도 전에 효이의 방문이 벌컥 열리며 한 계집이 달려 들어왔다. 계집은 휘휘 방을 둘러보더니 아직 자고 있는 효이를 거침없이 흔들어 깨우기 시작했다.

"언니! 언니! 아아, 정말! 이제 일어나셔야지요. 곧 후주님 조반이 준비될 참이어요!"

"차월이 넌 아침부터 기세도 좋다."

효이는 졸음이 한가득 밴 목소리로 웅얼거렸다. 차월은 기가 차다는 얼굴로 더 기운차게 효이를 흔들었다.

"늦기라도 했다가 후주님께 혼나면 어떡해요! 얼른 일어나셔요!"

"그래, 그래. 일어났어."

차월은 2년 전 효이가 노비장 근처를 지나가다가 우연히 발견하고 사들인 아이였다.

그런 장사 자체를 질색하는 효이였으나 유곽으로 건너가길 기다리던 차월의 체념한 모습을 본 순간 쓸데없는 짓을 하고 만 것이었다. 이후 효이는 넉넉히 거마비를 내주고 고향으로 돌아가라고 했으나 차월은 곁에 남기를 고집하였다.

효이는 하는 수 없이 단휘에게 애원하다시피 하여, 차월이 상단의 일을 도울 수 있도록 주선해 주었다. 그렇게 함께 보낸 세월이 2년이었다.

"또 공부하느라 늦게 주무셨지요?"

"이번에 서해국에서 들어온 책 중에 의서가 있어서."

"아아. 후주님께서 또 한 뭉텅이 보내셨구나! 이렇게 어엿한 의원으로 다 키우셨으면 만족할 줄도 아셔야지. 대체 언제까지 언닐 공부시킬 셈이시래요?"

차월은 탁상에 놓인 의서 하나를 집어 들더니 고개를 저었다.

"말이 달라서 하나도 모르겠어요. 이런 걸로 공부를 하신단 말이에요?"

"의학은 서해국 쪽이 역사가 더 깊어서 대부분 그쪽 책으로 공부해야 하거든. 이 나라에서 의원 일을 하는 사람이라면 십중팔구는 서해국 말을 알고 있을 정도니까."

효이는 차월이 가져온 물로 세수를 하고 옷을 갈아입었다.

"좋겠다. 언니는 똑똑하고 아는 것도 많아서! 후주님께서 언니에게 기대를 거시는 데도 다 이유가 있다니까요."

"네가 나보다 나아. 난 손재주라곤 하나도 없어서 어려서부터 어머니 일도 돕지 못했었는걸. 글은 당연히 몰랐고."

효이가 무언가를 배우기 시작한 것은 단휘를 만난 후였다.

'너를 가르쳐야겠다.'

그리 선언한 단휘는 그날로 여러 학자들을 초빙해 효이의 스승으로 삼았다. 그들 대부분은 황실로부터 관직을 마다하고 초야에 남은 학자였으나, 모두 단휘의 명에 따라 군말 없이 미천한 효이를 제자로 받아들였다. 효이는 그들에게서 글을 배우고 의학과 제약에 대해 두루 익히며 빠르게 의원으로 자라났다.

'후주님께 은혜를 입은 건 사실이지만…….'

단휘는 그 대단한 스승들을 데려오고도 틈만 나면 효이를 직접 불러 친히 시험을 치곤 하였었다. 감히 예상도 못한 문제만 줄줄이 출제되는 덕에 효이의 손바닥은 늘 불이 나곤 했었다. 고작 스물의 나이에 효이가 수란에서도 인정받는 의원으로 자리매김한 것은 어찌 보면 당연한 성과였다.

"차월이 너도 후주님께 배우면 서해국 말씀은 금방 익혀 버릴걸."

차월의 얼굴이 질렸다.

"무슨 그런 끔찍한 말씀을 하세요! 후주님이랑은 마주 앉아 있기만 해도 숨이 턱턱 막힌단 말이에요!"

울상을 짓는 차월을 보며 효이가 시원하게 웃었다.

"하하하!"

어찌 그에게서 공부를 배워 보지 않고도 저리 정확하게 짐작하는지.

사실 효이도 후주님께서 그 반듯한 외모의 반만큼이라도 심성도 좀 반듯하시면 얼마나 좋을까, 하고 바란 적이 한두 번이 아니었다. 차라리 과거로 돌아가길 바라는 것만큼이나 부질없는 바람이었지만 말이다.

"더 늦으면 정말 혼나겠다. 다녀올게."

효이는 방을 치우기 시작한 차월을 두고 방을 나왔다.

⁂

부엌에서는 반빗아치들이 평소처럼 밥을 다 짓고 찬을 마무리 해 가는 중이었다.

'후주님께서 계셔야 확실하지만 다들 역시 별다른 기운은 없네. 내가 오기 전까진 차월이가 살피고 있었을 테니 수상한 놈이 오지도 않았을 테고.'

효이는 문턱 앞에 쭈그리고 앉아서 반빗아치들이 분주히 상을 차리는 모습을 가만히 지켜보는 중이었다.

"에고, 그리 멍하니 있지 말고 얼른 봐. 그래야 상에 올려서 가져다 드리지."

반빗아치의 재촉이 있고서야 효이가 안으로 들어왔다.

효이는 일일이 음식의 냄새를 맡고 은수저로 음식을 휘적거렸다. 몇 가지 음식과 밥은 먼저 먹어 보기까지 한 후 효이가 고개를 끄덕였다.

"갈무리해서 올리시면 되겠습니다."

"거참! 이 짓도 벌써 몇 년째야? 우리가 여기 아니면 어디 가서 밥 벌어먹고 살 곳이라도 있어? 접대집이나 청루 부엌데기들도 다 여기서 일하고 싶어 안달해. 여기만큼 오래 쓰고 돈 많이 주는 데도 없잖아. 대우도 좋고."

뭐가 아쉬워서 수상쩍은 짓을 하겠냐는 성토에 효이가 웃었다.

"4년 전에 이궁에서 벌어졌던 사건에 대해 아시잖아요. 그날 이후 후주님께서 주변을 더 경계하시는 건 어쩔 수 없는 일인 걸요."

4년 전 방화사건 이후, 단휘는 효이가 확인하지 않은 음식에는 손도 대지 않았다. 밥이나 반찬은 물론이고 차와 간식에 이르기까지. 어떤 음식이건 단휘에게 가기 전에 반드시 효이를 거쳐 갔다.

명확히는 음식을 가져오거나 차리는 '사람'을 효이가 살필 뿐이지만 말이다.

"아니, 후주님도 그래! 네가 아무리 의원이어도 세상 모든 독약을 다 꿰뚫는 것도 아닌데! 네가 본다고 뭐가 달라져? 우리가 마음먹고 일 치면 너부터 죽는 거야!"

"하하. 아무 짓도 안 하실 거잖아요. 여러분은 모두 이 가문을 소중하게 생각하시니까요."

"말이 그렇다는 거지! 너도 우리가 만든 거야 괜찮지만 딴 데 가서도 겁 없이 아무거나 집어 먹지 마! 알겠어?"

투박한 말투 속에서 느껴지는 정겨움에 효이가 즐겁게 웃었다.

"네, 압니다."

효이는 직접 음식상을 단휘의 처소 문지기에게 건넸다.

문지기가 아무 짓도 하지 않고 단휘의 처소로 상을 옮기는 것까지 다 확인한 효이는 그제야 은월각의 약방으로 향하였다.

❈

은월각의 약방은 크기도 크기지만 없는 약재가 없고 각지에서 전부 최상급으로만 조달되어 오고 있어, 수란의 모든 의원들이 자랑스럽게 여기는 장소였다. 그중 효이는 단휘만을 전담으로 살피는 주치의라 다른 병자를 시료할 일이 거의 없는 데다 약재를 다루는 일을 특히 좋아해서, 자유로운 시간에는 거의 약방에 틀어박혀 있곤 하였다.

"아아, 아씨. 오늘도 역시 일찍 오셨군요."

익숙한 목소리에 돌아보니 문간에 같은 옷을 입은 사내가 서 있었다.

효이는 처방전을 내려놓고 얼른 인사부터 올렸다.

"아, 스승님! 잘 다녀오셨습니까? 별일은 없으셨지요?"

의원 하구.

본래 비렁뱅이 출신이었던 그는 구걸을 하던 중 우연히 단휘의 눈에 들어 입단하게 된 사람이었다. 수란은 인재를 발굴해 후원하는 일에는 재산을 아끼지 않아, 실제로 상단 안에는 하구처럼 천출의 몸으로 중책을 맡은 자들이 많았다.

"제 이야기를 할 때가 아니지 않습니까? 어제 소란이 있었다고 들었습니다."

"아, 하하. 역시 다 들으셨네요. 후주님께서 저는 심하게 혼내지 않으시잖아요. 조금 경을 치신 정도였습니다. 괜찮습니다."

효이의 대답에 하구가 납득한 듯이 고개를 끄덕였다.

"수란에 차고 넘치는 의원들 중에서 후주님의 시료를 허락받은 분은 아씨뿐이니까요. 응당 아끼시는 게지요. 아, 이리 주세요. 탕약은 제가 달이겠습니다."

"감사합니다."

하구는 처방전에 맞는 약재를 꺼내며 말했다.

"참, 들으셨습니까? 어제 후주님께서 호연을 열겠다고 하신 모양입니다. 워낙 은월각으로 손님을 부르는 일을 꺼리시던 분이라 다들 온통 그 이야기뿐이더군요."

"아……."

역시 그 자리의 의미에 대해 아는 사람은 효이뿐인 듯했다.

"괜찮으십니까, 아씨."

"예?"

하구는 효이를 물끄러미 바라보며 계속 말했다.

"안색도 좋지 못하고, 얼굴도 조금 부은 것 같습니다. 혹 근심이라도 있으십니까?"

"아! 의서를 읽느라 늦게 잤습니다. 하하. 서해국의 의학은 역시 흥미로운 구석이 많으니까요."

효이가 말린 약재들을 빻으며 말을 돌렸으나 하구는 안쓰러운 시선을 거두지 못했다.

하구는 잠시 망설이다가 어렵게 말을 꺼냈다.

"아씨, 4년 전 제 스승이신 도륜 선생님께선 후주님의 밀명을 받고 떠나셨습니다. 제게 말씀해 주시기로는 먼 지방으로 떠나 다시는 돌아오지 못할 수도 있다고 하셨지요."

도륜이라면 열반에 오른 의원으로 명성이 자자한 인물이었다.

"그분은 태의 자리까지 마다하시고 상단에 남은 분입니다. 상단을 위해 여생을 바치고자 하는 의지가 강한 분이셨지요. 저는 그분이 아씨의 자당께로 가셨을 거라 생각합니다."

여러 면에서 보았을 때 하구의 말은 신빙성이 있었다.

"도륜 선생님께선 연세가 있으시니 분명 일을 돕는 제자가 있을 것입니다. 다른 문하생들과는 아직 연락을 취하고 있으니 두루 알아보면 자당의 행방을 찾을 수 있을지도 모릅니다."

"안 됩니다."

써걱.

말린 약재를 자르던 효이가 단호히 대답했다.

"절대로 안 됩니다."

효이는 손에서 일을 놓고 조용히 말을 이어 갔다.

"이건 저와 후주님 사이의 거래입니다. 절대로 다른 분들이 말려들어서는 안 됩니다. 스승님은 물론이고 무고한 다른 제자분들 또한 마찬가지입니다."

제 목적을 위해 다른 이의 희생이나 위험을 감수해야 할 바에는 차라리 멈추는 편이 나았다. 수단과 방법을 가리지 않고 돌아가 봐야 결코 어머니 앞에 떳떳하게 설 수 없음을 알기 때문이었다.

"송구합니다, 스승님."

효이가 면구스러운 얼굴을 하자 하구가 고개를 저었다.

"아니요. 제가 주제넘었습니다. 자, 하면 이제 본격적으로 약재를 달이도록 하지요."

옹기를 꺼내 온 하구가 산뜻하게 화두를 매듭지었다.

✻

하구는 단휘의 처소 앞까지 시료에 필요한 물건들을 옮겨 준 후 물러갔다.

효이는 숨을 들이켠 후 문을 열었다.

"후주님, 저 효이입니다."

안은 조용했다.

효이는 응접실을 가로질러 조심스럽게 침소 안으로 들어갔다. 넓은 침소 안에서 단휘를 찾아 헤매던 효이는 안쪽에서 물소리를 들었다. 방에 있는 욕탕 쪽이었다. 효이가 굳게 닫혀 있는 문에 손을 가져다 대니 문 안의 열기가 손바닥에 닿았다.

'목욕은 보통 밤에 하시는데. 아니지, 어제는 피만 닦아 내고 주무셨겠구나. 좀 더 기다려야겠다.'

바깥쪽으로 나와 응접실 의자에 앉은 효이는 탕관을 꺼내다가 문득 약방 주인이 했던 말을 떠올렸다.

'뭐 아시지요? 밤 시중 말입니다요.'

참으로 억울한 말이었다.

'이게 어딜 봐서 밤 시중이라는 거야.'

거짓말에 단련된 덕에 태연하게 대답할 수 있었지만 사실 낯부끄러워 당장에라도 도망치고 싶은 심정이었었다. 지난 4년간 효이는 단휘가 목욕을 마치는 때에 맞추어 진맥과 진료를 해 왔다. 단순한 시료의 일환이었으나, 바깥에는 와전된 말들이 나돌고 있는 것이다.

이 모든 추문의 원흉은 전부 서단휘, 바로 그였다.

효이가 상단에 입단한 후에도 단휘에게는 줄기차게 갖은 혼담이 오가곤 하였었다. 명망 높은 집안의 여식이건, 권세가의 규수이건 이국의 공주이건, 번번이 매파를 내쫓고 줄곧 안채를 비워 둔 장본인은 단휘였다.

'후주님께선 노비 출신 의원 같은 것에게 욕정을 느낄 분도 아닌데, 내가 왜 그따위 헛소문에 얽혀서 얼굴을 붉혀야 하지?'

효이가 새삼 억울한 기분을 되새기고 있는데 얼핏 안에서 무슨 소리가 들렸다.

'잘못 들었나? 그냥 물소리인가?'

분명 그럴 터인데도 효이의 시선이 자꾸 장지문 쪽으로 돌아갔다.

'지금, 얼마나 지났지?'

다른 때라면 속 편히 기다렸을 것이다.

하나 그가 다친 몸이라는 사실이 마음에 걸렸다.

'경계가 강화되었다고 해도 다른 자객이 또 침입하는 일이 불가능하지는 않을 거야. 다친 몸으로 적이 기습하면 아무리 후주님이라도 위험해. 만약 후주님이 죽기라도 하면 우리 어머니는 어떻게 되지?'

결국 효이는 멋대로 욕탕 문을 탁 열었다.

"송구합니다만, 저 들어왔습니다!"

문을 열자 증기에 가득 차 희뿌연 욕탕이 눈앞에 펼쳐졌다.

욕탕 안에서는 달콤하면서도 어딘지 눅눅한 인위적인 향이 짙게 풍겨 나오고 있었다. 처음 맡는 짙은 향에 잠시 머리가 어질했지만, 효이는 도리질을 치며 제 처소 못지않게 큰 욕탕 안에서 단휘를 찾기 시작했다.

"후주님, 후주님!"

그때 귓가에 찰랑, 물소리가 닿았다.

"헉!"

단휘는 다친 팔을 탕조 테두리에 걸친 채 물 안에 나른히 앉아 있었다.

까만 머리칼은 물결 위를 넘실대고, 평소 화려한 의복으로 가리고 있던 나신이 물에 잠겨 있었다. 잠겨 있다고 해 봐야 매끈하게 젖은 상반신은 수면 위로 떠올라 있었기에 절반은 본 셈이었다. 게다가 물은 샘물처럼 맑아서 아래로 그의…….

"아!"

넋을 놓고 있던 효이가 뒤늦게라도 얼른 몸을 돌렸다. 욕탕의 열기에도 끄떡없던 온몸에서 땀이 비 오듯 쏟아졌다. 증기에 가려 시야가 탁했던 것이 이렇게 다행스러울 수가 없었다.

"머, 머, 머, 멋대로 들어와서 송구합니다! 하나 아, 아직 습한 곳에 오래 계시면 안 됩니다."

단휘는 효이의 무례를 탓하지 않고 느긋하게 대답하였다.

"네가 그리 화를 낼 만큼 오래 있지도 않았다."

"그러다 상처가 벌어지면 어쩌려고 그러…… 아!"

무심결에 돌아보고 말을 하던 효이는 단휘가 탕조에서 몸을 일으키자 얼른 다시 고개를 돌렸다. 찰랑, 찰랑. 한동안 물결이 이는 소리가 들리고 곧 옷자락이 스치는 소리가 났다.

이제 다 입으셨으리라 짐작한 효이가 뒤를 돌아보자 바로 코앞에 단휘가 와 있었다.

한참이나 큰 키 탓에 당장 효이의 시야에는 벌어진 단휘의 옷깃 사이만 들어왔다. 그의 상반신은 질리도록 보아왔는데도 괜히 머리가 어질하였다.

"하, 아…… 이거, 왜, 이러지……."

효이가 뒷걸음질 치며 벽에 몸을 기대자, 단휘가 탐탁지 않은 표정으로 물어 왔다.

"역시 어지러우냐?"

"역시라니 그게 무슨, 말이……."

증기 때문에 시야가 흐릿한 줄 알았는데, 갑자기 눈앞이 새카맣게 변했다. 갑자기 어두운 장소에 처박힌 것처럼 아득해진 순간 다리의 힘이 풀렸고, 효이는 그대로 정신을 잃었다.

어딘가에서 두런두런 말소리가 들리는 것 같았다. 눈앞에 호롱불이 오가는 듯도 했고 곧 머리가 깨질 듯 아파 왔다.

눈을 뜨자마자 보인 천장은 효이의 방과는 달랐다.

"으윽."

"깨어났느냐?"

바로 곁에서 들린 목소리에 화들짝 놀라 효이가 몸을 벌떡 일으켰다. 환청이길 바랐지만 목소리의 정체는 효이가 짐작한 사람이 맞았다.

"후, 후주님? 여, 여기는!"

침상 끝머리에 앉아 있던 단휘가 보고 있던 장부를 탁 덮으며 대답했다.

"보면 모르겠느냐? 내 처소다."

그 말을 듣고서야 효이는 욕탕에서의 일들이 떠올랐다. 명령도 없이 멋대로 들어가서 감히 쓰러지기까지 하다니. 그는 처소로 다른 부하를 들이는 일을 싫어하니, 쓰러진 그녀를 안아서 침상까지 옮긴 사람은 단휘일 것이다.

"소, 송구합니다. 제가, 제가 한 번도 이런 적이 없었는데, 어떻게 감히 제가……."

"그대로 있어라."

"아닙니다. 아닙니다! 괜찮습니다."

누가 몸을 짓누르는 것처럼 피로감이 덮쳐 왔지만 언제까지 이러고 있을 수는 없는 노릇이었다. 더는 폐를 끼칠 수 없다는 생각에 효이가 급히 바닥에 발을 내딛자 순간적으로 어지럼증이 덮쳐 왔다.

"어?"

몸이 휘청거리는 순간 강직한 팔이 몸을 감싸 안아 왔다. 그의 팔이 제 가슴 언저리를 눌러 오자 효이의 얼굴이 확 달아올랐다. 넘어지는 그녀를 잡아 주느라 그러셨겠지만 당혹스러움은 가시질 않았다. 놀란 마음에 황급히 버둥거려 보았지만 감겨 오는 힘에 효이는 속절없이 침상 위로 다시 눕혀졌다.

"후, 후주님!"

다시 일어나려고 했지만 단휘가 머리 옆에 한 손을 짚고 무서운 얼굴로 내려다본 탓에 몸에 힘이 쭉 빠지고 말았다.

"그, 그만 비, 비켜 주세요!"

"얌전히 있어."

명령을 내린 단휘가 그대로 고개를 숙여 왔다.

"지금, 무슨!"

길게 흘러내린 그의 까만 머리칼이 효이의 뺨을 덮었고, 이내 호흡이 맞닿을 정도로 서로가 가까워졌다. 코앞까지 다가온 그의 입술이 다른 때보다 선명하게 눈에 들어왔다. 잔망스러운 생각이 들 것만 같아 효이가 질끈 눈을 감았다.

"하, 아……."

목욕을 한 지 얼마 되지 않은 그에게서 욕탕에서 맡았던 묘한 향이 묻어 나왔다. 머리를 어지럽히고 숨을 흐트러트리는 짙은 향이다.

"후, 후주님?"

뺨에 닿은 차가운 감촉에 놀라 겨우 눈을 떠 보니, 단휘는 마치 어미가 아이의 체온을 확인하듯 제 뺨을 효이의 뺨에 대고 있었다. 지난 4년 동안 한 번도 안 하시던 일이었다.

바로 곁에서 느껴지는 그의 숨결 탓에 효이의 숨만 더 가빠져 갔다.

"역시 열이 있구나."

진단을 내리며 단휘가 몸을 일으키자 거짓말처럼 효이도 정신을 차렸다. 효이는 일어나 앉자마자 냉큼 대답했다.

"열이라니, 그럴 리 없습니다. 전 아픈 곳이 없습니다."

"의원이라는 것이 제 몸 상태도 알아차리지 못한다는 말이냐?"

차가운 질타에 하는 수 없이 효이는 제 손을 이마에 대 본 후 목언저리를 만져 보았다.

'열? 하지만 조반을 살필 때까지만 해도 고뿔에 들 기미는 전혀 없었는데?'

단휘의 말이 옳았음을 깨우치고도 효이는 변명하려는 듯 황급히 입을 열었다.

"확실히 다른 때보다 뜨겁긴 하지만 그건!"

"그건?"

안 하던 짓을 한 후주님 탓입니다, 라고 차마 말할 수 없어 효이는 고개를 가로저었다.

"아무것도 아닙니다."

단휘는 다시 의자에 앉아 객쩍어하는 효이에게 물었다.

"네가 왜 쓰러졌는지 모르겠느냐?"

"예? 이유가 있습니까?"

"처음 욕탕에 들어왔을 때 이상한 향을 맡았을 것이다."

"향이라니, 무슨……."

뭔가 달짝지근한 냄새가 나긴 했었다. 처음에는 향료일 거라 생각했는데, 가만히 따져 보니 사내가 쓰기에는 너무 달콤한 데다 눅눅한 느낌이 있는 향이었다. 그런 묘한 향은 사내건 계집이건 쓰지 않을 것이 분명했다.

"설마 연초?"

문득 단휘가 담배를 태운다는 사실을 떠올리고 묻자 그가 픽 웃었다.

"진통 겸 환각 효과가 있는 잎이 들어간 연초다."

처음 향을 맡은 사람이 기진할 정도의 강한 작용을 하는 연초가 있다니. 그만한 부작용이 있는 연초라면 의원으로서 모를 리 없었을 터였다.

효이는 가만히 단휘가 말해 준 효과들을 더듬어 보다가 기함했다.

"진통, 환각, 그리고 발열…… 설마 앵속입니까?"

"가르친 보람은 있구나."

"예? 진정이십니까?"

엄밀히 말해서 창서국에서 앵속은 취급 금지 품목은 아니다. 조제해서 보관하는 모습도 어깨너머로 본 적은 있지만, 대량으로 유입하거나 사용하는 일은 엄연히 나라의 허가가 필요한 약재였다.

"앵속을 넣은 연초라니, 전 한 번도 들어 보지 못했습니다!"

"……."

"대체 어찌, 하아. 어떻게 앵속을 넣은 연초 따윌 태울 생각을 하셨습니까! 중독되면 어찌 되는지 알고 그런 짓을 하셨습니까? 몇 번이나 쓰셨습니까? 언제부터요? 현기증이나 다른 증상이 나타난 적은 없으십니까?"

"시끄럽다. 괜한 소란 피우지 마라."

탕조 안에서 단휘는 입에 연죽을 물고 있지 않았었다. 입구 쪽에 있던 효이가 더 큰 영향을 받은 것을 보면, 향초를 태우듯 탕조에서 먼 곳에 두고 연초를 태웠을 것이다.

즉, 가까이서 태울 경우 위험할 수 있다는 사실을 충분히 인지한 행동이라는 뜻이었다.

"치료용으로 쓸 때조차 극소량만 쓰도록 되어 있습니다. 독단으로 사용할 수 없고, 적어도 두 사람 이상의 의원이 함께 결정하고 쓰는 약재란 말입니다! 아니, 약재가 아니라 독약이지요. 독약보다 더한 것이지요! 어찌 그런 것을 흡연하실 수 있습니까!"

효이가 명령을 무시하고 계속 소리쳤다.

덕분에 시끄러운 일을 질색하는 단휘가 짜증스러운 목소리로 툭 내뱉었다.

"연합의 내용물이 바꿔치기 됐다."

생각지 못한 말에 효이는 머리라도 얻어맞은 것처럼 멍해졌다. 바꿔치기라니, 누가 감히 단휘의 처소로 들어와 그의 물건에 손을 댔단 말인가.

"누군가 의도적으로 후주님을 앵속에 중독시키려 했다는 뜻입니까?"

그 스스로 인정하고 있을 정도로 단휘에게는 적이 많다. 하나 지금까지 누구도 이런 방법으로 단휘를 죽이려 든 적은 없었다.

"이건 죽인다기보단 마치……."

"목숨은 붙어 있되 정신은 놓게 하려는 수작이겠지."

태연한 단휘의 목소리에 효이는 퍼뜩 정신이 들었다.

"잠시 냄새만 맡아도 어지러울 지경이었다면 독성을 가진 다른 약재들도 섞여 있을지 모릅니다. 대체 그 안에서 얼마나 계셨어요? 몇 번이나 그런 짓을 자행하셨습니까?"

"여러 번 사용했을 때 몸에 미치는 영향을 확인해야 했다."

"확인이라고요? 앵속의 부작용을 직접 확인하려 하셨다는 말이십니까?"

설마 적들에게 당하는 척해 주겠다는 속셈일까. 하나 당한 척이라도 하려면 앞으로 대체 몇 번이나 그 연초를 태워야 한다는 말인가.

'안 돼, 절대로 안 돼.'

효이는 침상을 짚고 일어나 당장 담배장 앞으로 달려갔다. 효이는 겹겹이 쌓인 연합 중 하나를 꺼내 말린 잎을 휘적거렸다. 코를 가까이 대고 향을 맡아 보기도 하고 몇 개는 골라내 손으로 바스러뜨린 후 혀에 살짝 가져다 대 보기도 했다.

"퉤!"

특유의 향, 그리고 혀끝이 타들어 가는 것처럼 쓰리고 독한 맛은 앵속의 특징이 맞았다.

효이는 한 걸음 뒤로 물러나 장 안에 가득한 갑들을 바라보았다. 하나, 둘, 셋, 속으로 헤아려 볼수록 암담함이 들어찼다.

"이건, 너무나 많습니다. 달포 후 연회, 아니 그보다 한참은 더 쓰고도 남을 양입니다. 어떻게 이런…… 아무리 적을 속이기 위해서라고 해도 더 써서는 안 됩니다."

"연초를 태운 잔재는 늘 그랬듯 바깥으로 버려져야 한다. 분명 누군가 버려진 재를 확인하고 있을 것이다. 냄새만 맡아도 표가 나니 다른 것으로 대신할 수도 없고, 바깥으로 몰래 운반해 버리면 낌새를 챌 것이다."

"그래서 저걸 계속 쓰겠다는 말씀이십니까!"

"그래."

단호한 그의 대답에 효이의 머리가 아파 왔다.

그러다가 적들을 잡기 전에 중독부터 되고 말 것이다. 이는 단순히 칼과 창에 맞아 죽는 것보다 더한 고통이 찾아올 수 있는 짓이었다.

"설마 환각이라도 보셨습니까? 바라던 세상이 눈앞에 펼쳐져 현혹이라도 되셨느냐는 말입니다!"

단휘는 부하의 모욕적인 발언을 가만히 듣고만 있다가 자리에서 일어났다. 그러곤 씩씩대고 있는 효이에게 다가왔다.

그저 그뿐이었는데도 효이는 죄라도 지은 사람처럼 뒷걸음질 치고 말았다.

"그래. 네 말대로 환각을 보았다. 아주, 매혹적이라……."

천천히 뻗어 온 단휘의 손이 어느덧 코앞에 와 있었다.

단휘는 흔들림 없는 시선을 효이에게로 고정하고 열이 오른 그녀의 뺨을 손등으로 쓸어내렸다.

"미혹돼 주저앉고 싶었지."

단휘는 떨고 있는 효이를 즐기듯 내려다보고 있었다.

효이가 그만하라는 말을 내뱉으려는 찰나, 단휘의 눈빛이 갑자기 싸늘해졌다.

"하나, 너무도 터무니없어 깊이 빠져들기도 전에 전부 허상임을 알았다."

단휘는 태연하게 손을 떼고 말을 이어 갔다.

"취한 것은 잠시였고 지금은 아무렇지 않으니 쓸데없이 열 내지 마라."

단휘가 떨어지고서야 효이는 놀림을 당했다는 사실을 깨달았다.

저렇게까지 해서 무마시키려고 하시는 것을 보니 앞으로도 계속 앵속을 태울 마음이신 듯했다. 저대로 계속 앵속을 태우게 뒀다가 후에 금단 증세가 시작되면 그때는 어떤 명의가 와도 시료하기 힘들 터였다.

"세상에 어떤 의원이 제 환자가 앵속을 대량으로 흡입하는 꼴을 방관한다는 말입니까!"

"하."

길길이 날뛰는 효이를 보며 단휘가 못 참겠다는 듯 실소를 내뱉었다. 그답지 않게 휘어지는 눈매가 곱고 부드러웠다. 사정을 모르는 계집이었다면 당장 허리를 비틀 모습이지만, 효이의 눈에는 간교하게만 보이는 미소였다.

"너는 그래야지."

"저는 의원입니다. 그런 제가 어찌!"

"세상 모든 의원이 반기를 들어도 너만은 그러지 말아야지."

단휘는 통 이해하지 못하는 효이를 갑갑하다는 시선으로 보았다.

"혹 아느냐? 이 몸이 약에 취해 네 어미의 소재라도 떠벌려 줄지. 그러니 무른 소리 작작하고 방관해라. 이 몸이 앵속에 중독돼 환각을 보건 발작을 일으키건 모르는 척해."

"그게 무슨 말이십니까."

"이미 다 이해하지 않았느냐."

"……."

숨이 턱 막혀 왔다.

여기에 단휘를 중독시키고도 남을 충분한 양의 연초가 있다. 그는 부작용을 알면서도 흡연을 멈추지 않는다고 하였다. 만약 그가 이대로 앵속에 중독되어 준다면. 무기력해진 그에게서 원하는 정보를 빼내기란 그리 어려운 일이 아닐 것이다.

'그래서? 지금 후주님께서 앵속에 중독되길 기다리기라도 하겠다는 거야, 정효이?'

재빨리 상황을 계산하고 있던 자신이 혐오스러웠으나, 효이는 부인할 수 없었다.

이대로는 언제 어머니의 곁으로 돌아갈 수 있을지 모른다. 효이가 꾸민 짓도 아니다. 적들의 노림수를 알고도 단휘가 알아서 태우겠다고 나서는 상황이다. 그의 말대로 모르는 척 고개만 돌리면 머잖아 오랫동안 바라던 것을 가질 수 있다.

"저는!"

이제껏 이처럼 희망적인 상황에 놓인 적이 있었을까. 앞으로도 과연 이와 같은 기회가 찾아올까.

"저는……."

"상처를 보고 물러가라."

"……."

"듣지 못했느냐."

황망한 중에도 효이는 더듬더듬 단휘의 옷소매를 접어 올리며 시료할 준비를 시작하였다. 넋이 나간 채 상처에 약을 바르고 천을 교체해 매듭짓자, 단휘는 망설임 없이 바로 몸을 일으켰다.

"후주님!"

"너와 더 시시덕거릴 여유 없다."

나가라는 완고한 투의 말이었다.

'모르는 척하기만 하면 돼. 어렵지 않잖아…….'

4년이었다.

그 긴 시간을 효이는 하나뿐인 가족이 살아 있는지, 어디가 아프지는 않은지, 정말로 모든 보답을 누리고 있는지 확인할 수조차 없이 흘려보내야만 했다. 그 4년은 제 신념을 꺾고 무수히 많은 사람의 목숨을 앗아 가며 버틴 것이었다.

'이제 더는 보고 싶지 않아. 누가 죽거나 다치는 모습을 난 더 지켜볼 수가 없어…….'

이곳에서의 하루하루는 어머니와 신념을 버리고 지켜 내야 할 만큼 가치 있지 않았다.

'어쩌면 하늘이 주신 마지막 기회인지도 몰라. 그래, 어머니에게 돌아갈 수 있는 유일한 길이야. 여기에 남아 봤자 더 큰 죄만 짓게 되고 말 거야.'

이 순간, 마침내 효이는 의원의 도리를 잊었다. 주치의로서 그녀에게 주어진 의무까지도 함께 지워 냈다. 그러자 어머니를 향한 그리움만이 그 자리에 가득 차올랐다.

'그래, 처음부터 여기는 내가 머물 곳이 아니었어.'

마지막으로 효이는 단휘를 돌아보았다.

장부를 보는 깊은 그의 눈 안에 어떤 감정이 서려 있는지 헤아려지지 않았다. 무엇도 기대치 않는다는 냉랭한 태도였으나, 4년 만에 처음으로 효이는 그가 저를 믿지 않는다는 사실에 감사했다.

"물러가겠습니다."

그의 명령에 따랐을 뿐이다.

속으로 그리 변명하며, 효이는 단휘의 처소에서 도망쳤다.

四話 · 선택

그날 밤, 효이는 불이 꺼진 방 안에서 어머니의 서신들을 꺼내 두툼한 종이가 닳도록 쓸어내리며 고뇌하였다.

'잘못 택했을까? 만에 하나라도 후주님께서 어머니가 어디에 계신지 말해 주지 않으시면? 알려 주신다고 해도 내가 은월각에서 도망쳐 어머니께로 갈 수 있을까? 간 후에는? 다시 만난 후에는? 어디로 도망쳐야 하지? 평생 상단의 추격을 피할 수 있을까?'

감정에 흔들려 선택하였으나 정말 옳은 길인지 확신이 서지 않았다.

스르륵.

그때 갑자기 방문이 조용히 열렸다.

"한로?"

어둠을 향해 되묻자 곧 등을 든 여인이 안으로 들어왔다.

"어, 언니. 뭐 하셔요? 불도 안 켜시고."

"차월이 너야말로 그리 조용히 어쩐 일이야."

놀란 와중에 효이가 애써 침착하게 묻자 차월이 말을 더듬으며 대답하였다.

“아, 그것이, 벼, 별건 아니고. 언니가 이번에 저자에 다녀오셨을 때 봇짐이 가득 차셨을 것 같아서요. 어, 어차피 읽지도 않으실 연서들이면 제가 대신 버려 드릴까 했지요.”

“연서?”

“예, 전에 후주님 계신 데서 들켰다가 난감했다고 말씀하였었잖아요.”

그러고 보니 효이가 약방에서 받아 온 연서들이 종종 없어지곤 했었다. 어차피 태워 버리려던 것들이라 마음 쓰지 않았었는데 그간 차월이 알아서 버려 주고 있던 모양이었다.

“언닌 후주님을 보필하느라 그런 일까진 마음 쓰지 못하실 것 같아서. 언질 없이 함부로 손대서 죄송해요!”

“아니야. 나야 오히려 고맙지. 자, 가져가.”

효이는 선뜻 봇짐 안에 아직 있던 연서들을 꺼내 줬다. 연서를 품에 가득 끌어안는 차월의 눈동자가 불안하게 흔들렸지만, 효이는 그런 것에까지 마음 쓸 여력이 없었다.

“하면 전 그만 가 볼게요.”

“아. 그거 어디 가서 태워?”

“예? 왜, 왜요?”

“데려다주려고. 밤이잖아.”

차월은 얼른 고개를 저었다.

“그게, 오, 오늘은 우선 침소에 가져다 두었다가 내일 태울 생각이어서요. 일단 언니 침소에서만 치우면 될 것 같아서…….”

“어차피 갑갑해서 바람이라도 쏘일 작정이었어. 가자.”

차월은 계속 극구 사양하였지만 효이가 고집하여 결국 함께 방을 나왔다.

✻

차월을 방까지 데려다준 효이는 잠시 복도 난간에 걸터앉았다.

"대낮처럼 환한 밤이네."

하늘에 떠 있는 밝은 달을 바라보며 효이가 읊조렸다.

하나 명인이 수놓은 듯 촘촘히 별이 박힌 아름다운 풍경조차 효이의 심란한 속을 달래 주지는 못하였다.

'어머니께로 돌아가기 위해서라면 무슨 짓이든 하려 했습니다. 한데, 왜 이리 마음이 편치 못한 것입니까? 제가 의원이기 때문일까요? 그게 아니라면 대체 왜…….'

"무슨 생각을 그리 골똘히 하십니까?"

번민하는 효이의 곁에 그림자가 드리워졌다.

"스승님?"

놀라서 벌떡 일어난 효이에게 하구가 웃으며 인사했다.

"수마가 온 탓에 잠시 거니는 중이었습니다."

"아."

은월각은 당장 호위에 필요한 부하들을 제외하면 모두 통근을 하고 있었는데, 의원 중 한 사람은 반드시 돌아가며 불침번을 서는 것이 원칙이었다.

"제가 은월각에서 기거하는데도 불침번만은 제외라니. 다 제가 부족한 탓입니다."

"후주님께서 아씨가 다른 병자를 살피는 일을 허락지 않으신 탓입니다. 제 눈에는 아주 어엿한 의원이시니 괜한 생각은 하지 마십시오."
"그래도 스승님께는 한참 모자랍니다."
하구였다면 주변 상황을 떠나서 제 환자가 앵속을 태우는 꼴은 절대 외면하지 않았을 것이다.
"흐음."
하구는 잠시 효이를 물끄러미 쳐다보다가 옆으로 와서 앉았다.
가슴에 품은 번민이 무거웠던 탓일까. 효이의 눈에는 말없이 하늘만 쳐다보고 있는 하구가 어떤 고민이건 털어놓아 보라고 말하는 것처럼 느껴졌다.
"스승님."
"예, 말씀하시지요."
"스승님께선 왜 하필 의원이 되셨습니까? 어떤 상황에서도 병자를 우선해야 한다는 대의가 무겁게 느껴진 적은 없으십니까?"
하구가 옅은 미소를 지었다.
"제게도 대의는 없었습니다. 그런 거창한 것을 가슴에 품을 만한 신분이 아니었지요."
하구는 아득한 눈길로 지나온 과거를 회상하며 말했다.
"스무 해도 넘었는데 아직도 처음 이궁에 발을 들였던 날이 생생합니다. 후주님께선 저를 서고로 데려가셨었습니다. 그러곤 대뜸 책을 한 권 골라 보라고 하셨는데, 그때 짚이는 대로 고른 것이 의서였습니다."
"그 선택을 후회한 적은 없으십니까?"
하구는 고개를 가로저었다.
"제 선택을 믿었으니까요."
"아……."

단번에 수긍한 효이를 보며 갑자기 하구가 웃음을 터트렸다.

"아씨, 훗날 화재로 서고에 있던 많은 책들이 소실되었습니다만, 사실 그 서고에는 처음부터 의서밖에 없었습니다. 저는 의원이 되고서야 그 사실을 알았지요."

"예? 하, 하면 결국!"

처음부터 단휘는 하구에게 의학을 가르치려 했다는 말이지 않은가.

"후주님께선 사람의 재능을 알아보는 눈을 가지고 계십니다. 이제껏 후주님이 정해 준 길에서 스스로 이탈한 자를 보지 못한 것이 그 증좌이지요. 호위가 되었건, 관직에 나갔건, 저희처럼 의원이 되었건. 모두가 각자의 자리에서 제 역할을 다해 내고 있습니다."

어떤 의미에서는 효이 역시 마찬가지인 셈이었다.

"옳은 길을 제시해 주는 것, 저는 이것이 다스리는 자의 미덕 중 하나라고 생각합니다."

"……."

효이는 하구의 말을 곱씹으며 생각에 잠겼다.

하구의 말대로 단휘에게 정말 그런 힘이 있다면 결국 이번 일도 그의 말대로 방관하는 편이 옳을지도 모른다.

"아씨는 어떠셨습니까?"

"예? 아아."

갑작스러운 하문에 효이도 곧 웃으며 대답하였다.

"제겐 혼자 산에서 굴러도 능히 먹고살 수 있는 의원으로 키우겠다고 호언하셨었습니다. 시든 약재나 상한 풀뿌리 같은 것을 쓸 방법을 연구하게 하셨지요. 덕분에 저는 제대로 보관된 약재는 서책 안에서나 존재하는 줄 알았었습니다."

지난날을 떠올리는 효이의 얼굴에 절로 억울함이 드러났는지 하구가 파안했다.

"이제야 드리는 말씀입니다만."

"예?"

"후주님께서 처음 제게 아씨를 보내셨을 때, 반드시 다른 제자들보다 더 엄하고 어렵게 가르치라고 하명하셨었습니다. 그냥 가르쳐도 될 지식들 또한 반드시 최악의 상황에 빠졌다고 가정해 가르치라고 하셨지요."

뒤늦게 드러난 진실에 효이가 기함했다.

효이의 시험지는 늘 전혀 생각지 못했던 문제들로만 빼곡하곤 하였다. 따라서 무사통과하는 날은 매우 드물었는데 그동안 효이는 스스로 우매한 탓이라고 여겨 왔던 것이다.

"정말 그랬던 겁니까?"

"예, 송구합니다. 저도 일개 부하인지라. 하하하."

힘이 빠진 얼굴을 하고 있던 효이도 결국 하구와 함께 시원하게 웃어 버렸다.

그 덕분인지 답답함이 조금 풀어졌다.

"스승님께선 왜 상단을 떠나지 않으십니까? 의원이라면 누구나 태의가 되거나 제 가게를 차리기를 소원하지 않습니까?"

수란은 인재를 가르치며 많은 재산을 소비하고도 부하의 독립을 말리지 않았다. 도리어 제자들이 상단을 떠날 때면 넉넉한 후원을 해 주는 것이 수란의 전통이기도 했다.

"재물도 좋고 명성도 좋지요. 다만 저는 제 은인에게 보은하고 싶었습니다. 그분을 볼 수 있는 자리에 머물면서 말입니다."

"……."

보은이라.

'만약 나도 스승님처럼 가족과 교류가 가능했다면 어땠을까? 그랬다면 나도 저렇게 당당하게 후주님을 은인이라 말할 수 있었을까?'

하나 효이는 곧 그것을 부질없는 생각이라 결론 내렸다.

효이의 힘은 의술처럼 사람을 살리는 것이 아니다. 어머니가 인질로 잡혀 있는 상황에서도 효이는 단휘의 적들을 구하기 위해 동분서주하고 있으니 말이다. 결국 결과는 달라지지 않았을 터였다.

"스승님이 부럽습니다."

"다만 저는 수란에 남기로 한 선택에 후회가 없도록 최선을 다하고자 할 뿐입니다."

"후회가 없도록 말이지요."

효이 역시 단휘에게 감히 헤아릴 수 없을 만큼 많은 것들을 받았다. 하나 그중 어느 것도 효이가 바란 것은 없었다.

'제 은인께선 정작 제가 바라던 단 하나만은 그리 매몰차게 앗아가 버리셨습니다. 그러곤 제가 원망하는 일조차 죄스러워지게 만들어 버리셨지요. 후주님의 곁에 있으면 제가 품은 그리움과 간절한 바람조차 허욕이 되고 맙니다.'

은원 사이에서 갈등하곤 했으나 어머니를 생각한다면 마땅히 그를 원수로 여겨야 했다. 미치광이가 되건 발작을 일으켜 쓰러지건 효이와는 무관할 원수로만.

'하나 그 일이 왜 이리 어려운 것입니까?'

4년 전만 해도, 다친 단휘를 더 상처 입혀서라도 당장 어머니께로 돌아가고자 하였었다. 가장 간절했던 것은 오직 하나였기에 거침이 없었다. 하나 4년은 긴 시간이었다. 여전히 효이는 어머니에게 돌아가고자 했지만, 의원으로서의 책무가 계속 뒤를 돌아보게 만들었다. 망설임은 커져 갔고 선택은 어려워졌다.

'어떤 길을 걸어야 정말로 후회하지 않을 수 있을까.'

어머니께로 돌아가는 것, 오로지 그것만이 효이가 후회하지 않을 유일한 선택이다.

그렇다면.

"아!"

문득 효이가 난간에서 벌떡 일어섰다.

"그만, 그만 가 보아야겠습니다."

하구는 난데없는 효이의 인사에 선선히 웃었다.

"밤은 깊었지만 아씨는 주치의이니 당장 찾아가더라도 내치지는 않으시겠지요."

"예?"

놀란 두 눈이 동그랗게 떠졌다.

"모든 것은 아씨의 선택입니다. 스스로 선택해야만 그 길을 걸을 힘을 얻는 법이지요. 하나 너무 염려하지 마십시오. 분명 옳은 선택일 것입니다. 설령 아니더라도 그리 만들어 가시면 될 일입니다."

마치 효이가 어떤 고뇌를 안고 있었는지 전부 꿰뚫어 본 것처럼 하구가 위로했다. 그는 효이를 따라 난간에 앉아 있던 몸을 일으키며 가볍게 목례했다.

"저도 딴청은 그만 피우고 이제라도 불침번의 의무를 다하러 가 보아야겠습니다. 날이 밝으면 다시 뵙도록 하지요."

"네, 고맙습니다. 스승님."

효이는 다시 서럽도록 밝은 달을 올려 보았다.

지금 찾은 답이 명답이 아닐지 모른다. 그럼에도 효이는 제 신념을 지키고 어머니에게 돌아가기 위해서는 이 길을 걷는 것이 옳다고 확신했다.

'후회하고 싶지 않아.'

그러니 돌이킬 수 없게 되기 전에 서둘러야만 했다.

※

문지기를 지나 후원의 돌길에 발을 올린 효이는 문득 별채 뒤편에서 피어오르는 연기를 보았다. 화재라 보기에는 작은 연기였다.

'설마 또 앵속을!'

황급히 뒷마루로 달려간 효이는 단휘를 발견하고 우뚝 멈춰 섰다.

"아……."

연기는 단휘가 곁에 두고 있던 작은 풍로에서 나는 것이었다. 마루 위에 느긋하게 앉아 있는 단휘의 손에는 서신 몇 통이 들려 있었고, 다가가 보니 풍로 안에서 종이가 타들어 가고 있었다.

"아……."

"무슨 일이냐."

들고 있던 서신을 마저 풍로에 던져 넣은 단휘가 묻고서야 효이가 정신을 차렸다.

"송구합니다. 결례인 줄은 알지만 드릴 말이 있어서 왔습니다."

"들을 말 없으니 물러가라."

"꼭 말씀드려야 합니다!"

효이는 그가 자비롭지 않다는 점도, 인내심이 길지 않다는 점도 잘 알고 있었다. 들을 말이 없다는 대답을 했을 때는 이미 물러가라는 명령을 내린 것과 진배없었다.

그럼에도 효이는 꿋꿋하게 자리를 지키고 서 있었다.

"후회할 짓 벌이지 마라."

그는 효이가 어떤 연유에서 찾아왔는지, 무슨 말을 하려는지 전부 꿰뚫고 있는 것 같았다. 효이는 이미 전부 알고 있다는 오만한 눈빛을 정면으로 마주하며 용기를 쥐어짜듯 치맛자락을 움켜쥐었다.

"전……."

"방관하라 했다."

"그럴 수 없습니다."

딱 잘라 대답하자 단휘가 미간을 찌푸렸다. 그러나 바위처럼 딱딱하게만 보이던 표정은 머잖아 풀어지며 냉소만을 남겼다.

"어미를 되찾기 위해 제 원수까지 살려 내려는 효심이라."

"……."

"과연, 너답구나."

이미 단휘는 효이의 속을 전부 꿰뚫어 보고 있었다.

"계산된 충성만큼 받기에 꺼려지는 것도 없지. 다른 속셈을 품고 내게 접근했던 자들의 말로를 지겹도록 봐 온 네가 아니냐."

아니라고 부정할 수 없었다. 감히 충성이라 칭하기에도 면구스러울 만큼 효이는 철저히 생각을 거듭하고 계산하여 이 자리에 섰다. 그러니 단휘의 질타에 반박할 여지는 없었다.

단휘는 침묵하는 효이를 향해 느긋하게 하문하였다.

"이 몸이 네 힘을 탐하니 너만은 결코 내치지 않으리라 과신하느냐?"

"아닙니다."

"하면 날 돕겠다고 자진하는 널 갸륵히 여겨 어미를 돌려주리라 생각하느냐?"

"그저 알게 된 이상 방관할 수 없을 뿐입니다."

단휘는 무지한 아이를 바라보듯 웃었다.

"만용을 부리는구나."

귀한 얼굴에 스민 미소는 흔한 것이 아닌지라 밤중에도 더없이 선명하게 보였다.

"4년 전, 너에게 거래를 제안했었다. 오연을 살려 주는 대가로 너는 내가 놓아줄 때까지 네 힘을 쓰기로 하였지."

"기억, 합니다."

어머니께로 곧 돌아갈 수 있으리란 절망이 무너지던 그날을 어찌 잊겠는가. 참담했던 당시의 감정을 떠올리며 절로 효이의 얼굴이 일그러지고 말았다.

단휘는 그런 효이의 얼굴을 똑바로 바라보며 더없이 부드러운 목소리로 말했다.

"효이야. 나는 오연을 살려 주겠다고 했지 너에게 돌려주겠다고 한 적은 없었다."

"예?"

"내가 너를 포기하는 날은 결코 오지 않을 것이다. 그러니 마냥 기다리게 두는 것은 불공정한 거래라고 생각했다. 해서 너에게 기회를 주고자 했던 것이다."

단휘의 입술이 다시 웃었다.

"이제 어이하여 방관하라 명했는지 알겠느냐?"

"……."

지난 4년간 간절히 기다려 온 기회.

그것이 단휘가 병들도록 방치해야만 얻어 낼 수 있는 것이라니. 사람의 도리도, 의원의 신념도 지워 버려야만 가질 수 있는 것이라니.

울컥 치미는 감정이 속눈썹 끝에 애처롭게 매달렸다.

"어찌 제게 그런 기회를 잡으라 하십니까! 제가 후주님께 무슨 대

죄라도 지었습니까? 4년 전 후주님을 도운 일이 잘못이었습니까? 왜 제가 바라는 것은 이토록 잔인하게만 얻을 수 있게 하십니까? 왜, 왜 제게만…….”

효이는 울음을 참기 위해 입술을 깨물었다.

단휘는 대꾸 한 번 없이 효이의 발악을 가만히 지켜보다 쪽마루에서 몸을 일으켰다. 자박자박 발소리를 내며 다가왔으나 효이는 그가 코앞에 올 때까지도 일어섰다는 사실조차 모르고 있었다.

단휘는 손을 뻗어 효이의 눈물을 닦아 내었다.

자늑자늑한 손길인데도 살결에 닿은 순간 효이는 몸을 떨었다. 그저 그가 두려웠다. 제 전부를 송두리째 앗아 가 놓고도 태연히 그녀를 대하는 그가, 말 한 마디만으로도 쉽게 효이를 뒤흔드는 그가 두려웠다.

“효이야. 네가 내게로 달려든 순간부터 이미 운명은 정해진 것이었다.”

“…….”

“그래도 여전히 나를 방관하지 못하겠느냐?”

몸소 몸을 숙여 오며 하문하는 단휘를 바라보는 효이의 시야가 더 흐릿해져 갔다.

단휘가 영원히 제 힘을 탐하리란 사실은 정설에 가까웠다. 새삼 충격을 받고 물러날 만큼 어중간한 각오로 온 것은 아니었다. 당장 중요한 것은 단휘가 연초를 태우는 일을 가만히 두고만 볼 수는 없다는 사실뿐이다.

“후주님. 제게는 신념이 있습니다. 반드시 지켜야 할 것이 있어요.”

누구도 저로 인해 다치게 놔두지 않을 것이다.

제 눈앞에서 죽어 가는 사람을 외면하지 않을 것이다.

그러나 반드시 어머니께로 돌아갈 것이다.

효이는 이제껏 열심히 지키려 애써 온 결의들을 하나씩 다시 떠올리며 말하였다.

"뭐라고 하셔도 상관없습니다. 전 그저 제 자신과 했던 약조를 지키고 의원으로서 부끄럽지 않을 길을 택했을 뿐입니다. 후주님의 말씀이 맞습니다. 전 어머니께로 돌아가기 위해 후주님을 도울 생각입니다."

어리석은 소리를 지껄이고 있구나, 그런 말이 들려오는 것만 같았다.

다소 진정된 효이는 차분하게 다시 말하였다.

"앵속에 중독된 이들 중 다수가 세상사에 무관심해지는 병증을 드러내는 것으로 알고 있습니다. 세상을 잊는 것이지요. 만약 후주님께도 같은 병증이 나타난다면 제가 어찌 어머니께로 다시 돌아갈 수 있겠습니까?"

가장 빠른 길은 정신이 혼란해진 단휘에게서 어머니의 행방을 알아내는 것이다. 하나 단휘가 어머니에 대해 말해 주리란 불확실한 희망에 전부를 걸 수는 없었다.

"……."

"어차피 후주님께서 어머니가 계신 곳을 일러 주셔도 당장 찾아갈 형편이 되지 못합니다. 찾아간다 해도 함께 떠나기 어려우리란 것도 압니다. 그러니 저는 제 자리에서 제가 할 수 있는 일을 할 것입니다."

무슨 짓을 해서라도 반드시 단휘를 살려 놓을 것이다.

오직 그만이 효이와 어머니 사이를 이어 주고 있기에.

"제 모든 것을 걸고 후주님을 지켜 드리겠습니다. 그러니 어머니께로 돌아가고자 하는 제 결의를 믿고 허락해 주세요. 제가, 곁에서 후주님을 도울 기회를 주세요."

"결의라."

눈앞에서 어떤 일이 벌어져도 무심할 그의 두 눈이 풍로의 장작을 좀먹어 가며 이글거리는 불처럼 뜨겁게 효이를 응시하고 있었다.

"……."

"하면 그리해라."

한참 만에 나온 대답에 효이가 대놓고 안도했다.

"다행입니다. 다행이에요. 하면 저는 그만 물러가겠습니다."

그리고 돌아선 순간, 효이는 단휘에게 붙잡혀 억지로 다시 돌려세워지고 말았다.

놀라서 나오려던 새된 소리는 단휘의 뜬금없는 말에 막혀 사라졌다.

"정효이, 네 목적은 어미에게 돌아가는 것뿐이냐?"

"예?"

전혀 생각지 못한 하문이었다.

혹 이번에는 효이의 목적을 의심하셨을까. 효이가 다른 적들과 결탁해 그를 도우려 한다는 의심이라도 하고 계신 걸까. 그게 아니면 보필하는 척하며 위해라도 끼치려 한다고 의심하시는 걸까.

그런 생각들이 앞서 들어 쉽게 대답이 나오질 않았다.

"……그러냐."

침묵을 무언의 대답으로 받아들인 단휘는 잡고 있던 효이의 손을 놔주고 돌아섰다.

"그만 가 보아라."

"예? 아, 예."

단휘는 뒤 한번 돌아봐 주지 않고 그대로 별채 안으로 들어갔다. 그제야 효이는 자신이 넋을 놓고 단휘의 뒷모습만 보고 있었다는 사실을 깨달았다.

효이는 꼭 체기가 들린 사람처럼 가슴이 답답해졌다.

❈

단휘가 앵속이 첨가된 연초를 태우기 시작하고 이레가 지났다. 단휘는 적들의 속셈대로 계속해서 연초를 태웠고, 효이는 그런 그를 보필했다. 처음에는 그도 별다른 증상을 보이지 않았다. 하나 머잖아 단휘에게서도 발열과 기침을 시작으로 어지럼증이 나타났다.

효이가 할 수 있는 일이라고는 그럴 때마다 단휘의 곁을 지키는 것뿐이었다.

"언니, 언니! 주무셔요?"

"응?"

차월은 앉은 채 꾸벅꾸벅 졸고 있는 효이를 흔들어 깨웠다. 효이는 주위를 둘러보고서야 제 처소라는 사실을 기억해 냈다.

"아, 그렇지. 후주님께 가 보아야겠다."

"또요?"

"응."

시원스레 대답하면서도 효이는 고개를 갸웃했다. 계속 눈치를 살피며 안절부절못하는 차월의 태도가 어쩐지 석연치 않았다.

"왜 그래?"

"저어, 근래에 들어 언니가 후주님 처소에 너무 자주 가시는 것 같아서요."

"그게 왜?"

"실은, 전에는 하루에 한 번 가셨었는데 근래에 들어서는 시시때때로 들렀다가 오랫동안 나오지 않으시잖아요. 그래서 뭐랄까……."

차월은 난감한 얼굴로 말꼬리를 흐렸다.

“차월아, 난 후주님의 주치의잖아.”

효이의 단언에도 차월은 굴하지 않고 대답했다.

“알아요! 저는 알지만, 그렇지만, 그게, 진맥만 하는 거면 밤새도록 있을 리 없지 않느냐고 다들 입을 모아서…….”

“다들이라니? 그게 무슨 말이야?”

효이가 계속 추궁하자 차월이 울먹이기 시작했다.

“전 그저 다른 의원 분들이나 애들이 하는 이야기를 들었을 뿐이어요. 아닐 거라고 했지만 다들 워낙 확언하시고, 소문도 있다고도 하고. 저는 진맥이나 언니가 하시는 일에 대해서는 잘 몰라서 반박할 수가 없었어요.”

차월은 헛소문이 퍼진 것이 제 탓이라 생각하는지 결국 울음을 터뜨리고 말았다. 효이는 우선 차월을 달래 주었으나 속은 복잡했다.

그간 상단 사람들은 저자에 만연한 추문에도 줄곧 코웃음 쳐 왔다. 실상을 아는 그들 눈에 단휘와 효이는 단순한 주군관계일 뿐이었기 때문이다. 하나 그랬던 사람들마저 두 사람의 관계를 다른 눈으로 보기 시작했다면 이는 모르는 척하기 어려운 문제였다.

“가 봐야겠어.”

“어, 언니!”

“괜찮아. 여기에 있어.”

사실 효이도 어디로 가서 어찌 해명해야 할지 몰랐다. 자세한 사정을 설명할 수 없는 상황에서 아니라고 말해 봐야 누가 선뜻 믿어준다는 말인가.

‘후주님께서도 알고 계실까? 아니지, 아니야. 후주님께 털어놓느니 차라리 스승님께 조언을 구하자.’

하구라면 가벼이 여기지 않고 조언을 해 줄 것이다.

"어어! 거기, 정 의원 아니신가."

"반갑네! 근래 들어 얼굴 보기가 아주 여간 어려운 것이 아니야. 하하."

그때 맞은편 복도에서 사내 둘이 인사를 해 왔다.

두 사람은 감색 도포를 입고 흰색 허릿단을 두르고 있어, 멀리서도 상단 소속 의원임을 알 수 있었다.

거리가 가까워지고서야 두 사람을 알아본 효이가 허리를 숙였다.

"아, 자, 잘 지내셨는지요. 두 의원님……."

두렴과 두연 형제는 보기 드문 형제 의원이었다. 도륜 선생의 제자인 그들은 의원이 된 후 수란에 입단해 현재 상단 소속 무사와 하인을 시료해 주는 일을 맡고 있었다.

"하하. 그간 격조했군. 같은 상단 소속인데도 어찌 그리 얼굴 보기가 힘들단 말인가."

"정 의원은 우리와 달리 귀한 몸이시니 별수 없지 않나."

"아닙니다. 당치 않은 말씀이십니다."

손사래를 치면서도 효이는 저도 모르게 뒷걸음질 쳤다.

"뭘 그리 겁을 내나. 우리가 무슨 짓이라도 할까 봐 그러는가?"

"아닙니다. 가던 길이 급해서 그만 결례를 저질렀습니다."

효이의 해명에 두연이 제 수염을 쓰다듬으며 물었다.

"어딜 가던 길인가?"

"스승님께로 가던 길이었습니다."

효이의 대답에 두 사람이 동시에 코웃음 쳤다. 명백한 비웃음이었지만 효이는 기분이 상했다는 내색조차 하지 않았다.

"아니지, 후주님의 처소로 가는 것 아닌가."

"예?"

"우리가 한두 해 봐 온 사이도 아니고 뭘 굳이 속이나. 서운하게. 우리도 눈이 있고 귀가 있는데 어찌 모르겠나. 거참, 진즉 말해 주었으면 우리도 자네한테 뇌물이라도 좀 줬을 텐데 말이야."

두렴의 계속되는 비아냥거림에도 효이는 화를 내지 않았다.

두 의원은 그저 분풀이가 필요할 뿐이다. 그러니 조금만 받아 주면 머잖아 기분을 풀고 떠날 것이었다.

"실은 정 의원 자네에게 묻고 싶은 것이 있어서 말이네. 우리와 잠시 가 줄 수 있겠나?"

생각지 못한 두렴의 말에 효이가 흠칫했다.

"저, 저어 송구하오나 스승님께 가 보아야 합니다. 하실 말씀이 있으시면……."

효이의 대답이 성에 차지 않았는지 두연이 가까이 다가와 그녀를 난간 쪽으로 몰아넣었다.

"미색으로 환심을 살 작정이라면 차라리 기방에 들어갈 것이지. 이도 저도 아닌 주제에 의원 행세나 하며 우리의 체면까지 떨어뜨리다니. 미천한 년 같으니."

소문, 소문 때문이다.

그제야 두 사람이 시비를 걸어온 이유를 깨달은 효이가 황급히 입을 뗐다.

"저는!"

"아아, 그래. 자네 노비장에서 팔려 왔었지? 진맥도 할 줄 모르던 년이 매일 후주님 처소에 드나들 때부터 짐작했어야 하는데 말이야. 하나 자네도 안쓰럽군. 그리 오래 잠자리를 하고도 여직 홀몸이란 말인가. 아니면 설마 쫓겨나기 싫어서 제 손으로 독초라도……."

"그만하십시오!"

얼굴과 귓불까지 새빨갛게 달아오른 효이가 소리쳤다.

"전부 다 헛소문입니다. 시료를 위해서 찾아갔을 뿐 다른 의도로 후주님의 처소에 간 적은 단 한 번도 없었습니다. 그러니 제발 모욕적인 언사는 그만두십시오. 지금 두 분께선 저만을 욕보이시는 것이 아니라 후주님까지……."

짜악!

효이가 말을 끝내기도 전에 두연의 매서운 손이 날아왔다. 효이는 뺨을 갈긴 힘에 비틀거리며 난간에 몸을 기댔다. 어찌나 세게 맞았는지 입안에서 비릿한 맛이 났다.

두연은 매서운 눈으로 효이를 내려 보며 일갈했다.

"수치스럽기라도 하단 말이냐? 상단에서 몸이나 파는 네 탓에 무고한 다른 의원들까지도 수치를 감당하고 있다는 사실은 알고 있느냐! 정효이, 너는 그 도포를 입을 자격이 없다!"

두렴은 즐겁게 웃으며 한마디 보탰다.

"쯧쯧. 우리가 왜 네 도포를 찢어 놓았었는지 아직도 모르겠느냐? 후주님께선 멍청한 계집이 취향이신가. 하긴 계집이 너무 영민하면 짜증 나긴 하지."

"저는, 전……."

효이는 본능적으로 제 앞섶을 움켜쥐었다.

'어쩌지. 여기에 더 있다간 더 심한 꼴을 당할지도 몰라. 다른 사람이 보기라도 한다면!'

얼른 여길 벗어나야 하는데 뺨이 얼얼한 탓인지 말이 나오질 않았다.

"생각이라는 것이 있다면 네가 먼저 후주님의 곁을 떠났어야지.

의술도 하찮은 계집이 언감생심 후주님의 주치의라는 자리를 탐할 때부터……."

"지금 뭣들 하는 짓입니까!"

그때 벼락처럼 우렁찬 소리와 함께 하구가 나타났다.

"스, 스승님?"

하구는 얼른 달려와 효이를 부축해 일으킨 후, 두 사람을 향해 소리쳤다.

"의원이 무고한 사람에게 패악이나 부리다니! 도륜 선생님께서 보셨다면 두 분 모두 이유 불문하고 파문되었을 것입니다!"

"뭐라고? 이봐, 하 의원, 자네는 은월각에 파다하게 퍼진 소문도 못 들……."

두연의 말이 다 끝나기도 전에 하구가 매섭게 말했다.

"그깟 소문이 무엇이 어떻다는 말입니까! 정효이는 후주님의 시료를 허락받은 유일한 의원입니다. 두 분의 행패로 혹여 귀한 몸이 상하기라도 하면 그 무거운 책임을 어찌 대신할 생각이십니까!"

두연은 더 반박하지 않았으나, 두렴은 비아냥대길 멈추지 않았다.

"그래, 잘 보여 놔야지. 무려 후주님의 밤손님이신데. 역시 하구 자넨 영민하구먼. 도륜 선생님의 애제자답네 그려."

"지금 무슨 말을 하시는……."

효이는 얼토당토않은 말에 화를 내려는 하구를 다급히 막았다.

"됐습니다! 그만하세요, 스승님!"

"천한 년 같으니!"

두렴과 두연은 욕을 내뱉으며 왔던 길을 돌아가 버렸다.

하구는 두 사람이 완전히 시야에서 사라지고서야 경계를 풀고 효이를 살폈다.

"괜찮으십니까? 좀 봐야겠습니다."

"제가 직접 하겠습니다. 마음 쓰지 마세요, 스승님."

"아씨는 어찌 그리 태연하십니까? 설마 이와 같은 일이 처음이 아닌 겁니까?"

믿을 수 없다는 얼굴로 묻는 하구의 말에 효이가 동문서답을 하였다.

"오늘 봤던 일에 대해서는 다른 분들에게 함구해 주세요. 또한 앞으로는 비슷한 일을 보더라도 끼어들지 말아 주세요. 부탁입니다."

하구는 기함한 얼굴로 하늘을 올려다보았다. 화를 삭이려는 행동인 듯했으나 소용없었는지 곧 다시 언성을 높였다.

"아씨에게 손찌검을 했습니다! 후주님의 주치의이신 아씨를 해한 일은 단순히 눈감아 줄 수 있는 사안이 아닙니다! 이는 결국 후주님을 욕보이는 짓이라는 사실을 모르시겠습니까?"

"알려지지 않으면 욕을 보실 일도 없습니다! 그러니 제발 부탁입니다!"

하구는 여전히 납득하지 못한 얼굴을 하고 있었다. 효이는 그런 하구를 달래듯 말하였다.

"스승님, 두 의원께선 단순히 절 시기하실 뿐입니다. 사람이라면 누구나 가지고 있는 마음이 아닙니까."

어느 날에는 공부하던 서책이 연못에 둥둥 떠 있었다. 또 어떤 날에는 관리하던 약재가 며칠씩 사라져 있다가 다 상한 채 나타나기도 하였다. 수란 상단 의원의 상징인 감색 도포가 찢기는 일은 차라리 웃어넘길 수 있는 수준이었다.

두 의원의 괴롭힘은 제법 오랫동안 계속된 것이라 오늘 일 정도는 효이에게 별스러운 것도 아니었다.

"두 분을 다치게 만들고 싶지 않습니다. 그러니 제발 함구해 주세요.”

“왜입니까? 왜 그렇게 감싸는 것입니까!”

“그 두 사람은 후주님의 적이 아니니까요.”

효이의 입에서 나온 대답에 하구의 얼굴이 더 무섭게 일그러졌다.

“즉, 후주님의 적이 아니라면 아씨에게는 위험해도 무관하다는 뜻입니까?”

“……꼭 그런 뜻은 아닙니다.”

“하면 무슨 뜻입니까? 무슨 의미로 그런 말씀을 하십니까?”

효이는 정면으로 부딪쳐 오는 하구의 시선을 피하며 힘없이 말했다.

“틀린 말이 없잖아요. 어느 날 갑자기 나타난 어린 계집이 모두가 선망하던 후주님의 주치의가 됐습니다. 어떤 의원이 쉽게 납득할 수 있었겠습니까? 저들이 말하는 방법과는 다르지만, 제가 부당한 힘을 써서 다른 의원들이 누릴 권위를 가로챈 것은 사실입니다. 그러니 저들이 원망하더라도 전…….”

“아씨!”

벼락처럼 내리치는 하구의 목소리가 평소와 달랐다.

“어찌 그리 얼토당토않은 생각을 하십니까! 지금 아씨께선 타인의 갖은 사념마저 혼자 끌어안으려 하고 계십니다! 후주님께서 아씨를 필요로 하고 계신 이상, 아씨는 수란에 반드시 필요한 분입니다. 두 번 다신 그런 생각하지 마십시오!”

“…….”

깊은 사정을 모르고 감싸 주는 말에 효이는 눈물이 날 것 같았다.

고마움이 아닌 죄책감 때문이었다.

‘스승님, 저는 다른 이들의 목숨값으로 이 자리에 왔습니다. 설령 그것이 후주님을 노리던 자들의 목숨이라 할지라도 어찌 가벼이 여기겠습니까? 상단에 들어오고 받은 괄시만으로는 제 죄를 다 갚기에 한참 모자랍니다.'

차마 입에 담을 수 없는 사정을 떠올리는 효이의 눈빛이 처연하였다.

'그러니 다치게 하고 싶지 않습니다. 제발 저 때문에 누구도 더 다치지 않았으면 좋겠습니다.'

효이는 잠시 마음을 가라앉힌 후 단조로운 투로 말하였다.

"정말 위험했다면 제가 알아서 피했을 것입니다."

"아씨!"

"압니다. 앞으로는 마주치지 않도록 조심하겠습니다. 그러니 오늘 일만 함구해 주세요."

하구는 계속되는 효이의 간곡한 청을 차마 무시하지 못했다.

"이번만입니다. 앞으로 한 번만 더 그런 꼴을 보면 그때는 가만있지 않을 겁니다."

"네! 고맙습니다, 스승님!"

"오늘 밤은 두렴이 불침번을 설 겁니다. 처소로 돌아가세요."

"네, 감사합니다."

하구는 입이 무거운 사람이니 약조를 지켜 줄 것이다. 하구가 함구해 준다면 절대 그 누구도 효이와 연루되어 다치지 않을 것이다. 결국 소문과 관련해 해결된 일은 하나도 없었지만 그리 생각하는 것만으로도 효이의 마음은 한결 가벼워졌다.

五話 · 적의

그로부터 두 하루가 지난 밤.

효이의 처소는 늦도록 불이 꺼지지 않은 채였다.

"휴."

효이는 한숨을 푹 내쉬며 서책을 덮었다.

처소에는 탕기들이 널려 있었고, 탁상에는 독약과 관련된 의서들이 겹겹이 펼쳐져 있어 눈을 둘 곳이 없을 정도로 지저분했다. 단휘에게서 받아 온 연합도 여러 통 쌓여 있었는데, 이는 연초에 첨가된 독초들을 일일이 분류하기 위해서였다.

'증상이 나타나는 간격을 봤을 때, 다른 독성을 가진 약재들은 크게 효험을 발휘하지 못하고 있는지도 몰라. 적들의 목적은 즉사가 아닌 중독, 후주님의 말씀대로 정신만 놓게 하려는 속셈이야. 당연히 발작으로 즉사하시면 곤란해지겠지.'

효이의 시선은 탁상에 올려놓은 연합을 향해 있었다.

'역시 어떻게든 말려야 했을까?'

아무리 적들을 가려내기 위해서라 해도 너무 위험한 도박을 시작했는지도 모른다.

'이제 와서 생각해 봐야 부질없겠지. 여명에도 후주님께 가 봐야 하니 오늘은 이쯤 해 두어야겠다.'

은월각에 만연한 추문과 관련해 효이를 주목하는 이들이 늘어나서, 그렇지 않아도 노곤한 몸에 피로가 더했다. 덕분에 효이는 더 부지런해졌다. 사람들의 눈에 덜 띌 시간에 단휘를 살피려고 부단히 애쓰게 되었으니 말이다.

효이는 연합을 덮어 놓고 침상에 누웠다.

그로부터 얼마나 지났을까.

곤히 숨을 내쉬고 있던 입술이 무언가에 틀어 막힌 듯 갑갑해져 왔다. 여전히 잠에서 깨지 못한 효이의 입술 안으로 뜨겁고 말랑한 것이 침범해 왔다. 깊게, 더 깊게 내리누르고 혀 위를 노닐며, 차차 벅차오르는 숨결마저 앗아 가는 낯선 감촉.

효이는 몸을 뒤척였다.

'뭐, 뭐지?'

설핏 잠에서 깨어나는 중에 차가운 감촉이 잘록한 허리를 쓸어내리며 둔한 감각을 일깨웠다. 효이는 본능적으로 두 팔을 뻗어 저를 누르고 있던 무거운 형체를 밀어 냈다.

"하, 으흡."

잠에서 완전히 깬 효이가 두 눈을 깜빡이며 급히 시야를 확보하려 들었다. 하나 거리가 너무 가까운 데다 달빛마저 구름에 가렸는지 어두컴컴해서 효이는 얼른 상대를 알아보지 못했다. 누군가가 제 처소에 와 있다는 사실조차 믿기지 않는 와중이었다.

"대체……."

상대에게 직접 물으려는 찰나, 창호지 사이로 달빛이 스며들어 왔다. 시린 달빛은 차차 반듯한 이마와 깊은 눈매, 그리고 촉촉하게 젖은 채 웃고 있는 입술을 비추었다. 나긋한 시선으로 효이를 내려다보는 사내의 절륜한 얼굴은 너무도 낯익어 도리어 거짓처럼 느껴졌다.

지금 효이가 환각을 보는 것일까.

"후주……님?"

단휘는 큰 손으로 효이의 뺨을 달래듯 감쌌다.

차가운 손이 제 뺨 위에서 노니는 감촉에 효이는 오싹 소름이 돋았다. 이제껏 한 번도 단휘에게서 계집처럼 취급되지 않았던 효이는 당혹스러워 다른 말을 꺼낼 엄두도 내지 못했다. 그러는 사이 단휘는 제 타액으로 흠뻑 젖은 효이의 입술을 희롱하듯 어루만졌다.

"깨어났구나."

단휘가 가만히 읊조렸다.

동시에 효이를 응시하는 시선이 위험한 빛을 띠며 짙어져 갔다.

효이는 침상에 올라와 저를 내려다보고 있는 단휘에게 물었다.

"지금, 무슨, 제가, 꿈을 꾸고 있는 것입니까?"

순진한 효이의 물음에 단휘가 픽 웃었다.

"꿈이라."

"후주님?"

"꿈이었다면……."

차차 단휘의 달뜬 숨결이 가까워져 왔다. 놀란 효이는 눈을 질끈 감으며 입까지 꽉 다물어 버렸다. 그러자 단휘는 흠뻑 젖은 입술을 얄궂게 깨물어 왔다.

효이가 아픔에 신음했다.

"아!"

두 사람의 입술이 다시 겹쳐졌다.

잠결에 벌어졌던 일이 꿈이 아니라는 것을 증명하듯 단휘의 입맞춤은 점차 더 깊어져 왔다. 혀를 옭아매고 끌어당겨 멋대로 그 안을 휘저으며 탐하는 움직임에서, 어쩐지 애달픔이 묻어났다. 숨은 가빠져 가고 누운 몸을 가만히 두기가 어려워져 갔다. 그러나 효이는 그저 그를 받아들이는 것 외에는 아무것도 할 수 없었다.

길고 느긋했던 입맞춤이 끝나고 단휘가 고개를 떼어 내며 작게 속삭였다.

"이쯤에서 물러나지 않았겠지."

기함한 효이가 석상처럼 굳어 버리자 단휘가 읊조렸다.

"벌이었다."

"예?"

"감히 숨기려 든 벌."

"무, 무엇을 말입니까?"

조심스럽게 이유를 여쭙는 효이를 내려다보는 단휘의 시선이 서늘하였다.

"그만 일어나라."

먼저 침상에서 몸을 일으킨 단휘가 걸음을 뗐다.

효이는 천천히 저에게서 멀어지는 단휘의 등을 바라보았다. 그러곤 저도 모르게 제 입술을 매만지며 아까의 감촉을 떠올렸다.

'그, 그저 벌이라고 하셨어.'

하나, 효이는 차라리 때리거나 근신 처분을 내려 달라고 소리치고 싶은 심정이었다.

그래도 천만다행인 것은 효이만 입을 다물면 은월각의 누구도 이 일을 알 수 없으리란 사실이었다. 효이는 제 자신에게도 비밀로 하려는 듯 두 눈을 질끈 감고 아까의 일을 망각하기 위해 애썼다.

"따라오지 않고 무얼 하느냐?"

"예? 예!"

효이는 생각을 그치고 의자에 걸쳐 두었던 도포를 입으며 뒤를 따랐다.

"어딜 가려 하십니까?"

단휘가 향한 곳은 뜻밖에도 효이의 방에 있는 작은 서고였다.

겹겹이 책을 쌓아 놓아 서고라 부를 뿐, 사실 한 사람이 들어가기에도 벅찬 공간이었다. 그런 사실을 모르는지 단휘는 서고의 문을 열었다.

"후주님, 거긴 두 사람이 들어갈 자리가 없습니다. 후주님?"

단휘는 효이의 만류를 무시하고 안으로 휙 들어가 버렸다.

하는 수 없이 효이가 황급히 뒤를 따라 들어가는데, 좁고 어두워야 할 서고 안이 너무 밝아 눈이 부셨다. 효이가 눈을 비비며 겨우 앞을 내다보니, 막혀 있어야 할 서고의 한쪽 벽이 시원스럽게 뚫려 있었다.

"어?"

명확히 표현하면 뚫렸다고 하기보다는 닫혀 있던 문이 열린 것처럼 이음새가 깔끔했다.

열린 문 사이로는 한눈에 보기에도 길게 뻗은 복도가 있었는데, 벽에 걸린 등롱들 때문에 대낮처럼 환했던 것이다. 정작 4년 가까이 이 방에서 지냈던 효이는 처음 보는 길이었다.

"후, 후주님!"

효이가 어리둥절해 있는 사이 단휘는 성큼성큼 안쪽으로 걸어가 버렸다.

결국 효이는 어디로 향하는 길인지조차 모른 채 그의 뒤를 따랐다. 복도는 사방이 벽으로 막혀 있는 굴에 가까웠는데 누가 관리했는지 먼지 한 톨 없이 깨끗했다.

효이는 앞서 걸어가고 있는 단휘의 등을 바라보며 물었다.

"언제부터였습니까?"

"처음부터였다."

"이 길을 처음부터 만들어 두셨다는 뜻입니까? 아!"

문득 효이는 얼마 전 단휘의 처소에 들었던 자객을 떠올렸다.

"하면 여기가 문지기도 모른다는 그 길입니까?"

"그래."

"이 길을 자주 쓰십니까?"

"종종 써 왔다."

이 같은 길이 은월각 내부에 더 있는지 여쭈려던 효이는 괜한 말이라 생각해 침묵했다.

침묵은 계속되고 길은 끝이 없어 효이가 점차 걸으며 졸기 시작할 무렵이었다.

앞서가고 있던 단휘가 나지막한 음성으로 말을 걸었다.

"두 의원과 다툼이 있었다고 들었다."

"예?"

잠이 확 달아나는 말씀이셨다. 대체 어디서 들으셨단 말인가.

"다툼이 아니라 단순한 언쟁이었습니다. 의원들 사이에 으레 있는 것이지요. 후주님께서 마음 쓰실 일은 절대 아닙니다."

"마음 쓰실 일이 아니다?"

최대한 침착하게 해명했으나 단휘는 걸음을 멈추고 효이를 돌아보았다.

복도에 놓인 등롱의 불빛이 단휘의 얼굴에 음영을 그렸다. 이미 긴장하고 있던 효이는 무섭도록 싸늘한 그의 얼굴에 겁을 먹었다.

"소, 송구합니다. 무례한 말을 하고 말았습니다."

단휘는 허리를 숙이는 효이를 지긋이 바라보다 다시 걷기 시작했다.

"실은 그날 두 의원이 독립할 의사를 밝혀 왔었다."

처음 듣는 이야기였다.

하면 그때 두 의원은 효이에게 그 이야기를 하려고 왔던 것일까? 어차피 두 사람 모두 효이 탓에 상단 내에서의 출셋길은 막혀 있다고 생각해 왔을 터였다. 재물과 명성을 좇아 자리를 떠나는 일에 아쉬움을 둘 인물들은 아니니, 새삼스러울 것은 없었다.

"하나, 효이야. 두 의원은 떠날 수 없다."

"예? 어째서입니까?"

"벌을 받아야 하기 때문이다."

벌이라니!

놀란 효이가 한달음에 달려가서 단휘의 팔을 붙들었다.

"후주님, 단순한 언쟁에 불과했습니다!"

"설령 그렇다 해도 너를 기만한 것은 나를 능멸함과 다르지 않다."

고저 없는 차분한 음성 안에 서린 분노가 매서웠다. 머리로는 물러나야 할 때라는 판단이 섰지만 입술은 이미 생각과는 다른 말을 내뱉고 있었다.

"그저 이견이 있었을 뿐입니다! 구태여 벌까지 내리실 일이 아니라는 것을 아시지 않습니까!"

"어떤 벌을 내릴지 묻지도 않고 처사의 불공평함을 논하려 하느냐?"

"그건……."

후원을 줄이거나 떠나는 시일을 늦추거나, 또 다른 벌이 무엇이 있을까. 사실 이와 같은 일로 단휘가 부하를 벌했던 전례를 보지 못했던 터라 선뜻 떠오르는 것이 없었다.

"어떤 벌입니까?"

"평생 상단을 떠나지 못하는 것, 그것이 벌이다."

"예?"

"이제까지처럼 정당한 대가를 지불하고 부릴 것이니, 참으로 자비로운 처사라 생각지 않느냐?"

적어도 그가 자비라는 단어의 뜻을 모르는 것만은 분명했다.

"대가만 지불하면 세상만사가 모두 정당해진다고 생각하십니까?"

마음이 떠난 이를 억지로 곁에 두고 반감만 쌓이게 해 봐야 언젠가 적으로 돌아서기만 할 뿐이다. 차라리 두 의원 모두 떠나도록 하여 자유롭게 지내게 해 주는 편이 이롭다는 사실을 단휘 역시 누구보다 잘 알고 있을 터였다.

효이는 설득할 여지가 남아 있다고 믿고 어렵게 다시 입을 뗐다.

"오늘에 이르기까지 수란은 제 발로 떠나려는 부하들을 억지로 붙잡지 않았습니다. 오랫동안 이어 내려온 전통을 어찌 그리 쉽게 깨버리려 하십니까?"

"두 의원을 놔주라는 뜻이냐?"

"감히 제가 후주님의 뜻을 좌지우지할 수 없다는 것을 압니다.

하, 하나."

"하나?"

그녀 자신과 같은 처지로 전락하는 사람이 늘길 바라지 않았다. 그것이 설령 오랫동안 그녀를 괴롭혀 온 두 의원일지라도, 새장에 갇혀 주인이 바라는 목소리로 울어 주는 신세가 되는 꼴은 보고 싶지 않았다.

"헤아려 보십시오."

"헤아려라?"

"허물을 덮고 약조한 대로 지원을 보태 내보내시면 두 의원은 후주님의 너그러움에 감읍할 것입니다. 그저 놓아주는 것만으로도 후주님께선 상단의 전통을 지키시고 두 의원의 마음까지 얻으실 수 있으니 일거양득이 아니겠습니까."

효이는 생각해 낼 수 있는 최대의 효율과 이득을 내세우며 타당한 이유를 제시했다.

"감히 네가 내게 흥정을 청하느냐?"

"이소역대라 하지 않습니까. 전통은 한순간에 쌓을 수 있는 것이 아니며 충성은 배신을 막는 지름길이니, 아주 작은 것을 내놓으시고 큰 이득을 취하실 수 있습니다."

어설픈 상인 흉내를 내는 효이를 응시하던 단휘의 얼굴에 비소가 맺혔다.

"네가 정히 청한다면……."

"청합니다!"

혹여 말씀 중에 뜻을 돌이키실까 효이가 얼른 소리쳤다. 단휘는 희망에 차 번뜩이는 효이의 눈을 바라보며 마저 대답하였다.

"마땅히 그들이 있어야 할 곳으로 보내 주마. 그러면 되겠느냐?"

"정말 허락해 주시는 겁니까?"

세상에, 단휘가 이 같은 얕은 흥정에 응해 줄 줄이야. 효이가 놀라 되묻자 도리어 단휘가 물음으로 답했다.

"싫으냐?"

"아, 아닙니다! 감사합니다, 후주님!"

단휘는 감읍하며 몇 번이고 허리를 숙이는 효이를 보며 소리 없이 웃었다.

"아니다."

단휘가 홱 돌아서 다시 걷기 시작하자 효이도 얼른 뒤를 따랐다.

머잖아 복도의 앞쪽에 장지문이 보이기 시작했다. 단휘가 성큼 문을 열자, 너무 익숙한 장소가 눈앞에 펼쳐졌다.

여기는, 단휘의 처소였다.

효이는 이제까지 이 문을 후원으로 나가는 길이라고만 생각했을 뿐, 설마 복도와 이어져 있을 거라곤 예상하지 못했었다.

"앞으로 이 길을 통해 내게로 와라."

"아."

어쩌면 은월각에 만연한 추문을 알고 마음 써 주시는 것은 아닐까. 다른 때라면 감읍하고 말았을 일이지만, 효이는 괜스레 제 처소에서 있던 일을 떠올리곤 얼굴을 붉혔다.

"단, 두 가지 조건이 있다."

"말씀하십시오."

"함부로 드나들지 말 것, 또한 와도 오래 머물지 말 것. 지킬 수 있겠느냐?"

요구하지 않으셔도 응당 지켜야 할 도리인지라 효이가 선선히 고개를 끄덕였다.

"그리하겠습니다."

"하면 물러가라."

"……예."

효이는 다시 복도로 들어갔다.

단휘는 효이가 시야에서 사라진 이후 제 처소 쪽에 난 문을 조용히 닫았다. 그리고 침상을 지나쳐 바깥의 후원으로 나왔다. 하늘은 여전히 밝아 오는 기미 없이 어두웠다. 효이의 처소에 머물 때만 해도 은은하게 빛을 내던 달마저 더 보이지 않았다.

단휘는 마치 무언가를 기다리듯 뒷짐을 진 채 고요한 하늘을 응시했다.

"달빛조차 빛을 잃은 밤이라."

작게 읊조리던 단휘는 담벼락에서 후원으로 내려앉는 그림자를 보았다. 낯익은 인영은 검은 복면을 벗으며 단휘 앞에 한쪽 무릎을 꿇었다.

단휘는 무미건조한 얼굴로 피에 흠뻑 젖은 한로의 오른쪽 소매를 보며 읊조렸다.

"두렴과 두연이 생각지 못한 길로 들어섰을까 저어되는구나. 부디 길을 잃지 말고 바라던 곳으로 무사히 떠나야 할 터인데……."

제 주인의 건조한 음성에 서린 살기를, 한로는 모르는 척하며 조용히 고개를 숙였다.

✻

날이 밝자 두렴과 두연이 후한 지원을 받아 지방으로 내려갔다는 소문이 돌았다. 새벽녘에 그들에게 보낼 재물을 가득 실은 수레 두

대가 황급히 성문을 빠져나가는 것을 본 채소 행상꾼의 입에서 시작된 소문이었다. 사람들은 수레를 가득 채웠다던 재물의 양을 운운하며 단휘의 배포를 추어올렸다.

효이는 두 의원에 대한 일에는 마음 쓰지 않았다.

효이에게는 눈앞에 있는 단휘의 일이 더 급하였다. 그가 연초를 태우기 시작하고 벌써 한 달이 지났다. 두 사람은 욕탕 안에 연초를 태워 놓고 잔재만 회수하는 방식으로 최대한 폐해를 줄여 보려 애썼으나, 단휘의 용태는 나날이 악화되고 있었다.

이미 단휘는 앵속의 연기를 많이 마신 상태였다.

"후주님, 저 효이입니다."

이제 제법 익숙해진 통로의 문을 열자 안에서 희미하게 달짝지근한 향이 느껴졌다. 아무리 열심히 환기를 시켜도 방 안에 스며든 눅눅한 향은 지울 도리가 없어, 두 사람 모두 반쯤 포기한 상태였다.

"후주님, 주무십니까? 후주님?"

처소 안은 어두컴컴했다.

효이는 등잔을 들고 처소 안을 살피며 침상으로 다가갔다.

"후주님?"

"하, 아……."

"후주님!"

숨소리가 거칠고 안색이 파리하였다. 효이가 얼른 단휘의 이마에 손을 얹어 보니, 불볕 아래서 뜀박질이라도 하고 온 사람처럼 뜨거웠다.

효이는 등잔을 내려놓고 단휘를 흔들어 깨웠다.

"후주님! 들리십니까? 후주님!"

침상이 흔들릴 정도로 거칠게 깨웠으나 단휘는 미동조차 없었다.

"열부터, 열을 식혀야겠습니다. 찬물을 좀 가져올 터이니 조금만 기다……."

탁, 누워 있던 단휘가 물을 가지러 가려던 효이의 손목을 순식간에 낚아챘다. 병자가 맞나 싶을 정도로 강한 힘에 효이는 비명을 지를 틈도 없이 이끌려 침상에 눕혀졌다. 저도 모르게 발버둥 치려던 효이는 목에 닿는 서늘한 감촉을 느끼고 기함했다. 위태롭게 목을 누르고 있는 단검은 당장에라도 살을 벨 것처럼 날카로웠다.

"후, 후주님!"

"……정효이?"

효이 못지않게 단휘 역시 놀란 낯을 하고 있었다. 단검을 쥐고 있던 손의 힘이 빠지고 곧 검이 날카로운 소리를 내며 바닥으로 떨어졌다.

안도한 효이가 한숨을 돌리는데 단휘는 기가 차다는 듯 설핏 웃었다.

"목숨이 오가는 중에도 또 너란 말이냐."

"예?"

"참 지독하구나."

내려다보는 단휘의 눈빛이 짙었다. 어지럽게 흐트러진 숨결이 뜨겁고 거칠어 효이는 그저 걱정만 앞섰다. 지금의 단휘는 적과 부하를 분간하지 못할 정도로 무뎌져 있었다.

마치 닳고 닳아 끝내 망가진 칼날처럼.

효이는 식은땀에 젖은 그의 까만 머리칼을 가만히 바라보다 천천히 손을 뻗었다. 그저 위태롭게 매달린 땀방울을 닦아 주고 싶었을 뿐이었다. 하나 그마저도 단휘에게 붙잡혀 내리눌러졌다. 양 손목을 붙든 손의 힘이 너무도 강해, 효이의 눈가에 눈물이 맺히고 말았다.

효이는 무겁게 짓눌러 오는 단휘의 시선을 마주한 채 조심스럽게 입을 뗐다.

"저, 저 효이입니다. 절 알아 보시겠…… 으흡!"

말을 마치기도 전에 입술을 넘어 밀려 들어오는 혀가 불처럼 뜨거웠다. 그의 혀는 가만히 굳어 버린 효이의 혀를 누르고 가두고 옭아매며 제 뜻대로 희롱하였다. 그는 효이의 입술 안에 머무는 찰나의 숨결조차 포악하게 앗아 갔다. 효이는 저번과는 다른 짐승 같은 움직임에 발버둥조차 치지 못한 채 그를 받아들였다.

"으흣, 흣…… 흡."

스칠 때는 달콤하면서도, 혀가 까실하게 비벼지는 순간 쓰려 오는 맛. 지난번 맛보았던 앵속의 맛이다. 분명 잔재만 거두는 방법을 써 왔을 터인데. 어이하여 단휘의 입안에서 앵속의 맛이 난다는 말인가.

하나 묻거나 생각할 틈이 없었다.

"하흣…… 흣…… 하."

질척이며 타액이 섞이는 소리가 효이를 점령하고 있었다. 머리로 피가 몰리는 기분이 들었다. 생경하고 창피한 소리에 효이가 다리를 버둥거리자, 단휘의 무릎이 허벅다리 안쪽을 세게 눌러 왔다. 안쪽 살결에 닿는 단휘의 무릎이 단단하고 무거웠다.

"더 헤어나질 못하게 하는구나. 점차 더, 깊어지게 만들어……."

그는 여전히 효이만을 바라보았고 효이의 입술만을 탐하였다. 더, 더 바란다는 듯 탐욕에 찬 행동에 효이는 결국 울고 말았다.

뜨겁게 뺨을 적신 눈물이 그에게 닿아 마침내 단휘가 고개를 들었다.

그는 울고 있는 효이를 내려다보았으나 저번처럼 온정이 배어 있는 시선은 아니었다. 아주 못마땅한 것을 바라보듯 그의 얼굴은 무섭게 일그러져 있었다.

“제가, 제가 또 무엇을 잘못한 것입니까? 흐윽, 그래서 벌을 내리시는 것입니까?”

단휘는 대답 대신 천천히 고개를 숙여 왔다.

겁을 먹은 효이가 두 눈을 질끈 감자, 가슴 언저리에 뜨거운 숨결이 닿았다. 얼른 아래를 보니 소의의 옷고름은 풀려 있었고 가슴 가리개 역시 찢겨 있었다. 언제 벌어진 일인지 알 수 없었다.

분명, 분명 그는 효이와 입을 맞추고 있었다.

그때, 효이는 단휘의 젖은 입술이 살결에 닿는 감촉에 흠칫했다. 그가 조금만 고개를 더 내리면 당장에라도 입술이 유두에 닿을 것만 같았다. 그제야 벌을 내리는 정도에 그칠 일이 아님을 깨달은 효이가 황급히 발버둥을 치기 시작했다.

무릎에 눌린 다리와 잡힌 팔을 애써 버둥거리며 효이는 애달프게 소리쳤다.

“제발, 후주님! 저는, 전! 제발, 그만…….”

“늘 멋대로 나타나 어찌 네 뜻대로만 이 몸을 휘두르려 하느냐. 이미 네겐 많은 관용을 베풀었다. 그러니 오늘은 얌전히 있어라. 오늘만은 제발…….”

늘 나타나다니, 도무지 무슨 말씀을 하시는지 헤아릴 틈조차 주어지지 않았다.

단휘의 붉은 입술이 그대로 탐스러운 효이의 가슴을 한껏 깨물었다. 아픔에 효이가 신음하자 농밀한 혀가 달래듯 깨문 부분을 적셨다. 또다시 깨물고 숨을 들이쉬며 빨아들이고 또다시 핥아졌다. 그리고 다시 또 깨물며 탐했다. 강제로 주어지는 아찔한 희열과 고통에 효이가 소리 내 울었지만, 단휘는 멈추지 않았다.

그의 뜨거운 혀가 굴곡 있는 효이의 몸을 애무하며 꼿꼿하게 여문 유두를 삼켰다. 조금 전보다 조금 약해진 힘으로 그가 효이의 유두를 잘근잘근 깨물었다. 이제껏 한 번도 의식하지 않은 부위가 속절없이 탐욕당하는 중에, 두려움이 지배하는 머릿속이 새하얗게 질렸다.

"제발, 후주님! 하읏! 아, 안 됩니다!"

버둥대던 중에 이미 다 헤쳐져 골반까지 말려 올라와 있던 치마 사이로 훤히 드러난 두 다리가 억지로 벌려졌다. 단휘는 무릎으로 무자비하게 벌린 다리 쪽으로 손을 뻗어 갔다. 그의 손길이 아주 천천히 허벅다리를 거쳐 안쪽의 살을 쓸어내렸다.

효이는 그의 손길이 닿고서야 제 속곳 안쪽이 축축하게 젖어 있었다는 사실을 깨달았다.

단휘의 손은 거침없이 효이의 속곳을 잡아 벗겨 내었다.

그러곤 달래듯 젖은 그곳을 어루만졌다. 그의 길고 아름다운 손가락이 입구를 지분거려 왔다. 농도 아니었고 벌도 아니었다. 그저 계집을 탐하는 사내의 움직임일 뿐이다. 정말로 안으려 드는, 가지려 드는 그의 탐욕이 효이의 살결을 타고 전신을 휘감아 왔다.

"거긴…… 아, 흣! 안 됩니다. 안 됩니다, 후주님. 더는! 제발, 제발 정신 차리십시오! 저를 대체 누구와 혼동하고 계십니까! 제발, 제발 그만해 주세요, 하읏, 저는, 저는 후주님의 주치의입니다. 그뿐입니다. 그러니 읏, 제발!"

애원하는 목소리에 정신없이 효이의 여체를 탐닉하던 단휘가 고개를 들었다. 그리고 두려움에 질린 효이의 창백한 얼굴을 바라보았다.

그의 얼굴에 지친 미소가 그려졌다.

"늘 너였다."

“……예?”

“늘 분하리만치…… 너였다.”

지금, 무슨 말씀을 하시는 걸까.

한탄하듯 내뱉어진 말에 효이는 다시 할 말을 잃었다. 그는 흥건하게 젖은 효이의 눈가에 부드럽게 입을 맞춰 왔다. 차분하신 어조와는 다르게 달뜬 숨결이 이상하였다. 어이하여 이러시는 걸까. 벌을 주시듯 무섭게 만지시곤 어이하여 이리 다정히 달래 주시는 걸까.

하나 밀어 내야만 했다.

모두 효이가 몸을 팔아 주치의의 자리에 올랐다고들 하였다. 이대로 단휘를 밀어 내지 못하면 효이는 두 번 다시 그와 같은 추문을 부정할 수 없을 것이다. 무엇보다 지금의 단휘는 정상이 아니다. 그러니 의원으로서 그가 훗날 후회할 과오를 범하지 않도록 지켜 주어야만 했다.

“후주님, 저는, 주치의입니다! 그러니 압니다, 후주님이 얼마나 힘드신지 압니다.”

겁먹고 울고 있던 주제에 효이가 최대한 숨을 고르며 다정하게 말했다. 단휘는 침묵했으나 효이의 손목을 잡고 있던 손의 힘은 느슨해졌다.

효이는 천천히 한 손을 빼서 단휘의 뺨을 쓸어내렸다.

“오해하지 않습니다. 괜찮습니다. 정말로 다 괜찮습니다. 후주님께선 저를 본 것이 아니십니다. 제게 말씀하신 것도, 제게 행동하신 것도 아니십니다. 그저 그 연초가, 앵속이 후주님을 혼란케 만들었을 뿐입니다. 전부 이해합니다. 그러니 깨어나세요, 제발. 길을 잃으셔서는 안 됩니다. 잘못된 길에 들어서시면 안 됩니다.”

달래며 안심시키려 드는 언행에 단휘의 눈빛이 침잠하였다.

그는 마침내 마저 잡고 있던 효이의 한 손을 놔주고 누르고 있던 몸을 일으켰다. 그가 조금 떨어지자마자 효이는 벌떡 일어나 앉으며 찢긴 옷을 다시 입으려 애썼다. 하나 찢어져 달랑거리는 옷고름을 매어 봐야 그대로 뜯길 것만 같아 효이는 두 팔로 제 무릎을 감싸 안으며 나신을 가렸다.

"흐윽, 흐흑, 으흑, 흑……."

겁이 나 숨을 죽이면서도 참지 못해 터져 나오는 애처로운 울음이었다. 효이는 여전히 무서워서 떨리는 몸을 안은 채 자신을 달래려 혼잣말을 했다.

"연초, 여, 연초 때문입니다. 이제껏, 하, 한 번도, 흐윽, 없던, 일입니다. 그러니 다, 전부 연초 때문입니다. 다, 전부 다……."

그리 못 박아 놓지 않으면 다신 단휘의 처소로 올 수 없을 것만 같았다. 다시 단휘를 보거나 다친 그를 시료할 수 없을 것만 같았다. 두 번 다시는, 그의 부하일 수 없을 것만 같았다. 하여 세상에게 해명하듯, 저를 달래듯, 단휘에게 알리듯 효이는 계속해서 부질없는 말을 내뱉었다.

"그래."

무겁게 내려앉는 목소리와 동시에 무언가 덮어지는 감촉이 느껴졌다.

효이가 올려다보니 단휘가 제 도포를 덮어 주며 단단히 옷고름을 매어 주고 있었다.

"전부 다 앵속에 취해 벌인 짓이었다."

고저 없이 무미건조한 음성이 내어 준 대답에 효이는 심장이 내려앉을 정도로 안도했다.

"네, 압니다. 저는, 의원이니까. 그러니, 그러니까 절대 오해하지 않습니다."

"……그래, 너는 의원이지."

설핏 웃으며 단휘가 효이의 머리칼을 쓸어 넘겼다. 땋고 있던 머리칼까지도 전부 흐트러져 있던 모양이었다.

단휘는 여전히 움직이지 못하고 있는 효이에게 두툼한 이불을 덮어 주곤 침상 끝머리에 앉았다.

효이가 진정되길 기다리는 듯했다.

"연초…… 이제 그만 멈추시면 안 됩니까?"

"……."

단휘를 말리지 못했다는 이유로 그를 볼 때마다 가슴이 저미는 것이 싫었다.

기침 하나라도 하실 때면 심장이 철렁하는 일도, 신음 소리 하나에 손끝까지 떨리고 마는 것도 싫었다. 점차 늘어만 가는 병증에 효이의 가슴을 옥죄는 죄책감도 늘어만 가서, 점점 감당하기 벅찼다. 그럴 때마다 효이는 주치의로서 아무것도 할 수 없는 자신을 탓했고 속은 시퍼렇게 멍들어 갔다.

"여기서, 이제라도 멈추시면 안 되십니까?"

"너는 아무것도 모르고 있다."

"그 연초 안에 든 앵속이 후주님을 어찌 만들었는지, 아니면 적이 무얼 바라고 후주님의 연초를 바꿔치기했는지 제가 모른다고 생각하십니까? 그런 말씀이십니까?"

단휘는 아득한 눈길로 효이를 바라보았다. 무언가를 깊이 생각하는 눈빛이었다.

"12년 전, 이궁의 대문 앞에서 한 아이를 주웠었다."

"그건……."

"길가에 인 물결. 나는 그 아이에게 도운(途澐)이라는 이름을 주고 시종으로 삼았었다."

12년 전 도운과 연관된 이야기를 단휘에게서 직접 듣는 것은 처음이었다.

"나약한 것이 안쓰러워 검을 쥐게 했고 까막눈에 말을 할 줄 모르는 것이 갑갑해 스승을 붙여 주었었다. 도운은 사는 데 필요한 지식을 빠르게 익혀 나갔지. 그래, 아주 영민하였다."

효이는 아주 작게 단휘가 미소 짓는 것을 보았다.

"어느 날, 이국에서 들여왔던 서책을 정리하라 시켰더니 도운이 그 책을 읽고 있더구나. 그때 나는 이미 도운의 출신을 짐작하였었다."

굳이 창서국까지 건너와 아이를 버리고 갔을 위인에게 잠시 염증이 일기도 하였었다. 하나 단휘는 캐묻지 않았고 머잖아 그 일은 기억 속에서 흐릿해져 갔다.

12년 후, 서해국에서 배가 들어온 지 얼마 지나지 않아 연초가 바꿔치기 될 때까지 말이다.

"여러 나라를 거쳐서 움직였을 수도 있지만 대량의 앵속을 사고파는 일은 서해국에서 가장 빈번하다. 그리고 도운 역시 서해국과 연관되어 있었지."

효이는 저도 모르게 이불을 움켜쥐었다.

"이번 호연을 통해 내가 잡으려는 적은 12년 동안 몸을 웅크리고 날 죽일 때만 노려온 놈일 공산이 높다. 더는 방관할 수 없을 적이지."

뒤늦게서야 효이는 단휘가 이번 일에 지나칠 정도로 치밀하고 강경했던 이유를 이해했다.

"……."

단휘는 4년 전 타올랐던 불길 속에서 도망치지도, 빠져나오지도 못한 채 여전히 그 안에서 버티고 있던 것이다. 단휘에게 있어 이번 앵속 사건은 처음으로 그 불을 꺼뜨릴 기회였다.

"알겠습니다."

"알았다면 이제 통로를 이용하지 마라."

"예?"

뜬금없는 말씀에 효이가 멍청히 되물었다.

"오늘 그대로 너를 안을 수도 있었다. 다시 같은 일을 겪고 싶지 않다면 처소로 오지 마라. 필요하다면 내가 부를 것이다. 너는 호연에서 배후를 찾아내는 일에만 집중해라."

어쩌면 단휘는 효이에게 벌인 짓을 자책하고 있는지도 모른다. 괜찮다던 효이의 얕은 거짓말쯤이야 진즉 꿰뚫어 보았을 수도 있다.

사실, 무서웠었다.

겁이 났고, 그와 반대로 스스로 들어 본 적도 없는 목소리로 신음하던 자신이 수치스럽기도 하였다. 강제로 주어진 희열이 입힌 상처는 여전히 가시지 않았다. 앞으로 같은 일이 반복된다 해도 효이는 단휘를 감당하기 어려울 것이다. 그러니, 단휘의 말대로 거리를 두는 것이 옳을지 모른다.

지금의 단휘는 온전하지 못하기에.

'그래, 온전하지 못하시니까…….'

효이는 침묵하며 몸을 일으켰다. 바닥에 발이 닿는 순간 넘어질 뻔하였으나 단휘가 잡아 주기 전에 겨우 침상을 잡고 버텨 냈다. 효이는 단휘로부터 멀어지기 위해 벽이건 탁상이건 손에 닿는 대로 짚어 가며 통로의 문 앞에 당도했다.

"무엇을 해야 하는지 압니다."

문에 등을 기댄 효이가 대답을 기다리는 단휘에게 내처 말했다.

"제게 무얼 바라시는지도 압니다."

"안다면 앞으론 내 명령 없이……."

"계속, 또 오겠습니다. 조반을 다 드실 때에 맞춰서, 회의를 마치실 진시에도, 그리고 술시가 지나고 축시가 왔을 때도. 침수에 들기 전에도 저는 계속 또 오겠습니다. 몇 번이고 다시 후주님께로 오겠습니다."

명령을 무시한 무례한 대답에도 단휘는 화를 내지 않았다. 다그치거나 다시 명령을 강요하지도 않았다.

그저 의뭉스러운 시선 안에 가만히 효이를 담았다.

단휘의 눈에 효이는 당장 서 있는 것이 고작이었다. 몸은 간헐적으로 떨리고 있었고, 그의 도포를 둘러 주긴 하였으나 여전히 헤쳐진 소의 사이로 붉게 새겨진 상처들이 엿보였다. 그가 한껏 머금고 탐욕하며 새긴 흔적들이었다. 얼마나 겁을 먹었는지, 얼마나 그를 두려워하고 있는지 훤히 보이는데 어이하여 저리 아집을 부린다는 말인가.

"같은 일이 벌어지지 않을 거라 생각하느냐?"

"아, 아닙니다."

효이는 저를 샅샅이 훑어 내리는 단휘의 시선을 피하며 기대고 있던 문을 조금 열었다.

"하나! 하나, 온전하지 못한 사람을 위해 의원이 존재하는 것이 아닙니까? 제 병을 스스로 다스릴 줄 아는 환자는 없습니다. 그, 그러니 여기서 후주님을 부정하면 제가 수란에 있는 의미를 부정하는 것과 다르지 않습니다."

의원이라.

분명 억지로 걷게 한 길이었을 터였다. 하나 어느덧 효이는 진짜 의원이 되어 있었다. 너무나 어리석어 기가 차고, 지나치게 충실하여 도리어 가여운 의원이 말이다.

"하면 저는 그만……."

단휘는 슬금슬금 뒷걸음질 치며 통로로 들어가려는 효이가 우스웠다. 저리 겁을 먹고선 또 오겠다니. 와서 다시 같은 짓을 당하더라도 저는 의원이니 다 감내하겠다니.

"앵속에 취해서가 아니었다."

"……예?"

도망치려던 효이가 문간에 멈춰 섰다. 잘못 들었길 바란다는 마음이 표정에 여실히 드러났다. 단휘는 웃음을 참고 몸을 일으켰다.

그가 한 발짝 다가서면 효이는 두 발짝, 그가 다시 다가가면 효이도 얼른 뒷걸음질 쳤으나 두 사람 사이의 간격은 점차 좁아져 갔다.

"어떤 환각도, 착각도 없었다."

어느덧 코앞까지 다가온 단휘는 다시 울먹이기 시작한 효이를 내려다보며 하문하였다.

"그래도 넌 다시 내게로 올 것이냐?"

"저, 저는……."

효이는 저 말이 농인지, 진담인지 얼른 구분해야만 했다. 하나 단휘는 가만히 대답을 기다리지 못하고 손을 뻗어 왔다. 효이가 반사적으로 움찔하자, 그의 눈빛이 아주 무거운 것으로 내리누른 듯 무겁게, 더 깊게 침잠해 갔다.

단휘의 유려한 손가락이 구불거리는 효이의 머리칼을 살짝 감아쥐었다. 마치 희롱하듯 손끝에 말고 조금 당기기도 하며, 장난감을 가지고 노는 아이처럼 가만히 있질 아니하였다. 가까이 다가온 단휘의 움직임에 온 신경을 기울이느라 효이는 그의 하문을 잊었다.

그만큼 효이는 단휘의 행동 하나하나에만 집중하고 있었다.

"대답하지 못하겠느냐?"

그제야 효이가 겨우 대답하였다.

"이미 앵속 때문이라고 하셨습니다. 하, 한데, 왜 새삼 그런 하문을 하십니까?"

"정말 그리 생각했느냐? 진정으로?"

무슨 말씀이실까.

다시 묻고 싶었지만 단휘가 미소 짓는 순간, 효이는 또 바보처럼 할 말을 잊고 말았다.

"아주 오래전부터 어떤 방도를 써서라도 나와 교합하려던 계집들은 차고 넘쳤었다. 미천한 하비이건 유곽의 기녀들이건 씨를 받기 위해 갖은 미약(媚藥)을 써 왔지."

"미, 미약이라니……."

의원으로서 화가 나는 동시에, 직설적으로 하시는 말씀이 효이는 부끄러웠다.

"미약을 흡수하면 몸은 순식간에 달떠 가득 차오른다. 어디에라도 풀지 않으면 견딜 수 없어, 눈앞에 있는 것이 무엇이건 안고 쏟아 내지 않으면 차오른 숨이 흡사 목을 조르는 것과 같이 고통스럽지."

한두 번 해 본 경험이 아니신 듯했다.

새삼 효이는 단휘가 어이하여 그녀의 손을 거친 음식만을 고집하였는지 다시 깨우쳤다. 어떤 의미에서는 미약 역시 독약과 다르지 않으니 말이다.

단휘는 가여운 머리칼을 놓아주는 대신, 혼이 나간 듯 보이는 효이의 뺨을 손등으로 쓸어내렸다. 고작 그뿐이었는데도 효이의 숨결이 다시 거칠어지기 시작했다.

"하나 효이야, 내가 과연 그들을 안았겠느냐?"

본 적도 들은 적도 없는 일이었으나 효이는 답을 알 것 같았다. 혈통과 제 위치에 자부심을 가진 그가 제아무리 약에 미쳤다고 한들, 미천한 것들과 교합하는 과오를 저지르지는 않았을 성싶었다.

효이는 대답하지 않았으나 단휘 역시 대답을 요구하지 않았다.

다만 다시 하문할 뿐이었다.

"너는 여전히 이 몸이 그따위 연초 하나에 미쳐 너와 교합하려 들었을 것 같으냐?"

교합이라는 말이 괜히 효이의 아랫배를 울렸다. 그의 손길과 입술이 스쳤던 모든 자리가 불에 달군 듯 다시 뜨거워져 갔다. 하나 효이는 제 몸이 보이는 알 수 없는 반응까지 마음 쓸 여력이 없었다.

"……."

"바, 방금 하신 말씀은 잊겠습니다."

"너는……."

그 말이 입술 밖으로 나온 순간 단휘의 표정이 어찌 변해 버렸는지 효이는 보지 못했다.

"가 보겠습니다!"

그저 한시라도 빨리 그의 곁을 벗어나야겠다는 일념 하나로 효이는 얼른 통로로 들어와 문을 닫은 후 벽을 짚고 도망치듯 걷기 시작하였다.

뒤에서 쫓아오는 기척이 느껴지지 않는 것을 확인하고서야 효이는 통로 가운데에 주저앉았다.

'농이 아니시면 어쩌지? 연초가 아니었다면…….'

감싸 안은 무릎이 덜덜 떨려 왔다. 그에게 눌려 있던 손은 아무리 버둥대도 빠지지 않았고, 두 다리는 그가 바라는 대로 속절없이 벌려졌었다. 그가 바란다면 효이는 언제든 같은 상황에 처할 것이다. 제 힘으로는 벗어날 수 없을 상황에.

제 몸보다 큰 도포가 흘러내려 왔다.

은빛 비단 천에 시와 절경을 수놓은, 급이 높은 노예 다섯 사람을 사고도 남을 만큼의 값어치가 있는 옷이었다. 효이에게 준 순간 이미 버렸다는 의미일 것이다. 더럽혀도 된다는 생각에 효이는 그의 도포를 잡아당겼다. 눈물인지 땀인지 모를 것들을 닦아 낼 생각이었으나 막상 얼굴에 닿은 도포의 부드러운 감촉과 낯익은 체향에 손이 멈추고 말았다.

'전부 다 앵속에 취해 벌인 일이었다.'

'같은 일이 벌어지지 않을 거라 생각하느냐?'

대체 어느 말씀이 진심이실까.

아무리 애써도 풀어내지 못할 난제를 끌어안고 효이는 한참을 더 통로에 머물러 있었다.

⁂

얼마 지나지 않아 성도에는 각 지방과 나라에 흩어져 분점을 맡거나 교역에 힘쓰고 있던 상단의 간부들이 몰려들었다. 물론 배를 타고 서해국과 이룡국에서 각자 건너온 이들이 적지 않았다. 덕분에 은월각은 호연 준비를 하는 내내 줄지어 찾아오는 손님들을 접객하느라 쉴 틈이 없었다.

그런 중 효이는 단휘의 명령으로 약방에서 미리 주문해 놓은 물건을 찾으러 와 있었다.

"아아, 이겁니다요, 이거 고대로 가져가시면 됩니다."

약방 주인은 구석에 올려 두었던 보자기를 꺼내 왔다.

효이는 보자기를 풀고 함에 든 물건을 꺼내 코에 가까이 대고 냄새를 맡아 보았다.

"향이 상당히 비슷하네요. 조제하느라 고생하셨겠습니다."

"한데, 갑자기 약재를 섞은 연초는 왜 찾으십니까? 아! 혹시 이것도 기존 연초의 부작용을 개량하기 위해 연구 중이신 겁니까요? 제가 태워 보긴 했는데 맛이 상당히 별로라 계집들도 안 쓸 것 같은데요, 이런 연초는."

단휘는 앵속이 첨가된 연초와 비슷한 향을 내는 연초를 대량으로 만들어 연회 전에 가져오라고 명령했다. 만약 그가 이 물건을 연회에 사용할 작정이라면, 약방 주인의 말처럼 바람직한 목적으로 필요로 하는 것은 아닐 터였다.

"아시겠지만 주인장께서도 이 물건에 대해서는 반드시 함구해 주셔야만 합니다."

"물론입지요. 목에 칼이 들어와도 함구하겠습니다. 참, 오늘 은월각에서 후주님의 호연이 있다지요? 소문이 아주 파다합니다. 그래서 의원님이 또 직접 오신 겁니까요? 언질만 주시면 저희가 배달해 드릴 것을요."

"손이 닿는 대로 보탤 뿐입니다. 다들 분주해서 말입니다."

"아이고, 그럼요. 이만한 경사가 또 어디 있겠습니까. 집안에 경사가 있으면 아랫사람들도 다 기뻐하기 마련이지요."

주인장의 말대로 순진하게 기뻐하는 하인들의 얼굴이 머리에 스쳐 가자 효이의 낯빛은 더 어두워지고 말았다.

"아참 의원님, 저기 송구한데 이번에도 망할 놈의 연서가……."

주춤주춤 안에서 뭔가를 꺼내 오려는 약방 주인을 보자마자 효이가 얼른 인사했다.

"그만 돌아가 봐야겠습니다. 물건값은 여기 두겠습니다."

"예? 의원님! 의원님!"

효이는 연초가 든 보따리를 품에 안고 약방을 나왔다.

바로 오늘 밤이 호연이지만 효이는 여전히 복잡한 마음이었다. 처음 호연에 대해 들었을 때만 해도 늘 그랬듯 단휘의 적을 먼저 알아내 숨겨 줄 작정이었다. 하나 지난 달포 동안 마음은 변해 가고 있었다. 단휘가 이번 호연을 위해 무얼 걸었는지 알기에 처음으로 그를 위해 내부의 배신자를 색출하고 싶어졌다.

'그렇지만 내가 과연 그럴 수 있을까? 그 사람을 후주님에게 넘기면 마음이 편해질까? 단 한 번도 진심으로 후주님을 위해 배신자를 색출해 본 적이 없던 내가 그럴 수 있을까?'

"하아."

절로 한숨이 나오는 상황이었다.

효이는 암담해하며 큰길로 나왔다.

"앗!"

그때, '퍽!' 소리와 함께 효이는 골목에서 갑자기 튀어나온 사내아이와 세게 부딪치고 말았다. 효이는 뒤로 넘어진 정도였으나 아이는 바닥에 나뒹굴고 말았다.

놀란 효이는 얼른 보자기를 내려놓고 아이에게 다가갔다.

"괜찮아? 앗!"

그 순간, 아이가 냉큼 효이를 밀치더니 보자기를 주워 달아났다. 바닥에 넘어진 채 잠시 멍해 있던 효이는 뒤늦게 정신을 차렸다.

소매치기다!

“자, 잠깐! 그거 팔아도 돈 안 돼, 잠깐만!”

효이가 얼른 아이의 뒤를 따라 달리기 시작했다. 아이는 영리하게도 사람이 많은 큰길 쪽으로 계속 달렸고, 북적이는 사람들 사이를 요리조리 잘 빠져나갔다. 효이는 인파를 헤치고 계속 뒤를 쫓았지만 한두 번 해 본 솜씨가 아닌지 뒤를 쫓아가기도 버거웠다.

‘아, 어떡하지, 이대로 가면!’

“헉헉, 멈춰! 차라리 돈을 줄 테니까 그 물건은 돌려줘!”

골목길을 도는 아이를 향해 소리쳤지만 아이는 무시하고 계속 달려갔다.

퍽!

무언가 맞은 듯 거친 소리가 울렸다.

‘어?’

효이가 다시 힘을 내서 달려가 보니, 방금 소매치기를 한 아이가 흙바닥에 쓰러져 있었다.

아이는 두 손으로 배를 감싸 쥔 채 몸을 쭈그리고 있었다.

“캑, 캑!”

“애한테 너무 심한 거 아니야?”

“저 애가 도둑질을 했나 봐요.”

잔뜩 겁을 먹은 시전 사람들은 감히 아이를 감싸지 못하고 있었다. 그들의 두려운 시선은 어린아이를 거침없이 걷어찬 사내에게로 향해 있었다.

“허? 겁도 없이 대낮부터 도둑질이라니. 치안이 아주 엉망이네?”

불쾌하다는 말투와는 달리 사내는 매우 즐거운 얼굴을 하고 서 있었다.

다소 작은 체구의 사내는 붉은 매화가 곱게 수놓아진 화려한 도포 차림에, 허릿단에는 검을 차고 있었다. 긴 허릿단의 한쪽을 아래로 늘어뜨리는 풍습과 신발 앞코에 평안을 비는 흰색 나비를 수놓은 모양은 서해국의 복식이 분명했다.

"내가 있던 나라에선 도둑질을 하면 바로 손목을 잘라 버리는데 말이야."

사내가 혼잣말을 하며 허릿단에 차고 있던 검을 뽑아 들자, 상황을 지켜보던 사람들이 모두 기함하였다.

사내는 발로 아이의 몸을 꽉 밟으며 물었다.

"창서국은 나랏법이 어떻게 되더라?"

아무도 대답하지 못한 채 시선을 피하자, 사내의 검 끝이 서슴없이 아이의 목을 향해 겨누어졌다.

"죽여도 되나 보네?"

"그만하십시오!"

효이가 무리를 헤치고 나와서 황급히 그를 말렸다.

"그 아이가 훔친 물건은 제 것입니다 벌을 줘도 제가 주면 될 일입니다. 도움은 감사드리지만 어린아이에게 검을 겨누는 것은 과한 처사입니다. 그러니 멈추세요."

"아아, 그래?"

다행스럽게도 사내에게서는 특별히 악하다고 칭할 만한 기운은 보이지 않았다. 아무래도 효이를 도우려다가 얼결에 과잉으로 진압을 한 모양이었다. 어쨌거나 도움을 준 사람이다.

효이는 인사라도 하려고 그에게 가까이 다가갔다.

"저, 제 물건을 찾아 주신 것은 사실이니 고맙……."

"유감이네?"

"예? 무엇이 말입니까?"

사내는 낭랑한 목소리로 툭 말했다.

"털릴 뻔했던 건 내 주머니도 마찬가지라서 말이야. 무관하지가 않단 말이지. 이런 놈들은 살려 놓으면 안 돼. 어차피 나라에서도 골치를 앓고 있을걸? 대국 체면이 말이 아니잖아?"

"그게, 그게 무슨, 뜻입니까?"

이상하다. 분명 웃고 있는데, 그에게서 아이를 향한 악한 기운은 커녕 작은 미움조차도 느껴지거나 보이지가 않는데도 손끝이 떨렸다.

저 사내가, 정말로 아이를 죽일 것만 같았다.

"걱정 마. 넌 어리니까 특별히 단칼에 끝내 줄게."

사특한 기운도, 살기도, 무엇도 없었다. 도리어 이처럼 깨끗한 기운을 가진 자를 한 번도 본 적이 없는데, 어이하여 효이는 이리 겁이 날까.

'저 앨 정말로 죽이려고 하는 거야? 고작 소매치기를 하려 했다는 이유로? 말도 안 돼. 아무것도 보이지 않아. 아무것도 느껴지지 않아. 한데, 정말로 살인을 저지르려 한다는 거야?'

말도 안 되는 생각이고 한 번도 본 적 없는 경우였다.

"사, 살려 주세요! 살려 주세요!"

아이가 울며 애원하는 목소리를 듣고서야 효이가 퍼뜩 정신을 차렸다.

지금은 태평하게 생각에나 빠져 있을 때가 아니었다.

효이는 겁도 없이 얼른 달려가서 사내의 팔부터 붙들었다.

"여기 창서국은 설령 죄인의 목숨이라 해도 절대 가벼이 여기지 않는 나라입니다! 대낮부터 발고당해 관아에 신세를 질 생각이 아니라면 당장 물러나세요!"

"이봐, 넌 여기서 칼부림이 나면 나라에서 날 벌할 거라고 생각하나 본데. 과연 그럴 수 있을까?"

호기로운 사내의 발언에 효이가 눈살을 찌푸렸다.

"그게 무슨 뜻입니까?"

사내는 픽 웃으며 효이가 붙들고 있던 팔을 당겼다. 속절없이 끌려와 가까워진 효이에게 사내가 아주 작게 속삭였다.

"너도 이 나라 사람이라면 알잖아. 여기 창서국에는 어떤 죄를 저질러도 나라님께서 눈감아 주시는 상단이 하나 있거든. 세상에 보일 핑계만 제대로 갖추면 이 나라는 우리가 재물을 뺏건, 땅을 갈취하건, 사람을 죽이건 관심을 두지 않지."

"지금 무슨……."

사내는 효이를 밀어 내고 시전에 모인 모두가 듣도록 우렁찬 목소리로 외쳤다.

"우리 수란 상단이야말로 이 나라의 초석이자 대들보와도 같으니까!"

사내의 팔을 잡고 있던 효이의 손이 툭 떨어졌다.

"무슨 상단이라고……."

"왜, 이제야 겁이 나? 정 원한다면 너도 받아 줄까? 하는 짓은 마음에 안 들지만 내 부하들 시중 정도는 들어줄 수 있을 것 같은데. 옷 입은 꼬락서니를 보아하니 있는 집 자식은 아닌 듯싶고. 어때? 좋은 거래지? 말해 봐, 생각이 있다면 내가 특별히……."

사내가 천천히 손을 뻗어 오던 그때, 갑자기 뒤에서 누군가가 효이의 몸을 거칠게 감싸 안았다.

속절없이 뒤로 끌려간 효이의 시야에 들어온 건 의뭉스럽다는 얼굴을 하고 있는 사내와 두 사람 사이에 경계를 그리듯 휘둘러진 검 끝이었다.

'한로, 왜?'

처음부터 효이는 단휘의 명령으로 한로와 함께 출타했었다. 한로는 늘 그랬던 것처럼 어딘가에 숨어서 효이를 지켜보고 있었을 터였다. 효이의 목숨이 위험해지지 않는 한 사람들 앞에 모습을 드러내지 않는 것이 한로의 철칙이기도 했다.

'하면 지금 저 사내가, 그만큼 위험하다는 뜻입니까?'

한로는 효이를 뒤에서 안은 팔을 풀지 않은 채 사내에게 경고했다.

"더는 무례하게 굴지 마, 은강."

한로의 등장에 은강이라 불린 사내의 낯빛에 처음으로 놀랍다는 감정이 드러났다. 그는 더 재미난 일을 발견한 얼굴로 아이에게서 검을 거두었다.

"오랜만이네? 밝은 대낮에, 그것도 저자에서 널 만날 줄은 몰랐는데."

짐짓 밝게 건넨 인사에도 뒤에서 느껴지는 한로의 기운은 여전히 날카로웠다. 한로에게서 배어 나오는 살기에 효이의 머리가 어지러울 지경이었다.

'저 사람이 뭔데 이러는 거예요, 한로?'

은강은 효이를 소중하게 안고 있는 한로를 보더니 혼자 납득한 투로 읊조렸다.

"아아, 그래, 그거구나. 알겠어."

은강은 들고 있던 검을 조용히 칼집에 넣고 아이를 짓누르고 있던 발을 치웠다.

"콜록, 콜록!"

아이는 몸을 일으키며 고통스러운 기침을 내뱉었다. 효이가 얼른 달려가서 아이를 살피려고 했지만 한로가 놔주지 않아 몸을 움직일 수가 없었다.

"한로, 이것 좀……."

"그냥, 있어요. 가지 마."

"대체 왜……."

지나치게 경계하며 안은 팔을 풀지 않는 한로 탓에 효이도 더욱 긴장했다.

"어? 아앗! 잠시 눈을 뗐을 뿐인데 또 무슨 소란입니까?"

그때 얼어붙어 있는 사람들을 헤치고 한 사내가 나타났다. 그는 은강에 비해 훨씬 단조롭지만 마찬가지로 서해국의 복식을 갖춰 입은 사내였다. 그는 기함한 얼굴로 얼른 주변을 둘러보더니 품을 뒤적였다. 무기라도 꺼낼 작정인가 했으나 사내가 품에서 꺼낸 것은 엽전꾸러미였다.

사내는 쓰러져 있는 소매치기 아이에게로 다가가 돈을 건넸다.

"이걸 가져가라. 자, 어서. 괜찮으니까 가져가."

휙! 소매치기 아이는 돈을 빼앗듯 받아 들고 곧장 현장에서 도망쳤다.

"허? 이봐, 우자영. 돈을 줘서 해결할 일이 아니었어. 좀도둑이었다고."

"고작 좀도둑에게 검까지 들이댄 사람이 누구였습니까?"

은강에게 일갈한 사내는 효이와 한로를 향해 정중하게 머리를 숙였다.

"보나마나 저 사람의 고집에 얽혀 곤란에 처하신 거겠지요. 은강을 대신해 사과드릴 테니 부디 무례를 용서하십시오. 다소 거친 면은 있으나 속까지 나쁜 사람은 아닙니다."

"선의의 친절이었는데."

뒤에서 굳이 쓸데없는 말을 덧붙이는 은강 탓에 우자영이 한숨을 푹 내쉬었다. 이런 일이 한두 번이 아닌 듯 정말로 지친 모습이었다.

"은강, 당신 기준의 친절은 어딘가 글러 먹었다고 제가 몇 번을 말하지 않았습니까? 이제 막 창서국에 오자마자 소란부터 피우다니, 제발 반성이라는 걸 좀 하고 계십시오. 주인님의 위명에 먹칠이라도 할 셈입니까?"

우자영의 등장으로 분위기가 부드럽게 풀어지자 구경하던 사람들도 하나둘씩 흩어지기 시작했다.

효이는 한로의 팔을 밀어 내고 두 사람에게로 다가가서 머리를 숙였다.

"괜히 난입하여 소란을 피워 주신 덕분에 짐을 되찾았습니다. 감사합니다."

그를 도발하듯 일부러 무례한 인사를 했으나 은강에게선 역시 별다른 감정이 느껴지지 않았다.

이상하리만치, 깨끗하였다.

"어이, 언제까지 이러고 있을 생각이야? 곧 호연이다! 얼른 가자고!"

"네? 제가 지금 누구 때문에 사과까지 하고 있는지 벌써 잊었습니까? 은강? 은강!"

우자영의 부름이 무색하게도 은강은 홱 돌아서서 제 갈 길을 가 버렸다.

우자영은 기대도 안 했다는 얼굴로 한숨을 푹 쉬더니, 바닥에 떨어져 있던 보따리를 주워 효이에게 건네주었다.

"저는 수란 상단 서해국 제1분점 소속인 우자영이라고 합니다. 혹 저 사람의 행패로 물건이 파손됐다면 저를 찾아와 주십시오. 어디든 수란의 상점에 가서 저를 불러 달라고 하시면 됩니다. 끼친 손해는 반드시 배상토록 하겠습니다."

어느 분점에 속했는지까지 분명하게 밝히는 것으로 보아 우자영은 물론 은강까지 모두 수란 상단 사람임은 틀림없는 듯하였다.

효이는 보자기를 소중히 품에 안으며 고개를 저었다.

"덕분에 귀한 짐을 되찾았습니다. 깨지는 물건은 아니니 마음 쓰지 마십시오."

"하면 저는 그만 가 보아야겠습니다. 소란에 말려들게 해 드려 송구했습니다."

"괜찮습니다. 가 보세요."

우자영은 황급히 인사한 후 은강의 뒤를 따라 가 버렸다.

한로는 두 사람의 모습이 완전히 시야에서 사라지고서야 꺼내 두었던 검을 칼집에 꽂았다.

"효이, 우리도 그만 가요."

"네."

얌전히 한로의 뒤를 따라 걸으면서도 효이의 머릿속은 복잡했다.

아까 두 사람은 시기상 이국에서 온 상단 사람이 분명하였으나, 제 힘이 통하지 않는 상대가 존재한다는 사실은 그냥 넘기기 어려웠다. 이제껏 어떤 기운도 읽지 못한 경우는 허다하였으나, 그건 그자가 위협적이지 않은 인물일 경우였다. 달리 말해 주변에 있는 사람에게 순간적으로 어떤 악의도 품지 않을 사람이었다는 뜻이다.

'그자는 정말로 아이를 죽이려고 했어. 누군가를 죽이겠다는 마음

이 바로 살의가 아닌가? 한데, 왜 아무것도 느낄 수 없었지?'
불길했다.
그자는 상단의 위명을 내세우며 대낮에서 아무렇지도 않게 살생을 저지르려는 자였다. 저대로 도성을 활보하게 두기에는 너무나 위험한 인물이다.
"한로. 그 사람, 대체 정체가 뭡니까? 알고 있었잖아요. 그자가 누구인지."
"……."
침묵하는 한로의 팔을 잡은 효이가 말하였다.
"아까 그자가 아이를 향해 검을 겨누는 모습을 보고 있었지요? 그자는 아이를 죽이려 했지만 아무리 가까이 가도 전 아무것도 느낄 수가 없었어요. 아무것도 보지 못했습니다. 저는 그자가 누구인지, 대체 왜 제 힘이 통하지 않았는지 알아야겠습니다."
"……."
말없는 실랑이 끝에 한로가 툭 대답하였다.
"효이의 힘은 통하지 않아요."
한로는 아득한 눈길로 효이를 바라보며 말을 이어 갔다.
"적어도 나와 함께 지내던 10년 동안 은강이 누굴 원망하거나 미워하는 것을 본 적이 없으니까요. 은강은 사람을 죽일 때조차 살기를 드러낸 적이 없었어요. 그래서 효이의 힘으로도 아무것도 볼 수 없는 거예요."
효이의 힘으로는 사람이 가진 악의만을 볼 수 있을 뿐이다. 악한 마음을 품지 않는다면 결국 무용지물이나 마찬가지인 셈이다. 하나 누군가를 죽이겠다는 마음이야말로 세상에서 가장 악한 마음이 아니던가.

"잘 이해가 가지 않습니다. 그렇다면 은강이라는 자는 감정이, 없다는 말씀이십니까?"

"그뿐이면 다행이지만 은강은 다루지 못하는 무기가 없는 뛰어난 살수예요. 혼자서 무장한 적을 스무 명 넘게 상대해도 상처 하나 나지 않는 사람이니까요."

"어떻게 그럴 수가……."

그런 힘을 가진 자가 살기조차 드러내지 않는다니.

멀리서도 가까이서도 아무것도 보거나 느낄 수 없다면 어찌 그를 경계하고 피할 수 있다는 말인가.

"던져진 창."

"예?"

"그가 나와 함께했던 시절에 사람들이 은강을 부르던 별칭이에요. 그 실력에 어울리는 이름이었지요."

어이하여 그런 사람이 하필 이때 나타났단 말인가.

"10년이나 함께했는데 그 사람은 왜 떠났습니까?"

"잘 모르겠지만 은강은 멀리 보겠다고 했어요. 행수님껜 이제 어떤 미래도 보이지 않는다고 하곤 갑자기 떠나 버렸지요. 은강 입으로 다음에 만날 때는 적이 될 거라고 했지만, 설마 서해국 분점에서 지내고 있을 줄은 몰랐어요."

한로에게도 의문인 모양이었다.

"어쨌건 효이, 그자에게 관여하지 말아요. 이 이상 알려고 들지도 말아요. 그는 물론이고 그와 연관된 전부를 멀리하도록 해요. 나랑 약속해요. 그에 대해 더 이상 어떤 것도 알려고 들지 않겠다고요."

한로의 말은 드물게 단호했다.

"알겠습니다."

효이의 대답에 한로가 안도했다.

"자, 거의 다 왔어요. 지켜보고 있을게요. 곧장 가요."

한로는 순식간에 담장을 올라 모습을 감췄다.

숨겨진 눈.

누가 붙였는지 모를 그 별칭처럼 한로는 좀처럼 사람들 앞에 모습을 드러내는 일이 없었다. 그러나 은강의 관심이 효이에게로 옮겨온 순간, 한로는 기꺼이 사람들 앞에 모습을 드러내고 검까지 휘둘렀다.

지금까지와 달리 한로답지 않게 눈에 띄는 짓을 자처한 것이다.

'역시 위험한 사람이라는 거겠지. 이대로 모르는 척 넘어가도 괜찮을까?'

그래도 효이는 애써 덮어 두기로 하였다.

우자영이건 은강이건, 서해국 분점 사람이라면 이번 호연이 끝난 후 본래의 자리로 돌아갈 터였다. 그때까지 마주치지 않도록 조심하면 전부 끝날 일이었다.

⁂

은월각으로 돌아온 효이는 평소와 다른 분위기를 느꼈다.

하비들은 손을 멈추고 속닥이고 있었으며, 상단 일에 무심한 반빗아치들까지 고개를 쭉 빼고 안쪽을 훔쳐보고 있었다.

무슨 일인지 궁금하던 참에 대문 근처를 서성이고 있던 하구가 얼른 효이에게 다가왔다.

하구 역시 평소와 달리 초조해 보이는 것이 분명 무슨 일이 생긴 듯하였다.

"아씨! 왜 이리 늦으셨습니까? 어서 따라오십시오!"

전에 없던 일이라 효이가 하구의 뒤를 따라가며 물었다.

"제가 출타한 사이에 무슨 일이 있었습니까?"

"방금 부행수님께서 돌아오셨습니다! 저흰 벌써 전부 인사를 올렸고, 후주님께서 아씨가 돌아오면 바로 데려오라고 명하셨습니다."

"부행수라니……."

수란 상단에 부행수라는 직위를 가진 자가 있었다는 이야기는 금시초문이었다. 효이가 무심했던 탓도 있겠으나 감히 생각해 보지 못하였다. 비록 서노타 행수가 병석에 누운 지 오래고 실권을 행사하지 못하는 상황이라 해도, 엄연히 후계자인 단휘가 굳건히 자리하고 있다.

한데, 부행수라는 자리를 꿰찬 자가 따로 있었다니.

"대체 어떤 분이십니까?"

"아주 오랫동안 서해국 분점을 맡아 운영하고 계셨습니다. 서해국은 우리 상단에게 있어 중요한 교역점이고, 가장 큰 분점이 위치한 곳이기도 합니다. 그러니 그곳의 분점을 총괄하시는 부행수님의 역할이 아주 중대하다 할 수 있지요."

부행수라는 직책은 단순한 허울이 아닌 모양이었다.

"상단 안에서 저만 모르고 있던 분인 듯합니다."

"그러고 보니, 아씨가 수란에 입단하신 이후로 한 번도 창서국에 오지 않으셨으니 모르실 법도 합니다. 무엇보다 행수님께서 부행수님에 대해 언급하는 일을 엄금하신 터라, 들으실 만한 곳도 없고 말입니다."

"그리 높은 직위에 계신 분인데, 언급조차 금지라니……."

입단 4년 차이지만 수란 상단은 정말 알다가도 모를 곳이었다.

"그래도 상단 내의 간부들은 모두 알아 모시는 분입니다. 무엇보다 부행수님께선 서씨 가문과 무관하지 않으신…… 아! 마침 나오시는군요. 저기 저분이십니다."

말을 하던 중에 하구가 갑자기 분합문 쪽을 가리켰다. 효이는 분합문 앞에서 단휘와 대화하고 있는 낯선 사내를 바라보았다.

어느 상단의 행수가 와도 단휘 앞에서는 남루하고 비루한 느낌을 받지 않을 수 없었으나, 부행수의 존재는 남달랐다. 부행수는 멀리서 보기에도 훌륭한 풍채를 가진 사내로, 단순히 서 있는 것만으로도 자리에 어울리는 위엄이 풍겨 나오는 위인이었다.

"스승님."

"예?"

부행수를 빤히 바라보던 효이가 조용히 하구에게 물었다.

"저분이…… 누구라고 하셨습니까?"

속삭이듯 아주 작은 목소리였다.

"방금 다 말씀드리지 않았습니까? 왜 그러십니까, 아씨? 설마 아는 분이십니까?"

그럴 리 없다. 그래서는 안 될 것이다.

하나, 몇 번이고 몇 번이고 다시 보아도 틀리지 않다는 확신만이 들었다.

효이는 여전히 부행수에게서 시선을 떼지 못한 채 하구의 소매를 붙들고 다시 물었다.

"저 사람, 누구라고 하셨습니까? 그럴 리가, 없어야 하는데, 대체, 저 사람……."

"부행수님의 존함은 서노담으로, 행수님의 친형님이시자 후주님의 하나뿐인 백부님 되십니다. 큰형님이신 부행수님께서 후계를 이어받지 못한 후로부터 갖은 헛소문이 돈 탓에 드러내 놓고 언급하는 일이 금지되었었지요. 하나 후주님께는 다른 분들보다 특별한 분으로 알고 있습니다. 사실 후주님께는 행수님보다 더 아버지 같은 분이시라고 보시면 될……."

계속되는 하구의 설명은 이미 효이에게는 닿지 못했다.

사나운 기운이 얕은 바람의 흐름을 타고 효이의 전신을 휘감았다. 온몸이 덜덜 떨려 효이는 당장에라도 주저앉을 것만 같아 저도 모르게 하구의 팔을 붙들었다.

그리고 두려운 시선을 옮겨 겨우 다시 부행수를 바라보았다.

효이의 눈에, 부행수가 입고 있는 흰 도포가 붉은 피에 물든 것처럼 착각될 정도로 붉게, 까맣게, 진득하게 눌어붙은 감정들이 보였다. 단휘를 바라보며 뱉어 내고 있는 웃음소리마저 효이의 귀에는 악에 찬 저주로 들릴 정도의, 이제껏 봐 온 단휘의 적들과 감히 비교조차 할 수 없을 정도로 깊은 살의다.

'저 사람이, 정말 저 사람이, 후주님의 백부라고?'

어느 때보다도 불길한 예감이 퉁…… 퉁…… 퉁…… 효이의 가슴을 치기 시작했다.

六話 · 배신

효이는 혹여나 서노담과 눈이라도 마주칠까 싶어 얼른 돌아서서 벽에 몸을 숨겼다.

"아씨? 지금 뭐 하십니까? 세상에, 무슨 땀이 이리 많이 난답니까?"

"그, 그게."

변명할 거리를 찾던 효이는 품에 안고 있던 보자기를 보고 황급히 말했다.

"그러고 보니 이 물건! 후주님께서 가져오라고 시키신 것인데 아직 전해 드리지 못했네요. 후주님 처소에 먼저 가서 가져다 놓겠습니다!"

"예? 후주님은 바로 저기 계신데, 아, 아씨? 아씨!"

"인사는 따로 드리겠습니다!"

효이는 황급히 살기가 미치는 곳을 벗어났다. 거리를 두고서야 그

나마 숨이 트이는 듯하였다.

조금 길을 돌아서 효이는 단휘의 처소로 향하였다.

'문지기의 눈을 피해 후주님의 처소로 들어왔던 자객, 그리고 바꿔치기 된 연초. 누군가 후주님의 처소로 몰래 들어가는 길을 알고 있어. 하지만 이궁을 불태우고 여기 은월각을 지은 건 4년 안쪽의 일이야.'

이곳의 길을 익힐 만큼 자주 드나드는 사람이라고 해 봐야 상단 운영에 직접적으로 연관되는 몇몇 간부들 정도다. 하지만 은월각에 자주 드나드는 자들 중 수상한 자는 없었다고 효이는 단언할 수 있었다.

'간부들은 알아 모신다고 하였지. 알아 모신다는 건 부행수를 믿고 의지한다는 뜻이니, 그에게 의식하지 않고 은월각에 대해 흘렸을 수도 있지 않을까? 무엇보다 자객이 들기 전에 입항했던 상선은 서해국에서 온 거였어.'

생각을 거듭하며 효이는 우선 단휘의 처소로 들어왔다.

탁상 위에 소중히 품고 온 물건을 올려놓은 효이는 빈 찻상을 발견하고 고개를 갸웃하였다. 찻상에 놓인 잔은 두 개였고 모두 비워져 있었다. 아무리 가족이라 해도 단휘가 처소까지 사람을 들이다니.

'믿고 계신 거야. 서노담을…….'

심장이 철렁 내려앉았다.

'아직 아무것도 확실하지 않아. 엄청난 살의인 건 사실이지만, 그런 자들이 항상 죄를 저지르는 건 아니야. 무사히 호연이 끝나고 서노담이 서해국으로 돌아가면 지난 몇 년간 그래 왔던 것처럼 다시 마주칠 일은 없을 거야.'

숨겨야 해.

무슨 일이 있어도 단휘에게는 숨겨야만 한다.

서노담의 살기를 처음 읽어 낸 순간부터 효이의 머릿속은 오로지 그 생각만이 지배하고 있었다.

'만약 내가 호연에서 서노담이 아닌 다른 적을 찾아낼 수만 있다면…….'

문득 효이는 두 주먹을 쥐었다.

'누구의 목숨도 소홀히 하지 않기로 했잖아! 그런데 이제 와서 다른 사람의 목숨을 이용해 상황을 타개하려 들다니. 지금 무슨 짓을 하고 있는 거야?'

제정신이 아닌 것이 분명했다.

조금 전 효이는 단휘에게 서노담의 본심을 알리지 않아도 된다는 생각에 진심으로 안도했었다. 지난 4년간 목숨을 걸고 지켜 온 결의마저 잊을 정도로.

'왜? 대체 왜, 난…….'

"뭐 하느냐?"

갑자기 바로 옆에서 튀어나온 목소리에 효이가 깜짝 놀라 바닥에 푹 주저앉았다.

"가, 갑자기 나타나시면 어떡합니까!"

놀라 소리치면서 효이는 저도 모르게 앞섶을 움켜쥐었다.

'또다. 또, 머리가 어지러워. 역시 이 방에 밴 냄새 때문인가?'

단휘에게 안길 뻔했던 밤 이후로 효이는 그를 더 경계하고 있었다. 약조했던 대로 틈틈이 곁을 지켰으나 오래 머물 일이 없도록 조심했다. 같은 일이 반복될지 모른다는 두려움과 별개로, 전과 달리 단휘를 볼 때마다 이유 없이 머리가 어지러워지는 탓도 있었다.

"네가 내 기척을 알아차리지 못하는 일도 다 있느냐? 곁에 있기조차 싫을 만큼 지독한 기운이 흘러나와서 모르는 척하고 싶어도 그럴 수가 없다고 말하지 않았었느냐?"

예전에 한 말은 또 어떻게 기억하시고 콕 짚어 말씀하시는지.

효이는 고개를 돌리고 변명했다.

"저자에 다녀왔더니 노곤하여 미처 기척을 느끼지 못하였습니다."

"백부님께 인사 올리러 오라는 내 전갈은 듣지 못했느냐?"

자리에서 일어난 효이는 그를 떠볼 속셈으로 말하였다.

"물건부터 전하고자 왔습니다. 그보다 후주님께서 바깥사람에게 굳이 저를 보여 주려 하시다니, 드문 일입니다. 원관회처럼 중요한 일이 아니면 바깥출입조차 잘 허락하지 않으시지 않습니까. 혹 백부님, 아니 부행수님께 무언가 의심할……"

"백부님이 어찌 바깥사람이냐?"

단휘가 지극히 당연한 사실을 일러 주듯 단언했다.

단호한 대답에 효이가 침울해진 사이, 단휘는 탁상에 있는 보자기를 직접 풀었다.

"상당히 유사한 향이다."

"냄새만 유사한 물건입니다."

"무관한 부하들까지 미치광이로 만들 셈은 아니다."

다시 슬며시 미소 지으시는 모습이 참으로 사특하셨다. 사특하여 두렵고, 외면하자니 무서워서 눈을 떼지 못하게 되고 만다. 어떤 이유를 붙여도 효이는 단휘에게서 시선을 떼기 어려웠다.

효이는 조금 거리를 두고 그가 다른 연합들을 확인하는 모습을 가만히 지켜보았다.

'오늘은 불편한 곳이 없어 보이시지만…….'

넓은 소매 자락 사이에 슬쩍 드러난 손목이나 목깃 사이의 목선,

그리고 턱이나 뺨에 이르기까지 시선이 미치는 모든 곳들이 퍽 얄팍해져 있었다. 다른 부하들은 물론이고 주치의인 효이에게도 내색하지 않으려 하였으나, 지난 달포는 단휘에게 힘든 시간이었을 터였다.

"저, 후주님. 오늘은 좀 어떠하십니까? 어제까지 벌써 몇 번이나……."

"또 쓸데없는 걱정을 하고 있구나."

단휘가 건방진 소리를 지껄이는 효이의 머리를 툭 치곤 돌아섰다.

효이는 그것이 그만 나가 보라는 뜻임을 알면서도 돌아선 단휘의 등에서 좀처럼 눈을 떼지 못하였다. 저 고운 옷을 벗겨 내고 나면 저 자리에 아직도 깊게 남아 있을 상처가 눈에 선하여서.

괜히, 마음이 더 혼란스러워졌다.

✻

결전의 밤이 깊어 왔다.

하인들은 은월각 처마 아래의 목지연에 수십 개의 등을 달아 밤길을 밝혔다. 등불로 밝혀진 은월각의 경관을 비롯해 기녀들을 태운 꽃가마 행렬까지 더해, 취골은 시끌벅적하기가 축제날 못지않았다.

호연에 초대받지 못한 사람들은 주막 평상이나 마루에 자리를 잡고 앉아 술을 마시며 수란 상단 후계자의 호연을 감축하였다. 날이 어두워지기 전에 황제가 하사했다는 선물 역시 이들의 화젯거리였다.

은월각의 하비들은 취골의 축제 분위기에 휩쓸릴 틈 없이 손님들의 수발을 들고 있었다. 그들은 술이 모자라지 않는지 때때로 확인하는 것은 물론, 산해진미가 가득한 주안상도 간부들 앞에 착착 차려 냈다. 자리한 손님들이 많다 보니 몇 번이고 드나들며 안줏거리와 술통을 계속 채워야만 했다.

접빈실은 이미 악공들이 악을 연주하며 분위기를 띄우고 있었다. 간부들은 준비된 자리에 앉아 술상을 비우며 흥겹게 대화를 이어 가고 있었다.

그때, 접빈실의 문이 열리며 한 사내가 들어서자, 단상 근처에 앉아 있던 간부들이 벌떡 일어나 인사를 올리기 시작하였다.

"어이구! 부행수님!"

"존안을 뵈옵는 것이 도대체 얼마 만이란 말입니까! 그간 강녕하셨는지요."

"머무는 나라가 다르다 보니 뵙기가 여간 어려운 것이 아닙니다, 부행수님."

서노담은 환대해 주는 간부들을 향해 너털웃음을 지어 보였다.

"후주님께 잘 보여야 앞으로도 이 서노담이 수란을 위해 큰일을 맡을 수 있지 않겠는가."

"이미 연소하여 물정에 어두운 후주의 큰 버팀목이 아니십니까! 하하하!"

"벌서 취기라도 오른 것인가?"

"예?"

간부가 되묻자 서노담이 냉담한 투로 대답하였다.

"후주가 아니라 후주님이시지. 호칭을 명확히 하는 것은 만물을 정의하는 가장 기본 도리일세. 혈족인 이 몸조차도 감히 공석에서 낮추어 부르지 못하는 수란 상단 유일의 후계이시네. 하물며 그대와 같이 상단을 위해 일하는 자가 예를 다하지 못하는 것은 부끄러운 일이 아닌가?"

"그, 그것이 저는 단지 부행수님의 위명이……."

"앞으론 언행에 예를 다하고 부끄러운 짓은 삼가게."

더듬더듬 해명을 이어 가려는 간부를 외면한 서노담은 그를 위해 준비된 단상에서 가장 가까운 자리에 앉았다. 그는 맞은편에 앉은 같은 서해국 간부인 수차렴을 보았다. 병든 닭마냥 덜덜 떨며 감히 서노담과 시선을 마주하지 못하는 꼴이 간부는커녕 비렁뱅이보다 못한 듯 보였다.

서노담은 속으로 혀를 찼으나 어떤 불쾌감도 얼굴에 드러내지 않고 다시 찻잔을 들었다. 매우 평안해 보이면서도 위엄을 갖춘 모습이었다.

이처럼 그가 마땅히 해야 할 행동을 했음에도 이를 고깝게 보는 자들은 분명히 있었다. 서노담이 가진 혈족으로서의 입지와 총애는 상단 사람이라면 당연히 시기할 만한 것이었다. 또한 그가 거느리고 있는 분점은 타국에 위치한 모든 분점 중 가장 높은 담장을 가진 상권이었으니, 어쩔 수 없는 노릇이었다.

"저자가 감히 큰소리칠 입장이 되기나 해? 무슨 생각을 하는지 도통 모르겠는 자라고. 상가나 무가에서 맏이가 후계를 물려받지 못하는 경우가 어디 흔하냐 말일세. 분명 어딘가 결점이 있으니 영민하신 선대 행수님께서 동생에게 자리를 계승시키신 것이 아니겠나."

"하기야. 전례에 없는 일이라 말이 많았었지."

선대 행수였던 서노수에게 있던 두 아들은 불과 물만큼이나 서로 달랐었다.

무예를 즐기고 사람을 좋아하던 형 서노담과, 몸이 약한 탓에 낯을 가렸으나 셈은 빨랐던 동생 서노타. 각자의 자질과는 별개로 늘 맏이가 계승해 온 역사로 인해 상단의 모두가 서노담을 차기 행수로

낙점해 왔었다. 하나, 선대 행수는 모두의 예상을 깨고 서노타에게 자신의 자리를 물려주었다.

모두가 파란의 시작점이라 예상하였으나 서노타는 훌륭하게 행수로서의 역할을 수행하며, 아버지의 선택에 대한 시끄러운 말들이 자연스럽게 잦아들도록 만들었다. 하나, 형인 서노담을 향한 냉정한 시선들은 긴 세월이 흐르는 동안 변함없이 건재하였다.

"곁가지로나 치부되던 동생에게 행수 자리를 뺏기고도 낯 두껍게 상단에 남아 있는 자 아닌가. 후계자 자리를 빼앗겼을 때, 배포 있는 사내라면 재물을 챙겨서 홀로 섰겠지. 사내로 태어나 배알도 없는지! 속에 어떤 흑심을 품고 남았을지 알 게 뭐란 말인가."

"맞는 말일세. 행수님과 후주님께선 왜 아직도 저자를 내치지 않으시는지 모르겠네. 쯧! 저대로 세력을 넓히게 둬 봐야 득이 될 것도 없는데 말일세."

어리고 약한 동생에게 후계자 자리를 빼앗긴 패배자.

상단 내에는 아직도 서노담을 그와 같은 시선을 보는 자들이 즐비하였고, 바로 그것이 서노타 행수가 서노담에 대해 떠들지 말라는 함구령을 내린 이유 중 하나이기도 했다.

"분명 흑심을 품고 상단에 남은 것이 틀림이 없……."

몇 사람이 목소리를 낮춘 채 말을 이어가던 그때, 갑자기 찬물이라도 끼얹은 듯 절로 접빈실 안이 조용해졌다.

악사장은 때를 기다렸다는 듯 일어나 박을 쳤다.

차락!

흐름이 바뀌는 신호와 동시에 서노담을 포함한 모든 간부들이 얼른 자리를 잡고 앉아 허리를 숙였다. 동시에 접빈실 우측의 장지문이 천천히 열리며 이들을 한자리에 부른 이 연회의 주인이 등장하였다.

터덜, 터덜. 덜컥, 덜컥.

고개를 숙인 부하들의 귓가로 위엄은커녕 위태로운 발소리가 들렸다. 이윽고 쿵 소리와 함께 단상에 마련된 자리에 사람이 쓰러지듯 앉는 소리가 울렸다. 간부들이 놀라 일제히 고개를 들고 단상을 살피자 벌써부터 술 냄새를 풀풀 풍기는 단휘가 흐트러진 자세로 앉아 있었다.

"후, 후주님!"

"어찌 그리 만취하셨습니까?"

모두가 놀라 묻자 단휘가 픽 웃었다.

"이 몸의 호연인데, 미리 축하주를 마신 것이 잘못되기라도 했느냐?"

"아, 아닙니다. 다만 저희가 술잔을 아직 올리지 못한 터라 당혹스러워서……."

"각지에서 와 준 내 귀한 부하들이 올리는 술이 아니냐. 고주망태가 되더라도 다 마실 것이니 염려 마라."

아무리 호연이라 해도 드물게 폭음을 하시는 듯해 간부들이 웅성이기 시작했다.

"왜 이리 분위기가 삭막한가 싶었더니 계집이 없어서 그랬구나."

단휘가 손짓하자 다시 접빈실의 문이 열렸다. 그 안에서는 기다렸다는 듯 한껏 치장을 마친 기녀들이 쏟아져 나왔다.

대열에 맞추어 나온 무희들은 중앙에 있는 넓은 자리에서 고개를 돌리고 한 팔을 들어 올리며 춤을 출 준비를 마쳤다. 수란이 하사한 과판에 금빛 술을 달아 길게 늘어트리고 새카만 머리칼을 올려 묶은 여인들의 모양은 화려한 꽃과 같았다. 그녀들은 곧 악에 맞추어 하늘하늘하게 몸짓하였고 붉은 연회복의 물결이 접빈실의 중앙에서 춤추었다.

"어찌 홍화들만 어여쁘게 보고 계시어요? 저희의 술부터 좀 받아 주시어요."

춤을 추지 않는 기녀들은 가지런한 걸음으로 사내의 옆에 자리를 잡고 앉아 빈 술잔부터 채우기 시작하였다. 그녀들이 재잘대는 말소리가 낭랑하게 접빈실을 채워 가며 무겁던 분위기가 차차 가벼워졌다.

"오강 근방에 산적 떼가 자주 출몰한다는 소문입니다."

"오강처럼 융성한 도시 근방에서 어찌 그런 무뢰배들이 설친다는 말이오."

"근방의 지리 자체가 워낙에……."

"이번 원관회는 청호 상단에서 주최할 테니 결국 후주님께서 오강으로 가셔야 한다는 말이 아닙니까?"

간부들의 걱정에 단휘가 무미건조하게 대답하였다.

"재물을 탐하는 점은 산적이나 상단이나 다를 바가 없다."

"그, 그렇긴 합니다만 그래도 조심하시는 것이……."

"수란이 그깟 좀도둑들을 두려워할 이유가 따로 있느냐?"

"아, 아닙니다. 소인이 괜한 염려를 한 듯합니다. 용서하십시오."

단휘가 잔에 든 술을 입에 털어 넣자마자, 기다렸다는 듯 그의 발아래에 앉아 있던 기녀가 앞서서 잔을 채웠다.

"소녀, 평생 후주님의 존안을 직접 뵈올 날만 기다려 왔답니다. 그 잔을 다 비우시면 밤이 가기 전에 이년, 정월이가 저런 골 아픈 이야기보다 더 좋은 것으로 후주님을 즐겁게 해 드리겠어요."

기녀 정월은 옷자락을 걷어 하얀 제 팔목을 드러내며 대놓고 단휘를 유혹했다.

재색을 겸비한 정월은 높은 콧대로도 저명하였으나, 단휘 아래서는 자존심을 잊고 한낱 창기처럼 굴고 있었다.

"혹하는구나."

단휘는 정월이 채워 준 술잔을 비우며 대답하였다.

"오늘 네가 날 만족시킨다면 답례는 충분할 것이다."

"그 말씀, 절대 잊으시면 안 되어요."

정월이 자신만만하게 웃으며 받아쳤다. 그러곤 부끄러움도 모르는지 손을 뻗어 감히 단휘의 앞섶을 헤치려 들었다. 단휘의 무심한 시선은 줄곧 앞을 향해 있었으나, 정월은 볼록한 가슴을 그의 다리에 비비며 찰나의 시선이라도 받으려 애썼다.

노골적인 유혹에 단휘와 가까이 앉은 간부들이 민망스러워하며 눈을 돌렸다.

"후주님."

그때 자리에서 일어난 서노담이 단휘에게 인사를 올렸다.

서노담은 고개를 드는 찰나의 순간에 정월을 향해 차가운 시선을 쏘아붙이고 단휘의 빈 잔에 다시 술을 채웠다.

"감축드립니다. 후주님께서 날로 든든해져 가시는 모습을 곁에서 볼 수 있어 기쁠 따름입니다. 하나, 아무리 좋은 날이라 해도 후주님의 위명에 해가 될 일은 없어야 할 것입니다."

정월을 향해 날아가는 서노담의 날카로운 시선을 느끼며 단휘가 웃었다.

"부하들 앞에서 다 벗기고 품을 작정은 아니니 염려치 마십시오. 앞으로도 부족한 조카를 위해 오래도록 애써 주십시오. 늘 백부님께 많이 의지하고 있습니다."

"제가 드릴 말씀입니다."

인사를 마친 서노담이 자리로 돌아가자 맞은편에 앉아 있던 수차렴이 나와 인사를 올렸다.

"앞으로도 만수무강하시어 상단 번영의 주춧돌이 되어 주시길 기원하겠습니다."

"주춧돌은 그대가 되어 주어야지. 한 잔 받아라."

단휘는 연이어 나오는 부하들에게 안부를 묻기도 했고, 가져온 재물이 무엇인지 묻기도 하며 모두의 잔을 받고 다시 채워 주었다.

호연은 좀처럼 끝날 기미가 보이지 않은 채 계속되었다.

단휘는 때때로 구석자리에 앉아 술을 따르고 있는 여인을 바라보았다.

'생각보다…….'

차월에게 시켜 억지로 기녀처럼 분장하여 데려다 놓았으나, 모양은 꽤 그럴싸하였다. 흩날리는 꽃송이들이 수놓아진 청라비단에, 흰 비단으로 목깃과 소매 끝을 마무리한 의복은 처음부터 효이를 위해 지어진 것처럼 아주 잘 어울렸다. 약삭빠르지 못한 효이는 눈치채지 못하고 있겠지만, 여러 명의 간부들이 아까부터 은근한 시선을 던지고 있었다.

'고개를 숙인 꽃일수록 사내들은 더 꺾고 싶어 하는 법이지.'

정월은 매서운 눈빛으로 부하들을 바라보고 있는 단휘의 팔을 잡았다.

"후주님, 안색이 너무 좋지 못하시어요. 어디 편찮기라도 하신가요?"

단휘는 수선을 피우며 제 몸을 더듬어 오는 정월의 손을 쳐 냈다.

"과음했을 뿐이다."

"술상을 앞에 두고 손님을 접대하는 것이 업인 이년이 과음하신 것과 미령하신 것을 구분하지 못하겠어요? 우선 그 잔부터 내려놓으셔요. 열이 많이 나시는 듯합니다. 꼭, 술이 아니라 다른 것에 취하기라도 한 분처럼…….”

계속되는 정월의 염려에 회장에 있던 이들의 시선이 단상으로 쏠렸다. 때마침 가무가 끝나고 중앙이 비워져 정월의 언행이 더 눈에 띄었다.

“아무래도 오늘은 그만 자리를 파하시는 것이 좋겠습니다.”

“됐다고 하지 않았느냐!”

그때 단휘가 갑자기 고함을 치며 정월을 밀쳐 냈다.

놀란 악공들이 손을 멈추고 간부들까지 숨을 삼키자 이내 접빈실 안의 모든 소리가 칼로 잘라 낸 듯이 뚝 끊어졌다.

“후주님, 혹 몸이 편찮으십니까?”

가까이 앉아 있던 간부 중 한 사람이 묻자 단휘가 웃음을 터뜨렸다.

“하하하!”

난데없이 튀어나온 웃음에 사람들의 얼굴이 사색이 되어 가는 중에도 단휘는 무엇이 즐거운지 한참을 더 웃었다.

“이 서단휘가, 어디가 편찮겠느냐? 도리어 너무 강녕하여 문제가 아닌가.”

감히 누구도 단휘와 시선을 맞추지 못하였다. 무슨 말씀을 하시냐며 역성을 내는 부하조차 없는 황량한 하문이었다.

단휘는 얼어붙은 간부들을 둘러보더니, 명령을 내렸다.

“여기 이 미천한 년 하나 때문에 귀한 자리를 다 망치게 생겼구나. 이년이 두 번 다시 취골에 발도 붙이지 못하도록 만들어라.”

“후, 후주님!”

정월이 놀라 소리쳤지만 이미 명령을 받들고자 들어온 하인들이 두 팔을 붙잡은 후였다.

"노, 놓아주십시오! 후주님! 후주님!"

차차 정월의 소란스러운 목소리가 멀어졌다. 정월이 완전히 끌려 나가자 접빈실 안에는 다시 침묵만이 감돌았다. 감히 단휘가 역정을 낸 상황이라 악공들도 섣불리 악을 연주하지 못하였고, 좌중의 모두가 숨소리 하나까지 줄여 가며 눈치만 살피고 있었다.

단휘는 그들을 둘러보더니 얼굴에 서슬 퍼런 미소를 그려 냈다.

"누구 한 사람 죽어 나간 것도 아니거늘, 어이하여 귀한 자리가 이처럼 두려움에 젖었는가."

"후주님, 이것을……."

곁을 지키고 있던 하인이 무릎을 꿇고 작은 상을 올렸다.

상 위에는 담뱃대와 연합이 있었다. 단휘는 직접 연죽 안에 연초를 채우고 불을 붙였다. 그 조금의 움직임 동안에도 단휘의 손은 쉴 새 없이 떨렸고, 앉은 몸조차 제대로 지탱하지 못하고 있었다. 접빈실의 모두가 기녀 정월의 말이 틀리지 않았음을 깨달았으나, 누구 하나 먼저 나서서 단휘를 제지하는 이가 없었다.

"과연, 향이 좋구나."

몇 모금 빨아들이며 연기를 내뱉기를 반복하자 발작적인 증상이 눈에 띄게 잦아들었다.

이내 단휘는 앞에 부하들이 있다는 사실조차 잊은 듯 한참을 더 연초만 태웠다.

"후주님, 나눠 드릴까요?"

하인이 조용히 여쭙고서야 단휘가 명령을 내렸다.

"그리해라."

그와 동시에 우문이 열리며 연합과 연죽을 올린 작은 상을 든 하비들이 쏟아져 나왔다. 그들은 일사분란하게 간부들 옆에 상을 내려놓고 인사를 올린 후 접빈실을 나갔다.

"너희와 이 몸이 피를 나눈 혈족은 아니나, 긴 시간 동안 상단의 번영을 위해 함께 애써 왔으니 혈연보다도 깊은 관계다. 그러니 나눌 수 있는 것은 다 나누어야 마땅하지. 설령, 그것이 나락으로 떨어지는 길목이라 할지라도 이 몸이 들어섰다면 마땅히 함께 가야 진정한 충신이리라."

"……."

과분한 말과 더불어 내려온 물건이라 모두가 선뜻 인사조차 올리지 못하였다. 그들은 서로 눈치만 살피다가 한참 만에 다 함께 허리를 숙이며 겸양하였다.

"황제 폐하께서도 경축하시는 후주님의 탄신에, 어찌 감히 소인들이 선물을 받을 수 있겠습니까. 부디 말씀을 거두어 주십시오."

단휘는 태연히 연죽을 물며 대답하였다.

"아주 향이 좋은 물건이라 나누고자 하였을 뿐이니, 사양들 말아라."

"……."

모두가 어찌할 바를 몰라 난감해하는 순간에, 서노담이 두 손으로 연죽을 잡고 단휘에게 바치는 모양을 하더니 곧 머리를 숙였다.

"후주님의 은혜를 감사히 받겠습니다."

그제야 모든 간부들이 기다렸다는 듯 노담을 따라 인사를 올렸다.

머잖아 접빈실 안이 그윽한 연기로 그득그득해졌다. 인공적인 향이 기녀, 간부, 그리고 휘장과 장식에 이르기까지 곳곳에 배어들 무렵이었다.

단휘가 문득 한 사람을 향해 하문하였다.

"한데, 수 자관. 그대는 왜 손도 대지 않느냐?"

서노담의 맞은편, 단휘로부터 두 번째로 가까운 자리에 앉아 멍하니 담뱃대와 연초를 쳐다보고 있던 간부가 움찔하였다. 그는 서해국에서 서노담의 오른팔로 일하며 무기 교역과 연관된 교섭을 담당하고 있는 부하였다.

"예?"

"그대도 나 못지않은 애연가라 들었는데……."

다른 부하들의 이목이 집중되자 수차렴이 황급히 대답하였다.

"그, 그것이 향을 맡아 보니 아무래도 소인이 즐기는 연초가 아닌 것 같아 감히 멀리 두고 있었습니다. 오늘은 술기운이 제법 돌아 연초를 태우지 않는 것이 좋을 것도 같고, 기왕 주신 선물이니 기념으로 가져가 다음에 천천히 음미하며 태우도록 하겠습니다."

"아아, 그랬느냐?"

단휘는 술을 마시는 척하며 슬쩍 효이를 쳐다보았다.

효이는 수차렴을 빤히 보고 있다가 단휘와 눈이 마주치자 얼른 고개를 돌려 버렸다. 낯이 창백하게 질린 효이를 본 단휘가 소리 없이 웃었다.

처연하리만치 고운 미소였다.

'무기 교역을 맡은 부하들은 선대 때부터 이미 정해져 있던 자들인 만큼, 충성심에 대해서는 의심할 바가 없다고 생각했건만. 하나 이 몸이 미치광이가 되면 수차렴 네게 어떤 이득이 떨어진다는 말이냐?'

단휘는 잔을 내려놓고 수차렴을 보며 말했다.

"자관의 뜻이 정히 그러하다면, 그리해라. 한데, 이 몸이 근래에 들어 이상하게…….”

단휘가 갑자기 몸을 일으키더니 수차렴을 향해 다가갔다. 몽롱하게 풀어진 눈빛과 사시나무처럼 떨리기 시작한 팔은 이미 그가 정상이 아님을 드러내고 있었다. 수차렴이 마치 귀신이라도 본 듯 덜덜 떨기 시작하였으나, 단휘는 계속 수차렴을 향해 걸어갔다. 단상을 내려와 한 걸음, 두 걸음, 옮기고 고지를 눈앞에 둔 순간 단휘가 휘청하였다.

“후주님!”

놀란 하인이 얼른 다가와 그를 부축하였다.

“의원, 의원을 불러라!”

누가 먼저랄 것도 없이 외치는 소리에 모두가 혼비백산해졌다. 두 명의 하인은 얼른 단휘를 양쪽에서 부축하여 바깥으로 모셨다.

접빈실을 나오고 조금 떨어진 곳까지 나오자, 질질 끌려가고 있던 단휘가 우뚝 멈춰 섰다. 두 명의 하인은 기다렸다는 듯 단휘의 팔을 놓고 물러났다.

그러자 때를 기다렸다는 듯 기와지붕에서 그림자 하나가 사뿐히 땅 위로 내려앉았다.

단휘는 그를 보며 웃었다.

“명기는 명기라. 제법이더구나.”

“그 여인을 말씀하신 곳으로 보냈습니다. 약조했던 값은 전부 치렀고 부하도 함께 보냈으니, 후주님의 명령을 받고 소란을 피웠다는 사실은 영영 함구할 것입니다.”

“지금 바로 수차렴의 처소로 가 보아라. 제 목숨을 부지하기 위해 분명 뭐라도 들고 왔을 것이다.”

“예!”

혼자 남은 단휘는 달이 핀 밤하늘을 올려다보며 나지막한 한숨을 내쉬었다.

오늘로서 단휘는 또 한 차례 지지부진하게 목숨을 구하게 됐다.

그러나 세차게 불어오는 바람은 아직 멎지 않았다.

"윽! 우읍."

단휘는 두 손으로 입을 막고 갑자기 터져 나오려는 기침을 필사적으로 막았다. 그러자 심장을 잡아서 구기는 것처럼 가슴 깊은 곳에서부터 통증이 울리기 시작했다.

발작이다.

"아직…… 윽!"

단휘는 가슴을 움켜쥐며 벽에 등을 기댔다. 정신을 차려야만 한다.

오늘 밤 밝혀낼 진실을 마주하기 위해 지난 세월을 견뎌 왔다. 이미 판은 펼쳐졌다. 그러니 설령 앞에 놓인 길이 달마저 빛을 감추고 별들마저 도망친 새카만 밤과 같다 해도 돌이킬 수는 없다. 무조건 나아가야만 했다.

그것만이 진정으로 살아남을 수 있는 유일한 길이기에.

❈

호연 내내 눈치만 살피고 있던 효이는 소란한 틈을 타 접빈실을 빠져나왔다.

무희들이 춤을 추고 단휘가 술잔을 받는 어지러운 상황 속에서도 효이의 시선은 오직 서노담, 그 하나만을 향해 있었다. 사실 그자의 살기가 주변을 압도해서 다른 사람의 기운은 읽어 내기 어려울 지경이었다.

'서노담에 비하면 수차렴은 하잘것없는 감정이었어.'

하나 단휘가 움직이면 수차렴의 목숨은 보장할 수 없다. 아마 살려 두더라도 제발 죽여 달라고 애원할 정도의 고문이 가해질 터였다. 그래서 내내 눈치만 살피고 있다가 부하로부터 귓속말을 들은 수차렴이 나가자마자 뒤따라 나온 참이었다.

'수차렴에게 위험을 예고해 주는 대신, 이번 일이 서노담과 무관한지만 확인하면 돼. 서노담이 아무리 거대한 살기를 가지고 있어도 이번 일과 무관하다면 머잖아 서해국으로 돌아갈 거고, 그럼 후주님이 모른 채 전부 끝날 거야.'

오직 그것만이 단휘가 상처받지 않고 이 일을 마무리 지을 길이라고 효이는 믿었다.

'저기다!'

담장 근처에 선 수차렴은 누굴 기다리는 것처럼 보였다. 이대로 상황을 엿보는 것도 나쁘지 않겠지만 혹여 후주가 정신을 차리고 부하를 보낼까 염려돼 효이가 서둘러 걸음을 뗐다.

"저어……."

"너, 너는 뭐냐!"

깜짝 놀란 수차렴이 삿대질까지 하며 묻자 효이가 얼른 인사를 올렸다.

"놀라게 해 드려 송구합니다. 지금 복색을 보면 믿기 어려우시겠지만 사실 저는 후주님의 부하인 정효이라고 합니다. 정확히는 후주님의 주치의입니다."

"서단휘의, 아, 아니 후, 후주님의 부하라고? 네가?"

영 믿지 못하는 얼굴이었으나 효이는 급히 말을 이어 갔다.

"반드시 드릴 말씀이 있어 찾아왔습니다. 다른 사람이 들으면 곤란할 이야기입니다. 우선 저와 함께 자리부터 피하시는 것이 좋겠습니다."

"내가 지금은 기다리는 사람이 있어서 아무래도 자리를 옮기기는…… 으헉!"

드러내 놓고 불편해하던 수차렴이 갑자기 두 눈을 크게 뜨며 숨을 삼켰다.

짧은 순간 수차렴의 두 눈에 핏발이 서며 숨이 거칠어지기 시작했다. 그는 버둥거리다가 이내 제 가슴을 향해 두 손을 뻗어 갔다. 원인을 몰라 당황하던 효이는 수차렴의 두 손이 닿은 자리에 심장을 관통하고 나온 검 끝을 발견하고 기겁했다.

"크, 으, 허억……."

"마, 마, 말도 안 돼. 아, 안 돼. 검을, 빼면 안 됩니다. 얌전히 계십시오!"

효이는 급한 마음에 맨손으로 검 끝을 움켜잡았다. 날카로운 날에 닿은 손에서 피가 뚝뚝 흐르기 시작했지만 손을 뗄 수가 없었다. 검을 뽑아내는 순간, 수차렴은 죽을 것이다.

"안, 안 돼, 아직, 아직 묻고 싶은 것이 있단 말입……."

그 순간 검이 뒤로 쓱 빠지며 앞으로 피가 터져 나왔다. 동시에 수차렴은 앞으로 고꾸라졌고 효이는 피를 뒤집어쓴 제 앞섶과 손을 내려다보며 덜덜 떨었다. 황망한 중에도 효이는 도망칠 생각은 않고 서둘러 그 자리에 무릎을 꿇고 앉았다.

효이는 수차렴을 정자세로 눕힌 후 제 겉옷을 벗어 환부를 꽉 눌렀다.

"안 돼, 제발! 제발! 죽지 마십시오, 아직 안 돼. 제발! 후주님이

겪고 있는 지옥을 끝내 줄 수 있는 사람은 당신뿐입니다! 그러니 무책임하게 죽지 마십시오! 제발! 확인해 줘야 할 게 있단 말입니다. 살아나야 합니다, 살아야 돼! 제발!"

"흐음? 안 돼, 안 돼. 정확하게 관통했고 벌써 피가 너무 나왔는걸."

낭랑하게 첨언해 오는 목소리에, 지혈을 하던 효이의 몸에 오싹 소름이 돋았다.

"자, 봐 봐. 벌써 눈빛에 힘이 없잖아. 숨소리도 잦아들고 숨을 들이쉬고, 내쉬고, 몇 번 느리게 반복하다 보면, 아! 이제 멎었다. 거봐, 내 말이 맞지? 죽었잖아. 내가 속전속결을 싫어하긴 하지만 할 땐 또 제대로 하거든."

효이는 환부를 누르고 있던 팔의 힘을 가까스로 지탱하였다.

갈 곳을 잃고 정처 없이 흔들리던 효이의 두 눈이 그제야 시신을 벗어나서 눈앞에 있는 사내를 향했다.

눈이 마주치자 사내는 해사하게 웃으며 인사해 왔다.

"우리, 또 보네?"

효이가 살기를 읽어 낼 수 없는 유일한 상대.

은강, 그였다.

"……."

"어? 울어? 손이 아파서 그래? 쯧쯧. 그러게 맨손으로 검을 붙잡으면 어떡해, 대책 없이. 내 검은 날이 잘 들어서 살짝만 닿아도 베이거든."

방금 사람을 죽였다.

같은 상단 사람이자 부행수의 맞은편 자리를 차지하고 앉아 있을 만큼 높은 지위를 가진 사람을 죽인 것이다. 그럼에도 은강은 무서

우리만치 태연한 낯을 하고 있었다.

"웃기십니까? 이 상황이? 왜, 대체 왜 죽였습니까! 왜! 당신이 뭔데 이 사람을 죽인 겁니까! 미워하지도 않잖아요! 싫어하거나 원망하지도 않으면서 왜! 왜 죽인 겁니까, 왜!"

"네가 뭘 안다고 시끄럽게 굴어? 넌 이놈이 누군지도 모르고 따라나온 모양인데, 이놈은 서해국에서 상단의 물자를 빼돌려 사익을 취한 악질 중에 악질이야. 난 일이 시끄러워지기 전에 입막음을 하러 왔을 뿐이고."

"입막음?"

결국 다른 배후가 있다는 의미였다.

"부행수입니까?"

"말했잖아? 수차렴은 악질 중에 악질이라고. 여기저기 원한을 사고 다닌 놈이라서 말이야. 지나가다가 칼 맞아도 대수롭지 않은 일일걸? 너도 상단 사람이라면 마찬가지 아니야?"

"논점을 흐리지 마십시오!"

은강은 매섭게 파고드는 효이를 보며 어깨를 으쓱하였다.

"진실을 원한다면야, 네 생각대로겠지? 누구에게든 가서 말해도 좋아. 난 틀림없는 부행수의 부하이고, 내가 수차렴을 죽인 것만은 사실이니 말이야."

"……."

이미 수차렴을 죽여 입을 봉한 탓일까.

은강의 기세는 위풍당당했다.

'이 사람은 내가 함구해 줄 거라 믿는 게 아니야. 진실이 알려지더라도 서노담은 물론이고 자신 또한 어떤 불이익도 당하지 않으리라 확신하고 있는 거야.'

부행수라는 지위를 가진 이상 서노담이 제 부하를 즉결처분한 거라고 둘러대면 더는 어쩔 방도가 없다. 괜히 물고 늘어졌다가 앵속에 대한 것이 밝혀지면 단휘의 입장도 곤란해질 터였다.

'명확한 증좌가 없는 이상 후주님도 이 일을 공론화시킬 순 없으실 거야.'

당연한 일이다. 하나 너무도 당연해서 도리어 효이가 더 억울하였다.

하루하루 죽기보다 더한 고통을 마주하며 겨우 얻은 기회였다. 4년 전 타오른 불길이 어디서 시작되었는지 알아내 가슴에 쟁인 앙금을 풀어낼 천재일우의 기회. 하나 그 기회를 이리 단칼에 놓치게 될 줄 누가 알았을까.

"왜, 왜……."

절망한 효이를 바라보며 은강이 웃었다.

"방해꾼이 오고 있네. 걱정 마, 우린 다시 보게 될 거야."

"기, 기다려!"

"조급해하지 않아도 돼."

은강은 그대로 효이가 잡을 틈도 주지 않고 능숙하게 담장을 넘어가 버렸다.

타닥타닥!

그와 거의 동시에 사람들의 발소리가 효이를 덮쳐 왔다. 한로와 비슷한 차림을 한 사내들은 효이와 수차렴의 시신을 힐끗 쳐다보곤 곧장 은강의 뒤를 쫓아 담을 넘어가 버렸다.

다시 혼자 남겨진 효이는 수차렴의 시신에서 눈을 떼지 못했다.

'결국 막지 못했어. 아무것도 하지 못했어.'

수확이라곤 서노담이 수차렴의 죽음과 무관하지 않다는 사실뿐이다. 하나 수차렴은 서노담이 관리하는 서해국 분점 소속이다. 연관이 되어 있는 것이 당연한 관계이니, 실상 진전은 없다고 보아도 무방하였다.

"정효이."

지그시 부르는 목소리.

여전히 수차렴을 바라보고 있던 효이의 시야에 어둡게 다가오는 그림자가 보였다. 보지 않아도 몸이 먼저 느끼고 반응하는 낯익은 기운에 효이는 숨을 삼켰다.

그는 수차렴의 주검을 보았으나 곧 다시 효이에게로 시선을 돌렸다.

"그만 놔라."

"……."

"이미 죽었다. 알지 않느냐?"

단휘는 친히 허리를 숙여, 여전히 수차렴의 상처를 지혈하고 있던 효이의 손을 억지로 잡아 당겨 일으켰다. 효이는 단휘의 낯을 볼 면목이 없었다. 끝내 막지 못하였고, 은강은 놓쳐 버렸다. 거기다 죄스러운 와중에 단휘의 목소리를 듣자마자 가슴 깊은 곳에서 울컥울컥 울음 같은 것이 자꾸 치밀어 참기가 힘들었다.

"어디 다쳤느냐."

"저는, 아, 괘, 괜찮으십니까? 아까 있던 증상들 전부 금단 증상이었지요? 저랑 있을 때보다 더 심해지신 듯합니다. 맥부터 짚어 봐야겠습니다. 팔 좀……."

"지저분한 손으로 어딜 만지려는 것이냐."

냉랭히 일갈해 놓고 단휘는 피범벅이 된 효이의 팔을 붙잡고 앞장섰다.

오랜 지혈로 온몸에 힘이 다 빠진 효이는 단휘의 손을 쳐 낼 기운조차 없이 그저 끌려갔다.

❃

뜨거운 욕탕의 열기가 뺨에 닿은 순간, 멍하니 있던 효이가 정신을 차렸다.

뒤늦게라도 발버둥 치려 하였으나 이미 문간에서부터 단휘의 품에 단단하게 안긴 채였다. 예의고 무엇이고 간에 황급히 단휘의 목을 두 팔로 끌어안아 보았으나, 그가 탕조 위에서 놔 버리자 효이는 속절없이 물 안으로 떨어지고 말았다.

"앗! 아, 으윽!"

뜨거운 물이 상처에 들어오며 통증이 느껴졌다. 이제까진 지혈을 하느라 제 상처는 까맣게 잊고 있던 효이가 얼른 두 팔을 물 밖으로 번쩍 들었다.

그러자 단휘가 기다렸다는 듯 손을 가로채 들여다보았다.

"맨손으로 잡았군. 무모하게 굴긴."

"……."

"다신 그러지 마라. 흉 진다."

단휘는 효이의 손을 던지듯 놔준 후 하문하였다.

"누구였지?"

"……."

말해야 한다. 뭐라도 말해야만 한다.

'어머니께 돌아가기 위해서였잖아. 그래서 이번 일을 도운 거였잖아. 그러니까 말해, 정효이. 본 대로 느낀 대로 다 말씀드리고 이제

발을 빼야 해. 제발, 말해. 그렇지 않으면…… 그렇지만 어떻게, 내가 어떻게 말해…….'

효이는 대답대신 단휘를 물끄러미 올려다보았다.

분명 다친 곳은 손바닥인데, 물기에 젖어 쓰려 오는 아픔보다 가슴의 통증이 더 심하였다.

'이제 후주님께서 싸우셔야 할 적은 서노담이라고, 도운 다음은 백부님이라고. 그렇게 말하면 되는 거야? 하면 다 끝나는 거야?'

어리석은 효이라도 알 수 있었다.

그것은 끝이 아니라 새로운 파국의 시작이 될 것임을.

'어차피 호연은 다 끝났어. 수차렴이 죽었으니 진실을 밝힐 수도 없게 되어 버렸고. 후주님께는 증거가 없어. 누구도 추궁할 수 없으실 거야. 그렇다면 굳이 다 말할 필요가 있을까? 굳이, 다시 상처받으셔야 할 이유가 있을까?'

물론 단휘는 적을 찾고 싶어 할 것이다. 아무리 고통받더라도 무관하다고 할 것이다.

하나 당장 진실을 털어놓으면 단휘는 어찌 되는 것일까.

8년을 함께 동고동락한 친우 다음은 하나뿐인 백부라니. 진실을 아는 것조차 아플 것이다. 고통스러울 것이다.

무엇보다 효이가 아는 서단휘라면 결코 서노담을 용서치 않을 것이다. 용서할 수가 없을 것이다.

'이제까지처럼 서노담을 죽이기라도 하시면…….'

잠깐의 안도감이 스치고 나면 권력에 미쳐 천륜을 잘라 냈다는 말이 무수한 칼날이 되어 단휘에게로 날아들 것이다. 백부를 죽인 단휘는 평생 죄인의 굴레를 벗어나지 못한 채 모든 힐난을 감내하며 살아가게 될 터였다.

적을 죽인다 해도 상처만 남는다면 그것을 어찌 승리라 칭할 수 있을까.

'아량을 베풀어 서노담을 살려 주더라도 후주님은 배신감에 치를 떨고 평생 그를 미워하고, 경계하며 살아가시겠지.'

원망은 사람을 병들게 만든다.

효이는 단휘가 그리되는 것을 원치 않았다. 또다시, 그가 그렇게 살아가는 모습을 차마 볼 수가 없었다.

총명하던 두 눈이 혼탁해지고, 효이를 부르는 목소리에는 다시 분노와 불신만이 가득찰 것이다. 세상의 그 누구도 믿지 못해 스스로를 높은 담장 안에 가두고 제 자신을 말려 죽일 것이다. 4년 전 서단휘는 그렇게 눈뜨고 바라보기조차 힘들 정도로 참담하였었다.

'다시는 보고 싶지 않아. 그런 모습을, 다시 볼 수가 없어.'

끔찍하고 참담하고, 무섭다고만 여겨졌던 그 모습을 지금 다시 돌이켜 보니 가슴이 아팠다. 그가 가여워서, 가여워서, 가여워서. 다시 떠올리는 것만으로도 이리 마음이 아린데 어떻게 다시 또 그런 그를 지켜보란 말인가.

'후주님. 기억하십니까? 제가 했던 약조 말입니다.'

증기가 맺혀 생긴 물방울이 머리칼을 타고 탕조 안으로 뚝뚝 흘러내렸다.

마치 눈물처럼.

'그 약속을 지킬 때가 된 것 같습니다. 제가 못 견뎌서 그럽니다. 제가 못 할 것 같아서 그럽니다. 그러니까, 하겠습니다. 제가 하겠습니다. 배신, 그거 제가 하겠습니다.'

마침내 천천히 열린 입술 사이로 효이가 준비해 둔 말이 힘없이 흘러나왔다.

"처음, 보는 사람이었습니다."

단휘는 눈살을 찌푸리며 다시 하문하였다.

"수차렴의 입을 막은 자객이 누군지 묻는 것이 아니다."

효이는 고개를 돌리고 단휘를 외면한 채 종이에 써진 글자를 읽는 것처럼 고저 없는 음성으로 다시 대답하였다.

"처음 보는 사람이었습니다."

"……."

무거운 침묵이 효이를 짓눌러 와 숨이 막혔다.

"지난 달포 동안 함께 겪어 왔던 일들은 너에게 아무 의미도 없는 것들이었느냐? 여전히 너에게! 이 몸은 그저 어미를 앗아 간 원수일 뿐인 것이냐?"

실망에 찬 목소리가 욕탕 안을 울리고 울려 계속 효이에게 닿았다.

사람의 목소리가 이렇게 가슴을 참혹하게 찌를 수 있구나. 새삼 다시 깨달으며 효이는 소리 없이 울었다.

'이번만은 정말 후주님을 돕고 싶었습니다. 후주님께서, 더는 그 불길 속을 혼자 헤매시게 두고 싶지 않았어요. 그래서였는데, 진실이라는 것은 결국 후주님을 더한 불구덩이 속으로 밀어 넣고 말 것입니다.'

효이는 겨우 고개를 들어 단휘를 올려다보았다.

'나약하다 질책하시겠지만 저는 후주님께서 피할 수 있다면 피하고. 외면할 수 있다면 외면하고. 모른 채 덮을 수 있는 일이라면 부디 모르신 채로. 부디 후주님 자신을 지키셨으면 좋겠습니다. 제발, 그러셨으면 좋겠습니다.'

하여 효이는 계속 같은 말만 반복하였다.

바보처럼.

"처음 보는, 사람이었습니다."

"수차렴 다음은 이 몸이다. 그걸 원하느냐? 그래서 이러는 것이냐?"

"……."

효이의 침묵에 단휘의 기운이 한층 더 살기를 띠며 짙어져 갔다.

곧 단휘가 납득하였다는 듯 자조적으로 읊조렸다.

"하기야. 천하가 다 바라는 죽음이 아니냐."

나지막하게 흘러나온 웃음소리가 울음소리보다 더 처연하고 가여웠다.

"한 번도 그런 걸 원한 적 없습니다."

"하면 말해라!"

단휘는 탕조 안에 웅크리고 있던 효이의 멱살을 거칠게 잡아 일으켰다.

허공에서 마주친 두 사람의 시선이 얽혔다. 차갑게 타오르는 단휘의 눈빛에, 효이의 젖은 눈동자가 흔들렸다.

"네가 호연에서 봤던 진짜 내 숙적이 누구인지, 당장 이 자리에서 밝혀라."

제발, 제발…….

그런 애원이 환청처럼 뒤따라 들려왔다.

"……."

하나 효이는 끝내 벙어리처럼 입을 다물었다.

단휘는 한참 동안 그런 효이를 노려보다가 효이의 멱살을 놔 버렸다. 서 있을 기운조차 없던 효이는 그대로 탕조 안에 주저앉은 채 고개를 푹 숙였다. 아프도록 살결을 찌르는 기운만을 느낄 뿐, 효이는 단휘가 저를 어떤 얼굴로 보고 있을지 확인할 용기조차 내지 못하였다.

"날 지키겠다고 하였었지."

"……."

"하나 넌 결국 네가 내뱉은 말조차 다 지키지 못했다."

차박차박.

젖은 바닥을 걷는 발소리가 들리고 곧 욕탕의 문이 닫혔다.

그제야 겨우 참고 참았던 울음소리가 터져 나왔다.

"흐으으윽…… 흐윽…… 우으으윽……."

오랫동안 조금이라도 그의 믿음을 얻기 위해 쌓아 왔던 보잘 것 없던 성벽은 무너졌다. 어머니에게로 돌아갈 길은 산산이 부서져 버려, 이제 효이에게는 아무것도 남은 것이 없었다. 하나 지난 4년간의 노력이 물거품이 된 순간에도 효이는 오로지 단휘 생각밖에 떠오르지 않았다.

적들로 가득 찬 이곳에서 다시 홀로 버텨야 할 그가 얼마나 외롭고 먹먹할지 알고도 침묵한 제 자신이 미웠다. 그럼에도 단휘에게 달려가 진실을 털어놓지 못하는 제 자신이, 참으로 싫었다.

"송구합니다. 송구합니다, 으흐으윽, 후주님, 송구합니다, 송구합니……."

뚝, 뚝, 열기에 젖은 땀이 흘러내리며 욕탕의 물을 적신다.

뚝, 뚝, 속절없이 흐른 눈물들이 욕탕에 떨어지며 또다시 파동을 그렸다.

또다시, 계속해서…….

✻

은월각에서 그리 멀지 않은 청루.

늘 비어 있던 가장 안쪽의 객실이 아주 오랜만에 돌아온 주인을 맞이하는 불빛으로 환했다. 치열한 다툼 끝에 객실에 들어온 기녀는 한참 동안 술만 마시는 사내의 무심한 행동에 슬슬 부아가 치미는 참이었다.

“아이참, 언제까지 술만 드시고 계실 참이셔요?”

술병을 향해 뻗어 가던 단휘의 손을 잡은 기녀가 그의 손가락 끝에 입술을 맞췄다. 그러곤 마치 애무하듯 혀끝으로 손가락을 간질이다가 살포시 웃었다.

“부인도 들이지 않으시고, 기녀 중 누구도 후주님 품에 안겼다는 말을 지껄이는 년도 없지요. 거기다 은월각에서 수태해 쫓겨났다는 종년도 없으니, 후주님께서 얼마나 오래 금욕하셨는지 모르는 사람은 여기 도성에 없을 것이어요. 그러니 이제 술로는 취하지 못하시는 게지요. 다른 유흥거리를 찾으실 때가 된 게 아니겠어요?”

“……유흥이라.”

작게 읊조린 단휘는 별다른 반응을 보이지 않았다.

오래 기다린 보람을 느끼고 기녀가 미소 지었다. 그녀는 단휘의 옷고름을 풀고 소복마저 벗기기 위해 손을 뻗어 갔다.

담담히 그녀의 행동을 쳐다만 보고 있던 단휘가 문득 물었다.

“네가 이 몸의 유흥거리가 될 수 있겠느냐?”

“감히 후주님의 위명에 비할 바는 아니지만 이년도 나름대로 도성에서 난다면 난 년이랍니다. 결코 후주님을 섭섭하게 해 드리지 않을 것이어요. 누워라 하시면 눕고, 위로 올라오라고 명하시면 그리하겠어요. 제 전부를 다 드릴 것입니다.”

단휘의 귓가에 유혹의 말을 속삭이며 기녀가 그의 허벅지를 쓸어

내렸다. 사내를 많이 다뤄 본 듯 농염하게 자극하는 손길에 단휘가 미소 지었다. 그는 구미가 당겼는지 술잔을 내려놓고 기녀의 손목을 잡아 눌렀다.

기녀는 기다렸다는 듯 바닥에 누워 단휘를 올려다보며 웃었다.

"후주님……."

단휘는 도톰한 기녀의 입술에 입이라도 맞출 듯 다가갔다. 기녀는 기대에 찬 얼굴로 눈을 감고 입술을 열었다. 그리고 그의 숨결이 마주치길 기다렸지만, 귓가에 닿은 것은 흥분하기는커녕 싸늘함만 들어찬 목소리였다.

"전두를 주면 되겠느냐? 아니면 기적에서 빼내 주길 바라느냐? 그도 아니면, 새끼라도 배어 신세를 고쳐 볼 허욕이라도 품고 있느냐?"

"예?"

"너와의 유흥 끝에 치러야 할 대가에 대해서 물었을 뿐이다."

호연을 마치고 왔을 단휘는 첫눈에 보기에도 이미 만취해 있었고, 기루에서도 한참을 더 마셨다. 그래서 어느 정도는 술기운이 돌았을 줄 알았는데, 가까이 와 보니 술 냄새만 짙게 배어날 뿐 숨소리조차 흐트러져 있지 않았다. 기녀는 이럴 줄 알았다면 미약이라도 섞었어야 했다며 후회하였다.

단휘는 입술을 깨무는 기녀의 얼굴을 외면했다.

"죽고 싶지 않다면 네 발로 나가라."

"그, 그리, 그리하겠습니다."

농이라고는 생각지도 못할 만큼 서슬 퍼런 말에 기녀는 황급히 옷가지를 챙겨 도망쳤다.

감히 수란의 땅 위에 자리를 잡은 청루에, 유곽의 창기처럼 몸을 팔아 팔자나 바꿔 보려는 기녀가 있었다니. 부른 적도 없는 기녀들이 줄줄이 들어와 인사를 올릴 때부터 알아봤어야 했다.

단휘는 치밀어 오른 불쾌함을 덮듯 다시 잔을 비웠다.

"작은 어른."

창을 통해 안으로 들어온 한로가 무릎을 꿇고 앉았다. 단휘는 흐트러진 앞섶을 여밀 생각은 않고 다시 술을 마시며 물었다.

"손실은?"

"다섯 명입니다"

생각보다 많은 숫자였다.

"목표는 어찌 되었느냐?"

"놓쳤다고 합니다. 수차렴을 죽인 자는 상당히 재빠르고 단도를 비롯하여 검을 쓰는 수법이 남달라, 추격조차 쉽지 않았던 모양입니다."

적들이 수차렴을 죽이기 위해 이처럼 빨리 움직이리라 예상했다면, 결코 한로에게 놈의 처소 수색이나 맡기지 않았을 것이다.

하나.

탁, 단휘가 술잔을 내려놓고 곳곳에 칼자국이 난 한로를 살폈다.

왼쪽 어깨와 오른쪽 손목이라.

검을 쥐고 있었을 손목을 베고 주먹을 휘두르려 했을 어깨를 찔렀다. 아무리 한로가 오랫동안 살인보다 잠입을 주로 했다고는 하나 실력만은 도성에서 다섯 손가락 안에 든다고 자부할 수 있는 인물이었다. 그럼에도 두 번이나 움직임이 막힌 것을 보면 적은 상당한 실력자인 것이 분명했다.

"수확은 있었느냐?"

"문지기는 죽어 있었고 처소는 이미 털린 후였습니다. 그중 한 놈이 매복하고 있어 상대했는데 복면을 하고 있어 얼굴을 보지는 못하였습니다. 송구합니다."

장부.

수차렴도 제 목숨을 지킬 방편 정도는 들고 왔을 것이다. 그리고 수차렴을 죽인 적은 그 사실을 미리 알고 있었다. 수차렴의 비밀장부의 존재를 아는 자, 그렇다면 그들은 한패라고 칭해도 될 정도로 긴밀했던 관계였음이 틀림없다.

'배후의 적은 이미 호연이 시작되기 전부터 수차렴을 죽일 작정이었다.'

하여 수차렴이 호연을 위해 처소를 비우자마자 장부를 훔치도록 명하고 은월각으로 자객을 보낸 것이다.

"고작 이 정도로는 아무것도 얻을 수 없다는 뜻이구나."

고작 그 자신의 목숨을 거는 정도로는 가려진 진실도, 증거도 잡을 수 없다. 원하는 것을 얻기 위해서는 더 많은 것을 걸어야만 했다. 적들이 가져간 장부 따위와는 비교도 되지 않을 무언가를 말이다.

"한로, 갈선에게 다녀와라."

"그리 성급하실 이유가 없습니다."

기함한 한로가 서둘러 만류하였다.

갈선이라는 부하에게 맡겨 두고 있는 물건은 이 나라의 황제까지도 탐할 물건이다. 훗날을 위해 만들고 이제껏 아껴 두었으나, 지금 단휘에게 판도를 바꿀 기회가 남았다면 오직 그것뿐일 것이다.

"한로, 어이하여 네가 한낱 어린아이였던 내 부하가 되었었는지 잊었느냐?"

"……."

"도운 이전에도 상단 내부에 이 몸을 해하려는 세력은 늘 건재해 왔다."

바로 그것이 서노타 행수가 어렸던 단휘에게 제 오른팔과도 같던 한로를 일찍이 부하로 붙여 준 이유였다.

단휘는 아주 어렸을 때부터 끝없이 암살 위협을 받아 왔다. 그러나 단휘는 늘 아무것도 모르는 척 태연히 굴어 왔다. 어렸던 그에게는 그들 세력의 흑막을 걷어 낼 힘도, 저지할 힘도 없었고 겨우 그 정도로 겁먹어서는 커서 상단을 지킬 인물이 될 수 없다는 행수의 이념 때문이기도 하였다.

"때를 기다릴 생각이었지만 더는 늦출 수가 없구나."

내부적으로 노쇠해 기력을 잃은 행수의 문제가 있었고, 대외적으로는 창서국의 황위가 교체되는 시기가 서서히 다가오고 있다. 최대한 신중을 기해야 할 시기지만 앵속의 정체를 알아차렸을 때부터 단휘는 끝을 볼 결심을 마쳤었다.

"머지않아 오강 지방에서 원관회가 열릴 것이다. 그날 갈선에게서 치부책을 받을 것이니 가서 접선 시일을 알려라. 또한 오가는 길에 치부책이 존재한다는 소문을 퍼뜨려라. 물론 소유자가 밝혀져서는 안 될 것이다."

존재한다는 사실이 알려지는 것만으로도 단휘에게 이목이 집중될 것이다. 위험은 커지겠지만 감수해 낸다면 진실에 도달할 수 있을 터였다.

"그리하겠습니다."

"너까지 다치진 마라."

"제가 돌아올 때까지 작은 어른께서도 무사하십시오."

한로가 인사를 올리고 나가자 단휘는 품에서 연합을 꺼냈다.

호연이 지나고 나면 다신 태우지 않겠다고 효이와 약조했었다. 하나 약조를 먼저 저버린 것은 효이 쪽이었다.

'내 꼴이 우습구나. 정효이, 넌 지난 4년 동안 날 죽이려 한 자들을 몰래 성도 바깥으로 빼돌려 왔지. 그자들의 처지를 동정해 위험을 자처하면서까지 내게서 돌아서기만 하던 너였다.'

효이에게 그를 위하는 마음이 없다는 사실쯤은 처음부터 알고 있었다.

'한데, 왜 이번만은 네가 날 도울 거라 기대했을까.'

기대를 걸어 보았었다.

어미를 구할 각오로 그를 돕겠다는 말도, 모든 것을 걸고 그를 지켜 주겠다는 말도. 단휘의 눈에는 모두 진심처럼 보였었다. 흔들림 없던 곧은 두 눈빛에 단휘는 마음을 맡겼다. 이번만은 다를 거라 믿었었다.

"하."

단휘는 제 어리석음을 비웃으며 다시 술잔을 들었다.

"네 멋대로 내 곁을 지키겠다 말해 놓고, 다시 네 멋대로 내게서 돌아섰구나."

듣기론 그의 손에 천하라는 것이 쥐어져 있다는데, 어이하여 그의 곁은 이토록 공허하단 말인가.

'지난 달포 동안 내내 앵속을 태웠더니 결국 중독돼 버렸던 게지.'

잠시 미쳐서 잊어버리고 말았던 것이다. 여기 이 자리에서 진심으로 믿고 기댈 수 있는 사람 같은 건 결코 가질 수 없다는 사실을.

아주 잠시, 잊어버렸던 것뿐이었다.

七話 · 모략

효이는 제 상처를 시료한 후 뜬눈으로 밤을 지새웠다. 길고 길게만 느껴지던 밤이 지나고 동이 터올 무렵에도 효이는 여전히 의자에 앉아 있었다.

"후주님께선?"

"깜짝이야!"

전언할 말이 있어 처소로 찾아온 차월은 효이의 꼴을 보고 기함하였다.

"언니, 설마 안 주무셨어요?"

"차월아, 후주님은?"

"후주님께선 이미 돌아오셨어요. 복도에서 마주쳤는데 방은 치웠냐고 물으셔서 어제 언니가 다 치워 두셨다고 대답했거든요."

"어디, 어디 다친 곳은 없어 보이셨어? 아픈 곳은? 안색은?"

간절하기까지 한 효이의 태도에 차월도 열심히 대답했다.

"겉으로 보기에 다친 곳은 없어 보이셨어요. 안색은 다른 때와 별반 다르지 않으신데 술 냄새가 많이 났고요. 근데 비틀대지도 않으시고, 말씀도 또박또박하셔서 냄새가 아니었으면 술을 드신 줄도 몰랐을 거예요. 밤새 어디 주점에 계셨던 게 아닐까요?"

바깥에서 음주라니.

평소 주변을 많이 경계하는 단휘답지 않은 행동이었다.

'여기서 가만히 있어 봐야 소용없어. 일단 금단 증상이나 달리 어디 아프신 곳은 없는지 직접 봐야겠어.'

효이가 세수도 하지 않고 방을 나가려 하자 차월이 급히 말렸다.

"언니, 잠깐만요! 전해 드릴 말이 있어요."

"미안해 차월아. 나중에 들을게. 나중에."

"아니, 꼭 지금 들으셔야……."

효이는 차월을 두고 달려 나와 곧장 부엌으로 향하였다.

'저들은 누구지?'

부엌에 다다른 효이는 문 앞에 처음 보는 사내들이 서 있는 모습을 보았다. 이제껏 늘 효이가 서서 지키고 있던 자리였다.

"정 의원님이시지요? 잠시 멈추십시오."

문지기들은 가까이 다가온 효이를 제지하였다.

"왜 막으십니까?"

"후주님의 명령이 있었습니다. 앞으론 저희가 살필 테니 그만 돌아가시지요."

"그게 무슨……."

그때 안에서 상을 차리던 반빗아치 중 하나가 눈치를 살피며 얼른 고개를 저었다. 그제야 효이는 이들 모두가 이미 단휘에게서 명령을 받았다는 사실을 깨달았다.

"방까지 모셔다 드릴까요?"

문지기 중 한 사람이 말없이 버티고 선 효이의 팔을 잡았다.

"됐습니다."

효이는 그의 손을 뿌리치고 돌아섰다.

'아까 차월이가 붙잡았던 이유가 이거구나.'

효이는 터덜터덜 은월각의 약방으로 향하였다.

"아씨?"

"스승님."

하구는 효이를 보자마자 기다렸다는 듯 뛰쳐나왔다.

"간밤에 대체 무슨 일이 있었던 겁니까?"

"예?"

"갑자기 터무니없는 명령이 내려와서 말입니다. 혹시 후주님과 무슨 일이 있으셨습니까?"

"오늘부터 후주님의 주치의로 일하라는 명령인가요?"

하구는 난감해하며 쉽게 대답하지 못하였다.

"그렇구나."

탄식에 가까운 말을 내뱉은 효이가 입술을 깨물었다.

'제가 후회하길 바라십니까? 후회하고, 후주님께로 달려가서 그날 밤 제가 보았던 진실들을 다 털어놓길 기다리십니까? 그게 아니라면 이제 후주님께 저는 더 이상…….'

효이가 침묵하고 있자 하구는 더 걱정하였다.

"말씀 좀 해 보세요. 이게 대체 어떻게 된…… 잠깐, 그 손은 어디서 다치셨습니까? 설마 어젯밤에 다치신 겁니까?"

"제 잘못입니다."

"아씨."

"다 제 잘못입니다. 제가 택한 결과입니다. 그러니 벌 받아 마땅합니다."

"그게 무슨……."

효이는 힘없이 웃으며 말을 돌렸다.

"진맥은 하루에 한 번, 후주님께서 목욕을 마치신 후에 하면 됩니다. 중간에 약차는 두 번 넣어 드리시고, 아, 차는 꼭 눈앞에서 직접 타셔야 합니다. 물도 눈앞에서 끓이셔야 하고요. 그리고 또 혹시라도 또 다치시면……."

최대한 담담하려 애썼으나 점차 목이 메어 왔다.

'괜찮아. 괜찮아. 너무 갑작스러워서 놀라서 그래. 괜찮아, 괜찮을 거야.'

속으로 제 자신을 다잡으며 효이가 하구의 팔을 잡았다.

"실은 부탁이 있습니다."

"네, 말씀하세요."

"제 자리에 후주님이 드시던 탕약과 약차를 개량한 배합표가 있습니다. 재료들을 보시면 어떤 효험을 바라고 개량한 것인지 금방 아실 거예요. 아시겠지만, 다른 사람들에게는 함구하고 당분간은 후주님께서 그대로 드실 수 있도록 해 주시겠습니까?"

"여기서 할 이야기는 아닌 것 같습니다."

하구는 효이를 데리고 약방으로 들어온 후 문을 잠갔다. 그리고 혹시 안에 다른 사람이 있는지 확인한 후 구석에서 낯익은 상자를 가지고 나타났다.

"그건!"

연합을 본 효이가 기함하였다.

"어떻게 그걸 스승님께서 가지고 계십니까?"

“달포 전에 아씨가 욕탕에서 쓰러졌을 때 후주님께서 절 부르셨었습니다. 연초를 보여 주고 자문을 구하셨지요.”

당시 하구도 효이 못지않게 화를 냈었다.

단휘가 제 몸을 아끼지 않는다는 사실은 이미 알고 있었다. 하나, 그로 인해 무관한 효이까지 쓰러졌으니 스승으로서도, 의원으로서도 화를 내지 않을 수 없었다.

‘대체 어떻게 이런, 이런 것을 태울 생각을 하셨다는 말씀이십니까!’

‘정효이는 괜찮겠느냐.’

당시 단휘는 분개하는 하구에게는 눈길조차 주지 않고 오로지 침상에 누운 효이만 바라보고 있었다. 신음하는 효이의 뺨을 가만히 쓸어내리는 그의 손길이 어딘지 애달파 보여, 하구는 더 화를 낼 수 없었다.

‘이런, 이렇게 말도 안 되는 연초를 흡입했다면 어떤 병증을 나타낼지 당장 말씀드리기 어렵습니다. 깰 때까지 계속 지켜보셔야 합니다. 혹시 발작이나 다른 증상이 나타나면 바로 저를 불러 주세요. 그때까지 해독에 도움이 될 만한 약들을 찾아보겠습니다.’

하구는 당시 단휘와 있던 일을 떠올리며 효이를 바라보았다.

“걱정을 많이 하는 눈치셨습니다.”

“처음부터 알고 계셨군요. 그래서 불침번을 서시던 날 제게 후주님을 찾아가라고 하셨던 건가요? 제가 후주님을 외면할까 저어하셨습니까?”

“송구합니다. 절대 내색하지 말라는 명령을 받아 함구해 왔습니다. 하나 제가 아니었더라도 아씨께선 후주님을 구하려 하셨을 겁니다. 아씨께선 그런 의원이시니까요.”

그런 의원이라는 말이, 효이의 가슴에 메아리쳤다.

그를 그토록 아프게 만들어 버린 그녀에게 과연 의원이라는 칭호가 가당키나 할까.

"……저는 참 애매한 사람입니다."

효이는 하구의 손에 들려 있던 연합을 받아 어루만지며 말을 이어갔다.

"저는 후주님께서 가장 힘들어하신 순간에 옆에 있던 사람이었고, 제 도움이 가장 절실하실 순간에 먼저 손을 놔 버린 사람이었고, 이젠 돌봐 드리고 싶어도 곁에 다가갈 수조차 없는, 그런 사람이 되었습니다."

열린 연합에서 흘러나오는 달콤한 향이 쓰렸다.

효이는 다시 연합을 닫아 하구에게 돌려줬다.

"조반이 거의 다 되는 걸 보고 왔으니 슬슬 탕약이 들어가면 될 겁니다."

"아씨……."

"다행입니다. 스승님은 제가 본 중 가장 훌륭한 의원이시고 또 원래 후주님의 주치의셨으니까. 저보다 훨씬 후주님을 잘 보필하실 거라 믿습니다."

"아씨! 괜찮으십니까?"

갑자기 하구가 손을 뻗어 효이의 뺨을 어루만졌다.

"예?

그제야 효이는 자신이 울고 있다는 사실을 깨달았다. 효이는 황급히 소맷자락으로 눈물을 닦아 냈으나, 한번 터진 눈물은 쉽게 멈추지 않았다. 한심스럽게도 울음소리가 흘러나오지 않도록 입을 막는 것이 고작이었다.

'왜, 왜 우는 거야…….'

하구는 단휘를 배신할 사람이 아니고 실력 또한 보증할 수 있는 의원이다. 무엇보다 이미 단휘의 명령까지 다 내려진 마당인데 어이하여 마음이 이리 무거운 것일까.

"전, 저는……."

"괜찮습니다. 괜찮을 것입니다."

하구가 효이를 끌어안으며 등을 토닥여 주었다. 그 따뜻한 위로가 도리어 효이의 눈물을 자극했다.

모두에게 비웃음당할 일만 남은 탓인가.

머물 자리와 의미를 잃어버린 탓인가.

어미에게 돌아갈 길이 막혀 버린 탓인가.

울며 번민하는 효이의 머리 위로 하구의 목소리가 닿았다.

"상황이 좋지 못해서 잠시 멀리 두시는 겁니다. 때가 되면 다시 주치의로 부르실 겁니다. 그때까지만 참으시면 됩니다. 아시겠지요?"

"탕약 준비를 돕지 못하여 송구합니다."

효이는 하구를 두고 약방을 뛰쳐나왔다.

달리 갈 곳이 없던 효이는 울음을 참고자 푸른 하늘을 올려다보았다. 청명한 저 하늘이, 밝은 햇볕이 이유 없이 미웠다.

노력으로는 바꿀 수 없는 것들이 전부 다 이유 없이 미웠다.

✼

머잖아 효이는 약방 출입은 물론이고 다른 부하들을 시료하는 일에서조차 밀려났다. 상단에서 효이의 입지를 부러워하던 많은 자들은 신이 나서 입방아를 찧었으나, 수란의 담장 너머로 효이의 파직이 알려지는 일은 일체 없었다.

효이는 저에게 쏟아지는 모두의 이목을 담담히 이겨 내려 애썼다. 하구는 그런 효이를 위로하듯, 종종 찾아와 단휘의 용태를 일러 주었다. 다행스럽게도 미리 개발해 둔 약이 잘 들어 단휘의 병증은 나날이 호전되고 있다고 하였다.

"이봐, 잠깐만!"

갑갑한 마음에 마당을 거닐다가 처소로 돌아가려던 효이를 반빗아치가 붙들었다.

그녀는 주변의 눈치를 살피더니 효이를 벽 뒤로 데리고 갔다.

"잘 지내지?"

"아, 네."

"그땐 말 한 마디도 못 하고 미안했어. 우린 네가 그대로 어디로 떠나기라도 할 줄 알았지. 말도 걸지 말고 멀리하라고 하셔서. 우린 나중에야 알았어. 네가 후주님 눈 밖에…… 아, 아니지."

늘 퍽퍽한 말투로 잔소리나 늘어놓던 그녀가 애써 위로하는 것이 눈에 보였다. 그 정성이 감사했다.

"괜찮아요. 정말로 잘하셨습니다."

효이의 대답에 반빗아치가 더 속상해했다.

"아니, 후주님도 너만한 애가 어디 있다고! 독이라도 들었으면 어쩌나, 매일 지 입에 먼저 음식 집어넣던 앤데. 너 같은 애, 못 믿을 구석이 어디 있다고 그러시는지! 에휴, 얼굴도 핼쑥하네. 넣어 주는 밥은 왜 그리 많이 남겨?"

"마음 써 주셔서 고맙습니다. 그보다 저랑 오래 대화하고 계시다가 다른 분 눈에 띄기라도 하면 곤란해지실 거예요. 하실 말씀 다 하셨으면 그만……."

"알아. 아는데, 저, 실은 부탁이 있어서 그래."

반빗아치는 주변의 눈치를 살피다가 작은 목소리로 말했다.

"행수님께서 요즘 거의 아무것도 안 드시는 것 같아서. 혹시 더 안 좋아지시지는 않았겠지? 내가 물어볼 만한 사람이 자네밖에 없어서."

"행수님은 다른 분이 맡아 내진하고 계신 데다 용태에 대해 언급하는 일이 일절 금지되어 있습니다. 도움이 되어 드리지 못해 송구합니다."

효이가 마지막으로 서노타 행수를 직접 본 건 무려 2년 전이었다. 당시는 의원들의 명령으로 하인이 억지로 행수의 양팔을 붙들고 후원을 거닐도록 할 때라 우연히 마주쳤던 것이다.

'이제 그마저도 하지 않는 걸 보면 두 다리를 거의 쓰지 못하신다는 뜻이겠지. 아마 욕창이 생기지 않도록 보필하는 정도가 고작일 거야.'

반빗아치는 망설이다가 부탁해 왔다.

"혹시 자네가 몰래 들여다봐 줄 순 없을까? 우리가 밖에 나가서 떠들 것도 아니고. 노쇠해지신 후론 얼굴 뵙기도 어려우니, 염려가 돼서 그래. 우리 같은 사람들 거둬 주고 평생 좋은 값에 써 준 분이신데, 정말 그저 걱정이 돼서."

악의는 보이지 않았다. 모두 본래 정이 많은 사람들인 데다 오랫동안 상단을 위해 일해 왔으니, 이들에게 서씨 가문의 사람들이 얼마나 가족 같겠는가.

"마음은 알지만……."

효이는 치맛자락을 움켜쥐었다.

'시료를 하는 것도 아니고 잠시 들렀다가 보고 나오는 정도라면 크게 문제가 되지 않을 거야. 문지기만 눈감아 준다면 불가능한 일도 아니고.'

이들은 행수를 찾아가거나 의원에게 물어볼 수도 없는 입장에 있었다. 오랫동안 그저 근심하는 일밖엔 할 수 없었을 터였다. 용태를 듣는 것만으로도 얼마나 큰 위안이 되는지 요즘 들어 특히 실감하고 있던 효이는 이들의 부탁을 외면하기가 어려웠다.

"대신 다른 분들께는 함구해 주셔야 합니다."

"아이고, 정말이야? 그래, 부탁 좀 할게!"

반빗아치가 고마운 마음에 두터운 손으로 효이의 어깨를 두드렸다.

"네, 다녀올게요."

조심하면 될 것이다. 그리 생각하며 효이는 서노타 행수의 처소로 향하였다.

효이는 문 앞에서 문지기와 마주쳤지만 방을 치우러 왔다고 고했다.

문지기는 효이가 잡일을 돕는다는 말은 선뜻 믿어 주었으나, 쉽게 길을 비켜 주지는 않았다.

"사정은 알지만 늘 드나드는 분이 아니면 들어가는 자체가 엄금되어 있습니다."

"그냥 청소만 하고 나올 겁니다. 정말입니다."

문지기는 잠시 효이를 바라보다 한숨지으며 출입을 허락해 주었다.

"절대 오래 계시면 안 됩니다. 지체하시면 바로 제가 들어가겠습니다."

"네, 잘 알겠습니다."

문지기가 몇 번이고 엄포를 놓은 후에야 길을 터 주었다.

겨우 행수의 후원으로 들어온 효이는 한달음에 반합문 앞까지 당도했다. 문을 열기 위해 손을 뻗은 순간 창호지 사이로 검은 그림자가 비쳤다. 행수가 아니다! 직감적으로 그리 느낀 효이가 겁도 없이 문을 확 열어젖혔다.

"누구…… 윽!"

문을 연 순간 훅 튀어나온 사내와 부딪친 효이가 비틀거렸다.

사내는 복면으로 얼굴을 가리고 있었고 어떤 무기도 들고 있지 않았다. 또한 행색의 어디에도 격투를 치른 흔적은 없었다.

'살기가 느껴지지 않아. 이 사람은, 적이 아닌가? 하면 누구지?'

그와 눈이 마주친 효이가 움찔하였다.

핏발이 선 두 눈동자가 쉼 없이 떨리고 있던 탓이다. 당장에라도 울 것처럼 젖은 시선을 마주한 효이는 어찌할 바를 몰랐다. 서로가 주춤거리고 있던 그때 문득 효이는 그와 비슷한 복색을 하고 있는 사람을 떠올렸다.

"혹시, 한로? 한로예요? 돌아온 겁니까? 우선 그 복면부터 좀 벗……."

효이가 복면을 향해 손을 뻗자 사내가 냉큼 쳐 냈다. 사내는 그대로 효이를 확 밀쳐 버리고 아무것도 없는 벽을 향해 단도를 던지더니, 냅다 그쪽을 향해 달리기 시작했다.

"잠깐!"

효이가 뒤따라 붙었으나 날랜 사내를 잡기에는 역부족이었다. 사내는 순식간에 벽에 박힌 단도에 발을 디디고 곧장 지붕을 타고 올라가 버렸다.

타다다닥.

의문의 사내가 기와 위를 달려 도망치는 소리는 금방 멀어져 버렸다.

"무슨 일입니까!"

달려 들어온 문지기를 향해 효이가 얼른 벽에 박힌 단도를 가리키며 대답하였다.

"누군가 여기에 들어왔었습니다! 얼굴은 복면으로 가리고 있었고 검은 도포를 입고 있었습니다. 행색이 수상하니 은월각의 다른 분들께 알려 주세요!"

"알겠습니다. 아직은 위험하니 의원님도 바로 나오셔야 합니다!"

문지기가 나가자마자 효이는 행수의 처소로 다시 들어갔다.

효이는 가장 먼저 행수 곁에 무릎을 꿇고 앉아 상태를 살폈다.

'이부자리도 정돈되어 있고, 어디 피가 난 곳도 없고. 입술이 말라 있는 걸 보면 뭔가를 마시게 하지도 않았어. 이상한 향도 나지 않고 숨소리도 고르시고.'

효이는 앉은 채 방 안을 둘러보았으나, 방을 뒤진 흔적은 전혀 보이지 않았다.

'내가 갑자기 들어왔으니 주변을 정리할 틈은 없었겠지. 거기다 아무리 누워 있다고 해도 언제 깨어날지 모르는 사람이 있는데 방 안을 뒤졌다는 건 어불성설이야. 하면 그자는 대체 뭘 하러 왔던 거지?'

우선 복도로 나온 효이는 다시 주변을 둘러보았다.

'문지기가 돌아올 때까지 내가 있어야 하나?'

고민하고 있던 그때, 멀리서 대화 소리가 들려왔다.

"방금 수상한 사람이 들어갔다가 나온 후라서 아무래도……."

"금방 나올 것이니 괜찮네."

"하오나! 휴, 알겠습니다. 무슨 일이 생기면 바로 불러 주십시오."

문지기와 또 한 사람.

가까이 다가오기도 전에 느껴지는 살기에 효이는 전율이 돋았다.

'서노담!'

단휘 앞에서 드러내던 살기와는 비교조차 되지 않았다. 서노담의 숙적은 단휘가 아니다. 지금 병상에 누운 서노타 행수다. 그 사실을 눈으로 보기도 전에 몸으로 확연히 느꼈다.

'저자가 행수님을 독대하게 둘 수는 없어.'

효이는 다시 방으로 돌아와 우왕좌왕하다가 눈에 띈 병풍 뒤로 황급히 몸을 숨겼다.

탁!

효이가 병풍 뒤로 들어옴과 거의 동시에 문이 여닫혔다.

옷자락이 사락사락 스치는 소리가 들리고 머잖아 서노담의 목소리가 들렸다.

"수란 상단의 행수라는 놈이 어찌 그리 맥없이 누워만 있느냐."

온몸으로 살의를 느끼고 있는 효이마저 깜빡 속아 넘어갈 정도로 다정한 목소리였다.

"몸이 많이 상하긴 하였구나. 세월이라는 것이 참으로 속절없이 흘렀지. 노타 너에게도, 그리고 내게도 말이다. 형인 나보다도 네가 먼저 가 버릴까 겁이 나는구나."

"……."

서노타 행수는 깊게 잠들었는지 아무 대답이 없었다. 효이가 옆에서 수선을 피웠을 때도 깨지 않은 것을 보면 주변 상황에 일일이 반응할 정도의 기력조차 없는지도 모른다.

"이리 나약하게 누워만 있을 거라면 내게서 그 자릴 빼앗지 말았어야지. 죽지 마라, 노타야. 살아서 전부 다 지켜보아라. 너에게 빼앗겼던 전부를 이 몸이 되찾는 순간을, 네 귀한 후계가 누구보다 비참하게 죽는 꼴을. 네 그 두 눈으로 똑똑히 보고, 그때 죽어라."

죽인다.

서노담은 단휘를 죽이기 위해, 동생에게서 수란을 빼앗기 위해 창서국으로 온 것이었다.

"흡."

그 사실을 알게 된 순간 효이는 저도 모르게 숨소리를 내고 말았다. 뒤늦게 두 손으로 제 입을 틀어막았으나 이미 서노담의 목소리는 뚝 끊겨 있었다.

이내 옷이 스치는 소리와 함께 그가 걸음을 내딛는 소리가 들렸다.

그가, 병풍으로 다가오고 있었다.

'안 돼, 제발!'

탁!

그때 거칠게 문이 열리며 누군가 들어왔다. 보지 않아도 느낄 수 있는 낯익은 기운의 주인이었다. 매일매일 마주할 때는 두려워 외면하고 싶었던 그가, 이제는 염려되어도 감히 다가갈 수 없어 보지 못했던 그가 코앞에 와 있다는 사실에 효이는 그만 눈물이 날 것 같았다.

"백부님."

"왔는가."

"원관회와 관련해 저와 논의하실 일이 있다고 들었습니다."

호연이 끝난 후 대부분의 간부들은 본래 있던 자리로 돌아갔다. 현재는 서노담을 비롯한 몇몇 간부들만이 조만간 있을 원관회 준비를 위해 잔류한 상태였다.

"다름이 아니라 이번 원관회 말이네. 조카께서 갈 때 함께 가 보는 것이 어떨지 제안하고자 해서 말이네."

두 사람의 대화를 엿듣던 효이의 얼굴이 일그러졌다.

'원관회에 함께 가겠다고?'

원관회는 창서국에서 가장 세가 큰 10개 상단의 행수들이 정기적으로 모이는 자리다. 겉으로는 행수들 간의 친목을 다지는 자리를 표방하고 있으나 사실 어느 정도의 가격 담합과 눈치 싸움이 대부분이었다.

무엇보다 원관회는 이제껏 단휘가 호위하는 자들과 효이를 제외하면 누구도 대동하지 않는 자리이기도 했다.

그 사실을 모를 리 없는 서노담이 능란하게 말을 이어 갔다.

"물론 상단의 계승자는 조카지만 머잖아 황권이 교체될 거란 말도 많고, 본국의 정세를 살피기에도 그만한 자리가 없지 않은가. 부행수로서 원관회에 참석하는 자들의 면도 봐 두고, 앞으로 상단의 방향을 생각해 보고자 함이니 다른 오해는……."

"백부님."

서노담의 말을 자른 단휘가 무감한 목소리로 말하였다.

"그곳은 백부님께서 참석하실 자리가 아닙니다."

효이는 단호한 단휘의 대답에 내심 놀랐다.

그러나 서노담은 그럴 줄 알았다는 듯 태연하게 대답해 왔다.

"내가 주제넘었었군. 다른 뜻은 없었으니 깊게 생각지 말게. 노타를, 아니 행수님의 용태를 직접 보고 나니 마음이 조급했던 것 같네."

"저는 온 김에 행수님께 문안 인사를 올리고 가도록 하겠습니다."

"……하면 나는 그만 가 보지."

서노담의 기운이 사라지고서야 효이는 한숨을 돌렸다.

효이는 숨을 죽인 채 단휘도 나가기를 기다렸으나 곧 병풍을 걷어내는 소리와 동시에, 단휘가 효이의 손목을 거칠게 잡아 일으켰다.

"나와라."

"어, 어떻게 아셨습니까?"

단휘는 마치 지저분한 것을 대할 때처럼 효이의 손목을 던지듯 놔 버렸다. 효이와 마주하는 일조차 언짢다는 태도였다.

단휘는 말없이 곧장 돌아섰다.

'서노담은 후주님을 죽이기 위해 온 거야. 내가 감춘다고 해서 감춰질 일이 아니야. 저대로 후주님을 보내면 안 돼. 또다시 후회하고 말 거야. 이번에는 말해야 해. 이제는…….'

그를 잡아야만 한다.

하나, 단휘를 붙잡아서 대체 무어라 말하면 되는 것일까.

'그때는 함구했다가 이제 와서 서노담에게서 읽은 기운을 말씀드리면? 후주님께서 상처받지 않길 원해서 함구했던 거라고 말하면? 후주님께서 믿어 주실까?'

원수인 그를 위해 거짓말을 하고, 어머니로부터 멀어지는 길을 택했다고 말하면 되는 것일까. 과연 효이 자신도 믿기지 않는 그 말을 단휘가 선뜻 믿어 줄까.

효이는 자신이 없었지만 이대로 단휘를 보낼 수는 없었다.

"왜 저를 여기에 남겨 놓으셨습니까?"

혹 그녀에게 아직 기대를 걸고 있지는 않을까. 그런 바람이 만들어 낸 물음이었다.

“…….”

방을 나가려던 단휘의 걸음이 문간에서 멈추었다. 장지문을 잡고 있던 팔 너머로 단휘의 싸늘한 시선이 날아왔다. 얼음장처럼 차갑던 표정은 간절한 효이의 얼굴을 보며 웃음으로 변하였다.

“네 힘을 남에게 넘길 수는 없는 노릇 아니냐.”

“그뿐이라면 왜 저를 죽이지 않으셨습니까?”

“차라리 죽여 달라?”

단휘의 눈빛이 냉랭하게 굳었다. 잔재처럼 남은 무거운 공기만이 효이가 해서는 안 될 말을 내뱉었다는 증좌로 남아 있었다.

“대답을 듣고 싶을 뿐입니다. 후주님께서 아직 절 믿어 주신다면, 제가 다른 대답을 하길 기다려 주고 계셨다면 이번에는…….”

“더는 너를 기다리지 않는다.”

효이의 말을 자른 단휘가 내처 말하였다.

“아느냐? 오랫동안 수많은 사람들이 내 앞에 머리를 조아리며 온 마음을 다해 충성하겠노라 맹세해 왔다. 하나 우습게도 그들의 충성에는 기약이 있었다. 때가 되면 걷잡을 틈조차 없이 허물어졌지. 하면 그들은 또다시 비슷한 말들을 지껄이곤 하였다.”

“…….”

“모든 것은 내 탓이었다고, 정해진 운명일 뿐이었다고, 충성을 맹세하던 입술에서 아무리 들어도 용서치 못할 말들만을 줄줄이 내뱉었지.”

단휘의 눈빛이 칼날처럼 차갑게 빛났다.

“이제 나는 세 치 혀로 약조하는 자들은 믿지 않는다.”

더는 효이를 믿지 않겠다는 말씀이셨다.

“앞으로 두 번 다시 행수님의 처소에 얼씬하지 마라. 그때는 문지기의 목을 벨 것이다."

"……지켜 드리고 싶었습니다. 그저, 그뿐이었습니다."

무심결에 나온 허망한 목소리가 힘없이 흩어졌다.

탁.

무심하게 문이 닫히고서야 효이는 그 자리에 주저앉았다.

단휘를 지켜 냈다는 옹졸한 믿음에 빠져 미처 깨닫지 못하고 있던 것이다. 그를 배신한 순간 이미 산산이 부서졌을 그의 마음을, 헤아리지 못했던 것이다.

"아프지 않으시길 바라였습니다. 차라리 제가, 차라리 저라면 마음껏 미워하고 원망하실 수 있으니까. 차라리 그편이 낫다고 여겼습니다. 그래서 배신하였습니다. 그래서였습니다."

치미는 울음을 참으며 겨우 한 말에, 들리지 않는 목소리로 단휘가 대답해 왔다.

결국 너는 나를 지키지 못하였다고.

✽

행수의 처소에서 벌어졌던 소란 이후로 효이는 서노타의 주치의에게 한껏 면박을 당해야 했다. 침입자와 마주쳤을 때부터 각오했던 일이었다. 본래대로라면 면박에서 끝나지 않았을 일이었으나 정작 단휘가 달리 벌을 내리지 않은 덕분에 사과로 넘어갈 수 있었다.

소란을 수습하고 방으로 돌아온 효이는 멍하니 자리에 앉았다.

'처음엔 이해가 되질 않았습니다.'

매번 그랬었다.

그 많은 사람들은 단휘와 가장 가까운 자리까지 다가오고도 어이하여 마지막에는 그를 저버렸을까. 단휘를 향해 웃고, 충성을 맹세하며 언제까지고 곁을 지키겠다고 약조했을 사람들이. 서단휘에게 믿음을 가르치고, 누군가에게 등을 기대는 방법을 알려 줬을 그들은 어이하여 단휘가 걷는 길을 끝까지 함께 걸어 주지 않았을까.

반복되는 배신을 늘 괴이하게 여겨 왔었다.

'후주님을 배신한 순간 이미 저 역시 그들과 다르지 않은 사람이 되고 말았는데. 저만 몰랐던 모양입니다.'

그의 말이 다 옳았다. 이번 적은 아주 긴 세월 동안 덩치를 불리고 힘을 기르며 그를 죽일 기회만을 노려 왔다. 절대로 방관할 수 없을 적이다.

'후주님이 더는 날 믿지 못하신다면, 무언가…… 내 말을 믿어 주실 만한 무언가가 없을까? 수차렴은 죽었고, 다른 증좌도 없지만, 뭔가가……. 잠깐만. 이게, 뭐지? 뭔가가, 다가오고 있다.'

무언가가 은월각을 덮어 오고 있었다.

4년 전 이궁에 숨어 있던 배신자들을 연이어 숙청하던 시절이 지난 이후로 효이는 한 번도 이처럼 많은 기운들이 우글거리는 것을 느낀 적이 없었다.

"욱!"

마치 상한 음식을 먹고 급히 배가 아파 오는 것처럼, 속이 뒤집히고 구역질이 솟았다.

'대체 왜 갑자기…….'

필사적으로 구역질을 억누르며 효이는 짐작으로나마 숫자를 헤아리기 위해 눈을 감았다.

그 순간, 살기의 흐름이 한곳으로 모여들었다.

'움직이고 있어!'

그들은 정해진 목적지가 있는 것처럼 한꺼번에 일사분란하게 이동하기 시작했다.

'어디지? 설마 후주님께? 아니야, 여긴, 어디로 가는 거야!'

효이는 방을 뛰쳐나와 범상치 않은 기운의 뒤를 쫓아 달렸다.

점점 거리를 좁혀 가고 있다는 확신이 들 무렵, 갑자기 기와 위를 달리던 발소리들이 일제히 담 바깥으로 향하였다. 지붕 위에서 담장 쪽으로 뛰어넘는 그림자들은 예상대로 결코 적은 숫자가 아니었다.

'못해도 스무 명 가까이 되겠어. 서노담이 보낸 자들인가? 무슨 목적으로? 오늘 왔던 자와 한패인가?'

효이는 얼른 다시 은월각을 돌아보았다.

꺼진 불은 다시 켜지지 않았고 사람들이 소리를 지르거나 복도를 뛰어다니지도 않았다. 마치 아무 일도 없었던 것처럼 어둠에 잠겨 고요한 상태였다.

'이대로 다른 사람들에게 알리면 놓치고 말 거야. 또 놓치면 은월각에 침투한 목적을 알아내기는커녕 누가 보냈는지 확인조차 할 수 없어. 어쩌면 실마리가 될지도 몰라. 쫓아야 해.'

효이는 곧장 쪽문을 열었다.

바깥으로 나온 효이는 희미하게 느껴지는 기운을 쫓아 다시 달리기 시작하였다. 하나 지체했던 찰나의 틈이 그들과 효이의 사이를 벌렸다. 점차 기척은 흩어져 갔고 머잖아 칼로 잘라 낸 것처럼 아무것도 느낄 수 없게 되어 버렸다. 효이가 느끼는 기운들은 적들이 가지는 특유의 살기나 악의다. 대상이 멀어지면 기운 역시 흐려지는 것은 당연한 이치였다.

하나 이대로 포기할 수는 없었다.

'기껏해야 은월각의 앞마당인 취골 안이야. 찾을 수 있어. 찾아

야 돼!'

포기하지 않고 한참 동안 주변을 서성인 효이는 문득 어둑한 골목 안에서 몸을 숨긴 사람들의 그림자를 보았다.

효이는 최대한 가까운 곳에 숨어 귀를 기울였다.

"자네, 아직 그 치부책에 대한 소문을 못 들었나?"

"치부책? 그런 거야 항간에 늘 소문으로 돌던 물건 아닌가? 존재할 리 없는 물건이니 다들 환상을 그리듯 지껄여 대는 게지."

효이는 몸을 숙이고 사내들이 있는 골목 쪽을 살짝 들여다보았다.

'치부책이라니, 그게 대체 뭐지? 잘 안 들려. 조금만 더 가까이!'

바닥에 엎드린 효이는 천천히, 아주 천천히 적들이 있는 쪽으로 다가갔다.

"그 물건이 존재한다면 어떤가?"

"설마 그런 일이 가능할 리가……."

"만에 하나라도 대비하여 손해를 볼 것은 없네. 뜬소문이라곤 해도 하필이면 이 시기에 갑자기 소란해졌으니 진위를 확인할 필요가 있어. 어쨌거나 그 장부가 존재하는 것이 사실이라면 피바람이 몰아칠 테니 말이야."

훅!

그때 갑자기 누군가가 효이를 뒤로 확 당기며 입을 틀어막았다. 효이가 비명을 지를 틈도 없었다.

적이 이토록 가까이 접근할 때까지 이상한 기운 하나 느끼질 못하다니!

효이가 속으로 자신을 책망하며 버둥거렸다.

"조용히."

어딘지 낯익은 목소리.

불안에 젖은 얼굴로 효이가 돌아보자 사내가 고갯짓으로 인사해 왔다.

'우자영! 서노담의 부하가 여기는 왜?'

우자영은 효이의 발버둥이 멎자 입을 막고 있던 손을 뗐다. 그러곤 조용히 효이를 뒤로 밀어 내고 골목 안을 엿보았다.

무언가를 확인하려는 모양새였다.

'이 틈에 도망쳐야 해.'

효이가 비틀거리며 일어나 벽을 짚고 걸음을 떼기 시작하였다.

사박사박, 적막이 맴돌던 자리에 효이의 발소리가 떠다니기 시작하였다. 상황을 엿보고 있던 우자영이 놀라는 것과 동시에 골목 안쪽에서 험악한 목소리가 터져 나왔다.

"누구냐!"

"이런!"

그 순간, 우자영이 효이의 손목을 잡아채 앞으로 이끌었다. 효이가 반사적으로 손을 뿌리치려 하자 우자영이 소리쳤다.

"빨리! 여기서 죽을 셈입니까!"

죽는다, 그 한 마디가 굳어 있던 효이를 움직이게 만들었다.

"누구냐!"

"어이, 전부 불러! 우리 대화를 들었으면 죽여야 한다!"

"예!"

두 사람은 뒤를 쫓는 적들을 피해 함께 달리기 시작하였다.

우자영이 길을 헤매자 효이가 앞서서 방향을 가리켰다.

"저쪽으로 가요, 얼른, 따라오세요!"

두 사람이 함께 달려 당도한 곳은 취골에서도 가장 번화한 거리였다.

지저분한 안쪽 골목에는 야한 복색을 한 유녀들이 나와 손님을 모으고, 하늘까지 닿을 듯 높은 기둥으로 기와를 올린 기방은 홍등을 달아 어두운 거리를 밝혔다. 거리에는 사내들과 한껏 차려입고 출타한 여인들의 웃음소리가 넘쳐 났다.

우자영은 주변을 둘러보더니 효이를 끌고 좁은 골목으로 들어왔다.

"이걸 두르십시오! 얼른!"

우자영은 효이에게 얼른 옷을 건네고 적들이 쫓아왔는지 살폈다. 효이는 어둠 속에서 급히 허릿단을 풀고 옷을 걸친 후 다시 허리를 매었다.

무슨 옷인지 물을 틈도 없이 우자영은 다시 효이의 손목을 잡아 이끌었다.

"잠시만 참으십시오."

우자영은 효이의 팔을 당겨 팔짱을 끼도록 하고 자신도 손을 뻗어 효이의 허리를 감쌌다. 그러곤 효이의 다른 손에 보자기 천 같은 것을 들려 주며 앞섶을 가리도록 했다.

그제야 제 앞섶을 내려 본 효이가 숨을 삼켰다.

'피!'

하필이면 피 얼룩이 지저분하게 묻어 있는 옷이라니. 하나 그 점을 제외하면 기녀가 입어도 손색이 없을 아름다운 옷이었다. 효이는 우자영의 의도를 알아차리고 천으로 앞을 가렸다. 그러자 두 사람은 거리에 있는 여느 사람들과 같은 한 쌍의 연인처럼 보였다.

"이쪽입니다."

효이는 우자영이 이끄는 술집으로 들어왔다.

우자영은 효이가 머뭇대는 사이 주인장에게 돈을 지불하고 방을 빌렸다. 효이는 불안한 시선으로 계속 문 쪽을 쳐다보고 있었다. 역시 술집에 들어온 정도로는 안심할 수 없다. 1층에 계속 있어 봐야 놈들이 문을 열고 들어오면 바로 발각될 것이다.

우선 적들을 피하기 위해선 이 편이 낫다고 판단한 효이는 얌전히 우자영의 뒤를 따랐다.

"갑자기 송구했습니다. 이제 옷은 벗으셔도 괜찮습니다."

피가 묻은 옷만 아니라면 거절했을 호의였다.

"하, 하면……."

"중간에 있는 문을 닫겠습니다."

우자영이 선뜻 침방과 응접실 사이에 있는 문을 닫아 주었다.

효이는 허릿단을 풀고 다시 옷을 벗었다. 그제야 밝은 곳에서 제대로 살펴본 옷은 상당히 낯익었다. 청라 비단 위에서 하얀 꽃송이들이 흩날리는 이 옷은, 호연이 있던 날 단휘가 차월에게 들려 보낸 것이었다. 기녀처럼 단장하고 호연에 참석해 배신자를 색출하라는 명령과 함께 말이다.

'이걸 왜 저 사람이 가지고 있었지?'

단휘의 부하들이 수차렴의 시신을 수습하기 전에 후원에 오지 않고서는 손에 넣을 수 없는 옷이었다.

'어쩌면 우자영은 수차렴의 죽음을 미리 예측하고 있었는지도 몰라. 그게 사실이라면 우자영은 확실한 적이겠지.'

어쩌면 귀신을 피하려다 호랑이와 마주쳤는지도 모른다.

'하지만 당장 죽이겠다고 설치는 사람들이 있는 곳으로 가느니 차라리 말이 통하는 쪽이 나을지도 몰라. 그래도 여긴 취골이니까 위험해지면 도움을 청하자.'

마음을 정한 효이는 효이는 옷을 손에 쥐고 문을 열었다.

"주인장이 술을 가져다주었습니다. 보통 이런 곳에 오면 술부터 마시는 모양입니다."

우자영은 미리 따라 둔 술잔을 가리키며 말하였다. 추격자들로부터 완전히 벗어났다는 생각에선지 그는 꽤 여유를 되찾은 듯하였다.

효이는 우자영을 곁눈질하며 맞은편에 앉았다.

우자영은 눈치를 살피는 효이의 기척을 느꼈는지 먼저 물어 왔다.

"그 의복에 대해서 묻고자 하십니까? 왜 옷에 피가 묻어 있는지, 아니면 어찌 손에 넣었는지, 궁금하십니까?"

태연히 궁금할 법한 부분들을 나열하는 우자영에게 효이가 물었다.

"말씀해 줄 수 있으십니까?"

"물론입니다."

우자영은 술을 한 잔 마신 후 내처 말을 이어 갔다.

"그날 저는 은월각의 후원에서 수 자관 어르신과 만나기로 약조되어 있었습니다."

그날 수차렴은 자리를 옮기자는 효이의 말에 누군가를 기다리고 있다고 하였었다. 하나 설마 그 사람이 우자영일 줄이야.

"하나 제가 후원에 갔을 때는 어르신의 시신과 그 옷만 남아 있었지요."

"왜 가지고 가셨습니까?"

"어르신께서 돌아가실 때 곁에 있던 여인이 누구인지 찾기 위해서였습니다."

선뜻 나온 대답에 효이가 숨을 삼켰다.

"하비들이 입을 만한 옷으로는 보이지 않아 그날 호연에 참석했던 기녀들에게 일일이 찾아가 옷을 보여 줬지만, 끝내 이 옷을 입었던 여인은 찾아내지 못했습니다. 그러나 문득 기녀로 분하고 끼어들어 온 후주님의 부하가 있을 수도 있겠다는 생각이 들었지요."

결국 오늘 마주친 것은 우연이 아니었다는 뜻이다.

그는 효이를 쫓아온 것이다.

효이는 태연한 얼굴을 유지하려 애썼다.

"왜…… 저를 찾아오셨습니까?"

"그날 어르신을 죽인 자객을 본 유일한 분이시기 때문입니다. 그 자가 누구인지 제게 말해 주실 수 있겠습니까? 물론 의원님께서 위험해지는 일은 없도록 하겠습니다."

"예?"

예상하지 못한 용무였다.

효이의 생각대로라면 우자영 역시 은강이 수차렴을 죽이리란 사실을 알았을 터였다.

'한데, 왜 내게 묻지?'

효이는 가만히 우자영을 쳐다보았다.

효이의 힘으로 상대의 악의는 읽어 낼 수 있을지언정 거짓말은 간파할 수 없다. 조금 전부터 위화감을 느꼈으나, 여전히 어떤 감정인지 이해가 되지 않으니 쓸모는 없었다. 오랫동안 눈에 보일 만큼 강한 기운만 마주하다 보니 이처럼 희미한 느낌은 더 감을 잡기 어려웠다.

"왜 수차렴을 죽인 사람을 알고자 하십니까?"

이제껏 곧잘 대답해 주던 우자영이 망설이는 눈치를 보였다.

그는 바로 털어놓지 못하고 술을 마시기 시작하였다. 공짜로 받았다는 술병을 반쯤 비웠을 무렵에서야 결심이 섰는지 우자영이 다시 입을 열었다.

"누구에게도 밝힌 적은 없지만, 사실 수차렴 어르신은 제 외삼촌 되십니다. 저는 그분의 부탁으로 상단에 입단했고 부행수의 밑에서 일을 도왔지요. 쉽게 말하자면, 밀정 노릇을 하고 있습니다."

같은 분점 소속인데도 생질을 밀정으로 보냈다니.

수차렴도 서노담 못지않게 속을 알 수 없는 사람이다.

"두 사람은 서로 협력해서 분점을 다스려 왔으나, 무슨 이유에선지 호연을 앞두고 견원지간이 되고 말았지요. 저도 눈치가 없지는 않지만 확실히 하고 싶었습니다. 어르신을 죽인 사람이 정말로 부행수의 부하인지 말입니다. 그 옷은 그래서 가지고 다닌 겁니다."

"확인해서 무얼 어쩌려고 하십니까?"

괴로운 물음이었는지 우자영은 다시 술을 마시기 시작했다. 효이는 술기운에 붉게 부어오른 우자영의 눈가가 차츰 젖어 가는 것을 모르는 척했다.

"그 죽음에 대한 책임을 묻게 할 것입니다."

책임.

결국 칼을 휘두르겠다는 뜻이다.

"그만두십시오. 상대가 누구건, 수차렴 어르신께선 자영 님이 그처럼 위험한 일을 하길 원치 않으실 겁니다. 부행수가 알기 전에 밀정 노릇도 관두세요."

"당신이 뭘 안다는 거지?"

우자영이 얼음장처럼 차갑게 물었다.

"상단 사람 손에 가족을 잃은 기분이 어떤 건지 아무것도 모르면서, 원하지 않을 거라는 둥, 관두라는 둥 함부로 지껄이지 마라."

당장 효이의 목이라도 조를 기세였다.

'저 사람도 알고 있어. 아주 위험한 일이고 망자가 원하지 않을

수도 있다는 사실을. 하지만 멈출 수가 없는 거야. 오로지 그 목적만이 지금 저 사람을 살게 할 테니까.'

모르는 척 외면해도 될 일이었으나, 효이는 그럴 수가 없었다.

아직 수차렴이 죽어 가던 모습이 잊히지 않았다. 피에 물든 앞섶, 잦아들어가는 숨소리, 그리고 끝내 눈동자가 굳어지며 차갑게 식어가는 체온까지. 설령 그자가 단휘를 위험에 빠뜨렸다고는 해도, 누군가에게는 이처럼 소중한 가족이었다.

그 죽음을 막지 못한 책임은 효이에게도 있었다. 그러니, 효이는 우자영이라도 구하고 싶었다. 마땅히 그리해야만 했다.

효이는 처음으로 제 앞에 놓인 술잔을 비우고 말했다.

"압니다. 그게 어떤 심정인지, 알고 있습니다."

우자영의 거친 시선이 효이를 향하였다.

"수 년 전에 어머니와 생이별을 했습니다. 어디에 계신지 모르지만 재회하길 희망하며 버티고 또 버텨 왔지요. 한데, 근래에는 이런 생각이 듭니다. 어쩌면 이젠 두 번 다시는 살아서 뵙지 못할지도 모른다고 말입니다."

"정 의원님."

"그러니 모르지 않습니다. 알고 있습니다."

흥분을 가라앉힌 우자영은 효이의 빈 술잔을 채워 주며 조심스럽게 물었다.

"의원님의 자당에 대해 더 말씀해 줄 순 없으십니까? 이름이건, 출신이건 무엇이라도 좋습니다. 저라도 도움이 되고 싶습니다."

"아닙니다. 제가 어머니에 대해 말씀드린 건……."

우자영은 효이의 말을 잘랐다.

"두 번 다시 만나지 못할지도 모른다고 하셨지요. 정말 그래도 괜찮으십니까? 이대로 말 한 마디 나눠 보지 못해도 괜찮으시냐는 말입니다. 의원님께선 제 심정을 안다고 하셨지만, 살아 있는 사람과 망자는 엄연히 다릅니다."

효이는 대꾸할 말이 없어 잔을 비웠다.

"아무리 그리워해도 만날 수 없다면 괴로움만 더 커져 갈 뿐입니다. 정 의원님, 수란의 사람을 믿어서는 안 됩니다. 모두가 적이라고 생각하고 버티지 않으면 결국 당하는 건 약자 쪽입니다."

"약자……."

눈시울이 붉어졌다.

아무리 그리워해도 만날 수 없었다. 우자영의 말대로 그리움은 커져 가 괴로움이 되었다. 그리고 머잖아 죽는 날까지 평생을 짊어져야 할 고통이 될 것이다.

"다른 수를 준비해 두는 일은 악한 것이 아닙니다. 잘 생각해 보십시오."

이제껏 누군가가 도와준다고 나설 때마다 효이는 망설이지 않고 거절해 왔다.

효이를 돕는다는 말은 단휘를 적으로 돌리게 된다는 의미이기에. 다른 누구도 그와 같은 위험에 처하게 하고 싶지 않아서였다. 하나 다른 어느 때보다 효이의 입지는 불안했고 언제 단휘의 심기를 더 거슬러 목숨을 잃을지 모르는 처지였다. 무엇보다 이대로 효이가 단휘에게서 끝내 버려지면 어머니 역시 안전을 보장할 수 없을 터였다.

'효이야. 나는 오연을 살려 주겠다고 했지 너에게 돌려주겠다고 한 적은 없었다.'

'끝내 만나지 못한다고? 죽는 날까지, 살아서는 평생?'

효이는 흔들렸다.

그녀는 나약했다. 단휘의 옆에서 버티는 하루가 두려웠고, 이틀이 끔찍했고, 사나흘이 되었을 때는 반항하거나 울 기력조차 잃어 갔다. 그렇게 나날이 제 자신을 감추는 일에 능해졌을 뿐 하루도 두렵지 않은 적이 없었다.

'네 목적은 어미에게 돌아가는 것뿐이냐?'

문득 전에는 선뜻 대답하지 못했던 하문 하나가 떠올랐다

"상단의 사람은 믿어서는 안 된다고 하셨지요."

"……."

"하나. 자영 님께서도 상단의 사람이십니다."

효이의 대답은 단호했다.

"정 의원님, 저는!"

"제 어머니까지 염려해 주셔서 감사합니다. 오늘 들은 이야기는 비밀로 하겠습니다. 하나, 호연이 있던 날 밤 수차렴 어르신을 죽인 사람이 누군지는 말씀드리지 않을 것입니다. 그러니 앞으론 절 찾아오지 마세요."

효이는 인사를 올리고 곧장 술집을 나왔다.

어쩌면 다시 후회할 선택을 늘렸는지도 모른다. 하나 단휘를 지키기 위해서라고 해도 그를 배신한 것은 사실이다. 그러니 혼자만 살겠다고 치졸한 수를 쓰면 진심이었던 마음마저 더럽혀질 것이다. 무엇이 어찌 되었건 아직 단휘는 효이를 내치거나 죽이지 않았다. 그러니 용서받을 때까지 어떻게든 버티며 기다릴 것이다.

바로 그것이 지금 효이가 해야 할 일이었다.

✠

우자영은 창문을 열고 효이가 멀리 가 버린 것을 확인한 후 기다렸다는 듯 등지고 있던 쪽의 문을 열었다.

"만족하십니까?"

옆방에서 술을 마시며 두 사람의 대화를 엿듣고 있던 서노담이 태연히 농을 던졌다.

"나는 네가 정말 슬퍼하는 줄 알았다."

"그럴 리 없지 않습니까? 애초부터 수차렴의 생질이라는 이유로 그 멍청한 놈의 부하 노릇을 시킨 건 부행수님이십니다."

서노담은 제 부하를 달래듯 방금 따라 둔 술을 권하였다.

"마셔라."

"왜 저런 계집에게 관심을 두시는지 모르겠습니다. 기껏해야 반반한 낯짝을 팔아서 한자리 꿰찬 계집 아닙니까?"

천한 광대들이나 할 법한 연극놀이에 동원된 우자영은 여전히 불쾌해하고 있었다.

"소문에 의하면 그리 단순한 관계는 아닌 것 같았다."

소문이라니!

"도성에 퍼진 모든 소문은 전부 서단휘가 의도해서 퍼뜨린 겁니다! 이 나라에 퍼진 소문들 중 어느 것도 수란이 의도하지 않은 것이 없는데, 고작 소문 따위에 휩쓸려서 귀한 시간을 낭비하신 겁니까?"

우자영의 불평에 서노담이 서늘하게 웃었다.

"그래서 내가 정효이에게 관심을 두고 있는 것이다."

"예?"

"서단휘가 은월각에 두고 밤마다 찾는다는 계집에 대한 소문은 너도 들었을 것이다. 생각해 보아라. 그 소문이 대체 상단에게, 그리고 서단휘에게 어떤 이득을 가져다주겠느냐?"

서노담이 반문한 말에 우자영은 대답하지 못했다.

확실히 이제까지 수란이 퍼뜨린 모든 소문과 비교해 봤을 때 도움은커녕 평판에 좋을 게 없을 소문이었다. 그럼에도 서단휘는 어떤 이득도 없을 낯 뜨거운 추문을 방치해 왔다.

"서단휘는 사람들에게 경고하고자 했던 것이다."

"뭘 말입니까?"

"상단에 있는 여인을 감히 건드리지 말라고 말이다. 그러고도 안심하지 못해 노타에게서 물려받은 살수까지 곁에 붙여 두었지."

저번에 은강과 우자영이 보고했던 한로에 대한 이야기다.

"설마, 서단휘가 그깟 계집 하나를 잃을까 봐 안달이라도 하고 있다는 말씀이십니까?"

우자영의 말에 서노담이 만족스럽게 웃었다.

"그깟 계집이 아니라면 어떠하냐?"

"그건 또 무슨 말씀이십니까?"

"서단휘가 이궁을 불태우고 새로이 지은 본점의 이름이 무슨 뜻인지 아느냐?"

새로운 본점이라면, 은월각이다.

"달을, 숨기는 장소…… 말입니까?"

"그래."

적의 내습에 대비하기 위해 설계된 은월각의 설계도면을 펼쳐 놓고 보면 가장 후면에 위치한 곳은 서노타와 서단휘의 처소였다. 하나, 오히려 두 곳은 담과 멀지 않아 외부에서의 침입이 어렵지 않았다.

은월각에서 가장 안전한 장소는 따로 있었다.

"서단휘는 은월각에 어둠을 밝혀 줄 달을 숨겨 두었다."

"어둠을 밝히다니, 대체 무슨 말씀을……."

우자영은 갈수록 해괴한 말만 하는 서노담을 이해하지 못하였다.

서노담은 그런 우자영의 태도가 당연하다는 듯 느긋하게 웃으며 대답했다.

"정효이는 파고들면 파고들수록 묘한 계집이더구나. 만연한 소문에 비해 신상에 대해서는 일절 알려진 것이 없고, 사람을 보내 알아보니 고향 마을은 통째로 사라졌더군. 과거 정효이와 조금이라도 연관이 되었던 자들은 죽거나 이국으로 떠나 종적을 감추었다고 한다."

즉 창서국에서는 정효이에 대해 어떤 정보도 캐낼 수 없다는 뜻이다. 대체 그 계집이 무엇이기에 서단휘가 이처럼 치밀하게 은폐공작을 펼쳤을까. 다른 사람이라면 포기했겠지만 서노담은 포기하지 않았고, 마침내 실마리를 찾아냈다.

"정효이와 같은 고향 출신인 노인이 마침 서해국에 있었더구나. 호연을 위해 창서국에 오기 전에 사람을 보냈고, 얼마 전 이걸 받았다."

서노담은 품에서 꺼낸 서신을 탁상에 올려놓고 말을 이어 갔다.

"읽어 보겠느냐?"

우자영이 서신을 받아서 펼쳤다.

[……그 사건으로 인해 마을 사람들은 다들 그 아이가 가진 특별한 힘에 대해 알게 되었지요. 그러던 어느 날, 아마 4년 전이었을 것입니다. 갑자기 나타난 사람이 그 힘에 대해 평생 누설하지 않는 대가로 천금을 제안했습니다. 반항하던 자는 죽었습니다. 우린 모두 겁을 먹고 그자의 말대로 이국으로……]

서신 안에는 계속 특별한 힘에 대한 내용이 언급되어 있었다.

"사람이 품은 악의를 읽어 내는…… 힘?"

믿을 수 없다는 표정으로 우자영이 서신을 내려놓았다.

"설마 이 얼토당토않은 이야기를 믿으신 겁니까?"

거의 경악하며 묻는 우자영에게 서노담은 태연히 대답했다.

"우리가 수란 본점에 심어 놓았던 세작들이 전부 차출되어 죽은 사건을 기억하느냐? 이후로는 어떤 세작을 보내도 창서국에서는 오래 버티질 못하였지."

"설마 그게 정효이와 연관이 있다는 말씀이십니까?"

"처음 세작이 차출된 시기가 정효이가 수란에 입단했을 때와 일치한다. 알겠느냐? 정효이가 수란에 오고 곧바로 첫 번째 세작 차출이 이루어졌다는 뜻이다."

시기적으로는 잘 맞아떨어졌지만 여전히 그대로 믿기에는 어려운 이야기였다. 오랫동안 살수로 살아온 은강 같은 사람이야 적들의 기척이나 살기를 읽을 줄은 알겠지만, 사람이 가진 악의를 읽어 내는 것은 또 다를 것이다.

'하나 그 힘에 대해 알고 생각해 보면 납득되는 일들이 생긴다.'

호연 날 밤.

정효이가 단순히 주치의로서 참석했던 거라면 호연 내내 그와 가장 가까운 자리를 지켰어야 했다. 하나 정효이는 기녀로 분하고 와서 단상과는 가장 먼 끝자리에 앉아 있었다.

'그곳이야말로 장내를 살펴보기에 가장 좋은 자리지.'

즉, 서단휘는 정효이가 호연 자리에 참석한 모든 간부들을 두루 둘러볼 수 있게 하려던 것이다.

'또한 정효이는 은강이 수차련을 죽일 때 함께 있었다.'

그녀는 단휘가 자리를 비우자마자 냉큼 수차련을 쫓아 나갔다. 장내에 있는 수많은 사람들 중 의심스러운 사람은 오로지 수차련뿐이라는 듯이 말이다.

"믿기 어려운 이야기지. 그래서 오늘 밤 시험해 본 것이다."

"오늘 밤 일이 시험이란 말씀이십니까?"

물론 치부책이 실존하는지, 서단휘가 가지고 있는지 확인할 뜻도 있었다. 하나 처음부터 은월각처럼 빤히 생각할 수 있는 장소에 숨겨 놓을 것 같진 않았고, 은밀히 찾을 생각이었다면 그 많은 부하들을 보내지는 않았을 것이다.

"그 악의라는 것을 정말로 읽어 낼 줄 아는지 확인해 보고 싶었다. 결과는 훌륭했지."

정효이는 적들의 기운을 쫓아 곧장 은월각을 뛰쳐나왔다.

그 힘은 가짜가 아니다. 믿기 어려우나 분명히 실존하고 있는 것이다.

"서단휘는 인질을 잡아 정효이의 힘을 독차지해 왔다. 그것이 진실이다."

"하면 오늘 제게 명령하신 일은……."

"우선 은강에게 이 사실을 전하고, 서해국에 있는 병졸들에게 언제든 출정할 수 있도록 준비를 마쳐 두게 하여라. 그리고 너는 정효이의 어미를 찾아보아라. 머잖아 우리에게도 필요해질 것이다."

서단휘가 정효이에게 시킨 일을 그라고 못할 것도 없었다. 어미에 대한 주권만 넘어오면 정효이는 그에게 충성하게 될 터였다. 정효이의 힘은 단휘에게 대항할 패로 쓰고 버리기에는 아까우니 말이다.

"마침 때가 좋구나."

"호연은 일단 무사히 넘어가기로 하고 건너오신 것 아니었습니까?"

"치부책."

짧게 읊조리며 서노담은 주향을 음미하였다.

"그건 서단휘가 우리에게 보내는 출사표다. 이 나라가 자신을 노리게 만들어 줄 테니, 너희도 숨어만 있지 말고 참전하라는 뜻이지."

우스운 도발이지만 그들에게 있어 좋은 기회인 것만은 사실이었다.

"가르쳐 주는 것이 좋겠구나. 미래의 수란 상단 행수를 도발한 대가가 무엇인지 말이다."

우자영은 앉아 있던 자세를 고치며 물었다.

"달리 더 명령하실 것은 없으십니까?"

"청호 상단의 백호청에게 연통을 보내라."

"알겠습니다."

우자영이 나가고 혼자 남은 서노담은 가만히 제 손을 내려 보았다.

때는 머지않았다.

머잖아, 그가 마땅히 가져야만 했던 세상을 손에 넣을 것이다.

八話 · 감춰진 싸움

장부를 비추고 있던 등잔의 불빛이 순간 흔들렸다.

단휘는 창문이 열리는 기척을 느끼고 장부 아래에 뒀던 단도를 조용히 움켜쥐었다. 그가 적의 그림자를 향해 단도를 내던지려는 순간, 밤손님이 얼굴을 드러내며 인사를 올렸다.

낯익은 상대를 확인한 단휘가 단도를 내려놓고 하문하였다.

"은월각 내부에 따로 경계하는 자라도 있느냐?"

어이하여 그에게 당도하는 순간까지도 기척을 죽였느냐는 질책이었다.

"송구합니다. 간부들을 불러들이신 이후로 도성에 묘한 위화감이 돌고 있습니다. 적진에 실력자가 있는 것이 분명하니 앞으로도 조심해야 할 것 같습니다."

"실력자라."

하기야 수차렴의 방에서 마주쳤던 적도 강했다고 했으니, 한로의 판단이 맞을 것이다.

단휘는 의자에 기대앉으며 물었다.

"갈선은 만났느냐?"

"예. 우선 명령은 받들겠다고 하였습니다."

"소문은?"

"돌아오는 길에 그 치부책에 대한 소문을 퍼뜨려 두었습니다. 적이라면 확실히 눈이 돌아갈 수밖에 없을 것입니다. 다만 원관회에 참석하는 행수들이 작은 어른을 의심할 것이 염려됩니다."

현실적으로 존재할 리 없을 치부책이기도 하고, 만들어 냈다는 자체가 경이로운 물건이니 모두가 혼란에 빠질 것은 당연했다. 황권 교체를 앞둔 정황상 모두가 탐낼 물건이라는 걸 알면서도 꺼내 들었으니, 의심을 받아도 별수 없는 노릇이었다.

단휘는 픽 웃으며 손등에 턱을 괴었다.

"탐욕이야말로 우리와 같은 자들의 근본이지."

가질 수 없다는 사실을 알고도 죽기 전까지는 스스로 놓아주지 못한다. 그들은 그런 존재였다.

한로는 다른 곳을 향한 단휘의 아득한 시선을 바라보며 넌지시 말했다.

"놓아주시면, 효이는 죽습니다."

단휘는 매양 그의 속을 꿰뚫어 보는 제 부하에게로 다시 시선을 돌렸다.

한로는 엄중한 단휘의 시선에도 굴하지 않고 마저 고하였다.

"이는 처음 작은 어른의 곁에 두기로 하셨을 때부터 정해진 사실이 아닙니까? 정효이의 존재는 그녀의 과거 행적처럼 쉽게 감출 수 있는 것이 아닙니다."

단순히 의원이라 해도 계집이라 갖은 추문이 나도는데, 원관회처럼 권위 있는 자리에 함께 드나들기까지 했으니, 단휘를 노리는 적들에겐 더없이 좋은 먹잇감인 셈이었다.

인질로 삼아 단휘를 위협하건, 회유해 비밀을 캐내건 간에 말이다.

"설령 정효이가 비밀을 만들었다고는 해도 분명 이유가 있었을 겁니다. 그러니 절대로 작은 어른께서 먼저 손을 놓으시면 안 됩니다. 그랬다간 정효이는 지금보다 더 위험……."

효이를 걱정하는 한로의 말을 뚝 자른 단휘가 일갈했다.

"네가 떠나 있던 동안 은월각에서 벌어졌던 일들에 대해 다 아는 눈치구나."

"그건……."

"알고 있다면 더 시간을 낭비할 필요는 없겠지."

콱!

바람을 가르는 소리와 동시에 한로의 발 바로 옆에 작은 단도가 꽂혔다.

"행수님의 처소에 들어왔던 놈이 누군지 짐작이 가느냐?"

"은월각의 지붕을 타고 부하들의 추격까지 따돌릴 정도였다면 이곳의 구조를 잘 아는 자가 분명합니다. 지난번 작은 어른의 처소에 들어왔던 자객처럼 말입니다."

한로는 바닥에 박힌 단도를 빼내어 직접 살폈다.

"이 단도의 주인은 실수가 아주 적은 사람입니다. 마음만 먹는다면 쉽게 행수님의 숨통을 끊을 수 있었을 겁니다. 이런 무기를 지니고도 별다른 짓을 하지 않았다면 적의 목적은…… 그저, 만나러 왔던 것일까요?"

"무슨 뜻이냐?"

한로는 여전히 단도를 바라보며 생각에 잠겨 있었다.

"그자는 그저 행수님을 만나고자 했을지도 모른다는 생각이 듭니다."

"그저 만나고자 했다……."

말 한 마디 못하는 사람을 만나서 무얼 하려 했단 말인가.

"당분간 성도에서 대기해라."

명령을 받은 한로는 나가려던 걸음을 멈추고 단휘에게 말했다.

"작은 어른, 효이를 혼자 두지 마세요. 지금의 도성은 그 어느 때보다 위험합니다."

"……."

한로는 단휘의 대답을 기다리지 않고 인사를 올린 후 멋대로 방을 나갔다.

단휘는 손으로 탁상을 탁, 탁 두드렸다.

이미 판을 벌였으니 이제 원관회를 위한 준비에만 몰두해야 하는데도 단휘의 머릿속은 여전히 정효이가 점령하고 있었다. 내치면 적들의 먹이가 되고, 가까이 둬 봤자 서로를 다치게 할 뿐인 양날의 검.

"위험이라."

원관회가 끝날 때까진 거리를 둘 각오였으나 한로의 경고에 초조함이 밀려들었다.

결국 단휘는 장부를 사방탁자에 올려 두고 처소를 나왔다.

✲

효이는 후문을 통해 조심스럽게 은월각으로 돌아왔다.

은월각의 보초는 늘 엄중한 편이지만, 효이처럼 파직된 부하는 누구도 관심을 두지 않아 차라리 다행이었다.

'날이 밝으면 후주님께 찾아가 보자. 누군가가 은월각에 침투했던 것만은 사실이니까.'

그리 결단하고 방문 앞에 당도한 효이는 문득 걸음을 멈추었다. 몸이 먼저 느끼는 혼돈이 문 안에 도래해 있었다. 살짝 손끝이 떨려왔다. 감격인지, 두려움인지 알 수 없는 감정이었다.

"도망이라도 칠 것이냐."

방 안쪽에서 들려오는 목소리에 효이가 담담히 대답하였다.

"아닙니다."

동시에 문을 열자 침상에 앉아 있는 단휘가 보였다.

소의 위에 도포만 걸친 차림의 단휘는 방금 목욕을 마치고 온 모습이었다. 분명 통로는 그가 잠가 두었을 텐데. 오늘 다시 문을 연 모양이었다.

효이는 얼른 눈으로 단휘를 살피고 안도하였다.

'역시 후주님께는 가지 않았구나.'

작은 한숨을 뱉어 낸 효이에게 단휘가 하문하였다.

"어딜 다녀오는 길이냐?"

그 하문에 효이는 정신이 번쩍 들었다.

이미 배신자로 낙인찍힌 효이가 다시 단휘를 독대할 수 있는 기회는 없을지도 모른다.

"침입자가 있었습니다. 무슨 목적으로 왔는지는 알 수 없어 뒤를 쫓았는데, 그러다가 치부책이라는 물건에 대해 엿들었습니다."

단휘가 짧게 읊조렸다.

"치부책이라."

"중도에 들켜서 도망치느라 치부책에 대해서는 다 듣지 못했습니다. 그보다 후주님께 반드시 올려야 할 말이 있습니다. 저를 더 이상 믿지 않으신다는 것을 압니다. 그래도 말씀드려야만 합니다."

"됐다. 그만해라."

여전히 효이를 불신하는 탓일까.

"아닙니다. 들으셔야만 합니다. 아셔야만 합니다."

"오늘은 그런 이야기를 하러 온 것이 아니다."

"그렇지만!"

"명령을 어기면 피를 보는 것은 네가 아니라는 사실을 알 것이다."

익숙한 겁박에 효이는 입을 다물었다.

'하면 대체 여길 왜 오셨지?'

그때 단휘가 갑작스러운 명령을 내렸다.

"이리 와라."

대체 어딜 오라는 말씀이신가.

효이의 앞에는 침상 하나가 덩그러니 놓여 있었고 그곳에는 단휘가 앉아 있었다. 달리 어디로 나갈 길이 없는 구석이었다. 시선조차 도망칠 길이 없어 난감한 참인데, 하필 또 유독 밝은 달빛을 등진 단휘는 평소보다 험악한 기운을 폴폴 내뿜고 있었다.

"네 의동생의 피를 보고 싶은 것이냐?"

"……."

결국 효이는 한 발, 한 발 단휘를 향해 다가가기 시작하였다.

가까워질수록 몸에 닿는 기운이 쓰라렸다. 호연이 끝난 후 질책을 받았을 때조차 단휘는 지금처럼 무서운 기운을 내보이지는 않았었다. 살의와는 다르지만 시커멓게 주변을 물들인 기운은 그보다 더 무서운 것이었다.

"와, 왔습니다."

다섯 걸음 정도의 간격을 두고 효이가 멈춰 섰다.

"더 가까이 와라."

효이의 눈에 더 가까워질 거리는 없는 듯 보였으나, 차월의 얼굴이 눈앞에 아른거렸다. 효이는 두 눈을 질끈 감고 한 발짝, 한 발짝씩 단휘에게로 더 가까이 다가갔다.

걸음을 멈춘 것은 다리에 무언가 부딪쳤을 때였다.

'아!'

침상에 무릎이 닿고서야 눈을 뜬 효이는 코앞에 있는 단휘의 얼굴을 보고 놀랐다. 효이는 거의 단휘의 다리 사이에 들어와 있었다. 설마 여기까지 다가오라고 하신 말씀은 아니셨을 것이다.

얼른 뒷걸음질 치려던 효이는 제 허리를 감싸 안는 팔의 감촉을 느끼고 소리쳤다.

"후주님!"

그의 커다란 손은 바로 효이의 등과 허리, 그리고 엉덩이에서 허벅지에 이르는 곡선을 어루만지며 천천히 쓸어내려 갔다. 효이는 기함하였으나 감히 도망치지 못하였다. 효이의 얼굴이 아닌 정면을 가만히 응시하고 있는 단휘의 시선과 손길이 더없이 차가워서였다.

색욕에 차 여인을 만지는 손길이 아니다.

마치 적이 몸에 숨긴 무기가 있는지 찾는 것처럼 무감하기 그지없는 움직임이었다.

허벅지에서 무릎까지, 그리고 발목에 이르렀던 손이 이내 효이의 몸에서 떨어졌다. 찰나였으나 효이에게는 영원처럼 느껴지는 시간이었다.

"효이야, 나를 믿느냐?"

"그저 믿고자, 할 뿐입니다. 늘……."

약조대로 어머니를 지켜 주고 계시리라. 언젠가는 바라던 모든 것으로부터 고개를 돌리고 단휘를 택한 그녀를 이해해 주시리라 믿고자 하였다. 머물 자리도, 버틸 의미조차 잃은 효이가 수란에서 견딜 수 있는 이유는 이제 오로지 그 하나뿐이었다.

효이의 대답에 단휘의 입술이 호를 그렸다.

"나는 너를 믿지 못하겠구나."

"아!"

순간 단휘가 침상에 누우며 효이를 확 당겼다.

넘어진 효이는 무릎으로 침상을 짚었으나, 이미 상체가 단휘의 상반신에 닿은 후였다. 단단한 그의 가슴팍에 머리를 묻고 만 효이의 얼굴이 달아올랐다. 효이는 버둥거리며 얼른 일어나려고 애썼으나, 단휘가 도망치려던 두 손목을 잡아 끌어당겼다.

"윽!"

두려움에 갈 곳을 잃고 방황하던 효이의 시선이 단휘에게 사로잡혔다.

칠흑처럼 까만 단휘의 눈동자가 오로지 효이만을 향해 있었다. 저로부터 눈을 돌리는 짓을 용납하지 못하는 것처럼. 오로지 그만을 봐 주길 원하는 눈빛으로 그렇게 효이를 바라보고 있었다.

"이제껏 내 수많은 부하들이 그래 왔던 것처럼, 너 역시 내게 바라는 것이 있지. 아주 간절히 네 목숨까지 바쳐 가며, 원수까지 살려 가며 얻어 내려던 것이 있다."

재물도, 권력도 아닌 오로지 단휘만이 줄 수 있는 것.

"정 원한다면 스스로 애원해 보아라."

"……예?"

단휘는 넋이 나간 얼굴을 하고 있는 효이에게 친히 설명해 주었다.

"나는 이미 너를 믿지 못한다. 이대로라면 너는 평생 내게서 오연을 되찾아 가지 못할 것이다. 하나 너는 늘 말하곤 했었지."

바짝 마른 효이의 입술을 부드럽게 매만지며 단휘가 말을 갈무리하였다

"어미에게 가기 위해서라면 무슨 짓이건 불사하겠다고."

효이의 두 눈이 커졌다.

"그건!"

"풀어라."

사색이 된 효이가 어느덧 제 손에 쥐어져 있는 단휘의 옷고름을 내려다보았다.

"제, 제게, 제가, 저에게 세간에 떠도는 추문을…… 스스로 사실로 만들라 하십니까?"

"네가 지불할 수 있는 대가는 이제 그뿐이지 않느냐?"

단휘는 효이의 대답을 기다리며 눈을 감았다. 칼날과도 같던 그의 눈동자가 눈꺼풀 아래로 감춰졌다.

효이는 평온해 보이는 단휘의 얼굴에 잠시 시선을 빼앗겼다.

달빛을 받은 단휘의 얼굴에 그려지는 음영이 또렷한 이목구비를 더 선명하게 드러내었다. 팽팽한 이마와 눈썹 아래로 어둠에 잠긴 눈꺼풀, 뺨을 덮을 정도로 긴 그림자가 생기는 속눈썹과 깎아지른 듯 날카로운 턱 선, 그 아래의 단단한 목젖과 목선. 사내의 얼굴이었으나 천하를 호령한다는 기녀마저 그의 옆에 서면 시든 꽃이 되어 버릴 미모였다.

'아…….'

가슴이 뛰었다.

지난 4년간 오늘처럼 단휘의 얼굴을 오랫동안 찬찬히 들여다본

적이 없었다. 늘 올려다보기조차 벅찼던 그를, 동등한 높이에서 이렇게 바라보다니. 아름다운 단휘의 얼굴을 바라보며, 처음으로 효이는 먼저 그의 피부를 손으로 만져 보고 싶어졌다. 요염한 입술에 입을 맞추고 싶어졌다. 그가 그러했던 것처럼 그의 숨결 안에 찰나라도 머물고 싶어졌다.

겨우 한 잔 마신 술에 취하기라도 하였을까.

그게 아니라면 어머니의 곁이 너무도 간절한 탓에 마음이 혼란스러운 탓인가. 하여 스스로 자신을 속이는 것일까. 그의 명령 때문이 아니라 그녀의 마음이 동하여 하는 짓이라고, 스스로 위안 삼을 속셈인가.

하나 만약 그런 것이면 또 어떻단 말인가.

술에 취했더라도, 어머니에게 돌아가고 싶은 간절함이 빚어낸 순간의 감정일지라도, 지금 단휘에게 손을 뻗으면 원하던 모든 것을 가질 수 있다. 이 복잡한 싸움에서 발을 빼 도망칠 수 있다.

'왜 망설이는 거야. 목숨을 버릴 각오까지 했으면서 왜, 차라리 포기해 버리자는 생각이 드는 거야. 대체 왜…….'

분명 그가 원하는 것인데. 그가 요구해 오는 것인데. 그의 말을 따르면 눈앞에 있는 그가 산산이 부서질 것만 같았다.

그래서 선뜻 손을 뻗을 수가 없었다.

"그만, 됐다."

단휘가 아무것도 하지 못하는 효이를 옆으로 밀치고 벌떡 일어났다.

효이는 침상에 내쳐진 채 통로 쪽으로 향하는 단휘의 뒷모습을 보았다.

처음부터 서단휘는 정효이가 감히 멀리서 바라보는 것조차 허락되지 않은 사람이었다.

그저 지난 4년 동안 인식할 틈조차 없이 가까이 지낸 탓에 착각해 버렸을 뿐이다. 바라면 언제든 볼 수 있고, 원하면 늘 다가갈 수 있는 사람이라고. 우매한 효이가 멋대로 착각에 취해 과신해 버렸을 뿐이다.

'그렇구나.'

문득 효이는 파직을 당했던 순간 왜 그리 하염없이 눈물이 났었는지 깨달았다.

'이제 더는 후주님을 볼 수 없어서…… 울었습니다. 그게 두려웠습니다. 그러니 가지 마세요. 저를 두고, 가지 마십시오.'

효이는 황급히 달려가 단휘의 등에 얼굴을 묻으며 팔로는 그의 허리를 감쌌다.

떠나지 말아 주세요. 혼자 가지 말아 주세요.

입으로 나오지 않는 말 대신, 간절하게 뻗어 가는 손길이 단휘를 자극하였다.

"마음이 변하였느냐."

"……."

"아니라면 놓아라."

단휘의 손이 효이의 팔을 밀어 냈다.

효이는 얼른 두 팔을 벌리고 단휘의 앞길을 막았다. 스스로 무얼 하고 싶은 건지, 어떤 마음인지 알 수 없었다. 다만 그를 보내고 싶지 않다는 마음이 효이가 단휘의 옷고름을 쥐게 만들었다.

아주 천천히 그것을 잡아당기자 곧 소의가 풀어졌다.

효이는 단휘의 도포를 벗기고 소의를 더 벌렸다. 이제 무엇을 해야 할까. 한 번도 사내에게 제대로 안긴 적이 없는 효이는 지난번 단휘가 앵속에 취해 했던 일을 떠올려 보았다. 그러자 단번에 취기가 오른 사람처럼 얼굴이 달아올랐다.

'머, 멈추면, 안 돼.'

효이는 훤히 드러난 단휘의 가슴을 향해 천천히 손을 뻗어 갔다.

상처로 얼룩져 있으나 단단하고 따뜻한 살결을 어루만져 본 효이는 이제껏 시료하면서 한 번도 스쳐 보지 않은 유두를 향해 손을 뻗어 갔다. 그 부분을 매만져 본 효이의 시선이 점차 흐려져 갔다.

'처음에는 마냥 후주님이 미웠습니다. 미웠지만 수란에 있는 사람들은 하나같이 후주님이 그들의 가족을 잘 보살펴 준다고들 하였습니다. 도륜 선생님이 떠났다는 시기도 그렇고, 어쩌면 제 어머니도 정말 잘 지낼 수도 있다고 생각하였습니다.'

그때부터 효이는 단휘를 마냥 미워할 수가 없었다.

하나 보잘것없는 효이가 그를 지키고자 하였던 마음이 잘못되었을까. 하여 벌을 받고 있는 것인가.

"못하겠다면……."

단휘는 다시 멈춰 버린 손을 질책했다.

"흐읍, 아닙니다, 아, 아닙니다."

울음을 삼키며 효이가 단휘의 소의를 붙잡고 더 가까이 다가갔다. 그리고 입을 벌려 그의 유두를 핥았다. 어떤 감촉인지, 어떤 느낌인지 알 수 없었다. 그저 울음에 취해 애타게, 아주 애타게 매달릴 뿐이었다. 이 정도로는 신음조차 흘리지 않는 단휘이다. 더, 그가 했던 것처럼 더 움직여야 했다. 여기서 멈추면 정말로 모든 기회를 잃을 것이다.

그러나 효이의 입술은 이내 떨어졌다.

효이는 단휘의 소의에 매달린 채 울었다.

"저는, 으흡, 저는, 정말로…… 지켜 드리고 싶었을 뿐입니다."

더는 밝힐 수 없는 진실을 가슴에 묻고, 닿지 않을 진심을 전하였다.

영원히 계속될 것 같은 침묵을 깨고 단휘가 읊조렸다.

"또 그리 말하는구나. 지키고자 위함이라……."

그때, 대답할 틈도 없이 억지로 턱이 들렸다.

단휘는 눈물에 젖은 효이의 입술을 핥으며 더 깊게 침범해 왔다. 효이의 혀를 감싸고 치열을 핥아 내리면서도, 때때로 숨을 쉴 수 있는 틈을 내어 주는 부드러운 입맞춤이었다. 단휘가 화가 났다는 사실을 잊게 만들 정도로 온유한 움직임에 차차 효이의 울음이 잦아들어 갔다.

효이의 울음이 멎자마자 단휘는 기다렸다는 듯 바로 입술을 뗐다.

그제야 효이는 다시 깨달았다. 단휘는 여전히 화가 나 있음을.

"두 번 다신 멋대로 은월각을 나가지 마라. 이번 원관회 역시 마찬가지다."

"후, 후주님!"

"명령이다."

효이가 황급히 손을 뻗었으나 단휘는 이미 돌아선 후였다. 통로로 들어간 그가 문을 닫자, 아무리 애써도 다시 열리지 않았다.

효이는 애타게 문을 두드리며 소리쳤다.

"이번 원관회는 위험합니다! 제발 문을 열어 주세요, 후주님! 한 번만 제 이야기를 들어 주십시오! 제발, 단 한 번만! 제가, 제가 전부 털어놓을 수 있는 기회를 주세요. 제발, 혼자 가시면 안 됩니다. 후주님! 후주님!"

이대로 그를 보낼 수는 없었다.

그를 보내서는 안 된다. 하나, 효이가 할 수 있는 일은 남아 있지 않았다.

닿지 않을 말들을 계속 소리치는 것밖에는.

❋

접빈실은 코앞으로 다가온 원관회에 대한 논의를 위해 오늘도 간부들로 북적였다.

“13분점이 있는 나탁 지방의 선전에서 물가 변동을 요청했습니다. 인접한 오강에서 비단, 백목, 그리고 면포까지 전부 가격을 낮추었다고 합니다.”

“오강이라면 청호 상단의 본거지 아닌가?”

“예, 그래서 다들 오강 지방까지 가서 물품을 사들이는 모양입니다.”

“근래에 들어 백호청이 더 날뛰는 모양새로군요.”

현재 오강에 본거지를 두고 있는 청호 상단의 백호청은 본래부터 수란의 서노타 행수와 숙적 사이이기도 하였다. 수란이 취급하는 물건을 계속 따라 하며 값을 내리는 행패에 질린 서노타 행수는, 결국 몇 번이고 청호 상단의 지점을 빼앗거나 사들여 그들을 구석진 지방인 오강까지 밀어붙였다.

“아무래도 청호 상단과 인접한 분점의 선전이나 면포전에는 일괄적으로 단가 하락을 명령하심이 좋겠습니다.”

“그럴 필요 없다.”

단휘는 무심하게 대답하며 간부의 말을 잘랐다.

손등에 턱을 괸 채 다른 사념에 잠긴 듯 보이는 모습에, 간부들도 더는 청호 상단에 대한 말을 꺼내지 못하였다.

“흠흠, 하면 다른 이야기로…….”

“이번 원관회에서는 다른 무엇보다 지지하는 세력을 확고히 하자는 의견이 주를 이룰 듯합니다. 모두가 기민하게 움직이고 있습니다. 저희도 슬슬 확정해야 할 것입니다."

황권 교체기.

현황에게는 붕어한 장 황후의 핏줄인 소하 황태자와 연 가문의 소실에게서 난 효운 황자가 있다. 핏줄로만 따지면 소하 황태자가 즉위하는 것이 수순이나, 그는 감정적이고 제 주장만 앞세우기로 저명하였다. 거기다 외교에 있어서도 적대적인 입장을 취하고 있어 수란처럼 이국과의 교역을 주로 하는 상단에게 있어서는 최악의 황제가 될 것이 분명했다.

반면 지나칠 정도로 영민하다는 효운 황자는 매사에 냉철하고 좀처럼 흥분하지 않는 성미라고 하였다. 무엇보다 현재 황제의 총애를 받는 소실의 장자인 것은 물론, 평소 황제가 정사를 돌볼 때도 의견을 구하는 등 황태자보다 높은 대우를 받는다는 사실은 알 사람들은 다 아는 이야기였다.

"조정의 축이 되는 신하들마저 효운 황자를 추존하는 분위기라 합니다. 소하 황태자는 혈통 덕분에 황태자로 책봉되었으나, 사실 많이 위태로운 상황이지요."

"황태자는 황제 폐하께서 승하하시기 전에 효운 황자와 그를 추존하는 세력을 죽일 속셈인 듯합니다. 들리는 소문에 의하면 효운 황자도 벌써 몇 번이나 목숨을 건졌다고 하더군요."

간부들은 수란 상단이 지지할 쪽을 정하지 못하고 양쪽 모두의 공분을 사는 일이 벌어질까 근심하고 있었다. 수란은 대대로 황실과 밀접한 관계를 맺어 왔다. 그로 인해 많은 특권을 얻어 누려 온 이상 황실과의 연계를 이어 가기 위해선 차기 황제가 될 재목에게 슬슬 배경이 되어 주어야 했다.

"대부분의 상단은 황태자에게 공물을 바치고 있습니다."

"하나 폭군에 가까운 기질을 지닌 자입니다!"

"지나치게 영민한 쪽보다야 우매한 편이 이용하기에 유리합니다! 상단은 대개 그런 입장입니다. 소하 황태자라면 규제 철폐나 교역권 등을 따내기에 더 수월하다고 생각하는 것이지요."

간부들의 논쟁은 끝날 기미 없이 계속되었다. 그들은 각자 소하 황태자와 효운 황자를 추존하며 황궁에서도 보지 못할 치열한 설전을 이어 나갔다. 단휘는 한참 동안 묵묵히 듣고만 있었으나 얼마 지나지 않아 한계에 다다랐다.

"이제 모두 물러가라."

"하나 후주님!"

"그만하게."

"부행수님……."

서노담의 만류가 있고서야 다른 간부들도 포기하고 일어났다.

단휘는 나가는 간부들을 무심히 바라보다 문득 말하였다.

"부행수님께선 잠시 남아 주시겠습니까?"

"그러지."

모든 간부들이 접빈실을 나가고서야 단휘가 말문을 열었다.

"그날 보신 대로 행수님께선 많이 쇠약해지셨습니다. 의원들이 살피고 있으나 좀처럼 호전되지 않는 상황입니다. 명확한 증상이 있는 병이라기보다는 그저 지쳐 계실 뿐인지도 모르겠습니다."

상단 일과는 전혀 무관한 화두였다.

"노타는, 아니 행수님께선 오랫동안 무거운 책임을 지고 계셨네."

"맞는 말씀입니다. 쇠약해진 행수님께서 계속 짊어지기에 수란은 무거운 짐이지요."

부드러운 대화의 흐름에 서노담은 내심 철렁하였다.

현재 수란은 병석에 누운 행수를 대신해 단휘가 다스리고 있으나, 이와 같은 상황이라면 언제든 허울뿐인 아버지를 대신하여 단휘가 행수의 자리에 오를 수도 있는 일이었다.

"무슨 말을 하고 싶은 건가?"

"의원들도 이런 곳에 가두듯 모시는 것보다 더 좋은 곳에서 요양을 하시는 편이 낫다고 입을 모으더군요. 오래전부터 나온 의견이었으나, 아무래도 행수님 혼자 먼 곳으로 보내는 일은 영 꺼림칙해 받아들여 주지 않아 왔습니다."

서노담은 점점 더 영문 모를 말만 하는 단휘를 묘한 시선으로 보았다. 그러다 찻잔에서 눈을 뗀 단휘와 허공에서 시선이 마주쳤다.

단휘의 표정은 담담하였으나 눈동자는 마치 칼날처럼 서노담을 겨누고 있었다.

"백부님께서 행수님과 함께 가시는 것은 어떠하십니까?"

"무슨, 뜻이냐?"

"서해국 분점에 대해서는 염려치 마십시오. 마침 서청에게 연통을 보낼 계획이었습니다."

서청은 한창 영토 분쟁 중인 타라국의 1분점을 맡아 운영하고 있는 간이 큰 간부였다. 물자를 나르기 어렵고 혼란에 빠진 지역에서 슬기롭게 영업을 이어 온 서청은, 나이에 비해 영민한 데다 무엇보다 실적이 좋아 단휘로부터 많은 신임을 얻고 있는 부하이기도 했다.

"서청에게, 서해국 분점을 맡겨라?"

서노담이 단휘의 말을 요약했다.

제아무리 차기 행수라고는 하나, 백부이자 부행수의 직위까지 갖춘 서노담에게 더없이 무례하게 굴고 있다는 사실을 모르는지 단휘는 계속 말을 이어 갔다.

“기산의 별채를 치워 두라고 명하였습니다. 요양을 하기에는 더없이 적합한 곳이지요. 백부님께선 제게 아버지와도 같은 분이시니, 성심을 다해 살피라고 명하겠습니다.”

기산은 수란이 소유하고 있는 남방 지역에 위치한 산이었다.

그곳은 병약했던 단휘의 어머니가 평생을 보낸 곳인 만큼 병자에게는 최고의 거처지만, 사실 누구도 함부로 드나들 수 없는 요새였다. 그 지방 사람들 사이에서는 지나가는 새도 기산의 나뭇가지에 앉으려면 행수의 허락을 받아야 한다는 우스갯소리가 나올 정도였다.

“…….”

“어떠십니까? 부행수의 자리에서 물러나 행수님과 함께 기산으로 가 주시겠습니까?”

말없이 서로를 쳐다만 보는 두 사람 사이에 전운이 감돌았다.

당겨진 활시위처럼 팽팽한 긴장 속에서 서노담이 한참 후에야 대답하였다.

“……제안은 고마우나, 타라국의 분점은 아무나 맡을 수 있는 자리가 아니네. 서청이 훌륭하게 타라국 분점을 맡아 주고 있으니 굳이 이동시켜 분란을 초래할 이유가 없지. 또한 행수님을 대신해 나라도 수란을 위해 힘을 더 보태고 싶네. 지금처럼 정국이 어지러울 때는 더더욱 말이야.”

부드럽지만 완곡한 거절의 말에 단휘가 미소 지었다.

“형제 사이의 우애보다 깊은 충정이라.”

“…….”

“알겠습니다.”

의외로 단휘는 다시 권유하지 않고 바로 받아들였다.

"이번 원관회행이 끝날 때까지 도성에 남아 주시겠습니까? 제가 원관회에서 돌아올 때까지 행수님과 은월각을 부탁드리지요."

"어디 멀리 다녀올 것처럼 말하는구나."

넌지시 떠본 말에 단휘는 다른 때처럼 느긋하게 대답하였다.

"오강 지방은 제법 멀리 있지 않습니까."

"그렇군. 그리하도록 하지. 하면 이만 가 보겠네."

단휘는 돌아선 서노담의 등을 바라보며 말했다.

"혹, 생각이 바뀌면 언제든 찾아오십시오. 기다리고 있겠습니다."

"……그러지."

돌아서서 나가는 서노담의 얼굴은 무섭게 일그러져 있었다.

그러나 그것은 서노담의 뒷모습을 바라보고 있던 단휘 역시 마찬가지였다.

✠

취골에서 꽤 멀리 떨어진 객점의 문이 열리며 검을 어깨에 둘러멘 은강이 들어왔다.

"대장님! 그렇지 않아도 부행수님께서 찾고 계셨습니다!"

창서국으로 건너온 이후 은강은 홀로 신출귀몰하게 움직여 왔기 때문에 부하들도 얼굴을 보기가 어려울 지경이었다.

"거참, 안 찾아도 알아서 잘 들어온다니까."

"그리고 이건 말씀하신 단도입니다."

1층에 모여 있던 부하 중 한 사람이 얼른 다가와 은강에게 작은 상자를 건넸다.

"명령하신 것과 최대한 비슷한 것으로 구했습니다."

"빨리 구해 줬네? 날이 다 닳아서 말이지. 역시 아무 데나 막 쑤시면 안 되는데 말이야."

아무 데나 쑤신다는 말에 부하들의 얼굴이 사색이 됐다.

은강은 수많은 적들과 싸우면서도 단순히 목을 베는 것이 아니라 고문하듯 천천히 죽이는 망나니 같은 성미를 가진 자라, 싸우는 모습을 지켜볼 때면 같은 주인을 모시고 있어 차라리 다행이라는 생각이 들 정도였다.

"고생했어."

은강은 상자 안에 있던 단도를 품에 찔러 넣고 서노담이 기다리고 있을 방으로 향하였다.

"그놈이 감히 부행수님을 떠보다니!"

바깥까지 들려오는 우자영의 목소리에 은강이 픽 웃으며 문을 열었다.

"허? 분위기가 왜 이리 살벌해."

은강은 멋대로 탁상에 놓여 있는 술병부터 들었다.

우자영은 술로 목을 축이는 은강에게 따지듯 물었다.

"근래 들어 어딜 그리 쏘다닙니까?"

"말했잖아. 창서국에 돌아오면 여기저기 죽일 놈들 천지라고. 거기다 쓸데없이 저거까지 가지고 오는 바람에 객점에 부하들을 깔아놔야 해서 정작 재밌는 싸움은 못 하고 있다고. 고작 한두 명 베는 정도로는 성에도 안 차."

은강이 고갯짓으로 방에 있는 문갑을 가리키며 말했다.

이들은 만일에 대비해 서해국에 남은 모든 증좌들을 불태우고 사병을 숨긴 후, 중요 장부만 가지고 입국했다. 수차렴을 하루속히 쫓아야 하는 상황에서도 이들이 창서국으로 늦게 건너올 수밖에 없던 이유였다.

"먼 곳에 두고 전전긍긍하느니 가지고 오는 편이 나으니까요. 그보다 은강, 너무 눈에 띄는 행동은 자제하십시오."

"알았다니까? 그래서 왜 난리인데?"

은강이 의자에 걸터앉으며 묻자 서노담이 대신 대답했다.

"서단휘가 이 몸에게 물러나라는 말을 하더구나. 제 아비를 데리고 기산으로 들어가 요양을 도우라더군."

"오."

짤막한 감탄을 내뱉은 은강이 내처 말했다.

"기산이라면 서노타 행수가 제 처를 가둬 뒀던 곳이군. 한번 들어가면 절대 빠져나올 수 없는 요새라? 도련님도 영 눈치가 없지는 않은 모양이야. 아니지, 그저 혈족도 믿지 못하게 되어 버렸을 뿐인가?"

은강은 즐거운 얼굴로 말을 이어 갔다.

"처음부터 각오하고 왔잖아? 그 도련님은 어중간한 각오로 호연을 연 게 아니야. 차라리 사병을 움직이라고. 이쪽은 준비가 끝났으니까."

"결단은 이미 내려졌다."

서노담이 그들 앞으로 서신 한 통을 꺼내 보여 주었다.

수란 상단의 후계를 제거해 주는 대가로, 훗날 무기의 독점 교역권을 넘기겠다는 내용에 서노담의 인장과 청호 상단 행수 백호청의 인장이 찍혀 있었다.

"뭐야, 이건 또?"

"서단휘를 죽일 패다."

청호 상단은 서노타 행수와 견원지간인 백호청 행수의 상단이다.

백호청이 이번 원관회를 주최하고 있기 때문에, 서단휘는 그들의 본거지가 있는 오강으로 가게 될 터였다. 먹이를 주고 부릴 이로는 제격인 셈이다.

"청호 상단은 본래 수란과 사이가 좋지 않으니, 아무도 우릴 의심하지 못할 것이다. 무기와 갑옷을 포함한 물자들을 대 주는 대신, 결행은 청호가 할 것이다."

"그래도 정체가 드러날 위험이 있지 않겠습니까?"

염려하는 우자영에게 서노담이 고개를 저었다.

"오래전부터 서해국에 있는 장인들에게 인장을 박지 않은 무기를 만들도록 명해 왔다. 부족하지 않을 것이다."

"이봐, 부행수님."

팔짱을 낀 채 무심하게 두 사람의 대화를 듣고 있던 은강이 끼어들었다.

"무기 교역권은 황실이 수란에게만 준 거라고. 당신이 행수가 된다고 해도 멋대로 넘길 수 있는 게 아닐 텐데? 청호 상단 행수도 머리가 있다면 그쯤은 알고 있을 테고."

"새로 즉위할 황제의 편에 서면 무기 교역권의 이동은 불가능한 일은 아닙니다. 청호 상단은 소하 황태자의 뒷배를 봐주는 상단으로도 저명합니다. 소하 황태자가 즉위하면 교역권의 주권 이동은 어렵지 않을 겁니다."

우자영과 은강의 대화를 지켜보고 있던 서노담이 서늘하게 웃었다.

"무기 교역권을 양보할 마음은 없다."

"예?"

이미 서노담의 세력이나 재물은 청호 상단의 것을 훨씬 웃돌고 있었다. 그럼에도 굳이 백호청을 끌어들인 이유는 훗날 죄를 뒤집어쓸 상대가 필요해서였을 뿐이다.

"백호청이 일을 마치고 나면 우리는 백호청을 죽이고, 그자의 만행을 알릴 것이다."

진실을 아는 자가 없으면 최후에 말할 수 있는 사람이 이기는 법이다. 서노담에게 있어 백호청은 이용하고 버리기 좋은 패일 뿐이었다.

"가지고 싶은 건 많고 당신 손은 더럽히고 싶지 않은 거야? 와, 부행수님 참 나빴다."

은강이 무관심한 투로 일갈하자 우자영이 발끈하였다.

"은강! 그 무슨 무례한 언사입니까!"

"됐다. 은강, 서해국에 있는 사병들을 데려와라. 네가 직접 통솔해 청호의 사병과 같은 모습으로 위장시켜서 서단휘를 죽여라."

"결행은 백호청 쪽이 한다고 말하지 않았어?"

"백호청에게만 맡겨 둘 일이 아니다. 이번에 실패하면 단순히 서단휘를 죽일 기회를 놓치는 정도로 그치지 않을 것이다. 백호청은 간사한 자이니, 살기 위해 우리의 거래에 대해 토설할 공산이 높다."

방심은 금물이다. 확실하고 안전한 방법이 있다면 그들로서는 마다할 이유가 없었다.

"정효이는 반드시 생포해라."

"설마 그걸 정말 믿는 거야? 뭐더라, 살기를 읽어 내는 힘?"

비아냥대는 은강을 쏘아보며 우자영이 냉담히 대답하였다.

"그 이야기는 이미 끝난 것입니다."

계속되는 은강의 무례한 행동에 잔뜩 열이 오른 얼굴이었다.

"뭐 좋아. 그보다 안쪽 이야기를 엿들어 보니 지금 정효이는 파직 상태라던데? 이번 원관회행에서는 빠지지 않겠어?"

"그래서 제가 여기에 남는 겁니다."

우자영의 눈빛이 서늘하게 빛났다.

"정효이가 도성에 남으면 그때는 제가 움직이겠습니다. 사실 그편이 훨씬 빠르고 편리하겠지요. 하나 만에 하나라도 그렇지 않을 경우에는 당신에게로 파발을 보내겠습니다."

"사람 살려 두는 건 취향이 아닌데 말이지."

은강이 대놓고 싫은 티를 내는 것은 한두 번이 아닌지라 서노담은 태연히 반문하였다.

"치부책을 찾으라는 명령보다는 낫지 않느냐?"

"뭐야. 치부책은 관심 없는 거야? 난 당연히 당신도 갖고 싶어 할 줄 알았는데."

서단휘가 퍼뜨린 소문에 의하면 말 그대로 천하가 노릴 물건이니 말이다.

"정효이가 가진 힘이 치부책보다 월등히 낫다. 백호청 쪽에는 정효이에 대해 일러 주지 않을 테니, 놈의 부하들은 치부책을 회수하고 서단휘를 죽이는 데만 집중할 것이다. 그러니 정효이가 죽기 전에 반드시 찾아내라."

"뭐, 좋아. 당신이야말로 내가 돌아올 때까지 서노타가 죽지 않도록 잘 지켜 주라고."

"염려 마라."

명령을 다 들은 은강은 다시 멋대로 방을 나가 버렸다.

우자영은 은강이 비운 술병을 바닥에 내려놓으며 한숨지었다.

"정말로 막무가내인 자입니다. 서해국에서도 멋대로 쏘다니는 버릇은 심했으나 창서국으로 오고 더 심해진 듯합니다. 사람을 붙이면, 제 부하인 것을 알면서도 귀찮다고 죽여 버리기까지 하니……."

"실력은 출중하니, 그쯤은 감내해야 하지 않겠느냐?"

"그보다 서노타를 지켜 주라는 말은 또 무엇입니까?"

"은강이 걸었던 조건이다. 그자만은 반드시 제 손으로 죽이게 해 달라고 하더구나."

서노담이 서노타에게 원한을 가진 것은 사실이나, 직접 그를 죽일 생각은 없었다. 만에 하나를 대비하여 제 손은 최대한 깨끗하게 유지할 생각이었다. 사고로 인해 유일한 후계를 잃어 기반이 약해진 행수가 앙심을 품은 배신자의 손에 죽는 결말은 세상 사람들에게도 결코 새삼스럽지 않을 터였다.

"정효이의 어미는 찾아냈느냐?"

"생각보다 쉽지 않습니다. 실존하는 사람이 맞는지조차 의심스러울 정도입니다."

"그렇겠지."

"부행수님."

우자영은 조심스럽게 정효이의 어미를 찾는 동안 내내 해 왔던 생각을 말하였다.

"만약 제가 서단휘였다면 진즉에 그 어미를 죽였을 겁니다."

한 사람의 흔적을 완벽히 지우고 꼭꼭 숨기는 일은 말처럼 쉬운 것이 아니었다. 우선 그 사람에 대해 알 만한 자들을 전부 추격해야 하고, 그들의 입을 다 봉해야만 했다. 또한 안전한 곳에 인질을 숨겼다고 해도 병들거나 죽지 않도록 항상 전전긍긍해야만 한다. 인질이란 그처럼 다루기 귀찮은 존재인 것이다.

만약, 살려 뒀다는 믿음만 줄 수 있다면 죽이는 편이 월등히 편할 터였다.

"나 역시 그랬을 것이다. 만약 내가 먼저 정효이의 어미를 발견했었더라면 이미 진즉에 죽였겠지. 하나, 서단휘는 그년을 죽이지 않았을 것이다. 그러니 찾아내라."

"……알겠습니다."

우자영은 명령에 토를 달 마음은 없는지 바로 물러났다.

'설령 정효이를 생포한다고 해도 그 어미가 없으면 힘을 쓰기 어려울 것이다.'

그러니 반드시 찾아내야만 했다. 정 없다면 만들어서라도 곁에 두어야만 한다. 그래야만 그가 정효이의 힘을 독차지할 수 있으리라.

"22년이었구나."

모든 것을 잃고 절망하던 그때가 아직도 어제와 같이 생생하였다.

당연하게 가질 거라 믿었던 세상을 그보다 어리고 약하던 동생에게 전부 빼앗긴 치욕의 날. 서노담은 자신에게 쏟아지는 무수한 모욕과 무시를 묵묵히 견뎌 내고 겨우 이 자리까지 도달했다. 까마득하고 멀게만 느껴지던 순간이 이제 손에 잡힐 듯 가까운 곳에 있었다.

'노타야, 네 아들은 이번 원관회행에서 결코 살아 돌아오지 못할 것이다.'

마침내 서노담은 마지막 술잔을 비웠다.

✠

효이는 복도 난간에 기대어 달을 바라보았다.

'내일이구나.'

이제 날이 밝으면 단휘는 원관회에 참석하기 위해 도성을 떠날 터였다.

벌써 몇 번이고 단휘의 처소로 찾아가 보았으나 문지기들의 애원에 가까운 호소에 결국 한 번도 그를 만날 수가 없었다. 그날 밤 단휘가 들어간 이후로 통로는 다시 철저히 봉쇄되었고, 하구에게도 부탁해 보았으나 단휘는 효이에 대해서라면 어떤 말도 더 듣지 않으려 하였다.

'제가 지금 누굴 걱정하는지 모르겠습니다. 당장 내일이라도 다른 배신자들처럼 참수당해도 이상하지 않을 처지에 있는 제가, 지금 대체 무얼 하고 있는 걸까요?'

효이는 복잡한 생각으로부터 도망치듯 눈을 감고 기둥에 머리를 기댔다.

'이런 판국에 제 처지 따위가 다 무슨 소용이겠습니까?'

바람, 그것이 불어와 세차게 효이를 흔들었다.

치미는 그리움, 갈망. 그리고 애틋함. 효이는 잠시 숨을 고르며 지금의 상황과는 어울리지 않을 감정들이 바람에 떠밀려 사라지길 기다렸다.

"효이."

그때, 하늘에서 익숙한 목소리가 들렸다.

"설마?"

효이는 눈을 뜨고 벌떡 일어나 위를 올려다보았다. 달빛을 등지며 지붕에서 뛰어내린 사내는 부드럽게 효이 앞에 착지했다.

"한로? 그간 대체 어디에 있었습니까! 어디, 어디 다친 곳은 없으십니까?"

"효이야말로 도대체 무슨 짓을 한 거예요?"

성큼 다가온 한로가 효이의 어깨를 붙들었다.

"사실대로 밝혔다면 작은 어른이나 상단 사람들에게 이런 취급을 받을 이유가 없잖아요! 왜 작은 어른을 배신했어요? 왜 입을 다물었어요!"

"보았습니다. 보았지만 저는……."

"그렇다면 왜!"

다그치는 한로의 말에 효이가 울먹이는 얼굴로 외쳤다.

"어떻게 밝히란 말입니까! 제가 어떻게, 제가 어떻게 말씀드려요! 8년간 함께했던 벗 다음은 하나뿐인 백부님이라고, 제가 후주님께 그리 말씀드리면 되는 것입니까? 그러면 만사가 다 해결되는 것입니까?"

한로는 할 말을 잃고, 눈물이 그렁그렁 맺힌 효이의 얼굴을 그저 바라만 보았다.

"말하고 싶었습니다! 다 말해 버리고 싶었습니다! 하나 손 안의 진주처럼 아끼고 보듬으며 키워 주신 분이 사실은 배신자라고, 호시탐탐 후주님을 죽일 기회만 노리고 있었다고! 그리 말할 수가 없었습니다. 아무것도 말할 수가 없었습니다!"

효이가 단휘에게 밝힌 진실들은 늘 하나의 매듭이 되어 주었다. 숙청, 그리고 또 숙청. 배신자를 죽이며 끝을 맺곤 하였다. 하나, 이번만은 다르다.

진실은 끝이 아닌 또 다른 시작이 될 터였다.

"제가 틀렸다고 말할 수 있다면 당장에라도 절 대신해서 후주님께 고해 주세요. 진실을 묵과한 벌은 제가 달게 받겠습니다."

"……미안해요."

한로는 예전처럼 가만히 효이의 젖은 뺨을 닦아 주었다.

"이제 어쩔 생각이에요?"

효이는 언제 울었냐는 듯이 기운차게 대답하였다.

"때마침 돌아와 주셔서 정말 다행입니다. 누구에게 물어볼 길도 없고, 제가 한로에게 찾아갈 수도 없어서 갑갑하던 참입니다."

"늦기 전에?"

"저어, 전례에 없는 일이기는 하지만 혹시 이번 원관회에 후주님과 함께 가 줄 수 있으십니까? 아니, 꼭 가 주셔야만 합니다!"

생각지 못한 용무를 들은 한로가 놀란 얼굴로 물었다.

"내가 가야만 하는 이유가 있나요?"

효이는 주변을 살핀 후 조용히 말하였다.

"수차렴을 죽인 사람이 누구인지 압니다. 은강, 그자였어요. 부행수의 부하요. 거기다 얼마 전 부행수는 후주님께 원관회에 함께 가길 청했다가 거절당했습니다. 부행수쯤 되는 사람이 원관회가 어떤 자리인지 모를 리 없는데 굳이 함께 가려고 했다는 점이 수상합니다."

그건 분명히 도발이었다.

'후주님이 거절하리란 사실을 알고 물은 거겠지. 이번 원관회행에서 후주님께 무슨 일이 생기더라도 자신과는 무관하다는 인상을 풍길 작정인 거야.'

즉, 바꾸어 말하면 무언가 꿍꿍이가 있다고 보아도 무방하다는 뜻이다.

"명확한 증좌는 없지만 불안합니다. 부탁입니다, 한로."

"효이, 작은 어른이 염려되나요?"

"네!"

한로의 표정은 복잡했다.

"마음은 알지만 작은 어른께서 스스로 택하신 일이에요."

"무슨 말씀이십니까? 무얼 선택하셨다는 말씀이십니까?"

단휘의 선택이라니. 불안함이 효이의 가슴을 내리쳤다.

적의 의중을 알면서도 앵속을 흡입하거나 누군지 모를 적들을 호연을 통해 한꺼번에 불러들이는 등, 단휘는 늘 목적만 생각할 뿐 제

안위는 챙길 줄 모르는 사람이었다.

“작은 어른께선 다소 먼 길을 돌아오게 되실 거예요.”

“먼 길이라니, 어딜 가려 하신다는 말입니까? 혹시 무슨 일이 벌어질지 알고 계신 겁니까? 그걸 알면서도 후주님께선 혼자 원관회에 가겠다고 하신 겁니까? 부하는요? 부하는 얼마나 데려가시는 겁니까?”

말을 내뱉고 보니 뭔가 이상했다. 보통 원관회행에 맞추어서 타지에 있는 사병들이 은월각으로 모여들곤 하는데, 이번만은 유독 조용했던 것이다.

‘설마?’

한로는 흥분한 효이를 복도 난간에 앉힌 후 대답했다.

“효이, 호위의 몸집을 불린다는 건 불안을 인정하는 짓이에요. 행수님께서 병석에 계신 지 오래인 지금, 상단 내부의 축이 흔들린다는 사실이 알려지면 여세를 몰아 다른 적들까지 우릴 물기 시작할 거예요.”

다른 상단이 끼어들면 사태는 더욱 악화되고 말 것이다.

“절대, 누구도 상단 내부에 분란이 있다는 사실을 알아서는 안 돼요. 그러니까 호위를 늘릴 순 없어요. 후주님의 호위는 여기 은월각에 있는 부하들만으로 구성될 거예요.”

한로는 단호한 투로 계속 말을 이어 갔다.

“이번 원관회행에는 몇 명이 더 따라붙는 정도로 위험을 피할 수는 없을 거예요. 작은 어른께서도 각오하고 계신 일이니 우린 믿고 기다리는 수밖에 없어요.”

“설마 후주님께서 또 목숨을 걸고!”

“그보다 더한 것까지도 걸고 계세요.”

“대체 무엇이 사람의 목숨보다 귀할 수 있다는 말입니까!”

저도 모르게 울컥 치미는 감정에 효이가 언성을 높이고 말았다.

효이는 대답 대신 조용히 고개를 젓는 한로의 팔에 매달리며 다시 간곡히 말했다.

"한로, 제발. 후주님을 혼자 보내서는 안 됩니다!"

한로는 효이의 손을 밀어 내며 대답했다.

"미안해요. 난 다른 명령을 받아서 지금 바로 창서국을 떠나야 해요. 그전에 효이에게 당부를 하러 온 거예요. 효이, 잘 들어요. 이번 원관회가 끝나고 작은 어른이 돌아오실 때까지 절대로 은월각을 벗어나지 말아요. 알겠어요?"

효이의 얼굴이 새하얗게 질렸다.

서노담과 그의 부하들까지 줄줄이 나타나 도성을 활보하는 마당에 한로가 타국으로 떠나다니.

"잠시도 혼자 있지 말고 항상 부하들과 함께 다니도록 해요. 효이에게는 적들을 알아볼 수 있는 눈이 있으니까 분명 괜찮을 거예요. 수상하다 싶으면 거리를 두고, 위험하다 싶으면 도망쳐요."

"제가, 저라도 가야겠어요."

"효이! 그건!"

"가만히 앉아서 기다리기만 하는 것이 무슨 보탬이 될 수 있겠어요! 저는 약하지만 이번 원관회행은 부족한 힘이라도 보태고 보태야 할 여정이 아닙니까?"

한로가 뭐라고 하건, 이미 효이의 마음은 정해졌다.

지금 당장 단휘의 처소로 달려가서 그를 만날 것이다. 만나 주지 않으면 만날 때까지 바깥에서 밤새 소리를 쳐 댈 것이다. 그가 원관회에 데려가 주겠다고 할 때까지 결코 한 발짝도 물러나지 않을 것이다.

결심하고 단휘에게 가 버리려는 효이를, 한로가 다급히 붙잡았다.

"작은 어른께서 원하시는 일이 아니에요. 그래도 가고 싶어요?"

"곁에 있고 싶습니다. 후주님을 지켜 드리기로 약조했으니까요."

"죽을 수도 있어요."

"그만큼 위험한 길이라면 더더욱 가야지요."

한로는 단호한 효이를 바라보며 한숨지었다.

"알겠어요."

"하면!"

"여기에 내 부하들을 두고 갈게요. 작은 어른보다 한발 늦게 떠나겠지만 오강에는 한발 먼저 도착하게 될 거예요. 아주 험한 길이 될 텐데, 괜찮겠어요?"

"괜찮습니다. 고맙습니다!"

효이는 몇 번이고 몇 번이고 한로에게 허리를 숙이며 밝게 웃었다.

"효이."

한로는 품에서 단도를 꺼내 효이의 손에 들려 주며 말했다.

"반드시 무사히 돌아오도록 해요."

단도. 이것은 자신을 지키기 위해 타인을 다치게 만드는 물건이다. 한로는 이번 원관회행에서 평소 지켜 오던 신념을 저버릴 수도 있다고 경고하고 있는 것이다. 아마도 그 경고 속에는 내심 효이가 제발 단념해 주길 바라는 마음이 섞여 있을 터였다.

그러나 효이는 한로의 마음을 알고도 단도를 굳게 잡아 쥐며 대답하였다.

"네. 알고 있습니다. 고맙습니다, 한로."

九話 · 원관회

창서국의 성도 청수에서 영강을 따라 남하하면 오륜 지방에 당도한다. 이번 원관회가 열리는 오강은 오륜 지방 중에서도 가장 융성한 도시로, 다섯 개의 강줄기가 흐른다고 하여 붙여진 이름이었다.

효이는 복잡한 저자를 터덜터덜 걸으며 한숨지었다.

'역시 멀기는 하구나.'

효이는 한로가 보내 준 부하들의 도움으로 단휘보다 먼저 오강에 다다를 수 있었다. 한로의 부하들은 노곤하지도 않은지 효이를 오강에 데려다준 후 곧바로 떠나 버렸다.

오강에 처음 와 본 것이 아닌 효이는 혼자서 원관회가 열리는 곳까지 찾아가는 중이었다.

'후주님께서 많이 화내시겠지?'

오강은 단휘 역시 잠시도 호위를 떨어뜨리지 않는 곳이다.

원관회가 진행되는 동안은 서로의 목숨을 위협하는 일은 일절 벌어지지 않으나, 돌아가는 길까지 안전하다고는 말할 수 없었다. 실제로 오강에서 원관회를 마치고 돌아가는 길에서는 산적들과 마주친 적이 제법 있었다.

"휴."

늦지 않게 청호 상단의 기가 걸린 본점에 당도한 효이는 주변을 둘러보았다. 이제 슬슬 원관회가 시작될 터인데, 길이 엇갈렸는지 단휘가 통 보이질 않았다.

"어? 정 의원님?"

발에 걸리는 돌멩이를 툭툭 차고 있던 효이가 고개를 들자, 익숙한 호위 무사 무열과 뒤에 서 있는 단휘가 보였다.

"어떻게 여기에? 분명히 은월각에 남아 계시기로 하지 않으셨습니까?"

"아, 그게 실은……."

"아."

효이가 단휘의 눈치를 살피는 걸 알아챈 무열이 얼른 옆으로 빠졌다. 효이는 죽을죄를 지은 얼굴로 단휘에게 인사를 올렸다.

"멋대로 따라와서 송구합니다."

"저희는 주변에서 대기하겠습니다."

무열은 눈치껏 부하들을 이끌고 빠졌다. 무열을 비롯한 호위의 기가 주변에서 멀어지자마자 단휘는 한달음에 효이의 코앞까지 다가왔다.

한참 동안 믿을 수 없다는 얼굴로 효이를 바라보던 단휘가 헛웃음을 뱉어 냈다.

"한로, 한로의 짓이군. 제 사병을 네게 내주고 홀로 서해국으로 갔구나."

당장에라도 한로를 다시 불러와 벌을 내릴 기세에 효이가 황급히 해명했다.

"제가! 제가 한로에게 억지를 부렸습니다! 후주님의 용태도 염려되고, 하필 불길한 일들이 연이어 벌어진 위험한 시기에 후주님께서 혼자 원관회에 오시는 것을 두고 볼 수가 없었습니다! 한로에게는 아무 잘못이 없습니다!"

"늘 너를 대동하고 왔던 자리에 이번만은 데려오지 않았다면 이유를 짐작하고 얌전히 기다렸어야 마땅하지 않느냐?"

이어지는 질책에도 효이는 굴하지 않고 대답했다.

"짐작했기에 기다릴 수가 없었습니다! 아무리 절 미워하셔도 제 힘만은 버리지 못할 후주님이십니다. 그러니 혹여 제가 위험한 일에 휘말릴까 저어해 두고 떠나셨겠지요. 하나 저는 바로 그렇기 때문에 따라온 것입니다!"

효이의 대답에 단휘가 미간을 찌푸렸다.

"변명은 그쯤이면 됐다. 호위를 내줄 테니 당장 돌아……."

"후주님, 저는 갈 수 없습니다!"

"이게 무슨 소란인가."

그때 갑자기 끼어든 목소리에 단휘와 효이가 동시에 옆을 돌아보았다.

황궁에서 입어도 될 법한 화려한 옷을 입은 사내가 두 사람을 바라보며 히죽 웃고 있었다. 뒤에 따르는 부하들 역시 하나같이 검을 차고 갑옷을 입고 있어, 행렬만으로도 위압감이 대단한 무리였다.

'백호청 행수!'

원관회에서 여러 번 마주쳤던 효이가 먼저 그를 알아보고 인사를 올렸다.

"청호 상단의 행수님께 인사 올립니다."

"아아, 너는 분명 서 후주의……."

"먼저 객잔으로 가 있어라."

백호청의 말을 자르고 단휘가 갑자기 명령했다. 당장 쫓아내지는 않겠다는 뜻이 내포된 명령에 효이는 기다렸다는 듯이 대답했다.

"예, 기다리고 있겠습니다."

백호청은 도망치듯 떠나는 효이를 지켜보다 간교하게 웃어 보였다.

"천하의 후주께서 무얼 그리 전전긍긍하시나. 이 근방의 치안이 좋지 못하더라도 서 후주의 부하라면 뚫고 갈 수 있어야 하지 않겠나. 돌아가지 않으면 청수까지 그리 먼 길도 아닌데 말이야."

"전전긍긍이라."

"하긴 괜히 근방의 산적이라도 만나 저 계집이 죽으면 내 탓이 될 수도 있겠군. 방금 그 말은 잊어 주시게."

무례한 발언에도 단휘는 마치 고요한 숲의 대나무처럼 차분한 태도로 일관하였다.

"네 말대로 수란의 후주씩이나 되는 이 몸이 설마 산적이나 출몰하는 땅을 본거지로 삼은 비루한 자들까지 원망하겠느냐. 염려치 마라."

자연스럽게 하대하며 비꼬는 말에 백호청이 발끈하였다.

"우리 상단을 여기까지 쫓아낸 것이 누구인데 그딴 말을 지껄이느냐! 들개나 살았다던 땅에 겁쟁이처럼 숨어 사는 주제에 감히!"

백호청의 시중들이 진노한 주인과 단휘를 번갈아 보며 얼른 무릎을 굽혔다. 무슨 일이 벌어질지 몰라 전전긍긍하는 시중들과는 달리, 정작 단휘는 태연히 백호청의 말을 받았다.

“맞는 말이다. 취골은 들개조차 꺼리는 공허한 땅이었지.”

단휘는 백호청을 바라보며 말을 이어 갔다.

“하나, 수란의 것이 된 후론 도성의 밤을 밝히는 땅이 되었다. 땅을 사들이고도 상단의 위명에 어울리는 것으로 만들지 못할 바에야, 차라리 오강 지방도 우리에게 넘기고 깨끗이 물러나는 것이 어떠하냐.”

“뭐라고!”

“들개만도 못한 산적쯤은 하루아침에 정리해 줄 터이니, 잘 고려해 보아라.”

“네가 감히!”

단휘는 백호청을 무시하고 안으로 들어왔다.

바깥에서 분개한 백호청이 뭐라 지껄이는 목소리가 어렴풋이 들려왔으나 단휘는 개의치 않고 담벼락 쪽으로 향하였다.

단휘는 담벼락에 등을 기대고 조용히 부하를 불렀다.

“무열.”

“예!”

순식간에 담벼락을 넘어 안으로 들어온 무열에게 단휘가 명령했다.

“바로 객잔으로 돌아가라. 내가 돌아갈 때까지 절대 정효이를 혼자 두지 마라. 명령이다.”

“예!”

무열이 부하들을 이끌고 떠나는 발소리가 사라지고서야 단휘도 원관회가 개최되는 접빈실로 향하였다.

원관회가 진행되는 접빈실은 다른 때와 마찬가지로 누구 하나 언성을 높이지 않은 채 조용하였다. 사실 세가 강한 10개 상단이 모였다고 해도, 대놓고 다투어 보아야 세력 사이의 분쟁을 드러내기만 할 뿐이니, 이 자리에서 언성을 높여 가격 논쟁을 해 봐야 무의미했다.

"자, 하면 이제 다른 화두로 넘어가 보지요."

슬슬 때가 되었다고 생각한 백호청이 찻잔을 비우며 말을 이어 갔다.

"근래에 아주 재미있는 소문이 돌고 있는데, 다들 들으셨는지 모르겠습니다."

"재미있는 소문이라니, 그게 무엇이오?"

"설마 내가 들은 그 소문은 아니겠지."

저마다 한마디씩 꺼내며 소란해지자 백호청이 웃으며 일단락해 주었다.

"치부책에 대한 소문이 맞소."

"그게 어찌 재미난 소문이란 말입니까! 찝찝하기 짝이 없는 소문이 아닙니까!"

"그런 것이 언급된다는 것 자체가……."

모든 행수들이 말을 꺼내기 어려워했으나 백호청은 물 만난 고기처럼 계속 떠들었다.

"상단은 물론이고 관리의 집과 황자들의 처소, 그리고 황궁 곳곳에까지 잠입한 세작이 아주 오랫동안 작성한 장부라고 하더군요."

"그따위 허무맹랑한 치부책이 실존한다는 것이 말이나 되는가!"

그 치부책은 고위 관리들 중에서도 황실과 손이 닿는 조정의 대신들과 세가 강한 여러 상단 등을 특별히 선정해 만들어졌다고 한다. 안에는 소하 황태자와 효운 황자 중 누굴 지지하는지와 각자에게 바친 공물과 사병, 은밀한 청탁과 훗날에 대한 갖은 약조들이 상세히 기록되어 있다고 알려져 있었다. 허무맹랑하다는 말이 딱 맞는 물건이었다.

"긴 세월이 소요되는 일인 것은 물론, 인력도 인력이거니와 위험 또한 큰 짓이오. 애당초 가능할 리가 없는 일인데, 어이하여 갑자기 이번 원관회를 앞두고 뜬소문이 났는지 납득이 가질 않소!"

"누군가 이번 원관회의 물을 흐리기 위해 낸 소문이 분명하지 않나!"

백호청은 소란한 다른 행수들의 말을 자르고 단휘에게 물었다.

"서 후주께선 그 치부책에 대해 어찌 생각하시는가."

모두의 시선이 단휘에게로 쏠리자 백호청이 은근한 미소를 지으며 말을 이어 갔다.

"여기에 계신 다른 행수님들께서 점잖으셔서 함부로 입에 담지는 않으시지만, 사실 그 치부책을 만들었을 것으로 가장 의심되는 인물이 바로 여기 계신 서 후주 아닌가. 온 나라가 그대의 짓으로 짐작하고 있는데, 본인은 아무 말이 없으니 갑갑하군."

"……."

단휘가 가만히 다른 행수들을 둘러보니, 모두가 백호청의 말에 동감하는 얼굴을 하고 있었다.

그들의 눈에 서린 적대감을 읽은 단휘는 차분히 대답하였다.

"그 치부책이 존재하는 것이 사실이라면 누구의 손에 들어가건 위협적일 것이다."

소하 황태자는 효운 황자를 지지하는 세력을 몰살코자 하고 있고, 효운 황자 역시 제 목숨을 위협하는 자들을 오래 두고 볼 마음은 없을 것이다.

"하나, 어이하여 그 배후로 수란이 지목되는지 잘 모르겠구나."

"서 후주께선 지금 우리가 얼토당토않은 말을 하고 있다는 뜻인가!"

다른 행수가 분개하였으나, 단휘는 표정 하나 변하지 않았다.

"하면 그대가 답해 보아라. 수란은 개국 때부터 오늘에 이르기까지 황제 폐하의 한결같은 총애를 누려 왔는데, 어이하여 역모에 가까운 짓을 벌여 황실의 미움을 자처하겠느냐?"

그 치부책의 존재 자체가 이미 황자들의 싸움을 부추기고 황제의 뜻인 후계를 멋대로 주무르려 하였다는 뜻이다. 스스로 역적이 될 속셈이 아니라면 누가 감히 그런 짓을 하겠느냐는 말이었다.

"감히 황실과 수란의 연계를 시기하여 황자들의 이름을 팔아 상단을 음해하려 들다니."

단휘가 천천히 모두를 바라보며 말했다.

"그런 황당무계한 짓을 벌이는 죄인이 누구인지는 나보다 황제 폐하께서 더 궁금해하실 것 같구나."

고저 없는 목소리에서 흐르는 냉랭함에 다른 행수들이 급히 시선을 피하였다.

단휘의 말을 듣고 보니 틀린 부분이 없고, 감히 이런 일을 공론화시켜 수란의 공분을 사서 이득이 될 것도 없었다. 또한 괜히 이 일로 황제가 진노하면 치부책에 대한 소문이 도는 데 일조한 자들은 처형을 면치 못할 것이었다.

"아니, 우리가 굳이 자네를 의심하였다는 것은 아니네."

"서 후주의 말이 전부 타당하군. 아무래도 그런 추문을 낸 자가 누구인지 알아낼 필요가 있겠네. 그래야만 무관한 사람들이 괜한 피해를 당하는 일을 막을 수 있지 않겠나."

단휘의 눈치를 살피던 행수들은 앞다투어 소문에 대한 욕지거리를 내뱉기 시작하였다.

끈질기던 백호청도 분위기를 읽고 더는 치부책에 대한 말을 꺼내지 못하였다.

✻

“그만 내다보시고 이리 들어오시지요. 창을 오래 열어 두어서 좋을 것이 없습니다.”

무열의 일침에 창가를 서성이고 있던 효이가 나지막한 한숨을 내쉬었다.

오강에서 원관회가 열릴 때면 단휘는 늘 이 객잔의 2층 방에 묵곤 하였다. 계단이 있어 적이 습격하더라도 올라올 수 있는 수가 적어 방어하기에 유리하고, 만약의 상황에 뛰어내려도 크게 다치지 않으며, 번잡하지 않은 쪽을 향해 창이 뚫려 있다는 이유에서였다. 분명 여기 객잔은 적의 내습에 대비하기에는 좋은 장소일지 모르나, 누군가를 애타게 기다리기에는 영 좋지 못한 곳이었다.

“어차피 잘 보이지도 않았습니다.”

“잘 보이지 않는다면 구태여 보고 계실 이유가 있습니까?”

지극히 타당한 말이었다.

효이는 창을 닫고 안쪽으로 돌아와 앉았다.

“청호 상단 본점에서 여기 객잔까지는 그리 먼 길이 아닙니다. 제 부하들이 몇 명 가 있으니 그만 걱정하시고 차라도 한 잔 드시지요.”

“말씀은 감사합니다만, 지금은 마시고 싶지가 않습니다.”

“그리 후주님이 걱정되십니까?”

"당연하지 않습니까."

망설임 없이 튀어나온 효이의 대답을 들은 무열이 주름진 얼굴에 미소를 그렸다.

"변하셨군요."

"예?"

무열은 차를 마시곤 말을 이어 갔다.

"지난번까지만 해도 억지로 따라오는 기색이 역력하셨는데, 이젠 창에서 눈을 떼지 못할 정도로 후주님을 염려하시다니요."

"그건 다 이유가……."

효이가 황급히 해명하려 하였으나, 무열이 말을 잘랐다.

"후주님을 바라보는 의원님의 눈에 근심이 가득하고 잠시도 거리를 둘 줄 모르는데 어찌 스스로 깨우치질 못하십니까?"

"지은 죄가 있어서 더 마음을 쓰고 있을 뿐입니다."

"어쩌면 너무 가까이 계셔서 더 깨닫기 어려우신지도 모르지요."

무열은 멋대로 답을 내리며 빈 잔을 채웠다.

"세상에는 가까울수록 도리어 잘 보이지 않는 것들이 수두룩하니 말입니다. 등잔 밑이 더 어둡다고도 하지 않습니까? 때론 조금 멀리서 바라보시는 것도 좋겠습니다. 하면 제 눈에 보이는 것이 아씨에게도 잘 보이지 않겠습니까?"

멀리서 바라보라니.

명령을 어기면서까지 오강으로 쫓아온 효이에게 무열의 요구는 불가능에 가까운 것이었다. 설령 무열의 말대로 단휘와 거리를 두고 무언가를 깨닫게 된다 해도 감히 효이에게는 허락되지 않은 깨달음일 것이다.

"후주님께 저는 편리한 도구에 불과합니다."

하나 효이는 그마저 제대로 해내지 못했다.

무열은 자책에 빠져든 효이의 어깨를 두드려 주었다.

"어딜 향해 나아가고 있는지 아는 것과, 모른 채 어영부영 쫓아가는 것은 아주 다른 일입니다. 제 눈에 보인 의원님은 그저 어미를 쫓는 아이와 다르지 않으십니다."

눈을 떼지 못해, 멀어지는 것을 견디지 못해, 설령 돌아봐 주지 않더라도 열심히 쫓아가는 아이처럼. 본능만을 좇아 무작정 단휘의 뒤를 따르고 있다는 말인가.

"알면 무엇이 달라집니까?"

기대와 희망을 품은 효이의 질문에 무열은 나지막하게 웃을 뿐이었다.

"그 답은 의원님께서 스스로 찾아내셔야지요."

"저는……."

드르륵, 달칵.

문이 열리며 단휘가 방으로 들어왔다. 효이는 벌떡 일어나 얼른 단휘를 살폈다. 어디 다친 곳은 없는지, 안색은 괜찮으신지, 숨소리가 거칠지는 않은지 일일이 확인하며 조금씩 안도해 갔다.

"무열."

어느덧 일어나 바닥에 한쪽 무릎을 꿇고 있던 무열이 힘차게 대답하였다.

"예!"

"세 번이다."

"예!"

무슨 명령인지 몰라 어리둥절해 있던 효이는 문득 손목을 잡아끄는 힘에 끌려 나갔다.

단휘는 바깥에 나오자마자 효이를 놔주고 앞서 걷기 시작하였다. 효이는 단휘의 뒷모습을 가만히 바라보았다. 지금 효이의 눈에는 그가 품은 기운이 아니라 그저 뒤 한번 돌아봐 주지 않는 냉랭한 뒷모습만이 보였다.

효이는 조용히 단휘의 뒤를 따르며 속으로 말을 건네 보았다.

'많이 화나셨습니까? 그러시겠지요? 명령에 불복하고 한로의 사람들까지 이용해, 멋대로 오강까지 와 버렸으니 당연한 일이지요. 후주님, 그래서 제가 미워지셨습니까?'

여전히 대답 없이 갈 길을 가는 단휘에게 효이가 속으로 재차 물어보았다.

'제게서 더 미워질 것이 남아 있으십니까?'

효이는 그리 하문하며 서글프게 웃었다.

우습게도 미움받을 수 있다는 사실이 도리어 위안이 되었다.

'오강까지 오시는 길에는 별 탈 없으셨지요? 저는 잠시도 쉬질 않고 와서 아주 힘들었습니다. 한로의 부하들은 잠도 거의 자질 않고 음식도 거의 먹질 않았습니다. 온 힘을 다해도 뒤쫓기가 버거워 때를 맞추지 못하면 어쩌나 많이 염려하였습니다. 그래도 늦지 않아 정말로 다행입니다.'

이제 무사히 돌아가기만 한다면 이번 원관회는 아무 일 없이 마무리될 터였다.

'후주님. 저는 후주님을 뵈어서, 이런 곳에서, 이런 순간에도 저는……'

"참 다행이라고 생각합니다."

저도 모르게 목소리가 튀어나오고 말았다. 밤거리를 가득 메운 사람들의 음성에 묻혀 부디 전해지지 않았기를 바라였으나 헛된 바람이었다.

"무슨 말이냐?"

"저, 저는 그저!"

"묻고 있지 않느냐."

이미 나온 말을 도로 주워 담을 수는 없는 노릇이었다.

"지금 제, 제가 후주님의 곁에 있을 수 있어서 다행이라고 생각하였습니다. 송구합니다!"

이 위험한 길을 그가 혼자 걷지 않게 되어 참 다행이다, 그리 생각했을 뿐이었다.

"다행인지 아닌지는 두고 볼 일이지."

"예?"

일갈한 단휘는 마침 눈앞에 있던 주점의 문을 열었다. 문 옆에 달린 홍등과 낮은 대문을 본 효이는 이곳이 유곽임을 한눈에 알아챘다.

단휘에게 끌리듯 들어오자마자 눈앞에 펼쳐진 광경에 효이는 저도 모르게 붉어진 얼굴을 손으로 감쌌다.

"아흣! 하아!"

담배 연기가 자욱하게 깔린 1층은, 주렴으로 야트막하게 나눠 놓은 방에서 갖은 소리가 다 울리고 있었다. 옷을 벗은 채 사내와 대놓고 정사를 하고 있는 계집도 보였고, 여러 사내가 한 계집을 탁상에 앉혀 두고 술을 마시는 광경도 눈에 들어왔다. 기루건 유곽이건 가 본 경험이 없는 효이가 보기에도 월등히 질이 떨어지는 곳이 분명했다.

'온갖 잡념이 다 섞여 있어. 이런 곳에서는 제대로 적의 기운을 느끼기 힘들어.'

술을 드시고 싶은 거라면 다른 장소를 찾아보자고 권유하려던 효이는 거나하게 취한 사내와 눈이 마주치자 움찔했다. 풀린 눈을 하고 효이를 바라보는 사내의 시선이 유달리 뜨거웠다. 그가 한 걸음씩 다가오며 손을 뻗치는 순간, 효이는 제 허리를 감싸 안는 팔 힘을 느끼고 단휘를 올려다보았다.

그저 도와주시려는 뜻이었을 것이다. 하나 단휘의 팔과 손이 닿은 면면은 괜스레 간지러웠고 술에 취한 것처럼 얼굴이 달아올라 숨이 찼다.

"후, 후주님."

"쳇!"

단휘가 대놓고 효이의 허리를 안자 사내가 혀를 차며 물러났다.

"가, 감사합니다. 이제 풀어 주셔도……."

"가자."

안은 팔을 풀지 않은 채 단휘가 걸음을 떼었다.

계단을 오를 때 효이는 발밑이 아닌 그의 얼굴을 바라보았다. 툭 불거진 목울대와 요염하고 붉은 입술이 선명하게 보여 효이는 숨을 삼켰다. 새삼 효이는 기녀들이 단휘의 발밑에 앉아 있을 때 황홀한 얼굴을 하고 있던 이유를 이해했다.

"여기다."

짧은 말과 함께 단휘가 팔을 풀고 문을 열었다.

단휘가 안내한 방에는 한 사내가 앉아 있었는데 그는 두 사람을 보고도 일어나 인사를 올리지 않았다. 무례한 짓이었으나 단휘는 개의치 않는 기색이었다.

"호오."

효이와 단휘를 번갈아 보는 사내의 눈이 실처럼 가늘어졌다.

"이건 또…… 진귀한 광경이군요."

뱀처럼 쉰 목소리로 사내가 읊조렸다. 효이는 감히 낄 자리가 아니라는 사실을 깨닫고 나가려 했으나 단휘가 팔을 붙들었다.

"네가 고집을 피워 따라온 곳이 어떤 자리인지는 알아야 하지 않겠느냐."

"……."

하는 수 없이 효이는 단휘의 뒤를 따라 들어왔다.

탁, 탁.

자리에 앉자마자 단휘가 재촉하듯 탁상을 두드렸다. 사내는 스산하게 웃으며 말했다.

"처음 뵙는 것이니 통성명부터 해야 하지 않겠습니까. 소신은 갈선이라 하고 수란에서 후주님을 위해 일하고 있습니다. 정 의원님과 다르지 않지요?"

"절 아십니까?"

"정 의원님을 모르는 상단 사람이 있겠습니까?"

효이는 놀리듯 반문하며 히죽히죽 웃는 갈선이 밉살스럽게 느껴지지 않았다.

참으로 묘한 사람이다.

"물건은 가져왔느냐?"

단휘의 채근에 갈선이 품에서 작은 장부를 꺼내 바쳤다.

"명령하시니 드리겠지만 이 치부책을 수면 위로 꺼내 올리기에는 때가 이릅니다. 사실 완성되었다고 보기도 힘들지요. 적기가 다가오지 않았으니까요."

치부책이라는 단어를 들은 효이가 놀랐다.

'치부책이라면?'

행수의 처소에 침입자가 있던 날 밤, 적들을 쫓다가 엿들은 대화에서도 치부책이라는 말이 나왔었다. 그들은 분명 치부책이 존재하는 것이 사실이라면 피바람이 몰아칠 것이라고 하였었다.

'하면 지금이 피바람이 몰아칠 때란 말인가?'

단휘는 갈선에게서 받은 장부를 효이에게 건넸다.

얼결에 장부를 받은 효이에게 단휘가 명령했다.

"읽어라."

"예? 여기서 말입니까?"

불안한 듯 효이가 주변을 둘러보았다.

이곳은 정말 안전한지 확신할 수 없는 장소였다. 갖은 잡념이 섞인 바람에 살기를 읽어 낼 수도 없었고, 복도는 물론 얇은 판벽 너머로 흘러나오는 목소리들도 계속 신경이 쓰이는 와중이었다.

하나 채근하는 단휘의 눈빛에 하는 수 없이 효이가 장부를 펼쳐 들었다.

"풍린 상단 주설록 행수, 원무 79년, 비단 10필, 은자 두 상자를 소하 황태자에게 보내다. 소하 황태자, 잠행을 핑계로 이를 나잔의 기루에서 하루 만에 탕진. 원무 82년, 효운 황자와 접선, 그러나 두 수레에 가득 실은 재물을 고스란히 가지고 돌아가다. 원무 83년, 황태자에게 지속적 공납이 시작되다. 주로는 쌀, 은자, 아환을 석 달에 걸쳐……."

눈에 보이는 글자를 읽어 가는 목소리가 점차 떨렸다.

이 장부는 단순히 누가 누구에게 재물을 보냈는지 기록한 것이 아니었다. 언제, 어떤 재물을 얼마나 보냈는지, 또한 그걸 받은 자가 누구인지, 어찌 사용하였는지, 그리고 공납할 물건을 만든 경로까지 상세히 기록되어 있었다.

'말도 안 돼, 이건…….'

셀 수 없이 많은 사람들의 치부가 고스란히 기록된, 진짜 치부책이다.

"됐다."

단휘는 효이의 손에서 다시 장부를 빼앗았다.

얼이 빠진 효이를 두고 갈선이 다시 말을 이어 갔다.

"세간에서는 황위 교체기라고 잘도 떠들어 대지만, 급작스럽게 이루어질 일이 아닙니다. 황궁의 움직임 또한 아주 조심스럽지요. 또한 현 황제 폐하는 적통이 아니시니 나서서 소하 황태자를 폐위시키지 못할 것입니다. 효운 황자 역시 세력을 기르며 때를 기다리고 있으니 쟁탈은 아직 먼 훗날의 일입니다."

갈선은 무얼 하는 사람이기에 황궁의 내밀한 사정을 명확히 파악하고 있을까.

효이는 내심 감탄하며 두 사람의 대화를 귀담아 들었다.

"그날이 언제이건 황위에 오르는 사람은 효운 황자가 될 것이다."

손등에 턱을 괴며 단휘가 단언하였다.

"황제의 총애는 이미 효운 황자에게로 향해 있다. 또한 황제는 폭군의 자질이 보이는 자에게 나라를 맡길 만큼 어리석지 않지. 지금 황궁에서 벌어지는 암투에서 효운 황자가 살아남는다면, 황위로 가는 길은 황제가 만들어 줄 것이다. 황궁만큼 죽음이 흔한 곳이 또 어디에 있겠느냐."

그들이 봐 온 황제는 가족보다 백성을 끌어안고, 탐관오리는 신하로 보지 않으며, 죄인에게는 자비가 없는 위인이었다. 나라를 위해서라면 모난 싹은 충분히 스스로 잘라 낼 것이다. 설령 그 싹이 제 아들일지라도 말이다.

"하면 이제부터 효운 황자와 결탁할 생각이십니까?"

"황실의 일에 개입하기 위해 치부책을 가지러 온 것이 아니다. 이건 미끼일 뿐이니 안심해라."

"앞으로 도련님께서 하실 일은 황위 쟁탈과는 무관하다는 말씀이시군요."

갈선의 말을 듣고서야 효이는 장부의 사용처를 깨달았다.

'후주님께선 치부책을 이용해 배신자를 꾀어내려 하시는구나.'

이 장부가 실존하고 있으며 단휘가 가지고 있다는 사실이 알려지면, 나라는 벌집을 쑤신 것처럼 소란해질 것이었다. 즉, 난세의 시작이다.

'모두가 날뛸 때라면 기세에 편승해 끼어들어도 티가 나지 않을 거야. 후주님을 노리는 자들에게는 더없이 좋은 기회이겠지.'

단휘는 목숨과 장부를 걸고, 흑막에 숨어 있는 적을 끌어낼 계획인 것이다.

'그날 밤, 쫓아간 자들도 치부책 이야기를 하고 있었어.'

결국 단휘의 뜻대로 누군가가 움직이기 시작했다.

'그때 그자들이 서노담의 수하라면 후주님의 의도대로 상황이 돌아가고 있다는 뜻이야. 결국 후주님께선 머잖아 진실을 알게 되시겠구나.'

단휘의 눈빛에는 다른 때보다 강한 결의가 서려 있었다. 4년 전 효이에게 거래를 제안했을 때처럼. 앵속을 태우기로 고집했을 때처럼. 절체절명의 상황에서 도리어 그는 곧고 굳은 의지를 빛내고 있는 것이다.

지극히 그다웠다.

그래서 다행이었다.

"도련님, 영리한 사냥꾼들은 결코 많은 미끼를 들고 다니지 않는

답니다. 그와 같은 이치입니다. 설령 승냥이라 해도 떼로 몰려들면 범도 당해 내기 힘들 수 있습니다."

갈선 역시 단휘가 무얼 하려는지 깨달은 눈치였다.

"영영 때를 놓치는 것보다야 낫다."

"……그리 강경하시다면 별수 없지요."

갈선은 포기한 듯 두 팔을 소매에 넣으며 몸을 수그렸다.

"그만 가겠다."

효이에게는 듣던 중 반가운 소리였다.

효이는 얼른 일어나 갈선에게 인사를 올리고 먼저 방을 나갔다.

"도련님."

효이의 뒤를 따라 방을 나가려던 단휘를 갈선의 목소리가 붙잡았다.

"치부책의 편찬을 맡았던 자들은 여전히 일선에 있습니다. 이제 하명만이 남았습니다. 누구도 자결을 망설이지 않을 테니, 오신 김에 명령을 내려 주시지요."

황궁, 조정 신료의 사택, 상단, 상점, 기루와 유곽에 이르기까지 각지에서 정보를 수집해 치부책의 편찬을 도운 부하들은 도합 백여 명에 가까웠다. 그들 중 한 사람이라도 입을 열면 상단에 치명적일 수 있었기에, 단휘는 모든 일을 마친 후 스스로 진실을 영영 봉할 것을 명령했었다.

"아직 때가 아니다."

"설마 새삼 부하들의 목숨을 아까워하는 것은 아니시겠지요."

갈선이 히죽 웃으며 말을 이어 갔다.

"흐름을 읽은 이상 더 이상의 편찬은 무의미합니다. 당장 내일이라도 이 치부책을 만든 자가 후주님이라는 사실을 황제가 알게 되면

구족을 멸할지도 모를 일입니다. 위험은 하루라도 빨리 배재하는 것이 옳습니다."

황실과 상단 사이의 오랜 연계만으로 모든 죄를 용서받을 수 없다. 하나 단휘에 입에서 나온 대답은 갈선이 생각한 것과는 달랐다.

"무사히 은월각으로 돌아와라. 내가 내릴 명령은 아직 그것뿐이다."

단휘는 명령을 내리자마자 방을 나가 버렸다.

혼자 남은 갈선은 멀뚱히 앉아 있다가 이내 파안했다.

"제게 내리실 명령이 아닐 텐데 말이지요. 부디 무사히 돌아오시길 빌겠습니다, 도련님."

갈선은 창문을 통해 능숙하게 2층에서 벗어났다.

✠

"휴!"

먼저 유곽을 빠져나온 효이가 크게 한숨을 내쉬었다.

유곽 안에서 흐르던 혼탁한 기운들이 정신을 어지럽게 해서, 머무는 것만으로도 기진맥진해지고 말았다. 만약 그자들 틈바구니에 수상한 자가 섞여 있었다고 해도 알아챌 수 없었을 것이었다. 효이는 그 점이 계속 마음에 걸렸다.

드르륵.

그때 주렴을 헤치고 단휘가 혼자 유곽에서 나왔다.

"그분께선 아직 안에 계십니까?"

"네가 상관할 일이 아니다."

단휘는 올 때처럼 다시 앞서 걸어가기 시작하였다. 단휘는 성큼성큼 걸었고, 효이는 졸졸 쫓아가기만 하였다. 그대로 두 사람은 객잔에 거의 당도할 때까지 서로 한 마디도 하지 않았다.

객잔이 보이는 곳에 이르러서야 효이는 차라리 다른 부하들과 함께 있을 수 있어 안도할 정도였다.

"정효이."

객잔을 멀지 않은 곳에 두고 한적한 길에 멈춰 선 단휘가 가만히 효이를 불러 왔다.

"예."

"왜, 여기까지 따라왔느냐?"

"제가 후주님을 지켜 드리기로 약조하지 않았습니까."

막힘없는 대답에 단휘가 뒤를 돌아보았다. 그리고 곧장 하문하였다.

"왜 나를 지키려 드느냐."

"예?"

왜.

그 짤막한 말이 효이를 내려쳤다. 왜 원수인 그를 지키고자 하였는가. 왜 그에게 진실을 함구하였는가. 왜, 저리 달빛처럼 차가운 시선밖에 줄 줄 모르는 사람을 이토록 걱정하고 있는가. 이미 수없이 품어 온 의문이었으나 효이는 아직 스스로 납득할 만한 답을 찾아내지 못했다.

하나, 효이는 대답하였다.

명답이 아니라 그저 가슴이 수없이 외치는 말들을 조심스레 입술에 담아 전하였다.

"후주님께서 다치시는 것이 싫습니다. 후주님께서 힘드실 때 도움이 되지 못한 채, 아무것도 모른 채 혼자 평안히 지내는 것 또한 싫습니다. 후주님을 돕고 싶었습니다. 그래서 여기에 왔습니다. 그저, 그뿐입니다."

"……."

깊고 고요하던 그의 시선이 차차 일렁여 갔다.

효이가 그 눈빛에서 헤어 나오지 못하는데 단휘의 입술이 소리 없이 웃었다.

"너는 한결같구나. 자각 없이 내뱉는 말로 듣는 이를 혼란하게 만들지."

부드럽게 미소 짓는 입술에서 나온 목소리는 얼음장과 같았다.

효이는 움츠러들었으나 꿋꿋이 제 할 말은 하였다.

"저는 진심입니다."

"그래, 진심이겠지. 하나 효이야, 거짓이 아니라고 해서 뭐든 용서되는 것은 아니다."

"모르겠습니다. 저는, 잘 모르겠습니다."

그는 오로지 효이에게 진실만을 요구해 왔다.

효이가 본 것, 들은 것, 느낀 것들에 대해서 한 치의 거짓도 없이 대답해 주기만을 원해 왔다. 한데, 이제 와서는 진심조차 질타하니, 효이는 무슨 말을 더 해야 좋을지 몰라 혼란하였다.

아랫입술을 깨물며 어찌해야 단휘의 화를 풀어 줄 수 있을지 고민하던 그때, 단휘가 명령했다.

"그만, 멈추어라."

"예? 무엇을 말입니까?"

가만히 뻗어 온 단휘의 손이 효이의 입술을 만졌다. 단휘는 제 손끝에 묻어 나오는 피를 보고 미간을 찌푸렸다.

"궁금하다면 알려 주마."

"무엇을요?"

"내가 너에게 바라는 진심이 무엇인지."

차분히 가라앉은 그의 까만 눈동자가 효이를 주시하고 있었다. 효이가 그 눈을 바라보고 있을 때, 순식간에 코앞으로 어둠이 덮쳐 왔다. 먼저 맞닿은 것은 서로의 콧대였다. 그다음으로는 텁텁하게 말라 있던 입술이 촉촉하게 적셔져 왔다. 단휘는 피가 나오는 효이의 아랫입술을 깨물고 말캉한 혀를 미끄러뜨리며 어루만졌다.

"흐읍, 으흣……."

비릿한 피 맛에 단휘는 언짢아졌다.

아프지 않도록 다정히 대해 주려 하였으나, 결국은 도톰하던 효이의 입술이 얼굴색처럼 하얗게 질릴 때까지 계속 피를 빨아들이고 혀로 상처를 애무했다.

엄연히 말해 그는 입을 맞추고 있는 것이 아니었다.

그럼에도 효이는 다리 힘이 풀려 왔다. 꼴사납게 주저앉지 않으려고 효이가 단휘의 도포를 움켜쥐고, 단휘가 효이를 잡아 주려 허리를 감싸 안아 당긴 것은 거의 동시에 벌어진 일이었다.

먼저 입술을 뗀 단휘는 촉촉하게 젖은 효이의 입술을 바라보며 내처 말하였다.

"잘 들어라. 정효이, 이 몸은 이미 오래전부터……."

그때, 두 사람을 밝히고 있던 객잔의 불이 꺼졌다.

그리고 다시 불이 들어왔고 그러길 세 번 반복하였다.

두 사람이 출타한 동안 별 탈이 없었다는 무열의 신호였다.

"……."

"……."

단휘는 한숨을 뱉으며 효이를 놓아주었다.

"내가 전에 네 목적에 대해 물었던 말을 기억하느냐?"

"기, 기억합니다."

난데없는 말씀에도 효이는 경계를 늦추지 않았다. 단휘는 굳어 있는 효이를 눈길로 쓸어내리며 말하였다.

"목적을 잊은 자는 길을 헤맨다. 그러니 절대로 네 목적을 잊지 마라."

"예?"

"날이 밝으면 다시 도성으로 떠날 것이다. 채비해라."

그 말만을 남기고 단휘는 먼저 객잔으로 들어가 버렸다.

'목적이라니…….'

무열도 같은 말을 하였었다. 효이가 그저 어미를 좇는 아이처럼 어영부영 단휘를 좇아가고 있다고 말이다. 하나 효이에게는 다른 목적이 없었다.

그저, 단휘를 지키고자 하는 마음밖에는.

'이런 마음으로 함께해서는 안 되는 것입니까?'

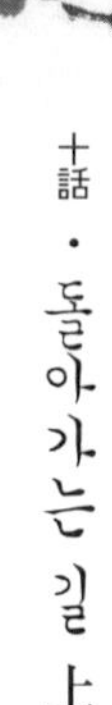

十話 · 돌아가는 길 上

오강에서 도성 청수로 돌아가는 길에는 반드시 영륜산과 호곡산을 넘어야 했는데, 두 개의 산에는 꽤 오래전부터 산적이 출몰한다는 말이 많았다. 외부에서 오강으로 물자가 지나가기 위해 반드시 거쳐야 하는 곳이라, 산적들이 은신하며 상단의 물품을 갈취하기에 최적의 장소인 것은 사실이었다.

'오늘은 별 탈이 없어야 할 텐데.'

산길은 점점 좁아져 갔다.

숲을 빠져나오자마자 보인 것은 절벽처럼 깎아지른 모양으로 나 있는 길이었다. 말을 타고 가기에는 위험해 보였으나 단휘는 계속 가라고 명령했다. 서른 명이 좀 넘는 호위 무사들은 불평 없이 길을 재촉했다.

'이상해, 아까부터 뭔가가…….'

효이는 불안한 얼굴로 주변을 둘러보았으나 인기척은 느껴지지 않았다. 인기척은커녕 새 한 마리 지저귀는 소리도 들리지 않았다. 숲은 고요했다. 두려울 정도로, 고요하기만 했다.

'뭔가가, 계속 쫓아오는 기분이 들어.'

효이는 말을 재촉해 선봉에 서 있는 무열에게로 다가갔다.

"뭔가가 있는 것 같습니다. 지금이라도 말을 물려야 합니다."

"아니요, 이대로 가야 합니다."

"숲 안에 무언가가 있는 게 분명……."

효이는 문득 결연한 무열의 얼굴을 보고 말을 멈추었다.

그는 이미 알고 있다. 무열뿐만이 아니었다. 다른 부하들 역시 모두 당장에라도 허리에 찬 검을 뽑을 태세를 갖추고 있었다. 무언가가 다가오고 있다. 뭔가가 그들을 노리고 있다. 그 사실을 알고도 모두 계속 나아가고 있는 것이다.

"왜, 왜……."

무열이 웃으며 대답했다.

"역시, 정 의원님께서는 따라오셔서는 안 되셨습니다."

"예?"

"죽을 각오는 하고 오셨겠지요?"

앞을 바라보며 무열이 고삐를 움켜쥐었다.

"하면, 무엇을 버려서라도 살 각오는 되셨습니까?"

그게 무슨 뜻이냐고 물으려던 찰나, 무열이 고삐를 확 잡아당기며 말을 멈추었다. 슈웅! 콱! 그 순간 말이 서 있던 자리에 화살 하나가 날아와 박혔다.

방향은 뒤쪽, 숲길 안에서였다.

히히힝!

놀란 말이 소리를 지르고 모두가 멈춰 섰다. 부하들이 전부 뒤쪽을 주시하는 중에 단휘가 명령했다.

"호강, 앞으로 가라!"

"예!"

명령을 받은 부하는 다급히 말의 옆구리를 차며 혼자 숲길을 빠져 나가 버렸다.

"받아라."

무얼 해야 좋을지 몰라 고삐를 움켜쥔 채 굳어 버린 효이의 곁으로, 어느 틈엔가 단휘가 다가와 있었다.

"이건!"

단휘가 억지로 쥐여 준 것은 치부책이었다.

"가지고 가라."

"이걸 왜, 제게!"

"만약 목숨이 위험해지면 놈들에게 그냥 줘 버려라."

"무, 무슨 말씀이십니까!"

반문하는 순간 단휘가 효이의 말고삐를 확 잡아당겼다.

"으앗! 후, 후주님!"

효이의 말이 고개를 비틀며 옆으로 움직이자마자 그 자리에 화살이 박혔다. 화살은 계속해서 점점 더 깊게 땅에 박히고 있었다. 놈들과의 거리가 가까워지고 있다는 뜻이다.

단휘는 땅에 박힌 화살을 보고 바로 말에서 뛰어내려 검을 빼 들었다. 그와 동시에 모든 부하들이 말에서 뛰어내려 말고삐를 나무에 묶고 검을 뽑았다.

"무열, 정효이를 데리고 가라. 곧 시작될 것이다."

"예!"

얼른 효이 쪽으로 다가온 무열이 아래서 손을 내밀었다.

"의원님, 말에서 내리십시오. 발로 달리면 느리긴 하지만 말을 타고 내려갈 수 있는 길이 아닙니다."

"가다니, 어딜 간단 말입니까?"

"안전한 곳으로 가야 합니다."

"설마 모두를 두고 저희만 도망친다는 말입니까?"

무열은 반문하는 효이의 팔을 잡고 억지로 말에서 내리게 했다. 그러곤 발로 말의 엉덩이를 찼다. 놀란 효이의 말은 숲길로 달려가 버렸다.

무열은 넋이 나간 효이에게 소리쳤다.

"무엇이건 버려야 합니다! 설령 그것이 다른 사람들의 목숨이라 할지라도! 버려야만 살아남을 수 있습니다."

숲으로 달려가 버렸던 말의 발소리가 시끄럽게 울부짖는 소리와 함께 멎었다.

"지금 당장 가야 합니다. 놈들은 코앞까지 왔습니다!"

무열의 말대로 무기가 스치는 소리, 나무나 숲을 헤치고 달리는 소리들이 울리기 시작했다. 몸을 감싸는 살기가 땅의 고동과 함께 차차 다가오고 있었다.

하나 효이는 도망이나 치기 위해 원관회행에 따라온 것이 아니었다.

"이럴 때일수록 함께 있어야 서로 도울 수 있는 것 아닙니까? 전 절대로 갈 수 없습니다! 혼자 도망칠 바에야 차라리 여기서 다른 분들과 함께 죽겠습니다!"

짜악!

말을 마치자마자 효이의 고개가 옆으로 꺾였다.

털썩! 힘없이 바닥에 쓰러진 효이는 제 뺨을 때린 단휘를 올려다보았다.

"왜, 왜……."

"말하지 않았느냐. 네 목적을 잊지 말라고."

"목적?"

단휘는 울먹이는 효이에게 일갈하였다.

"지난 4년간 무얼 위해 상단에서 버텼는지 잊지 마라. 네 어미를 저버리고 혼자 죽을 생각이라면 어디 보이지 않는 곳에 가서 자결이라도 해 버려라. 난 죽고 싶어 날뛰는 부하의 목숨까지 챙길 생각은 없다."

그의 무감하고 서늘한 눈동자가 쏘아보는 시선이 무서웠다. 진심이다. 단휘는 지금 진심으로 말하고 있었다.

"자, 어서, 어서요."

무열은 효이를 잡아 일으키며 숲길로 이끌었다.

결국 효이는 단휘가 줬던 장부를 움켜쥐고 무열의 뒤를 따랐다. 달려 도망치는 순간에도 효이는 숲길을 바라보고 있는 단휘의 옆얼굴을 돌아보았다. 그때, 숲길에서 몇 발의 화살이 날아들었다. 챙, 챙! 단휘는 효이와 무열의 뒤를 막아서며 화살을 베어 냈다.

짧은 순간, 단휘의 시선이 효이를 향하였다.

살아라.

혼란한 틈에 그 한 마디가 효이에게 닿았다. 효이는 입술을 깨물며 고개를 끄덕였다.

'후주님께서도, 그리고 모두 부디 무사하셔야 합니다, 제발!'

단휘는 효이가 숲 너머로 사라진 것을 확인하고 다시 땅에 박힌 화살을 보았다. 더는 거리를 가늠할 필요가 없었다.

이제 곧 당도할 것이다.

"후주님, 코앞입니다! 으아악! 커헉!"

숲에서 달려 나오며 보고를 올리는 동시에 부하가 앞으로 고꾸라졌다.

쓰러진 부하의 등에는 세 개의 화살이 박혀 있었다. 호위군은 숲을 바라보며 전투태세를 갖추었다. 그리고 머잖아 숲길을 헤치고 얼굴을 가린 산적 떼가 나타났다. 산적 떼는 빠르게 주변을 포위하며 단휘와 부하들의 발을 묶었다.

"네놈이 금화보다도 값나가는 책을 가지고 있다지?"

산적의 무리를 헤치고 나타난 사내가 단휘에게 말을 걸어 왔다. 단휘는 그를 바라보며 기가 차다는 듯 웃었다.

"주빈을 정중히 응대하지는 못할망정 수하들을 보내다니. 친히 경고까지 해 주었는데, 백호청은 남의 말을 귀담아듣지 못하는구나."

산적이 대놓고 얼굴을 일그러뜨리며 물었다.

"백호청? 그게 무슨 말이지?"

"어설픈 흉내는 그만두는 것이 어떠하냐?"

웃으며 하문하는 목소리가 얼음장과 같았다.

단휘는 천천히 적들 쪽으로 다가가며 말을 이어 갔다.

"상단의 본거지가 있는 곳엔 절대로 도적이 출몰하지 않는다. 상인의 기본이지."

"……."

"산적은, 그저 대량의 재물을 손쉽게 손에 넣는 방법을 알게 된 일개 행수가 만든 괴담에 불과하다. 다만 이번 괴담에는 재밌는 협조자가 끼어든 모양이군."

도적떼의 코앞에 당도한 단휘가 적들을 향해 검을 겨누었다.

"너희들이 입은 그 갑옷, 상당히 낯이 익구나. 그 검도, 화살도."

무기나 갑옷의 어디에도 그것을 만든 장인이나 물건을 보급한 곳의 인장이 박혀 있지 않았으나, 단휘는 첫눈에 어려서부터 수없이 봐 온 물건들의 출처를 알아차렸다.

"우리 상단의 물건을 침탈당했다는 보고는 전혀 없었는데, 참으로 신기하지 않느냐?"

이미 단휘는 답을 알고 있었다. 하여 대답을 기다리지 않고 발을 내디디며 몸을 훅 숙였다.

그 순간, 적들은 모두 시야에서 표적을 놓쳤다. 곳곳에서 비명소리가 울려 퍼지고 모두가 정신을 차렸을 때는 도적 떼들 중 앞서 있던 자들이 모두 검에 베여 쓰러진 후였다.

"으, 으아아!"

"놀라지 마라! 본대가 오고 있다! 게, 게다가 어차피 이놈들은 소수다! 쳐라!"

명령과 동시에 도적 떼로 위장한 백호청의 부하들이 달려들었다.

단휘는 다시 몸을 숙여 날아오는 칼날을 검으로 받아 냈다. 그 순간, 단휘는 뒤로 다가온 적의 기척을 느끼고 정수리를 향해 검을 내리꽂았다. 단휘는 적이 쓰러지기 직전, 그의 허리춤에 있는 칼을 뽑아 앞에 서 있는 놈의 목을 내리그었다.

"으악!"

슈웅!

땅에 착지하는 순간, 다시 화살이 날아들었다. 단휘는 몸을 옆으로 살짝 틀며 화살을 피하고, 왼손으로 품에 찔러 두었던 단도를 꺼내 숲 쪽으로 던졌다. 샥, 샥! 빠르게 날아간 단도가 숲에 숨어 활을 쏘고 있던 놈들의 가슴에 명중해 깊이 박혔다.

“으헉!”

“윽!”

선혈이 낭자하며 숲의 푸른 잎이 붉게 물들었다.

“숲에 있는 놈들을 잊지 말고 싸워라!”

“예!”

명령을 내리는 순간에도 단휘는 숲에서 날아오는 화살을 검으로 베어 버렸다. 검 끝이 아래를 향하자 옆에서 기다렸다는 듯 두 놈이 동시에 달려들었다. 단휘는 몸을 뒤로 젖히며 칼날을 피하고, 검으로 놈들의 무기를 쳐 냈다. 두 놈이 비틀거리는 사이, 단휘는 발을 차올려 한 놈의 턱을 가격하고 그의 팔을 당겨 다른 놈의 목을 자비 없이 꿰뚫었다.

“으, 으윽…….”

적들이 쓰러지며 시야에서 비켜 주자마자, 단휘는 먼저 검을 휘둘렀다.

차앙!

단휘의 검과 맞닿은 적의 칼날이 잘려 날아가 버렸다. 단휘는 그 모습을 물끄러미 바라보다가 몸을 틀어 날아든 화살을 피했다.

“으악!”

단휘가 피한 화살을 맞은 적이 고꾸라졌다.

단휘는 땅에 박힌 칼날을 바라보며 무심히 읊조렸다.

“최상품은 아니구나. 다른 장인에게 시켜 만든 것인가? 하긴 서해국이라면 대장장이는 지천에 깔렸겠군.”

“너, 너, 너는, 분명히 4년 전 화재 때 상처로 몸이 약해졌다고…….”

속속 쓰러지는 부하들을 보며 뒷걸음질 치던 사내가 겨우 짜낸 말에, 단휘는 무심히 검을 휘둘러 날에 달라붙어 있던 피를 튕겨 냈다. 차락! 검에 엉겨 있던 피가 나무에 달라붙었다.

단휘는 이미 싸울 의지를 잃은 적의 숨통을 망설임 없이 베었다.

"으아악! 커헉!"

"한꺼번에 덤벼라."

주춤거리는 적들을 질책한 단휘는 들고 있던 검을 창처럼 던졌다. 순식간에 날아온 검은 피하지 못한 적의 몸을 관통했다.

슝!

"화살을 많이도 가져왔군."

짜증이 어린 한마디를 던지며, 단휘는 마침 달려든 적의 몸을 방패 삼아 화살을 막았다. 화살이 날아온 방향을 향해 단도를 내던진 단휘는 제 검을 회수해 다시 휘두르기 시작하였다.

푸른빛 도포가 점차 검붉은 옷으로 변해 갈 무렵, 부하가 단휘를 불렀다.

"후주님!"

단휘가 돌아보니 적들은 대부분 소탕된 후였다.

기세 좋게 지껄이던 놈과 부하 몇 명만이 바닥에 무릎을 꿇은 채 주변에서 겨눠지는 검에 겁을 먹고 있었다.

"놈들은 더 몰려오고 있다. 마음을 놓지 마라."

단휘는 명령을 내리면서 쓰러져 신음하고 있는 적에게 다가갔다.

단휘가 잠시 몸을 숙인 순간 땅에서 피가 튀어 올랐다.

"아아아악!"

굽혔던 허리를 편 단휘의 손에는 잘라 낸 적의 팔이 들려 있었다.

단휘는 계속 피가 흐르는 팔을 들고 태연히 나무로 향하였다. 그리고 나무에 매어 두었던 말의 고삐를 뒤로 당겨 팔을 안장에 묶었다. 단휘가 들고 있던 검 손잡이로 강하게 말의 엉덩이를 내려치자, 놀란 말이 미친 듯이 내달리기 시작하였다.

"미, 미친놈, 가, 같으니, 네, 네놈, 내, 내 부하에게 무슨 짓을!"

"미끼는 많을수록 좋지 않겠느냐?"

말이 달리며 핏자국을 흘려 주면, 적들은 필시 상처를 입은 단휘가 말을 타고 도망치기 시작했을 거라 생각할 것이다.

이 싸움은 적이 분산될수록 그들에게 유리했다.

"미끼로 쓸 말은 아직 많이 남아 있다. 그건 네 부하들 또한 마찬가지겠지?"

가볍게 반문하며 단휘는 적이 대답하기도 전에 검을 휘둘렀다.

"으으, 으아악!"

부하들이 생포해 둔 적들을 모두 죽인 단휘가 마저 명령을 내렸다.

"불을 피워 이곳으로 적들을 더 유인한다. 생포는 나중이니 우선 전부 몰살해라."

"예!"

첫 번째 싸움으로 죽은 부하는 여덟 명, 싸울 수 없을 정도로 다친 부하는 두 사람이었다. 싸울 수 있는 인원은 이제 단휘를 포함해 스물 세 명이니, 운이 나쁘다면 몰살되는 쪽은 백호청의 부하들이 아니라 이쪽일지 모른다.

정신을 빠짝 차려야 하는 순간에도 단휘는 다시금 효이가 도망친 방향을 바라보았다.

'반드시 살아남아라, 효이야.'

단휘는 다시 인기척이 느껴지기 시작하는 숲을 바라보며 검을 고쳐 잡았다.

※

"하아, 하아, 하아! 잠시만, 잠시만!"

"멈추면 안 됩니다!"

무열이 부축했으나 효이는 이미 한계였다. 효이는 쓰러지듯 주저앉아 거친 숨을 내쉬었다. 단휘 근처를 벗어날 때 날아든 화살을 피하느라 실수로 넘어진 것이 화근이었다. 발목이 엇나가 지금은 땅에 발을 내딛는 것만으로도 고통스러웠다.

"적들은 멀리 있지 않을 것입니다. 더 가야 합니다."

몸을 숙인 무열이 작게 속삭였다.

그의 말대로다. 숲 곳곳에는 살기가 득실거리고 있었다. 효이는 무열이 안내하는 쪽으로 달리되, 기운이 뭉친 곳은 피할 수 있도록 했다. 그럼에도 두 사람은 여전히 혼란스러운 기운의 중심에서 벗어나질 못하고 있었다. 곳곳에서 분전이 벌어지고 있는 것이 틀림없었다.

"모두 큰 점으로 움직이고 있어요. 생각보다 많아요. 후주님께선 괜찮으실까요?"

"지금은 후주님 걱정을 할 때가 아닙니다. 얼른 일어나세요."

효이는 입고 있던 옷의 소매를 찢었다. 그러곤 발목에 둘둘 매어 피가 통하지 않을 정도로 세게 묶었다.

"돼, 됐어요. 하아, 이제 가요, 다시."

가슴께에 넣은 장부를 손으로 더듬으며 효이가 일어났다.

"저쪽입니다!"

"무열 님, 옆으로 꺾으세요, 정면에서 살기가 다가옵니다!"

"숙이세요! 지금!"

무열이 손으로 효이의 머리를 누르는 순간 위로 화살이 아슬아슬하게 스쳐 지나갔다.

"근처에 적이 있습니다! 다가오는 것이 느껴져요!"

효이의 말에 무열이 얼른 주변을 둘러보았다.

아직 목적지까지는 더 가야 했다.

무열은 효이를 커다란 바위 쪽으로 이끌었다. 바위 뒤로 몸을 숨긴 뒤 무열이 아주 작은 목소리로 속삭였다.

"잘 들으십시오. 만약 몸을 숙이고 있을 때, 적이 접근하면 칼로 발목을 베어 버리세요. 항경(項頸)은 피부가 단단하니 피하세요. 대부분의 갑옷은 무릎 아래가 취약하니 최대한 아래를 노리셔야 합니다. 단도를 휘두르기 힘든 상황이라면 차라리 발가락을 찌르십시오. 제대로 들어가면 달리지 못할 겁니다."

"무열 님?"

무열은 계속해서 효이에게 설명했다.

"뒤에서 적이 다가오면 반드시 손에 흙을 쥐고 계세요. 그걸 던지면 찰나의 틈이라도 주어질 것입니다. 단도는 생각보다 무거우니 함부로 던지지 마십시오. 그냥 달려가서 찌르는 편이 낫습니다. 하나 그건 최악의 상황일 때입니다. 뒤에 절벽이 있거나 물러설 수 없을 때, 그리고 다른 적이 보이지 않을 때에 한해서요. 아시겠지요?"

처음 한로에게 단도를 받았을 때부터 어쩌면 이런 일이 생길 수도 있다는 경고를 받은 것이나 마찬가지였다. 그럼에도 단도를 손에 쥐고 꿋꿋이 오강으로 온 건 효이였다.

이제 효이는 그 행동에 책임을 져야만 했다.

"가장 중요한 건 찌르는 순간 절대로 망설여서는 안 된다는 것입니다."

"저는, 전……."

"저 강을 따라서 내려가면 작은 초막이 있을 겁니다. 반드시 거기로 가세요. 그곳에 후주님께서 미리 보내 놓은 부하들이 있습니다. 여기보다는 안전할 것입니다."

효이가 황망히 물었다.

"지금, 따로 가자는 말씀이십니까?"

"이 정도 거리면 저도 느낄 수 있습니다. 벌써 코앞에 와 있지요?"

무열은 덜덜 떨리는 효이의 손을 굳게 잡아 주었다.

"가십시오."

"……."

"여기 계셔 봤자 싸우는 데 방해가 될 뿐입니다. 어서요!"

강경한 무열을 바라보던 효이가 단도를 세게 쥐었다.

"초막에서, 기다리고 있겠습니다."

효이는 벌떡 일어나 최대한 살기가 느껴지지 않는 방향으로 내달리기 시작하였다.

뒤에서 화살이 날아드는 소리와 함께 날붙이가 부딪치는 굉음이 울렸으나, 효이는 계속 앞만 보고 달렸다.

'안 돼, 멈추면, 안 돼! 가야 돼, 계속 가야 해!'

울음이 차올라 시야가 흐릿해져 갔다. 머리는 앞으로 가야 한다는 사실을 알았으나, 마음은 계속 무열이 있는 쪽으로 돌아가고 싶어 안달하고 있었다.

'지금 내가 적들의 살기를 강하게 느낄 수 있는 건 그들이 뭉쳐서 움직이기 때문이야. 한 사람이 상대할 수 있는 숫자가 아닐 거야. 내

가 있어도 도움은 안 되겠지만, 그렇지만!'

발을 멈춘 효이는 뒤를 돌아보았다.

"하아, 하아, 하아."

효이가 도망쳐 온 방향으로 살기가 모여들고 있었다.

초막은 거리가 잡히지 않으나, 뒤에 있는 무열은 어디에 있는지 짐작할 수 있다. 그래서 더 눈에 밟히고 돌아서기가 힘들었다.

'초막에 도착한다고 해도 적이 모여들면 결국 죽을 뿐이야. 어차피 죽을 거라면 차라리!'

효이는 주저앉아 단도로 땅을 쑤시기 시작하였다.

거친 표면을 파낸 후 손으로 다시 깊게 구멍을 판 효이는 그곳에 치부책을 넣고 다시 흙을 덮었다. 그리고 앞에 있던 나무에 두 개의 칼집을 냈다. 고작 나무에 작은 칼집을 내는 일이었으나 생각보다 많은 힘이 필요했다.

'사람을 벤다는 건 어떤 거지? 내 손으로 사람을 다치게 만든다는 건 대체 어떤 거지? 몰라, 모르겠어. 그렇지만, 아무것도 하지 못하는 건 안 돼. 그럴 수는 없어.'

효이는 이를 악물고 다시 일어났다.

무게를 줄이기 위해 칼집을 버린 효이는 왔던 방향을 향해 다시 내달리기 시작하였다.

'지켜야 해. 지켜야만 돼. 지켜야 해!'

달려갈수록 적의 살기에 가까워졌으나 두려움은 없었다. 그저 무열이 보이지 않아 애가 탈 뿐이었다.

"하아, 하아."

바닥에 쓰러진 적의 시신을 만져 본 효이는 그들이 죽은 지 얼마 되지 않았음을 깨달았다.

무열은 아직 가까운 곳에서 싸우고 있는 것이 분명했다.

효이는 주변을 살피며 한참을 더 달렸다. 날이 점점 어두워지고 있었다. 해가 중천일 시간임에도 날이 흐려진다는 건 곧 비가 온다는 뜻이다. 비가 오면 체온이 급히 떨어지고 몸이 무거워질 것이다.

그 전에 한시라도 빨리 무열을 찾아야만 했다.

"무열 님! 무열 님!"

"허윽, 의, 의원님?"

다행스럽게도 효이는 나무에 기대앉아 있는 무열을 찾아냈다. 반가워하며 다가간 효이는 피에 흥건하게 젖은 무열의 옷을 보고 저도 모르게 무릎을 꿇고 말았다.

"무열 님!"

힘이 빠진 효이는 엉금엉금 기어서 무열에게로 다가갔다.

"피, 피가 납니다."

"옆구리입니다. 윽!"

효이는 칼집이 난 부위의 옷을 더 찢어 안쪽을 살폈다. 제 소매로 급히 닦고 보니 칼에 베인 상처였다. 길이는 길지 않으나 생각보다 깊었다. 시야마저 탁한 지금은 장기가 무사하길 바라는 수밖에 없었다.

효이는 메고 있던 봇짐을 풀고 안에 넣어 두었던 약을 꺼냈다.

"조금만 참으십시오."

무열의 상처에 약을 바른 효이는, 도포를 벗어 길게 접은 후 무열의 복부를 묶었다. 일단 한시름 돌린 효이는 다시 봇짐을 메고 무열의 팔을 잡았다.

"부축해 드리겠습니다."

"의, 의원님! 뒤에!"

순간 무열의 표정이 굳어졌다. 효이는 눈앞에 드리워진 그림자를 보고 천천히 고개를 돌렸다.

엎드리면 닿을 곳에 손에 검을 든 적이 두 사람을 내려다보며 웃고 있었다.

'적이 이렇게 가까이 다가올 때까지 아무것도 느끼지 못하다니!'

사내는 두 사람을 향해 검을 겨누며 물었다.

"너희가 치부책을 가지고 있나?"

"치부책?"

효이는 얼른 뒤를 돌아 두 팔을 벌리며 다친 무열의 앞을 막아섰다.

"당신들, 단순한 산적이 아니군요. 정체가 뭡니까?"

"곧 죽을 놈들이 그딴 건 알아서 뭐하게?"

키득대며 웃던 사내가 순식간에 검을 치켜들었다. 그 찰나의 순간이 효이에게는 마치 영원처럼 느껴졌다. 천천히 아래로 내려오는 검끝을 올려다보는 순간, 효이의 머릿속은 단 하나의 목소리가 지배하고 있었다.

'살아라.'

'살아라.'

'살아라.'

'살아라!'

효이는 단도를 붙잡았다.

그러곤 곧장 사내가 찔러 오는 검 아래로 몸을 숙이며 단도로 힘껏 발을 찔렀다.

"으아악!"

"아악!"

아래서 내려온 사내의 검이 효이의 어깨를 쑤셨다.

무열은 얼른 맨손으로 적의 검을 잡아 효이의 어깨에서 빼냈다. 아파하는 효이를 옆으로 밀어 낸 무열은 재빨리 발등에 박힌 단도를 빼내 적의 기해에 정확히 올려 꽂았다.

"으헉!"

급소에 단검이 박힌 적은 외마디 비명과 함께 옆으로 툭 쓰러졌다.

"괜찮으십니까!"

"괘, 괜찮습니다. 깊게 박히지 않았습니다."

"하아, 어서, 어서 갑시다. 여기 더 있으면 안 됩니다."

하늘을 올려다보니 폭우가 쏟아질 기미가 보였다.

"제가, 제가, 사람을……."

"지금 가야 합니다. 자, 일어나세요."

"치, 치부책을 가지러 가야 합니다. 초막으로 가는 방향에 있습니다."

"알겠습니다."

두 사람은 서둘러 다시 강줄기가 있는 쪽으로 향하였다.

✻

"빗줄기가 더 거세지고 있습니다. 정리를 마치면 바로 하산해야 할 듯합니다."

이쪽은 거의 소강상태였다. 일부러 먼 곳에 숨겨 두었던 증원이 때마침 당도해 준 덕분이었다. 증원된 부하들은 생포한 적들을 묶고 죽은 자들에게서 무기와 갑옷을 수거했다.

"칼이건 화살이건 하나도 빠짐없이 가져가!"

"인질을 다 묶었습니다."

"어이, 거기 그거 뭐야! 잘 챙겨!"

예상했던 적과는 다르지만 놈들이 수란의 무기를 들고 와 준 덕에 수확은 있었다.

부하들이 급히 움직이는 중에 홀로 무리에서 빠져나온 단휘는 숲을 바라보며 생각에 잠겼다.

'정효이.'

산 중턱에 있는 초막에선 아직 불이 올라오지 않았다. 효이와 무열은 증원이 있는 곳에 도착하지 못한 것이다.

'우리가 마주친 병력은 예상을 웃돌지 않았다. 어쩌면 두 사람이 숲에 매복하고 있던 적들과 마주쳤을 수도 있다.'

비가 내려 시야는 흐리고 탁했다. 아무리 효이가 적의 기운을 읽어 낼 줄 안다고 해도, 숲에 포진한 적이 다수라면 전부 피하기는 힘들 것이다.

"너희 다섯 명은 나와 숲으로 간다. 너희 열 명은 만일에 대비해 초막으로 가 보아라. 한동안 그 근처를 맴돌며 경계를 취하고 상황을 살펴라. 만약 두 사람을 발견하면 신호를 올려라. 나머지는 산을 내려가 근처 마을에서 대기해라. 하루를 기다려도 내가 돌아오지 않으면 우선 도성을 향해 올라가되, 정해 둔 신호에 유의해라."

단휘의 명령을 듣자마자 부하 한 사람이 얼른 나섰다.

"후주님, 지금 숲으로 들어가시는 건 위험합니다! 어쩌면 적들의 눈에 띄지 않기 위해 신호를 올리지 않았을지도 모르지 않습니까! 부디 두 사람과 초막에 있는 부하들을 믿어 주십시오!"

물론 그럴 수도 있다.

무열의 실력이나 판단력을 생각하면 불가능한 추론은 아니었다. 하나, 불확실한 가능성에 맡겨도 될 만큼 두 사람의 목숨은 하찮지 않았다.

"명령에 따라라."

"후주님!"

"불복하는 자는 내가 먼저 죽이겠다."

"차라리 저희가 가겠습니다!"

부하들의 계속되는 간청에도 단휘의 뜻은 꺾이지 않았다.

"내 손으로 너흴 다치게 하지 마라."

비에 젖은 단휘의 검날이 고고한 빛을 내며 주인의 의사를 내비치고 있었다.

부하들은 강경한 단휘를 더 막지 못하였다. 결국 그들은 단휘의 명령대로 인질을 말에 태우고 물자를 챙기며 떠날 채비를 마쳤다.

단휘는 부하들이 다 떠나기도 전에 몇몇 부하들과 함께 숲으로 들어왔다.

"후주님, 저기 보십시오!"

단휘의 무리는 얼마 지나지 않아 곳곳에 화살이 박힌 채 죽어 있는 적들을 발견할 수 있었다. 효이와 무열에게는 활은커녕 화살조차 없었을 터인데, 이자들은 대체 누구의 손에 죽었단 말인가.

"백호청의 부하들이 쓰던 무기와 같습니다. 중요한 것은 허투루 쓴 화살이 없다는 점입니다. 전부 급소에 명중했습니다. 혹 다른 놈들이 치부책을 노리고 끼어든 것은 아닐까요?"

"지금은 진위를 가릴 때가 아니다. 더 서둘러라."

숲을 헤치며 나아가는 단휘의 걸음이 더 빨라졌다.

"후주님, 이쪽입니다!"

한참 만에 부하가 뭔가를 찾은 듯 단휘를 불렀다. 그쪽으로 달려간 단휘는 나무 앞에서 죽어 있는 시신을 발견했다.

부하는 적의 아랫배에 꽂힌 단도를 가리키며 말했다.

“이걸 보십시오.”

“정효이가 가지고 온 단도다.”

단휘는 직접 한쪽 무릎을 꿇고 시신을 살폈다.

발등에 난 상처와 기해에 난 상처는 깊이부터가 달랐다. 발등은 효이가, 급소를 찌른 건 무열이다. 하나, 무열이 싸울 수 있었다면 효이가 무기를 휘두를 일은 없었을 터였다.

‘즉, 무열은 전투가 불가능한 상태이고 정효이에게는 무기가 없다는 뜻인가.’

결과적으로 두 사람이 살아 있을 가능성은 한없이 낮아졌다.

‘정효이…….’

처음부터 피 흘릴 각오를 하고 떠난 여정이었다. 하나 적들이 몰려들며 단휘는 이번 여정을 위해 걸었던 각오를 잊었다. 무엇이건 버려야만 하였는데 차마 버릴 수가 없었다. 그저 그가 다치는 것이 싫다는 얼토당토않은 이유로 목숨을 걸고 사지로 쫓아온 여인을 외면할 수가 없었다.

단휘는 돌아갈 때 탈 말을 포기하고 적들의 몸을 잘라 미끼를 풀었다. 마침내 미끼로 쓸 말이 떨어졌을 때는 불을 피워 적들을 모았다. 적들은 홍수처럼 불어났으나, 단휘의 염려는 자신의 안위에 미칠 틈이 없었다.

‘나는 네가 어떤 여인인지 알고 있다.’

만약 무열이 다치면 효이는 절대 혼자 도망치지 않을 것이다. 무열이 죽으면 효이 역시 혼자 살아남으려 하지 않을 것이다. 바로 그

것이 단휘가 아는 정효이였다. 남을 위해서라면 거칠 것이 없으나, 제 자신을 위해서는 아무것도 하지 못하는 미련한 사람.

'너는 네 죽음을 두려워하지 않지. 하나 정작 나는 너의 죽음이 두렵다.'

참으로 불공평하고 우습지 않은가.

"서둘러라."

적의 시신을 살피고 일어나는 순간, 단휘가 갑자기 외쳤다.

"피해라!"

슝!

날아든 화살을 베어 버린 단휘는 검을 고쳐 잡으며 주변을 둘러보았다. 하나 이미 어두컴컴해진 터라 눈에 잡히는 것이 없었다. 숲에 있는 적들의 기척을 느끼고도 정확히 짚어 내기 어려운 상황이었다. 아마 적들도 목소리를 듣고 어림짐작으로 활을 쏜 것이리라.

"뭉치지 말고 흩어져라!"

"예!"

단휘는 나무에 등을 기대고 화살이 날아온 방향을 가늠했다.

슈웅!

그때 다시 한 발의 화살이 날아들었다. 단휘는 화살의 방향을 느끼고 날아온 쪽으로 거침없이 내달렸다.

"으, 으악!"

미처 화살을 시위에 걸지 못한 적을 죽인 단휘는 옆에서 느껴지는 기척에 고개를 돌렸다. 흩어지라는 명령을 들었는지, 적들이 한곳에 모여서 그를 기다리고 있었다.

하나, 둘, 셋, 적어도 여덟 명 이상이었다.

슈웅!

눈으로 적들의 숫자를 가늠하던 단휘에게 뒤에서 또다시 화살이 날아들기 시작하였다.

✻

"허억, 헉, 하아, 하윽. 다, 다 왔다."

숨이 턱 끝까지 차오른 효이는 멀리에 보이는 초막을 보자마자 주저앉았다. 그러자 이미 기진해 버린 무열이 속절없이 흙탕물 위로 굴렀다. 의식이 없는 사람을 여기까지 데려온 것도 거의 기적에 가까운 일이었다.

'살기는 없지만 너무 고요해…….'

효이는 무열을 나무 뒤에 숨겨 놓고 혼자 초막으로 다가갔다.

'피다!'

초막의 문에 잔뜩 묻은 핏자국들을 본 효이가 우뚝 멈춰 섰다. 효이는 설마설마하는 심정으로 천천히 초막으로 다가갔다.

'아무 기척이 없어.'

초막의 벽에 등을 기댄 효이는 열린 창을 통해 안을 들여다보았다. 안은 어두웠고 사람이 움직이는 느낌은 들지 않았다.

효이는 조심스럽게 문을 열었다.

끼이익.

삐걱거리는 소리와 함께 문이 열린 초막을 들여다본 효이가 저도 모르게 숨을 삼켰다.

"흡!"

초막에 있는 시신은 총 아홉 구였다. 아홉 명 모두 상단의 갑옷을 입고 무기를 지닌 것으로 보아, 무열이 말한 부하들이 분명하였다.

'내가, 내가 더 빨리 도착했더라면 함께 도망갈 수 있었을 텐데. 내가, 늦어서…….'

목 놓아 울 수조차 없는 상황에서도 눈물은 계속 떨어졌다.

'안 돼, 아직, 이러고 있을 때가 아니야. 정해야 해. 계속 산을 내려갈지, 여기서 멈출지.'

효이의 힘으로 무열을 끌고 산을 내려가는 일은 불가능하다. 더군다나 무열의 상처는 중상이다. 이대로 움직이면 무열은 상처가 벌어져 죽을 터였다.

'내가 할 수 있는 일을 해야 해.'

효이는 밖에 있는 무열을 끌고 다시 초막으로 들어와 문을 닫았다.

'제발.'

효이는 기진한 무열을 똑바로 눕히고 상태를 살폈다.

'깊게 베였다면 여기 오는 도중에 숨을 거두었을 거야. 시료할 수 있는 수준이야. 괜찮아, 할 수 있어.'

하나 각오와는 다르게 두 손은 계속 덜덜 떨리고 있었다.

'우선은…….'

효이는 옷을 벗은 후 뭉쳐서 입에 물고 천으로 다친 어깨를 꽉 둘러맸다.

"우으읍!"

효이는 터져 나오는 신음을 삼키며 매듭을 지었다.

"하아, 흐윽, 하아……."

눈물 섞인 통증을 삼키며 다시 옷을 입은 효이는 필사적으로 하구의 가르침을 떠올렸다.

'아씨, 잘 들으세요. 지금부터 제가 가르쳐 드릴 것은 상처를 봉합하는 시술입니다. 타라국에서 전해지는 방법인데 그쪽은 다쳐도 전장에 나가야 하기 때문에 상처가 생기면 봉합한다고 합니다. 하면 싸움은 무리라도 일단 움직일 수는 있다고 하더군요.'

'사람의 살을 헝겊처럼 기운다는 말입니까? 그게 가능해요?'

'사람을 시료하는 일입니다. 아씨께서 반드시 배우셔야 할 방법이기도 합니다. 언젠가 쓸 날이 올지도 모르니까요.'

하구는 그 방법으로 사람이 살아나기는 어렵다고 하였었다. 설령 상처를 봉합하더라도 염증이 일거나 봉합 부위가 썩거나 또 다른 병증이 찾아와 죽는 일이 허다하다고 하였었다.

'봉합은 최선의 방법은 아닙니다. 최후의 방법일 뿐이지요.'

"최후의 방법."

그 말을 되뇌며 효이는 봇짐을 열었다.

만약에 대비하여 이것저것 챙겨 온 덕분에 면포와 헝겊은 충분했고, 상처를 봉합할 때 쓸 실과 바늘도 있었다. 정말 사용하게 될 줄은 몰랐지만 말이다.

'가장 중요한 것은 뜨거운 물입니다. 아주 뜨거운 물이 많이 필요합니다.'

초막 안에는 화덕이 있었고 물이 든 솥도 있었으나, 여기서 불을 피웠다간 적들의 눈에 띌 것이 분명하였다.

'적들이 보지 못하길 바라는 수밖에 없어.'

효이는 부싯돌을 꺼내 열심히 물기를 닦은 후 화덕에 불을 피웠다. 그리고 꺼져 있던 등롱의 불을 다시 피워 무열의 곁에 두었다.

물이 끓자, 효이는 최대한 무열의 상처를 계속 누르며 옷을 벗겼다. 갑옷을 벗기고 옷을 다 벗긴 후에 효이는 더 망설이지 않았다.

분주한 효이의 손은 상처의 피를 닦아 내고 상처를 압박하는 동시에 봉합을 준비하였다.

'자, 바느질을 한다고 생각하세요.'

"바느질을……."

'아주 꼼꼼하게, 그러나 깊지 않게.'

"아주 꼼꼼하게, 깊지 않게."

효이는 하구에게서 배우던 시절을 떠올리며 마음을 다잡았다.

이제 봉합을 시작할 차례였다.

산에서의 첫 하루가 밝았다.

"아!"

초막에서 쓰러져 자고 있던 효이가 갑자기 벌떡 일어났다.

"으윽!"

일어나자마자 효이는 어깨를 감싸 쥐며 다시 옆으로 쓰러졌다. 그러고 보니 봉합을 마치고 발목이나 어깨 상처를 한 번 살펴본다는 것을 까맣게 잊고 말았다. 날이 밝아올 무렵까지 무열을 살피다가 기진하듯 쓰러진 것이 어제의 마지막 기억이었다.

"하아."

'아무리 노곤해도 병자를 두고 잠들다니.'

효이는 잠든 무열을 바라보았다.

처음 해 본 봉합이라 성공적이라 단언하기는 어려웠으나, 적어도 무열은 살아 있었다. 밤새 불을 피우고 가지고 있던 옷과 면포를 다 덮어 준 덕분에 몸이 차갑지도 않았다.

'죄송합니다, 무열 님. 저 때문에…….'

무열은 효이에게 무엇을 버려서라도 살아남을 각오를 하라고 하였었다. 하나 효이에게는 불가능한 각오였다. 다만 효이는 앞으로 망설이지 않기로 하였다. 이렇게 지금처럼 함께 살아남을 가능성은 어딘가에 반드시 있을 것이다. 그러니 절대 혼자 살아남는 쪽을 고르지 않을 것이다.

절대로.

'땔감이 거의 다 떨어졌어. 불이 없으면 체온이 떨어질 거야.'

가까운 곳에 적들이 있었다면 벌써 그들을 덮쳤을 것이다.

'아직은 괜찮다는 뜻일까? 깊게 고민하지 말자. 난 내가 할 수 있는 일을 하면 돼.'

효이는 옆에 꺼내 뒀던 장부를 품에 넣고 바깥으로 나왔다.

다행스럽게도 비는 멎어 있었다.

얼른 땔감만 구해서 돌아올 작정으로 효이는 다급히 언덕을 올랐다. 그러나 근처에 있는 가지들은 대부분 젖어 있어서 당장 땔감으로 쓰기가 어려웠다.

'저쪽은 별로 안 젖은 것 같은데.'

조금 더 깊은 곳으로 들어온 효이는 우거진 수풀 덕분에 조금 말라 있는 나무를 발견하였다. 효이는 한참 동안 열심히 마른 가지를 꺾으며 땔감을 모았다.

'이제 그만 돌아가야겠다.'

안고 갈 수 있을 만큼만 모은 땔나무를 안고 효이는 아픈 발을 질질 끌며 천천히 초막 쪽으로 돌아왔다.

'저게, 누구지?'

효이는 얼른 나무 뒤에 몸을 숨기고 초막으로 접근하는 사내를 살폈다.

지난밤 그들을 덮쳐 온 적들과 같은 차림을 한 사내는 칼을 빼 들고 천천히 초막으로 다가가고 있었다. 초막 바깥에는 아직 시신들이 널려 있었으나 안에서 피어오른 연기를 본 것이 분명했다.

'무열 님은 싸울 수 있는 상태가 아니야. 차라리, 차라리 내가!'

효이는 들고 있던 땔나무를 언덕 아래로 내던지고 미친 사람처럼 나뭇가지를 잡고 흔들어 댔다. 사사삭, 젖은 풀잎이 흔들리며 낸 소리에 사내가 뒤를 돌아보았다. 효이는 품에서 장부를 꺼내 들고 수풀 너머로 모습을 드러냈다.

"앗!"

"누구냐!"

적과 눈이 마주친 순간, 효이는 놀랐다는 듯 얼른 다시 숲으로 도망쳤다.

"거기 서라!"

뒤를 쫓아오는 적의 고함 소리는 점점 더 가까워졌다. 효이는 제대로 걷지도 못하는 몸으로 어떻게든 계속 도망치려고 애썼다. 거친 가지와 풀잎에 손이 찢기건 말건 주변에 닿는 것을 닥치는 대로 잡아 가며 달렸다.

"하아, 하아."

효이는 최대한 험한 길을 골라 내달렸다. 나무가 우거져 머리를 부딪치고, 몇 번이고 나무뿌리에 발이 걸리고 옷이 걸려 찢어졌으나, 효이는 달리고 또 달렸다.

"으앗!"

하필이면 다친 발이 다시 나무뿌리에 걸려 효이는 꼴사납게 뒹굴었다.

"캑, 캑! 하아, 하아."

몇 번이나 흙탕물 위로 구른 효이는 겨우 다시 몸을 일으켜 뒤를 돌아보았다.

아릿한 시야에 적이 들어왔다. 칼을 들고 웃고 있는 모습이 소름 끼쳐서 효이는 당장 기진할 것만 같았다. 아무리 도망쳐도 저자의 손아귀에서는 벗어날 수 없을 것만 같았다. 아니, 도망칠 수 없을 것이다. 무기도 없고 달아날 힘조차 남질 않았다.

그런 효이가 어찌 저 장정에게서 도망칠 수 있을까.

그때.

'살아라.'

이제까지 효이를 버티게 해 주었던 목소리가 다시금 환청처럼 울렸다.

그리운 목소리에 뜨거운 눈물이 치솟았다.

'여기서 죽으면 두 번 다신 후주님을 뵐 수 없어.'

효이는 다시 장부를 세게 움켜쥐었다.

"어디, 두둑한 포상을 받아 보실까."

코앞에 다가온 적의 검 끝이 목덜미를 향한 순간, 효이는 적에게 진흙을 뿌렸다. 퍽, 질척한 흙이 사내의 얼굴에 달라붙어 시야를 훔친 순간 효이는 곧장 일어나 다시 달렸다.

'도망쳐야 해. 도망쳐야 해. 도망쳐야 해!'

퍽!

"아악!"

그때 갑자기 날아온 돌멩이가 효이의 다리를 정확히 쳤다. 다리가 부서질 듯 아파 오는 동시에 효이는 앞으로 다시 고꾸라졌다.

"도망 하난 재빠르군. 그 장부, 설마 가짜는 아니겠지?"

어느덧 바로 뒤에 다가온 적이 물었다.

그의 칼날이 효이의 어깨에 걸쳐졌다. 효이는 제 머리칼을 헤치고 뺨을 건드리는 칼끝의 감촉에 얼어붙어 버렸다.

이제 정말로 끝난 것이다.

"장부부터 내놔라."

그 말에 효이는 번쩍 정신이 들었다.

'피가 묻으면 내용은 보이지 않을 거야. 마지막으로, 장부라도 지켜야 해.'

효이는 장부를 품에 꽉 껴안고 몸을 돌렸다. 땅에 등을 대고 누운 효이는 적을 똑바로 쏘아보았다.

"지금, 뭐 하자는 거지?"

"죽이십시오."

"이, 망할 년이!"

적의 얼굴에 노기가 서렸으나 곧 웃음에 덮였다.

재미난 장난이라도 발견한 듯 사내는 효이의 배 위에 앉으며 속삭여 왔다.

"네 스스로 제발 장부를 가지고 가 달라고 애원하게 만들어 주마. 얌전히 있어. 너도 곧 재밌어질 테니까."

사내의 거친 손이 효이의 옷고름을 잡아 뜯었다. 그제야 무슨 일이 벌어질지 깨달은 효이가 미친 듯이 소리를 질렀으나 곧 억센 손에 틀어 막혔다.

"조용히 해, 이년아."

사내는 훤히 드러난 효이의 가슴이 헐떡이는 것을 음흉하게 바라보며 웃었다.

그러곤 효이의 치마를 걷어 올리며 안으로 손을 뻗어 갔다. 사내의 손이 제 다리 안쪽을 더듬거리는 감촉에 효이는 차라리 혀를 깨물고 죽고 싶어졌다. 하나 입안을 멋대로 휘젓는 사내의 손가락이 효이가 자결조차 할 수 없게 하고 있었다.

"으흡, 음! 으흡읍!"

"시끄럽다고 했잖아, 닥치고 가만히 있어!"

효이는 발버둥을 치며 온 힘을 다해서 사내의 손을 깨물었다.

"악! 이, 이 미친년이!"

화가 난 사내가 효이의 목을 쥐었다.

내리는 비에 젖은 시야가 점점 더 흐릿해져 갔다.

'더는 아무것도 못 하겠어. 차라리…….'

효이는 두 눈을 감았다.

슈웅! 콱!

"으악!"

그때, 뒤에서 날아온 화살이 사내의 갑옷에 박혔다.

"지금 누구에게 활을 쏘는 거냐! 이 눈알이 삔 놈들 같으니! 커헉!"

그 순간 효이 위에 올라타 있던 사내의 가슴에 검이 관통했다. 누운 채 그 모습을 바라보던 효이는 낯설지 않은 장면에 숨을 삼켰다.

분명히 전에도 이와 비슷한 일이 있었다.

"찬물도 위아래가 있는 법이라는데 말이야. 내가 힘들게 찾아왔으니 넌 양보 좀 해. 알겠지?"

장난을 치듯 들려오는 목소리 역시 낯익었다.

시신이 되어 버린 사내의 몸이 효이의 위에서 치워졌다. 옆으로 툭 쓰러진 사내에게서 검을 회수한 그가 웃으며 인사해 왔다.

"안녕? 내가 우린 다시 보게 될 거라고 했었지?"

"……."

효이는 도망쳐야 한다는 생각에 억지로 몸을 일으켰다.

"그 꼴로 가 봐야 비슷한 놈들이랑 다시 마주치게 될걸? 일단 몸부터 좀 가리는 게 어때?”

은강은 입고 있던 도포를 벗어 효이에게 던져 주었다. 그제야 제 몰골을 본 효이는 황급히 옷을 입으면서도 은강을 향해 경계심이 서린 눈빛을 거두지 않았다.

‘왜 날 돕는 거지? 대체 왜 여기에 온 거야? 힘들게 찾아왔다니, 설마 날 찾았다는 뜻인가? 어째서?’

효이는 필사적으로 머리를 굴려 은강이 자신을 도울 만한 유일한 이유를 찾아냈다.

“서노담이 생포해 오라는 명령이라도 내렸습니까?”

“똑똑하네. 부행수는 네 힘을 탐내거든.”

“그자에게 끌려가느니 차라리 여기서! 커헉!”

은강은 혀를 깨물려던 효이의 입안으로 손가락을 쑤셔 넣었다. 비릿한 맛이 입안에 퍼져 갔다. 분명 제대로 물렸을 텐데도 은강은 눈살 하나 찌푸리지 않았다.

“이럴 힘이 있으면 아껴 둬. 그래야 기운 내서 도망치지 않겠어?”

‘도망?’

은강은 효이의 입에서 제 손을 빼냈다.

“커헉, 컥, 컥! 하아, 저를, 절 도망치게 해 줄 겁니까?”

피를 뱉어 내며 효이가 처절하게 묻자 은강이 웃었다.

“너, 도련님의 여자지?”

“……도련님?”

“날 이렇게 만든 분께선 지금 멋대로 사경을 헤매고 계시니, 나도 내가 살 구멍은 알아서 파 놔야지. 걱정 마. 누굴 지켜 주는 건 취향이 아니지만 널 죽게 하진 않을 테니까.”

“그게 무슨…….”

그때 풀숲을 헤치고 다가오는 기척이 느껴졌다.

"뭔가 심상치 않은 기운인데? 이봐, 내 뒤에 가만히 있어."

돕겠다는 말이 허언은 아니었는지 은강은 정말로 효이를 지켜 주려는 것처럼 앞을 막아섰다.

차박, 차박.

무거운 발소리가 그들을 향해 다가오고 있었다. 효이는 광기에 가까운 살기를 느꼈다.

그것은 효이에게는 차라리 따스한 위안으로 닿는 온기였다.

'설마…….'

차차 효이의 흐릿해진 시야에 검붉은 옷을 입은 사내가 어렸다. 사내의 온몸은 피로 물들어 있어 어디 하나 성한 곳이 없어 보였다. 마치 시체가 걸어 다니는 것처럼 사내의 움직임에는 힘이 하나도 없었다.

단휘를 확인한 순간 효이의 뺨이 눈물에 젖어 갔다.

"넌, 뭐지?"

은강을 향해 검을 겨누며 단휘가 하문하였다.

은강은 휘휘 주변을 둘러보더니 손가락으로 제 자신을 가리키며 두 눈을 크게 떴다.

"잠깐만, 무슨 생각하는지는 알겠는데 그거 오해야, 도련님."

"오해?"

단휘의 싸늘한 시선이 잠시 효이의 몰골을 살피고 은강에게로 돌아갔다.

"상처 입히고, 겁탈하고, 죽여서 치부책을 빼앗을 생각이었느냐?"

"저기, 도련님. 내 말 좀 들……."

"천한 변명 늘어놓지 말고 곱게 죽어라."

"후주님! 저 괜찮습니다! 그러니 하지 마십시오!"

겨우 몸을 일으킨 효이가 은강의 앞을 막아섰다.

"지금 뭐 하는 것이냐?"

"이 사람은 아닙니다. 절 구해 줬습니다. 절 해치려 했다면 진즉 해쳤을 것입니다. 죽이지 않겠다고 하였습니다. 도망치게 해 주겠다고…… 아!"

단휘는 효이가 말을 마치기도 전에 팔을 잡아 제게로 끌어당겼다.

효이를 제 곁에 세워 두고 나서야 은강을 향하고 있던 칼끝이 더 무섭게 빛났다.

"후주님, 제 말을 믿어 주세요. 부탁입니다!"

효이는 포기하지 않고 검을 쥐고 있는 단휘의 손을 잡았다.

"너……."

간절한 효이를 내려다보는 단휘의 시선이 흔들렸다.

슈웅!

화살이 바람을 가르는 소리에 은강과 단휘가 동시에 효이를 막아섰다.

차락!

화살을 칼등으로 쳐 낸 단휘 앞에 숲을 헤치고 적들이 다시 나타났다.

"어어, 서단휘는 진즉 도망친 줄 알았는데. 이거, 이거, 운이 좋군."

"치부책인지 뭔지도 네가 가지고 있겠지?"

스무 명에 가까운 적들은 방금 출정한 것처럼 지친 기색 하나 없었다. 무기도 충분하였고 갑옷도 피가 묻지 않은 새것이었다. 반면 이쪽은 적인지 아군인지 구분이 안 가는 놈 하나와 도망칠 기력조차 없는 효이, 그리고 지칠 대로 지친 단휘뿐이었다.

그럼에도 싸울 각오를 굳힌 단휘에게 은강이 작게 속삭여 왔다.

"이봐, 도련님, 여기 산의 구조는 파악하고 있겠지? 여기서 왼쪽으로 쭉 가. 절벽이 있는 쪽 말이야."

의심에 찬 단휘의 시선이 은강을 향하였다.

"내가 왜 행수님을 배신한 네 말을 들어야 하지?"

"곧 다시 비가 내릴 거야. 비를 맞으면 정효이는 체온이 떨어져서 죽을걸? 아까 좀 봤는데, 여기저기 꽤 다쳤더라고."

"넌 대체 여기 왜 온 것이냐?"

"……글쎄? 도우러 왔다고 하면 믿겠어?"

은강은 단휘를 지나치며 적들 쪽으로 다가갔다.

다른 때라면 목적을 알 수 없는 자의 도움은 받지 않았을 터였다. 하나 지금의 단휘에게는 자신의 자존심보다 효이의 상태가 더 중하였다.

"가자."

단휘는 효이를 부축해 걷기 시작하였다.

은강이 응전하는 사이 두 사람은 제법 적들과의 거리를 벌렸다.

단휘는 더 걷지 못하고 힘들어하고 있는 효이에게 속삭였다.

"멈춰 있으면 놈들이 쫓아올 것이다. 적의 기운이 느껴지느냐?"

"……."

효이는 눈을 감고 정신을 집중하려 애썼다. 가장 광폭한 기운을 바로 곁에 두고 있던 탓에 다른 기운들은 미미했지만 아까보다는 더 잘 느껴졌다.

'이상해, 너무 잘 느껴져. 이건, 설마!'

두 눈을 번쩍 뜬 효이는 마지막으로 온 힘을 다해 단휘를 옆으로 밀쳐 냈다.

슈웅!

그 순간 단휘가 있던 자리로 날아든 화살이 정확히 효이의 등에 박혔다.

"아악!"

"정효이!"

효이의 눈동자가 초점을 잃고 흔들려 갔다. 고통은 찾아오지 않았다. 오히려 모든 것이 편해지는 기분이 들었다. 마치 이곳이 적들이 우글거리는 산길이 아닌 것처럼 마음이 차분히 가라앉았다.

효이가 웃었다.

"괜, 괜찮, 습니다."

"뭐가 좋다고 웃는 것이냐!"

"후, 후주님께선…… 반드시…… 무사하실……."

단휘를 향해 뻗어 오던 효이의 손이 바닥을 향해 힘없이 툭 떨어졌다. 단휘는 덜덜 떨리고 있는 효이의 손을 꼭 잡아 주었다.

"조금 자거라. 반드시 조금만…… 쉬어라."

단휘는 검을 내려놓고 효이를 안아 들었다. 그리고 은강이 가리켰던 방향을 향해 달리기 시작하였다.

十一話 · 돌아가는 길 下

"으윽, 윽……."

효이는 몸을 뒤틀다가 눈을 떴다.

일어나 앉는 순간 온몸이 얻어맞은 것처럼 아파 오기 시작했다. 이제껏 느껴 보지 못한 통증이었다. 효이는 환부를 살피기 위해 옷을 풀고 안을 들여다보았다.

'뭐지?'

거의 전신이 깨끗한 천에 감겨 있었는데 약 냄새가 폴폴 나는 것을 보니, 제대로 시료를 받은 듯했다. 다시 보니 입고 있는 옷도 전부 새것이었다. 기진했던 사이 은월각에 다녀온 것은 아닐진데, 어찌 된 일일까.

'누가 한 거지? 여긴 어디야?'

그제야 주변을 살펴본 효이는 이곳이 동굴이라는 사실을 깨달았다.

'동굴은 동굴인데, 대체 뭐 하는 곳이지?'

동굴 벽에는 사람이 설치한 것이 분명한 등불이 일정한 간격을 두고 박혀 있었다. 효이가 덮고 있는 이불을 포함하여 면포나 상처에 바르는 약은 물론이고, 여분의 의복까지 충분히 마련된 곳이었다. 동굴보다는 차라리 객잔에 가까운 느낌이었다.

"깨어났구나."

"후주님!"

때마침 동굴로 들어온 단휘를 보고 효이가 일어나려 했다.

"가만히 있어라."

단휘는 효이가 벽에 등을 기댈 수 있도록 도왔다. 효이는 단휘의 팔을 잡으며 급히 물었다.

"후주님은 괜찮으십니까!"

"그래, 괜찮다."

거짓말이다. 옷으로 몸을 가리고 있으나 언뜻언뜻 움직임이 부자연스러웠다. 통증을 내색하지 않으려는 것이 분명했다.

"시료는 받으셨습니까? 부하들은요? 바깥에 있나요?"

"무슨 말이냐?"

"하구 님이나, 다른 의원분이 오신 게 아닙니까?"

잘 보이지 않는 동굴 바깥을 보려고 분주히 고개를 움직이는 효이에게 단휘가 답했다.

"밖에는 아무도 없다."

"예? 하나 누군가 절 시료해 주셨는데……, 서, 설마 후주님께서 직접 하셨습니까?"

"그래."

너무도 쉽게 나온 대답에 효이의 얼굴에 대번에 변했다. 직접 시료해 주었다는 말인즉 효이의 옷을 벗기고 상처를 돌보고 다시 손수 옷을 입혀 주었다는 뜻이지 않은가. 거짓말일 것이다. 아무리 단휘라도 설마 의원 흉내까지 낼 수는 없었을 것이다.

"한 번도 해 본 적 없으시잖아요."

차라리 잘못 들었길 바라며 다시 물었으나 단휘는 태연히 대답했다.

"해 본 적은 없어도 받아 본 적은 많지 않느냐."

"그, 그렇지만 그냥 두시지 않고 왜……."

"네가 깨어나도 혼자 시료할 수 있는 상처는 아니었다."

단휘의 대답에 효이는 반박하지 못했다. 만약 단휘가 돕지 않았다면 효이는 이미 황천길행이었을지도 모른다.

"송구합니다. 그, 그리고 감사합니다."

그에게 감사 인사라니. 그러고 보니 하구나 한로에게는 선뜻 고맙다고 잘 인사하면서도 정작 단휘에게는 말해 본 기억이 거의 없었다.

"여기에 꽤 오래 있었다. 날이 밝으면 떠날 것이다."

"오래라니, 반나절 정도 지난 게 아니었습니까?"

"꼬박 두 하루였다."

"예?"

설마 두 하루 동안이나 쓰러져 잠들어 있었다니!

효이는 얼른 머리를 숙였다.

"소, 송구합니다! 저 때문에 무열 님뿐만 아니라 후주님까지, 아! 후주님! 무열 님에게 가야 합니다. 초막에, 그곳에 혼자 계십니다. 어쩌지요? 벌써 두 하루나 지났다면, 제가 돌봐 드려야만 하는데, 제가, 어떻게……."

"진정해라."

단휘가 흥분한 효이의 어깨를 잡아 눌렀다.

"널 여기로 데려온 날 밤에 부하들이 올린 신호를 보았다. 초막에서 무열을 발견한 것이 분명하다. 이미 모두 산을 벗어나 인근 마을로 도망했을 것이니 염려치 마라."

"저, 정말이십니까?"

"그래."

단호한 단휘의 대답을 듣고서야 효이의 표정이 풀어졌다.

"감사합니다, 후주님. 감사합니다. 감사합니다."

겨우겨우 내는 목소리에 간간이 울음이 섞여 있었다.

"으흡…… 송구합니다, 송구합니다, 후주님."

단휘는 애처롭게 울음을 참는 효이를 바라보며 한숨지었다.

"의원이라는 것이 네 몸은 돌보지도 않고 대체 무얼 한 것이냐?"

"전 괜찮습니다. 괜찮습니다, 후주님."

어쨌거나 두 팔은 움직여진다. 오래 쉬었으니 발목도 나아졌을 것이고 등의 상처가 얼마나 깊건 우선 살아 있으니 된 것 아니겠는가.

"정효이."

"예."

"오연이 지내는 땅의 이름은 나루라고 한다."

"예?"

지금 효이가 너무 노곤하여 환청을 들은 것일까. 사슴처럼 놀란 효이의 두 눈이 단휘에게 박혔다.

"나루는 두 개의 큰 강이 만나는 접점이다. 해는 따뜻하고 비는 궂게 오지 않지. 망종 무렵이면 사람들은 반딧불이가 날아다니는 강어귀에서 가무를 즐기며 밤을 보낸다. 머물러 있는 시간을 평온히 즐기기에 아주 좋은 땅이다. 병자가 요양을 하기에도 최적의 장소지.”

“…….”

지난 4년간 그가 실수로라도 털어놓지 않은 이야기들이었다.

“나루에는 80년이나 그 자리를 지킨 수란의 객점이 하나 있다. 오연은 바로 그곳에 기거하고 있지. 오연에게 들어가는 모든 필요비용은 객점에서 충당하고 있으나 부족함은 없다. 도륜을 비롯한 부하들은 마지막까지 오연을 지켜 주겠노라 약조하였지.”

“그, 그렇습니까?”

효이는 단휘에게 무슨 말을 하면 좋을지 알 수 없었다. 고맙다는 말과 왜 지금 이런 말씀을 해 주시냐는 의문이 머릿속에서 동시에 소용돌이치고 있었다.

당황하고 있는 효이에게 단휘가 불쑥 말했다.

“내가 죽으면 오연에게 가라.”

“예?”

“그때의 너는 누구에게도, 무엇에게도 속박되지 않을 것이다. 네 발길이 닿는 곳으로, 네 마음이 향하는 쪽으로 가서 살 수 있다. 어떤 배신이나 음모도 존재하지 않는, 안온한 삶이 너에게 머물 것이다. 참으로 기대되지 않느냐?”

자유.

지금 그는 자유에 대해서 이야기하고 있었다. 지난 4년간 갈망해 온 삶에 대해 언급하고 있었다. 하나 이상하였다. 효이의 마음은 어이하여 이리 바위처럼 무겁게 가라앉는 것일까. 4년 전이라면 환희했을 말들이 스스로 괴이쩍을 정도로 기쁘지가 않았다.

“그러니, 효이야.”

효이의 시선이 문득 온기가 닿은 쪽을 향해 내려앉았다. 단휘의 크고 단단한 손이 효이의 손목을 잡고 있었다. 정확히는 당장에라도 스러질 듯 가녀린 효이의 손에 간절히, 아주 간절하게 매달려 오고 있었다.

매달릴 것이라곤 보잘것없는 그녀 하나뿐인 것처럼.

"내가 죽은 뒤 얻게 될 평안을 생각하며 어떻게든 살아남아라. 내 앞에서 다시는…… 죽으려 들지 마라."

그제야 효이는 단휘가 어머니에 대해 이야기해 준 이유를 깨닫고 황망히 대답하였다.

"저는 굳이 죽을 생각을 하고 있던 것은 아닙니다."

"하면 죽을 각오도 없이 화살을 막아섰느냐?"

단휘의 말에 서린 노기가 가볍지 않았다.

'왜였을까요.'

효이는 단휘의 하문을 곱씹으며 생각에 잠겼다.

'죽으면 아무것도 이룰 수가 없는데, 후주님의 말씀대로 살아야만 어머니께로도 돌아갈 수 있는데. 왜 저는 그 순간 망설이지 않았을까요?'

어쩌면 효이는 이미 답을 알고 있는지도 몰랐다.

'목적을 잊은 자는 길을 헤맨다.'

전에 단휘가 말했던 대로 효이는 이미 목적을 잊고 길 위에서 헤매고 있었다.

'왜냐하면 저는…….'

'후주님께서 다치시는 것이 싫습니다. 후주님께서 힘드실 때 도움이 되지 못한 채, 아무것도 모른 채 혼자 평안히 지내는 것 또한 싫습니다.'

그래서였다. 싫어서, 무서워서.

'저는 천하의 바보 멍청이였습니다. 무열 님께선 한눈에 꿰뚫어 보셨는데, 저만 몰랐습니다. 정작 저만 이제야 알았습니다.'

해답은 무열의 말대로 정말 등잔 밑에 숨겨져 있었던 모양이었다. 효이는 등잔불 아래에 맺힌 그림자 속에 놓여 있던 진심을 이제야 찾아 들었다. 그 진심이 비춰 주는 길 앞에 있는 사람이 누구인지 이제 겨우 보이기 시작했으나, 효이는 후회하지 않았다.

절체절명의 상황에서 효이의 가슴에 가득 차오른 감정은, 분명 기쁨이었기에.

"화살에 맞았을 때 태어나서 처음으로 이런 생각을 했었습니다. 아아, 내가 살아 있어서 다행이다. 후주님을 구할 수 있어서 정말 다행이다."

효이는 마치 환한 햇살을 쬔 사람처럼 두 눈을 감았다.

"그건 이제까지 한 번도 느껴 본 적 없는 기분이었습니다."

"그래서, 후회하지 않는다는 뜻이냐?"

"예. 제가 할 수 있는 가장 옳은 선택을 했으니까요."

효이는 단휘를 바라보며 담담히 말하였다.

"앞으로도 저는 같은 상황이 벌어지면 다시 같은 행동을 할 것입니다. 대신 열심히 살아남아 보겠습니다. 그걸로 어떻게 안 되겠습니까?"

해사하게 웃으며 효이가 부탁했다.

단휘는 그 맑은 웃음이 못마땅한지 눈살을 찌푸렸다.

"내 말은 다 어디로 들었느냐? 오연과의 재회도, 평온한 나날도, 자유까지도 전부 내가 죽어야만 누릴 수 있다!"

"필요 없습니다."

단휘를 직시하는 효이의 시선에는 더 이상 어떤 혼란도, 번민도 없었다.

"그것이 무엇이건, 후주님께서 죽고 제가 살아야만 가질 수 있는 거라면 전 필요 없습니다."

단호한 대답에 단휘가 효이의 손목을 놔 버렸다.

그가 잡고 있던 손목에는 피가 묻어 있었다. 싸우던 중 베인 손바닥이 아직 아물지 않은 상태에서 너무 힘을 준 탓이었다.

효이는 얼른 옆에 있던 면포로 단휘의 손을 닦아 내며 말을 이어갔다.

"제게 있어 생사는 중요하지 않습니다. 설령 살아남았다고 해도 제가 지켜야 할 것이 없다면 살아갈 의미가 없으니까요. 그러니 앞으로도 저는 다른 사람들을 지키기 위해 살 것입니다."

피를 다 닦아 낸 효이는 상처에 약을 발랐다. 그리고 천으로 손바닥을 싸매며 말하였다.

"그렇지만, 그렇게 지켜 낸 사람들 안에 꼭, 후주님이 계셨으면 좋겠습니다."

"너는……."

매듭을 지은 효이가 동요하고 있는 단휘를 바라보았다.

"제가 어디에 서 있는지, 어딜 향하고 있는지 깨달았으니까요. 후주님께선 무슨 일이 있어도 제가 무사하길 바라시지요? 저 역시 같습니다. 차라리 제가 죽더라도 후주님만은 부디 무사하셨으면 좋겠습니다."

그가 없는 세상에 혼자 남겨질 바엔 차라리 죽는 편이 낫기에, 그러했다.

"……."

말없이 화를 내고 있는 단휘를 바라보는 효이의 눈빛이 깊었다.

이처럼 궁지에 몰린 상황에서조차 효이는 단휘를 바라보며 가슴이 뛰었다. 기녀보다 요염하고 아름다운 이목구비를 하나하나 시선으로 매만질 때면 온몸에 열이 나곤 하였다. 언제부턴가는 거의 늘 질책하거나 명령만 내리는 그의 낮은 음성이 싫지 않았었고, 갑자기 몸을 겹쳐 올 때면 그저 가만히 눈을 감고 모든 걸 그에게 내맡기고 싶어졌다.

그의 얼굴조차 볼 수 없었을 때의 공허함이 무얼 뜻하는지 어째서 이제껏 몰랐을까.

어이하여.

'그저 알게 된 이상 방관할 수 없을 뿐입니다.'

'오해하지 않습니다.'

'방금 하신 말씀은 잊겠습니다.'

'왜 저를 죽이지 않으셨습니까?'

가시처럼 날카로운 말들로 매번 단휘를 상처 입히고 말았을까. 의원이랍시고, 모든 걸 걸고서라도 그를 지켜 주겠노라 말해 놓고선 중요한 순간에 다다르면 도망치고 말았었을까.

미안한 마음에 맺힌 눈물이 미처 뺨을 타고 흘러내리기도 전에, 효이가 두 손으로 땅을 짚고 앞으로 몸을 숙여 왔다. 그리고 건조한 단휘의 입술에 제 입술을 맞대었다. 놀란 단휘가 굳어 버린 것을 느끼고도 효이는 입술을 떼지 않았다.

그저 입술만 맞닿은 채로 한참이 지나고 먼저 고개를 뗀 효이가 코앞의 거리에서 말했다.

"이것이, 후주님께서 바라신 진심에 대한 제 답입니다."

효이는 고개를 숙였다가 다시 들었다. 두 눈을 질끈 감았다가 떴다. 그리고 짧게 숨을 들이켜고서야 겨우 용기를 내어 말했다.

"사랑합니다."

"뭐?"

"사랑합니다."

"다시 말해 보아라."

"이, 이제 그만, 충분히 한 것……."

효이가 뒤로 물러나려 하였으나 어느덧 허리에 감긴 단휘의 팔이 멀어지는 것을 허락지 않았다.

하는 수 없이 효이는 그의 가슴에 얼굴을 묻으며 작게 속삭였다.

"사랑합…… 으흡!"

다시 말하라고 명령해 놓곤, 단휘는 처음부터 들을 생각이 없던 사람처럼 곧장 효이에게 입을 맞추었다. 효이는 단휘의 도포를 움켜쥔 채 얌전히 눈을 감고 입술을 벌렸다. 뜨겁고 촉촉한 단휘의 혀가 입술을 핥으며 안으로 침범하는 감촉이 싫지 않았다. 도리어, 도포를 잡고 있던 손을 풀고 단휘의 목을 감싸 안으며 효이는 그의 품에 더 깊게 안겨 들었다.

허리를 감싸고 있던 단휘의 손이 위로 올라와 효이의 뒷머리를 감쌌다. 단휘는 효이의 혀를 희롱하며 천천히 자리에 효이를 눕히고 위로 올라왔다.

더 깊어진 입맞춤에 도취까지도 더 깊어져 왔다.

숨이 벅차서, 가슴이 터질 듯 뛰어 와서 더는 무리라고 생각하는 찰나, 단휘가 입술을 떼며 속삭여 왔다.

"함께 돌아가자."

그 나지막한 목소리가 너무나 좋아서, 효이는 바보처럼 웃으며 고개를 끄덕였다.

✠

그로부터 이 주 뒤.

오강에서 꽤 떨어진 작은 마을의 객점 앞에서 한 쌍의 남녀가 다투고 있었다. 다툰다고는 하지만 여인은 한사코 고개를 젓고 사내는 계속 무심하게 응대하는 이상한 싸움이었다.

"아, 정말 말이 안 됩니다. 진짜로 안 됩니다. 절대로 안 됩니다."

"너도 참 고집이 세구나."

"노잣돈을 아껴야 먼 길을 갈 수 있다고 생각할 뿐입니다. 어쨌거나 여긴 정말 안 됩니다. 딱 봐도 비싸 보이는 곳인데 나중에 분명히 돈이 모자랄 겁니다. 노숙은 또 싫어하시지 않습니까?"

다투는 두 사람을 보다 못한 행인이 첨언하였다.

"어이구, 무슨 고민인가. 하루 이틀이어도 제 여인은 좋은 곳에 묵게 해 주고 싶은 것이 사내 마음이야. 계집은 그냥 따라야지 무슨 말이 그리 많아. 그러다가 서방님이 질려서 도망가 버리면 어쩌려고 그러나."

"예? 아니, 저희는 그런 관계가……."

효이가 진땀을 빼는 중에 단휘가 굳이 와서 한마디 덧붙였다.

"내 부인이 워낙 짜서 말이네. 나도 참 고생 중이지."

오해의 소지가 다분한 말을 툭 던져 놓고 단휘는 휙 돌아서 먼저 자리를 떠 버렸다.

"아! 비, 비겁하십니다!"

해명할 틈도 없이 효이는 얼른 행인에게 대충 인사하고 단휘의 뒤를 쫓아왔다.

효이는 앞만 보고 걷는 단휘의 뒤를 졸졸 쫓아가며 성토했다.

"제발 그거 그만해 주시면 안 됩니까?"

"뭘 말이냐?"

"부인이니 어쩌니 하시는 것 말입니다. 거기다 이름을 대야 할 때면 계속 도운의 이름을 대고 계시지 않습니까? 정체를 감추기 위해 부부 행세를 하는 거야 필요할 때만이라면 어쩔 수 없지만, 이미 죽은 사람의 이름을 계속 대고 다니는 건……."

"여기도 나쁘지 않겠구나."

단휘는 그 잠깐의 틈에 아까 객점 못지않게 호화로운 숙소를 또 찾아냈다.

"안 됩니다! 청수까지는 먼 길인데 여기서 아끼지 않으면 나중에 분명히 부족할 거라고 벌써 스무 번도 넘게 말씀드리지 않았습니까?"

지저분한 것도, 아름답지 못한 것도 참지 못하는 단휘의 기준은 매우 높았다. 그 극히 까다로운 성미 덕분에 여기까지 오는 길에도 대개 비싼 객점에서 묵어 왔던 것이다.

"여길 벗어나면 다음부터는 작은 마을도 거의 없으니 어딜 가건 방값이 비쌀 겁니다. 여기서라도 아껴야 합니다. 아시겠지요?"

"네가 정 바란다면 그리하마."

퉁명스러운 대답에도 효이는 만족하며 웃었다.

"이 근방은 번화하니 다른 쪽으로 가 보는 것이 좋겠습니다. 얼른요."

느릿느릿하게 걷는 단휘를 재촉하듯 효이가 손을 잡아 왔다.

"저쪽으로 가 봐요. 어서…… 으앗!"

갑자기 단휘가 뒤에서 손을 당긴 탓에 효이가 휘청하였다. 단휘는 효이의 허리를 감싸 안으며 넘어지지 않도록 잡아 주었다.

놀란 효이의 귓가로 단휘의 당부가 들려왔다.

"앞을 보고 제대로 걸어라. 어디 부딪치지 말고."

그제야 앞을 본 효이는 생선이 담긴 통을 들고 가던 사내와 부딪칠 뻔했다는 사실을 알고 얼른 고개를 끄덕였다.

"이, 이제 놓아주십시오."

"싫구나."

단휘는 고집스럽게 대답하곤 계속 효이의 손을 잡은 채 앞서 걸었다.

함께 도성으로 돌아가는 이 주 동안 가끔씩 단휘가 부리는 심술 중에 하나였다. 갑자기 손을 잡아 오거나 허리를 껴안거나 사방팔방에 부인이라고 말하고 다니는 등의 심술 말이다. 하나 거부하면 거부할수록 단휘의 심술은 짓궂어지곤 했다.

싫은 것이 아니라 부끄러워서였지만 효이는 그마저도 말로 전하지 못하였다.

대신 이미 잡힌 손에 마냥 끌려가지 않고 효이도 힘을 주어 그의 손을 잡았다. 그리고 붉어진 얼굴을 감추기 위해 계속 다른 쪽만 쳐다보며 분주히 걸었다.

머잖아 두 사람은 번화한 거리를 벗어나 조금 조용한 곳에 이르렀다.

마침 바로 보인 주막에 방이 있다고 하여 그곳에 묵기로 정한 후 두 사람은 짐을 내렸다.

도성 청수로 가는 길은 본래 이처럼 멀지 않으나, 그들은 안전을 위해 일부러 크고 작은 마을을 번갈아 들르며 먼 길로 돌아가고 있었다. 녹록지 않은 여정에 다 낫지 않은 상처가 쑤실 때도 있었고,

밤이고 낮이고 적들의 추격을 걱정해야 하는 처지였다. 하나, 효이는 이런 나날이 싫지 않았다.

더 솔직해지자면 은월각에서 지낼 때보다 위험한 처지인 지금이 효이는 더 좋았다.

어떤 신분이나 주종관계도 없이, 그저 함께 손잡고 걷고, 웃으며 쓸데없는 대화를 나누고, 자잘한 싸움까지도 그와 공유하는 평범한 하루들은 어쩌면 상단으로 돌아가면 다신 누리지 못할지도 모른다.

'차라리 이대로 은월각에 돌아가지 않는다면 후주님께서도 그곳에서 기다리는 괴로움들을 직면하지 않으셔도 될 텐데…….'

어리석어서 스스로 기가 차는 생각이었으나, 효이의 마음은 그러하였다.

도성에는 아직 백호청과 손을 잡고 단휘를 죽이려 한 서노담이 남아 있다. 그와의 싸움은 더 이상 미루거나 덮어 놓을 수 있는 일이 아니었다. 더 늦기 전에 단휘에게 말하지 않으면 위험은 더 커질 터였다. 하나, 그를 지키고자 하는 마음이 강해질수록 진실을 전하는 일은 더 어려워졌다.

'그것이 꼭 겪어야 하는 아픔이라면 저는 차라리 제 입으로…….'

답이 내려진 번민을 거듭하며 갑갑해진 효이가 방 바깥으로 나왔다.

"아이고! 체기가 있으신가, 왜 이러시는 거야! 정신 좀 차려 보시오!"

"누가 의원 좀! 의원 좀 데려와!"

주막 평상에 모인 사람들이 난리를 치는 모습에 효이가 얼른 다가갔다.

"제가 좀 보겠습니다."

"예? 아니, 자네 의원인가?"

"예."

효이는 거품을 물고 있는 사람의 상태를 살피기 시작하였다.

단휘는 방 안에 앉아 효이가 진료를 하는 모습을 가만히 바라보았다. 품에서 꺼낸 침을 놓으며 환자를 다독여 주는 효이의 모습은 참으로 보기 좋았다. 다만 지저분한 사내의 몸을 서슴없이 만지는 효이의 손이 거슬릴 뿐이었다.

"다 되었느냐?"

"숨만 트여 주고 마을에 있는 의원에게로 보냈습니다."

한참 후에야 돌아와 마루에 앉은 효이가 보고했다.

"식중독인 듯합니다. 산에서 캔 나물을 먹은 후부터 증상이 있었던 모양입니다. 기근이 든 게 아니라고 해도 어려운 사람에게는 계절을 가리지 않는 것이 가난이니까요."

앉은 채 무릎을 끌어안은 효이의 목소리에는 힘이 하나도 없었다.

"무지한 사람들은 산야초를 산의 선물쯤으로 생각하지요. 사실 자연의 선물은 모르고 쓰면 위험한 것이 더 많은데 말입니다."

여전히 방에 앉아 있던 단휘가 손을 뻗어 효이의 머리를 마구 쓰다듬어 주었다.

"그래도 네가 있어 돕지 않았느냐. 더 마음 쓰지 마라."

"……예."

그가 가만히 만져 주는 손길에 효이가 웃었다.

참으로 신기한 일이었다. 전에는 단휘와 가까이 있기만 해도 두려움에 몸서리 쳤는데, 이제는 그가 쉽게 내어 준 손길 하나에 걱정을 내려놓고 웃는다. 그의 곁에서 평온함을 느낀다. 그가 웃으면 기운이 나고, 조금이라도 기운이 없어 보이면 마음이 한없이 가라앉는다. 때때로 갑자기 다가올 때면 뿌리치지 않고 그저 받아들이고 싶어진다.

연모는 효이가 자꾸 자신의 위치와 세상을 망각하게 만드는 마음이었다.

"아이고, 어디 가지도 않고 앉아만 있는 거야?"

그때, 주모가 수선을 피우며 다가와 효이에게 몇 번이고 고맙다는 인사를 했다.

"혹시라도 주막에서 내간 음식 때문에 병 생긴 거면 손님 다 떨어질 뻔했다니까."

"병증은 전날부터 시작되었다고 하니 여기 음식과는 무관합니다."

"그래도 놀란 건 사실이니까. 참, 이건 사례니까 받아 둬."

주모가 마루에 조촐한 술상을 가지고 왔다.

"괘, 괜찮습니다!"

효이는 얼른 손사래를 쳤지만 주모는 막무가내였다.

"그래도 보답은 해 둬야지."

"대가를 바라고 한 일이……."

"됐어. 방값은 못 깎아 주니까 그거라도 마셔. 비싼 술도 아니야. 게다가 오늘 마을 축제라서 다들 나가 봐야 하니 바쁘거든. 불러도 물 한 잔 못 떠다 주니까 이해해 달라는 뜻이기도 하고. 알겠지?"

주모는 할 말을 마치고 가 버렸다.

"음, 이거 어찌할까요?"

"알아서 해라."

무심한 대답만 하고 단휘는 방에서 나오지도 않았다.

어둑어둑해진 하늘 아래에 놓인 작은 주막.

마루에 앉은 효이는 조용히 술을 마셨고, 단휘는 평소처럼 주변을 경계하며 방 안에서 검을 끌어안은 채 선잠에 들었다.

"끅!"

한참 후 단휘가 눈을 떴을 때는, 효이가 이미 술 한 병을 다 비운 후였다. 실없이 웃거나 혼잣말을 중얼거리거나 술병에게 말을 거는 둥, 한눈에 보기에도 제정신이 아니었다. 적들에게 쫓기는 중이니 신중하자고 입이 닳도록 말한 사람은 정효이건만, 정작 그녀는 정신을 아주 깨끗이 놓아 버린 듯 보였다.

"그만 들어와 자라."

"드릴, 말씀 있습니다."

"취해서 하는 말은 다 쓸데없다."

"그래도! 할 겁니다. 안 들으셔도, 할 겁니다."

원래 고집이 센 줄은 알았지만 취하니 더 심해졌다.

단휘는 억지로 효이를 잡아 일으켰다. 취기가 오른 효이가 비틀거렸다. 단휘는 효이를 부축하여 방으로 끌고 왔다.

단휘는 효이를 이불 위에 앉힌 후 옆에 털썩 앉았다.

"해라."

기껏 허락하였는데 옆이 조용했다.

"정효이?"

옆을 돌아보는데 갑자기 단휘의 어깨에 툭, 하고 효이의 머리가 얹혔다.

코앞에 술에 취해 붉게 물든 효이의 얼굴이 보였다. 가지런한 눈썹과 술에 젖어 윤기가 흐르는 입술이 첫눈에 들어와, 단휘가 저도 모르게 다시 고개를 돌려 앞을 보았다.

"후주님."

"그래."

"저, 사실 그날 다 보았었습니다."

그날.

그 단어 하나로 두 사람의 시간은 호연 날 밤으로 돌아갔다.

"보고도 비밀로 해 버렸습니다. 전부 제 탓입니다. 제가, 저 때문에 위험해지셨습니다. 송구, 송구합니다. 저 때문입니다. 후주님이 미워서가 아니었습니다. 괴로워하시길 원하여서 함구한 것이 아닙니다. 하나 결국 저 때문에 모든 것이 악화되어 버렸습니다."

어느덧 죄인처럼 고개를 숙인 채 울먹이는 효이의 목소리에서 깊은 자책이 느껴졌다.

오랜 시간 동안 혼자 괴로워했을 그 마음이 손에 잡힐 듯 전해져 왔다.

"그날, 제가 봤던 적…… 사실 그 사람은…… 으흡!"

연이어 나올 말이 갑작스러운 단휘의 입맞춤으로 인해 흩어졌다.

효이는 대화를 이어 나가려는 듯 발버둥을 치기 시작하였으나 단휘는 버둥거리지 못하도록 강하게 밀어붙였다. 효이가 동동거리며 단휘의 가슴을 몇 번이나 두드렸지만 쓸모없는 저항이었다. 억지로 벌린 입술 너머로 서로의 혀가 거칠게 비벼졌다. 입천장을 거닐다 혀를 파고드는 지독한 움직임에 효이의 눈가가 차차 젖어 갔다.

"흣……흑, 하아, 하아."

입술을 뗀 단휘가 젖은 효이의 눈가를 닦아 내며 속삭여 왔다.

"더 말하지 마라."

"……예?"

코앞에서 보이는 단휘의 눈빛이 뜨겁게 요동치고 있었다. 불타듯 뜨거운 시선 안에서 효이는 그저 지나칠 수 없는 감정을 보았다.

슬픔, 그것은 깊이를 헤아릴 수 없는 슬픔이었다.

"설마."

문득 효이의 심장이 돌덩이처럼 무겁게 내려앉았다.

"설마, 설마 후주님……."

차라리 모르길 바라였으나, 단휘의 입에서 나온 대답은 효이의 모든 바람을 부정하는 것이었다.

"서노담, 내 하나뿐인 백부."

알고 있다. 그는 이미 전부 알고 있었다.

"어떻게, 대체 어떻게……."

흐려진 효이의 시선에 단휘가 미소 짓는 얼굴이 들어왔다.

"이미 내가 알고 있으니, 너에게서는 아무것도 더 듣지 않겠다."

"……."

효이는 용서를 빌어야 한다는 사실조차 잊었을 정도로 놀라 있었다.

그러다 번뜩 정신이 들었는지 효이가 단휘의 팔을 잡고 속사포로 말을 쏟아 내었다.

"절대로 후주님의 잘못이 아닙니다. 그저 다른 이의 사리사욕에 휘말리신 것뿐입니다. 그러니 제발 후주님 자신을 힐난하거나 괴로워하지 마십시오."

눈물이 그렁그렁 맺힌 얼굴에서 효이가 진실을 함구했던 이유가 절절히 느껴졌다.

결국 이 미련한 여인은 전부 혼자 떠안을 셈이었던 것이다. 그에게서 배신자라 힐난받고 파직당하고 모두의 비웃음을 사더라도, 그저 비밀로 할 속셈이었던 것이다.

'지켜 드리고 싶었습니다.'

몇 번이고, 몇 번이고 애절하게 전해 온 그 말처럼.

'너는 그런 여인이지.'

미련하고 어리석으나 한결같다. 하나 그 올곧음은 돌고 돌아 단휘에게 닿았을 때 깊은 파동을 만들었다. 그리고 점차 효이를 바라보는 순간마다 멎지 않을 고동이 되어 버렸다. 효이는 모를 것이다.

단휘 안에 내재된 갈망이 점차 위험한 빛을 띠어 가는 것은 전부 효이의 탓임을.

"스승님이 그러셨습니다. 후주님께 있어서 부행수는 아버지 같은 분이라고요."

효이는 여전히 괴로운 듯 겨우 목소리를 쥐어짜고 있었다.

단휘는 효이를 다독이듯 손을 잡아 주었다.

"틀린 말은 아니구나."

단휘는 열린 문 사이로 깊어진 밤하늘을 올려다보며 내처 말하였다.

"오늘처럼 축제가 있는 날이면 백부께선 항상 가장 좋은 자리를 선점해 주시곤 하였다. 행수님께서 절대 허락지 않는 잡서도 언제든 구해다 주셨고, 무술 대련을 하는 날이면 꼭 보러 와 주셨었지."

다정하고 너른 어투 속에서 느껴지는 감정에 효이가 울컥하였다.

그의 입에서 회고되는 서노담과의 과거는 누가 듣기에도 아름다운 추억들뿐이라 효이에게는 더 빛바랜 것처럼 느껴졌다.

"모르셨으면 했습니다. 차라리 모르셨으면……."

"괜찮다."

"그렇지만…… 아!"

갑작스레 단휘가 효이를 당겨 제 품에 끌어다 앉혔다. 그러곤 두 팔로 효이의 허리를 감싸며 제 품으로 더 깊게 끌어들였다.

"네 생각처럼 그리 아프지는 않다. 그만 자책해라."

웃음이 섞인 목소리로 하시는 말씀이 효이는 믿어지지 않았다.

"저까지 속이지 않으셔도 됩니다. 세상을 다 속이셔도 저에게만은 진솔하셔도 됩니다. 쉽게 받아들이실 수 있는 일이 아니지 않습니까."

진심 어린 효이의 말에 단휘가 서늘하게 웃었다.

서노담에 대한 마음 같은 것은 아무래도 좋았다. 상처를 받건 다치건 지울 수 없는 상흔으로 남아 있건 무관하였다.

다만 그저 아주 오랫동안 그래왔던 것처럼. 단휘는 상처받은 사람을 외면할 줄 모르는 효이의 틈을 놓치지 않고 파고들었다.

"그래, 아프구나."

방금 했던 말을 손바닥 뒤집듯 쉽게 뒤집어 버리며 단휘가 효이의 어깨에 머리를 기댔다.

익숙한 효이의 체취에 섞인 옅은 주향이 단휘를 미치도록 흔들었다.

'탐욕은 끝이 없구나.'

기이하게도 한번 손에 넣기 시작하자 마음은 더없이 허기져 갔다. 오랜 배고픔을 뒤늦게 깨달은 사람처럼. 억지로 짓누르고 감추느라 돌아보지 못하였던 욕망들은 어느새 속절없이 흘러넘치고 있었다.

그래서 닿는다.

가볍게 손을 잡고 입을 맞추는 정도로는 절대 만족하지 못할 그의 욕망이 흐르고 넘쳐, 어쩔 수 없이 정효이에게로 계속 닿는 것이었다.

"견디기 힘들구나."

"압니다. 두 분처럼 각별한 사이는 아니었었지만 저도 아버지께서 절 팔아넘기셨을 때 가슴이 많이 아팠었는걸요. 가족의 배신은 상대가 누구건 마음 아픈 일입니다."

서노담에 대한 이야기를 하고 있다고 착각한 효이의 대답은 순진하였다.

"저어, 위로가 되진 않으시겠지만……."

"말해라."

주저하던 효이가 치마를 움켜쥐며 겨우 용기를 내 말하였다.

"저는 하늘이 허락할 때까지 후주님 곁에 있겠습니다. 미약한 제 힘으로는 후주님께 다가올 역경을 막아 드릴 수 없지만, 적어도 지금처럼 함께 아파하고 싶습니다. 그러니 저에게라도 기대 주세요. 그렇게라도 하고 싶습니다, 제가."

하늘이 허락할 때까지.

즉, 효이에게 주어진 일생이라는 시간을 단휘와 함께하겠노라고 이 여인은 말하고 있는 것이었다.

"함부로 확언하지 마라."

"제 마음이 이처럼 확고한데 어이하여 입에 담아서는 안 된다고 하십니까?"

"4년 전, 도운에게 내주었던 나의 세상은 너무 깊고 넓었다. 그래서 무너져 버리자 헤어 나오기 더 힘들었지. 만약 너까지 그리 말하고 나를 떠난다면, 나는 견딜 수 없을 것이다."

효이의 말을 믿지 못해서가 아니었다.

다만 그 안의 욕심이라는 것이 너무도 커서 쉽게 만족하기 어려울 뿐이었다.

"큰 기대는 사람을 다치게 만든다. 네 마음이 어찌 변할지는 알 수 없는 일이니 함부로 때를 기약하지 마라."

4년 전이나 지금이나 단휘는 크게 달라지지 않았다.

그가 살아남기 위해 이 가련한 여인의 약점을 붙잡고 그를 선택하게 만들었다. 하나, 이제 단휘는 효이의 힘이 아닌 마음을 원하고 있었다.

힘을 바라던 때보다 더 지독하게, 송두리째 원하였다.

그러나 동시에 그 간절하고 지독한 속내를 다 전하지 못할 만큼 두려웠다.

4년이나 새장 안의 새처럼 살아온 효이가 자유를 꿈꾸는 것조차 하지 못하게 되면 그를 원망할까 봐, 그를 바라봐 주지 않을까 봐 두려웠다. 원한을 사는 일을 겁낸 적이 없었는데, 오로지 이 한 사람의 외면만은 죽음보다도 더 무서웠다.

"후주님."

갑자기 단휘의 품에서 뒤를 돈 효이가 무릎을 꿇고 코앞에 있는 그의 뺨에 손을 얹었다.

술에 취해 뜨겁게 달아오른 효이의 손길이 단휘를 따스하게 위로하였다.

"절대로 어디에도 가지 않는다니까요. 설령 하늘께서 제 양손에 자유를 쥐여 주셔도 저는 모두 놔 버리고 오로지 후주님만을 택할 것입니다."

"……."

"천하가 제 마음을 다 알아 주어도, 정작 후주님께서 알아 주지 않으시면 제 진심이 갈 곳을 잃어버릴 것입니다."

"……."

천천히 효이는 단휘에게로 몸을 숙여 왔다.

굳게 닫혀 있던 단휘의 입술과 효이의 입술이 거의 맞닿는 거리에 이르자, 효이가 수줍게 웃으며 말하였다.

"후주님께 듣고 싶은 대답이 있사온데, 제가 감히 청을 올려도 되겠습니까?"

단휘가 미소로 허락하자 효이가 두 손으로 조심스럽게 그의 얼굴을 감쌌다.

그리고 눈을 감은 효이가 아주 천천히 단휘에게 입을 맞추었다.

감히 그의 입안을 희롱할 용기는 나지 않아 그저 입술만 맞댄 채로 찰나의 시간이 흘렀다.

조금 후 입술을 뗀 효이가 청하였다.

"저와 제 마음을, 받아 주세요."

"……."

서로의 눈을 바라보고 있던 순간 갑자기 단휘가 효이의 허리에 팔을 둘러 왔다. 당겨오는 힘에 속절없이 끌려간 효이는 뜨겁고 단단한 그의 몸에 스러졌다.

저도 모르게 가쁜 호흡을 하고 창피해하던 효이의 입술이 다시 틀어막혔다.

"흐읍……."

두 눈을 감고 허락하자, 단휘가 서툰 효이를 위해 간간이 숨을 내어 주며 입안을 휘저었다. 아주 천천히, 서로를 적시는 소리만이 적막한 방 안을 울렸다.

효이는 그와의 입맞춤이 좋았다. 다른 것들은 돌아보지 못하게 만들어 주어서, 그녀를 오로지 그의 것으로 만들어 주는 것만 같아서, 밀어 내고 싶지가 않았다.

입술을 뗀 단휘가 얄궂게 물어 왔다.

"내가 허락하기도 전에 네가 먼저 답을 알고 있지 않았느냐."

"확답을, 받고 싶었습니다. 마음이라는 것은 참으로 이상하지요. 인정하지 않을 때는 그토록 괴롭게 하더니, 인정하고 나니 도리어 더 편하지가 않습니다. 계속 몇 번이고 확인받고 싶어집니다."

멀리서 바라보는 것만으로도 족하던 효이는, 이제 멀어지는 것을 견디지 못했다. 걱정과 불안이 늘고 욕심까지 늘어 홀로 감내하기가 어려웠다.

연모하는 마음은 효이가 단휘 외에 다른 무언가를 생각할 틈을 허락하지 않았다.

"연모라는 마음이 이토록 막무가내일 줄은 미처 몰랐습니다."

"그래서 후회하느냐?"

단휘의 하문에 효이가 가만히 고개를 저었다.

그리고 다시 단휘를 바라보는 효이의 눈빛에는 한 점의 거짓도 담겨 있지 않았다.

"원래 저도 제법 막무가내이지 않습니까."

대답을 들은 단휘가 효이의 손을 입술에 가져다 댔다.

효이의 손등에 입을 맞춘 그가 장난을 치듯 손끝을 천천히 적셔왔다.

"흣!"

간지러움을 타며 효이가 저도 모르게 버둥거리자 단휘가 손목을 잡아 왔다. 단휘의 엄지손가락이 효이의 손목 안쪽을 어루만졌다. 맥이라도 짚을 작정인지 단휘의 얼굴은 사뭇 진지하였다.

"이 자리에 무엇이 있는지 아느냐?"

"사람의 기를 짐작게 하는 흐름이 있습니다."

아주 올바른 대답을 하자 단휘가 가만히 고개를 저었다.

"효이야, 이 얇은 살결 아래에 네 마음이 있다."

"……."

손을 짚는 모양에서부터 제대로 된 진맥은 아니었으나, 효이는 오진이라고 생각지 않았다.

"그 마음이 무어라 하는지도 느껴지십니까?"

단휘는 가만히 효이를 바라보다가 다른 말을 하였다.

"효이야, 이제부터 하는 일은 앵속에 취해서 벌이는 짓이 아니다."

경고처럼 던져진 농담에 효이가 웃었다.

문득 그날의 진위가 궁금해졌으나 물어볼 틈이 없었다.

단휘는 다시 효이의 입술을 삼켰다. 목소리가 아닌 혀를 통해 전해져 오는 간절하고 깊은 유혹 앞에, 효이가 눈을 감고 입술을 열었다.

어느덧 효이의 옷고름이 풀렸다.

겉옷을 벗겨 그 안의 소의가 드러나자, 단휘가 고개를 들고 그 안에 비친 살결을 바라보았다. 배꽃처럼 새하얗고 향기로운 효이의 속살은 아찔할 만큼 아름다웠다. 마치 누구도 밟지 않은 새하얀 눈길을 바라보는 것만 같았다.

단휘는 효이의 소의를 젖히고 어깨의 창상을 바라보았다.

상처는 제법 아물었으나 상흔은 지워지지 않은 채 자리하고 있었다. 그 밖에도 곳곳에 베이거나 깨진 흔적들이 남아 있어 바라보는 단휘의 눈빛에 어둠이 서렸다.

가슴이 아프다.

가슴이 아파.

그 말이 무슨 뜻인지 단휘는 마음 깊은 곳에서부터 절실하게 느꼈다.

하나씩 눈에 걸리는 상처에 입을 맞출 때마다 단휘의 가슴에 칼날이 쑤셔 박힌 것처럼 아팠다. 대신 가져가 주거나 지워 줄 수 없는 흔적들이, 미안하고 안타까웠다. 단휘는 상흔을 깊게 빨아들이고 적시고 다시 또 애무하며, 그 안에 독점욕이 아닌 제 자신에 대한 질책을 새겨 넣었다.

"하읏, 하아……."

신음을 내뱉을 때마다 깊게 파이는 효이의 쇄골을 거쳐 단휘가 가슴 골짜기로 들어섰다. 흥분한 탓인지 바짝 도드라진 가슴의 정점을 어루만지며 단휘가 신음하였다.

"하……."

그는 재촉하듯 유두를 깨물고 다독이듯 주변을 핥아 왔다.

탐욕에 차 다시 잘근잘근 물어 오면서도, 아픔을 잊게 해 주려는 듯 다정히 입을 맞춰 왔다.

단휘의 숨결과 입술이 닿는 곳곳이 모두 민감하게 반응하며 구석구석에 붉은 꽃들을 피워 냈다. 그 유려한 움직임에 효이의 뺨은 떨렸고, 숨을 쉬는 가슴은 부풀었다 내려가길 반복하였다.

"후주님, 후주님……."

단휘는 여인의 얼굴을 바라보며 웃었다.

아직 제대로 취하지도 않았건만 고르지 못한 숨을 내쉬며 애락에 젖어 가는 효이의 얼굴이 보기 좋았다. 그를 느끼고, 그를 기쁘게 받아들이는 것처럼 보여서 단휘의 마음이 더 조급해져 갔다.

그가 도포를 벗으려는데, 효이가 손을 뻗어 단휘의 옷고름을 잡았다.

붉게 달아오른 수줍은 얼굴이었다.

"저, 저도, 제가, 그러니까……."

"알겠다."

단휘가 허락하자 효이가 서툰 손길로 그의 옷을 벗겼다.

지난번 명령을 받고 그를 유혹할 때보다 훨씬 떨려서 이대로 숨이 넘어갈 것만 같았다. 이윽고 갖은 상처로 물든 단휘의 탄탄한 가슴팍이 드러났다. 효이는 이제껏 시료하며 수십 번도 넘게 봐 온 그의 몸을, 똑바로 바라볼 수가 없었다. 그간 맨정신으로 어떻게 만지며 스스럼없이 닿곤 하였는지 의문이 들 정도였다.

그때, 효이의 몸 위로 단휘가 전신을 겹쳐 왔다.

깊고 넓은 그의 품에 안긴 효이의 얼굴이 새빨갛게 달아올랐다. 단전 아래에서 점점 단단해지는 감촉을 느낀 탓이었다. 사람의 몸은 배웠어도 사내의 몸은 모르기에, 부드러운 제 배 언저리를 누르는 단단한 그의 욕망을 처음 마주한 효이는 어쩔 줄을 몰라 했다.

감격, 희열, 설렘, 그러나 낯선 것에 대한 막연한 두려움이 한꺼번에 효이를 덮쳐 왔다.

제 안에 쏟아지는 감정들을 감당하지 못한 효이가 두 눈을 질끈 감아 버렸다.

"두려우냐?"

웃음기 섞인 목소리로 단휘가 물어 왔다.

조심스럽게 눈을 떠 보니 효이를 바라보는 단휘의 얼굴에 다정한 미소가 맺혀 있었다. 좀처럼 보기 어려운 해사한 그의 얼굴에 효이의 머릿속이 텅 비어 버렸다.

넋을 놓고 아름다운 그의 얼굴을 감상하고 있는 효이에게 단휘가 말하였다.

"겁내지 마라."

효이의 입술을 어루만지는 손이 부드러웠다.

그 별것 아닌 접촉마저 이미 달아오른 몸은 별스럽게 느꼈다.

"네가 날 외면하면 숨이 막혀."

"후주님……."

"그러니 시선 하나도 내게서 도망치지 마라."

명령이 아닌 애원이 효이의 눈시울을 적셨다.

"도망, 안 칩니다. 어디에도 안 갑니다. 후주님 곁에 있을 것입니다. 언제까지고 있을 것입니다."

울먹이며 입술에 담은 대답에 단휘가 미소 지었다.

그 미소에 마음을 놓은 순간 단휘의 손길이 치맛자락을 거쳐 부드러운 효이의 다리를 어루만졌다. 더 깊은 곳으로 그의 손이 뻗어 오자 효이가 저도 모르게 몸을 움츠렸다. 이미 젖은 수풀을 헤치며 단휘의 손이 좁은 길을 타고 효이의 안으로 들어왔다.

"하, 아읏!"

어떻게든 참으려던 목소리가 적나라하게 방을 메웠다.

효이의 안을 찌르는 단휘의 손가락은 색정적이었다. 거칠게 안을 찌르고 멋대로 휘저으며, 이제껏 누구에게도 허락되지 않았던 문을 열어 갔다. 효이는 아픔을 견디지 못하고 울먹이며 단휘의 목을 끌어안았다. 그러자 단휘가 달래듯 다시 입을 맞춰 왔다.

괜찮아, 다 괜찮다.

그런 목소리가 들려오는 것만 같았다.

"으흑…… 읏, 하아…… 흐읏."

단휘는 눈물이 번져 가는 효이의 얼굴에 계속 입을 맞추면서도 손가락의 움직임을 멈추지 않았다. 깊게 찌르고 다시 빼내는 단휘의 손이 효이의 애액으로 흥건하게 젖어 질척였다. 그것은 효이가 더없이 온전하게 그를 느꼈다는 증좌이기에 단휘는 기뻐했다.

그러나 찰나의 기쁨이 스치고 찾아온 것은 더 깊은 갈망이었다.

"너이기에 원한다. 전부 다, 원해."

기방에서 날고 긴다는 계집들보다 더 색이 넘치는 목소리로 단휘가 속삭여 왔다.

직설적인 발언에 효이가 배시시 웃었다.

"……후주님이시기에, 괜찮습니다."

반항하거나 감출 힘조차 없던 효이의 다리가 쉽게 벌어지고, 단휘가 손을 내려 그 안으로 분신을 밀어 넣었다. 그와 동시에 효이가 울음을 터뜨리며 단휘의 살결에 손톱을 세웠다. 고통스러워하는 것이 단휘에게도 전해졌는지, 그는 잠시 뒤로 물러났다가 단번에 허리를 밀어 올리며 효이의 안으로 온전히 들어왔다.

밀려드는 고통에 효이의 몸이 반사적으로 튕겨 올랐다.

“아흐읏!”

“괜찮아, 괜찮다.”

단휘는 효이를 안고 보듬어 주었다.

그 따뜻함보다 효이를 행복하게 한 것은 신음을 참아 내는 단휘의 목소리였다. 효이는 그 목소리가 더 많이 듣고 싶어졌다. 조금이라도 빨리 단휘가 더 만족하고, 더 기뻐하길 바랐다.

지금 효이가 그러하듯.

“하아, 후주님…….”

나지막한 부름에 단휘는 기다림을 관두고 천천히 허리를 움직이기 시작하였다.

“하아, 하아, 하아…….”

“하…….”

서로 하나가 된 몸이 거칠게 흔들리기 시작하였다.

비벼지는 수풀은 따가웠고 그의 분신이 고동치는 내벽은 뜨거웠다. 무엇도 감히 아까의 통증에 비할 바가 아니었다. 이제까지의 자신을 잃어버릴 만큼 격한 애락이 몰려와, 온몸이 녹아내릴 것만 같았다. 단휘는 효이의 전부를 부서뜨릴 듯 허리를 흔들면서도, 아파하는 효이를 달래며 자늑자늑한 손길로 유두를 어루만졌다.

더없이 소중하다는 듯이, 더없이 사랑한다는 듯이. 그의 손길에서 그의 목소리가 전해져 와 효이의 가슴을 두드렸다. 사랑하기에 너를 안는 것이라고, 몇 번이고, 몇 번이고 효이가 잊지 못하도록 상기시켜 왔다.

단휘는 애락과 함께 주어질 고통을 잊게 해 주기 위해 잠시도 쉬지 않고 입을 맞추고 효이를 안아 주었다.

"읏……."

한숨을 토해 내며 단휘가 효이의 안에서 파정하였다.

뜨뜻미지근한 감촉을 마지막으로, 지친 효이의 몸이 이불 위로 허물어졌다. 단휘의 손은 칼에 베인 상처를 스치고 잘록한 허리를 지나, 다시 풍만한 엉덩이를 거쳐 적셔진 안쪽 허벅다리까지 어느 곳 하나 빠뜨리지 않고 부드럽게 쓸어 내려왔다.

"후, 후주님."

손가락 하나 까딱할 기운도 없던 효이는 겨우겨우 치맛자락을 잡고 몸을 가리려 하였으나, 단휘에게 손이 잡혀 다시 일으켜졌다.

단휘는 효이가 그를 바라보도록 제 허벅다리 위에 앉히곤 갈라진 입술을 핥아 왔다.

속절없이 벌어진 입술이 단휘의 타액으로 다시 젖어 갔다.

단휘의 손이 효이의 뒷머리를 감싸며 입맞춤은 점차 더 깊어졌다. 지치지도 않았는지 단휘의 혀는 농밀하게 움직이며 계속 효이를 희롱하였다. 효이는 지친 팔에 힘을 주어 가까스로 그의 목을 다시 끌어안았다. 서로 가까이 엉길수록 도취 또한 깊어져 갔다.

문득 효이는 엉덩이로 깔고 앉아 있던 부위가 다시 뜨겁게 맥박치며 단단해지는 것을 느끼고 입술을 뗐다.

사슴처럼 놀란 눈이 단휘에게 고정되었다.

속으로 설마설마하고 있는 효이에게 단휘가 웃음 지으며 말하였다.

"너는 네가 짐작하는 것보다 더 빨리 사내를 알게 될 것이다."

고개를 숙여 온 단휘가 효이의 귓불을 깨물었다.

"읏! 하, 하나 저는 이제!"

단휘는 항변하려던 효이의 허리를 아주 쉽게 들어 올렸다. 그러곤 다시 내려오게 하며 우뚝 솟은 제 분신을 다시 효이의 안으로 밀어 넣었다. 처음보다 훨씬 더 깊고, 깊은 곳까지 단휘의 분신이 찔러 왔다.

처음 못지않은 고통에 효이가 몸부림치며 손톱을 세웠다.

"하, 아윽. 아, 하아, 후, 후주님."

"하나, 효이야. 너는 절대로 내가 아닌 다른 사내에 대해 알려고 하지 마라. 평생 내 품에서 내 손길만을 느끼고 내게만 안겨라. 넌 그저 나만을 사랑해 주어라."

효이를 응시하는 단휘의 눈빛이 위험한 빛을 띠며 더 짙어져 갔다.

효이는 제 안에서 점점 커져 가는 단휘를 느끼며 신음하였으나, 울먹이는 얼굴로 겨우겨우 말하였다.

"제, 제가 후주님 곁에 남기로 했다는 것은, 이, 이런 의미만이 아니었습니다. 저, 저는 그저 후주님을 지켜……."

"내게는 늘 같은 의미였다."

오랫동안 단휘에게 효이는 아무리 바라고 원하여도 신기루처럼 닿을 수는 없던 단 한 사람이었다. 미움을 받고 있다는 사실을 알고도 단념되지 않았고, 내치고자 할수록 멀어질 수 없던 단 한 사람.

효이를 향한 마음은 식을 줄 모른 채 타오르고, 공허는 함께 보내는 시간이 길어질수록 깊어져 갔다. 하나 내색할 수 없는 긴 시간 동안, 단휘에게 효이는 그저 정인일 뿐이었다. 그것은 봄이 오면 새순이 돋고 겨울이 오면 눈이 내리는 것처럼 단휘의 힘으로 바꿀 수 없는 이치였다.

"늘이라니 대체 언제부터…… 하아, 윽."

"아마도……."

단휘가 효이의 어깨에 고개를 묻으며 마저 대답하였다.

"네가 꽃을 보고 있었을 때부터였겠지."

"……예? 무슨 꽃……."

효이가 영문 모를 말의 뜻을 묻기도 전에 몸이 들렸다 다시 아래로 내려왔다. 그 짤막한 움직임은 제 안에서 맥박 치는 단휘의 욕망을 더 강하게 느끼도록 만들었다.

"흣!"

몸은 몇 번이고 다시 올라갔다가 내려오길 반복하였다. 단휘는 효이의 몸이 마치 종잇장이라도 되는 것처럼 간단히 다루었다.

"아, 하흑! 후, 후주님, 후주님, 하아……."

세상에 어찌 이런 기분이 다 있을까.

주권을 잃은 제 몸이 오로지 단휘의 뜻대로 진퇴를 거듭하고, 단휘가 바라는 대로 그를 조이며 애무해 가고 있었다. 감히 생각해 보지 않은 방식이라 너무 창피하여 고개를 들 수가 없는 와중에도, 아릿한 애락에 입술을 깨물었다. 육신이 한계를 외치는 목소리를 마음이 외면하며, 효이는 먼저 단휘의 입술을 훔쳤다.

누가 먼저랄 것도 없이 서로의 혀가 엉키고 타액이 섞이는 소리가 서로의 귓가를 울렸다.

단휘는 그대로 효이를 다시 이불 위로 부드럽게 눕혔다. 이미 한 차례의 격정이 지난 흔적으로 지저분한 이불이었으나, 단휘는 전혀 마음 쓰지 않고 다시 효이를 안았다.

다시, 그리고 또다시…….

몇 번이고 그와 사랑을 나누고 이제는 눈조차 떠지지 않을 때, 효이에게 단휘의 한마디가 환청처럼 들려왔다.

"이제는 정말로 네가 있구나."

✻

아직 해가 뜨지 않았다.

단휘는 잠든 효이를 물끄러미 바라보고 있었다.

'밤이 길다.'

단휘는 지금껏 어서 날이 밝아 오길 기다린 적이 없었다.

애가 탔다. 얼른 효이가 두 눈을 뜨고 다시 그를 보며 웃어 주길 원하였다. 손을 잡아 주고, 입을 맞추고, 다시 또 그에게 안기길 바라였다. 어찌 이럴 수 있을까. 곁에 가둬 두고도 공허함을 떨칠 수가 없다니, 사랑을 나누고도 온기가 식자마자 다시 외로워지다니.

그가 이리 나약한 사람이었던가.

스스로 믿을 수가 없을 정도였다. 상단을 다스릴 사람으로서 맹목적 탐욕이 얼마나 위험한지 알면서도, 단휘는 이미 헤어 나오지 못할 지경에 이르러 있었다.

"아이고, 대, 대체 누구시오!"

평온한 시간은 찰나였다.

단휘는 바깥이 소란해지자 바로 몸을 일으켰다. 수상한 기척이 주막을 둘러싸고 있었다. 효이처럼 살기를 짐작할 수는 없으나, 날카로운 검기가 속속 다가오는 것만은 느껴졌다. 이 작은 마을의 사람들을 전부 죽이고도 남을 숫자다.

단휘는 잠시 효이를 바라보다가 조용히 검을 쥐고 일어났다.

十二話 · 종장

달포 후.

초조하게 소식을 기다리던 서노담에게 드디어 낭보가 날아들었다.

"부행수님! 백호청에게서 온 서신입니다. 부하가 전언하길, 산에 널린 시신을 수습하느라 시일이 지체되었다고 합니다. 우선 받으십시오."

서노담은 황급히 서신을 받아 펼쳤다.

[치부책은 끝내 찾지 못했으나 서단휘는 죽었소. 시신은 거두었고 머잖아 그쪽으로 보낼 생각이오. 우리 측의 피해가 생각보다 크니 수란에서 배상해 주어야겠소.]

아래에는 청호 상단이 입은 피해와 보상을 바라는 물자들이 상세히 적혀 있었다. 서단휘를 처리하는 대가로는 결코 아깝지 않은 양이었다.

"치부책은 혼자 독차지하겠다는 뜻이군."

서노담의 입가에 비소가 서렸다.

"서단휘는 어찌 되었답니까?"

"……죽었다는구나. 그래, 드디어 죽었구나."

"아아!"

우자영은 얼른 서노담 앞에 무릎을 꿇고 인사를 올렸다.

"감축드립니다, 행수님."

다른 때였다면 섣부른 짓이라며 질책했을 서노담도, 이번만은 너그러이 넘어갔다.

"은강에게서는 기별이 없느냐?"

"사흘 전, 계속 추격하고 있다는 기별 이후에는 아무런 소식이 없습니다."

은강이 알린 상황에 따르면, 백호청의 부하들이 그들을 서단휘의 부하로 착각하고 덤벼드는 경우가 많아 응전을 겪었다고 하였다. 당장 살아남기에 급급한 와중이라 정효이를 찾는 일은 무리였으며, 우선 근처 마을까지 수색을 넓히겠다는 것이 주된 내용이었다.

"아무리 은강이라도 무리는 아닐지 염려됩니다. 차라리 백호청에게 수습한 시신들 중 계집이 있었는지 묻는 편이 빠르지 않겠습니까?"

수란을 손에 넣게 되니, 이제는 정효이의 힘이 아쉽다니. 탐욕이란 참으로 끝이 없는 것이었다.

"정효이에 대한 일은 은강에게 맡겨 두면 될 것이다. 우선 백호청에게 서단휘의 시신을 넘길 준비를 해 두라고 전언하여라."

"알겠습니다."

서노담은 차근히 앞으로의 일을 생각하였다.

'지금까지 길러 온 사병은 거의 은강에게 내주었지만, 살아 돌아오리라 낙관하긴 어려울 것이다. 서해국 분점에 자영을 보내 수습을

시키면, 그곳에 두고 온 재화도 창서국으로 가져올 수 있겠지.'

당장 행동을 시작하면 아직 창서국에 있는 많은 간부들로부터 의심을 살 위험이 있었다.

'하나, 이제 감히 누가 나를 대놓고 업신여기거나 의심할 수 있다는 말인가! 죽을 날만 기다리고 있는 노타가? 수란이 만든 소문만을 충실히 믿는 이 나라가? 바로 지금이야말로 22년 동안 기다려온 적기가 아닌가.'

서단휘의 죽음을 공표할 시기는 아니나, 은월각으로 가서 행동하기에는 적기였다.

후주의 일행이 아직까지 돌아오지 않는 이 상황에 대해 상단의 모두가 이미 불안해하고 있을 터였다. 부행수로서, 또한 백부로서 도성에 머물며 이와 같은 상황을 마냥 방치하기보다는, 나서서 지휘하는 편이 남들이 보기에도 타당할 것이다.

'22년 간 빼앗겼던 권리와 권력을 전부! 이제 다시 내 손으로 되찾는 것이다!'

절대로 조급한 것이 아니다. 오히려 너무 오랜 세월 동안 흑막에 숨어 때만 기다려 왔다. 달이 차서 기울었으니 이제 어둠을 밝힐 해가 떠오를 때였다.

"지금 바로 은월각으로 갈 것이다. 채비해라."

"예!"

암흑은 걷혔다.

이제야 모든 것이 손에 잡혀 왔다.

서노담은 부하들을 이끌고 은월각으로 향하였다.

✻

단휘가 출타한 이후로 굳게 닫힌 채 좀처럼 열리지 않던 은월각의 대문이 활짝 열렸다.

은월각을 지키고 있던 시종들이 불안한 얼굴로 모두 마당에 나와, 대문을 열도록 지시한 사람을 가만히 바라보고 있었다.

"조카께선 아니지, 후주께선 아직도 돌아오지 않으셨느냐?"

"예. 한데 어인 일로 오셨는지요."

시종들은 서로 눈치를 살피고 있었다.

주인인 행수는 병석에 눕고 단휘 역시 자리를 비운 지금, 아무리 혈족이라곤 하나 외부 사람을 들여도 되는지 고민하는 것이었다.

"길을 비키지 않는 저의가 무엇이냐?"

서노담의 하문에 시종들이 하는 수 없이 길을 비켜섰다.

그때 한 사람이 나와 서노담 앞에 허리를 숙였다. 시종장이었다.

"어떤 주빈이건 은월각에 오실 때에는 미리 기별을 주셔야만 합니다. 이는 이궁에서부터 계속된 규율인데, 이를 누구보다 잘 알고 계실 부행수님께서 어기려 하십니까?"

"기별을 드리면 받을 수 있는 분은 계신가?"

"그것은……."

시종장이 말끝을 흐리자 서노담이 무섭게 몰아붙였다.

"후주께서는 오랫동안 자리를 비우고 행수님께선 쓰러져 일어나질 못하시는데, 기별을 보내고 돌아오지 않을 답을 기다리라는 것은 이 서노담에게 은월각에 한 발짝도 들여놓지 말라는 말이 아니고 무엇이냐! 네가 감히 누구의 앞을 막아서고 있는지 모르겠느냐."

"송구합니다. 소인의 말주변이 부족하여 부행수님을 언짢게 해 드리고 말았습니다. 하나 이 같은 때일수록 규율은 더더욱 엄격히 지켜져야 하는 법입니다. 오늘은 부디 돌아가 주시지요, 부행수님."

시종장은 물러나지 않고 머리를 숙이며 말을 올렸다.

서노담의 눈에 그것은 끝까지 그를 몰아내려는 언사로밖에는 비쳐지지 않았다.

행수가 편찮고 후주가 부재중이라면, 응당 그 자리를 대신할 수 있는 유일한 사람은 부행수인 그뿐이다. 한데, 감히 하찮은 시종 주제에 그의 앞을 막아서고 그의 권리를 무시하는 행동을 하고 있다니!

"네가 죽고 싶은 것이냐?"

서노담보다도 곁에 있던 우자영이 먼저 검을 빼 들었다.

일촉즉발의 상황에 모두가 벌벌 떠는데, 하구가 얼른 사람들을 헤치고 끼어들었다.

"은월각에서는 행수님과 후주님께서 허한 사람만이 무기를 지니고 있을 수 있습니다. 두 분께서도 상단의 사람이시라면 규율을 잊고 경거망동하셔서는 안 될 것입니다."

예의 바른 하구의 태도에도 우자영이 크게 소리를 쳤다.

"네놈은 대체 누구인데 이처럼 무례한 짓을 하는 것이냐!"

"저는 두 분과 마찬가지로 행수님의 부하이며 후주님의 사람입니다."

예를 다하면서도 하구의 기개는 누그러들지 않았다.

하구와 시종장을 내려다보는 우자영의 시선에 냉혹함이 서렸다.

"그토록 충성한다면 목숨까지 바쳐 보아라!"

분개한 우자영이 검을 휘두르려는 찰나, 서노담이 나서서 그의 손목을 눌렀다.

"멈춰라."

"하나!"

"물러나 있으라고 하지 않았느냐!"

서노담은 천둥과도 같은 지엄한 목소리로 우자영을 꾸짖었다.

그러곤 앞으로 나서서 두려움에 떨고 있는 하인들을 바라보며 차분히 용무를 밝혔다.

"내가 이 자리에 온 것은 너희와 다투기 위함이 아니다. 모두 알고 있겠지만 다른 때라면 벌써 돌아오셨어야 할 후주님께서 기별도 없으신 상황이다. 나는 상단의 부행수로서, 또한 조카를 염려하는 백부로서 이를 방관할 수 없어 왔을 뿐이다."

서노담은 짐짓 근심스러운 얼굴을 하곤 말을 이어 갔다.

"시일을 지체할수록 상황은 악화될 것이다. 하루속히 간부들과 이 상황에 대해 의논하고 수색을 시작해야 하니, 진정으로 후주님을 위하는 자가 있다면 먼저 길을 비키도록 하여라."

서노담의 말은 청산유수라, 좌중을 현혹시키기에 부족함이 없었다. 모여서 웅성이던 사람들이 하나둘씩 길을 비켜서기 시작하였다. 이윽고 시종장과 하구를 제외한 모두가 서노담을 위해 길을 비켰다.

"은월각에는 현명한 부하들이 많구나."

서노담은 우자영과 함께 거침없이 접빈실을 향해 걸어가며 명령을 내리기 시작하였다.

"지금 바로 부하들을 전부 소집시켜라. 그리고 도성에 남아 있는 간부들을 불러라. 그들과 앞으로의 상황을 논의할 것이다."

접빈실로 들어온 서노담은 숨을 삼키었다.

단상 위에 있는 의자가 첫눈에 들어왔다.

대국인 창서국의 황제의 권위에 비견해도 모자람이 없다는 상단 행수의 자리. 아주 오랫동안 자격 없는 서노타 부자가 수탈하여 더럽힌 그의 자리였다.

서노담은 천천히 단상으로 다가가 떨리는 손으로 의자를 어루만졌다. 늘 가장 가까운 곳에서 바라만 보아야 했던 그의 자리다.

'이 자리가 이제야…….'

섭정은 용좌에 앉을 수 없듯이. 서노담은 아직 이 자리를 당당히 차지하고 앉을 수 없었다. 하나 머지않았다. 머잖아 전부 오롯이 그의 것이 될 터였다.

쾅!

그때 커다란 소리와 함께 문이 벌컥 열렸다.

그가 호출한 상단의 간부들이었다.

그들은 빠른 걸음으로 들어와 인사를 올린 후, 각자 마련된 자리에 앉았다. 그들은 이 상황에 대해 의문을 표하거나 불편한 심기를 드러내지 않았다. 그들의 태도는 순종적이었다. 새로운 주인이 누구인지 새삼 공표할 필요조차 없어 보였다.

서노담은 괴로운 얼굴을 가장하고 속으로 웃음을 삼켰다.

"좋지 못한 일로 그대들을 한 자리에 불러 모으게 되었다. 모두가 알고 있다시피 후주님께서, 행수님을 대신해 원관회에 참석하러 가시는 길에 행방이 묘연해지셨다."

간부들은 잠자코 그의 말을 듣기만 하였다.

"이번 원관회를 주최한 곳은 하필 청호 상단이 다스리는 지역이다. 오강 지방은 전부터 산적들이 출몰한다는 흉흉한 소문도 있고, 청호 상단 역시 우리와 견원지간이지. 당장 그들을 의심하는 것은 아니나 이대로 가만히 있을 수는 없다."

"하면 어찌하시겠습니까."

간부들 중 한 사람이 물어 오자 서노담은 얼른 대답하였다.

"우선 즉시 사람을 파견해 백호청에게 상황을 알리고 도움을 구해야 할 것이다. 또한 사병을 풀어 오강 지방을 수색하여 후주님의 행방을……."

명령을 내리던 서노담이 갑자기 입을 다물었다. 간부들의 시선이 한곳으로 모아진 탓이었다.

서노담이 의아해하며 뒤를 돌아보았다.

"너는!"

단상 옆쪽에 열린 문에서 한 사내가 접빈실 안으로 들어오고 있었다.

사내는 흑조 비단에 붉은 동백꽃을 수놓은 도포를 입고 있어, 마치 전신이 피에 젖은 것과 같은 착시를 일으켰다. 아니, 어쩌면 단 한 사람의 눈에만 그런 끔찍한 착시를 일으키고 있는지도 모를 일이었다.

사내는 느긋한 태도로 단상을 향해 걸었다.

간부들은 모두 일어나 일제히 그를 향해 허리를 숙였다.

"백부님께서 제 걱정을 그리 많이 하고 계신 줄은 미처 몰랐습니다."

작게 읊조리며 마침내 단상에 오른 사내는 가만히 서노담을 바라보았다. 그 시선이 싸늘하고 무감하여 서노담의 몸에 오싹 한기가 돌았다.

사내는 의자 등받이를 스치듯 어루만지며 서노담에게로 다가왔다.

"아직 앉아 보지도 않으셨습니까? 무얼 그리 겁내셨습니까."

말도 안 된다.

살아 있을 리 없다. 분명 죽었다고 하였다. 설마 지금 그가 환각을 보는 것일까. 그렇지 않고서야 서단휘가 어떻게 저리 멀쩡히 살아서 여기 도성으로 돌아왔단 말인가.

"저, 정말 돌아온 것인가."

다행이지 않느냐는 말투였으나 이미 서노담은 반쯤 넋이 나가 있었다.

"백부님께서 염려해 주신 덕분에 무사히 돌아왔습니다."

단휘는 태연하게 인사까지 올렸다. 그리고 그가 당연하다는 듯 서노담이 망설이며 앉지 못하던 의자에 앉자, 다시 접빈실의 문이 열렸다.

타다다닥.

타다다닥.

양문으로 쏟아져 들어오는 간부들은 마치 입궐하는 관리처럼 모두 의관을 갖추고 있었다. 그들은 서노담은 쳐다보지도 않고 단휘에게 인사를 올리며 각자 자리에 앉았다. 새로 들어온 간부들을 한 사람씩 둘러본 서노담의 얼굴이 딱딱하게 굳었다.

타라국 분점을 통솔하고 있을 서청, 이룡국의 경하, 황실과 상단 사이에서 정보 교류를 맡고 있을 갈선을 비롯하여 모두가 하나같이 이 자리에 올 리 없는 인물들이었다.

"그대들이 어떻게 여기에……."

서노담은 그들 틈에서 오래전 직접 쫓아낸 서해국 분점의 간부를 발견하고 더더욱 기함하였다.

무언가 잘못되었다.

뒤늦게야 깨달았으나 지금에 와서 그가 할 수 있는 일은 짐짓 태연한 척을 하는 것밖에는 없었다.

"부행수께선 오늘 이 자리가 무엇을 위해 준비되었는지 아시겠습니까?"

손등에 턱을 괸 단휘가 웃으며 물어 왔다.

"모르겠구나. 어이하여 이들을 한곳에 불러 모은 것인가."

"곧, 전부 알게 되실 겁니다."

그 말이 끝나기가 무섭게 서청이 기다렸다는 듯 조서를 들고 일어났다.

"소신은 타라국 제1분점을 총괄하고 있는 지배인 서청이라 합니다. 저는 후주님의 명령으로 서해국에서 벌어지는 각종 비리 사건에 대해 조사한 내용에 대하여 고하기 위해 이 자리에 나왔습니다. 시작해도 되겠습니까?"

서청의 물음은 단휘가 아닌 서노담을 향해 있었다.

감히, 그를 떠보는 것일까.

"서해국에서 벌어지는 비리라. 무슨 말인지 모르겠구나."

"그토록 비리가 만연하였는데 부행수님께선 아직도 파악을 못 하셨다는 말씀이십니까? 그것 참 한심한 일이군요."

서청은 여유작작하게 말을 받아넘기고는 조서를 읽기 시작하였다.

"서노담 부행수는 오랫동안 수차렴 자관과 유착해 행수님께서 정하신 판매가를 지키지 않음으로써 발생시킨 물건의 차액을 뒤로 빼돌려 왔습니다. 그 차액의 추정 금액은 최소 은자 60문에 달하는 것으로 파악되었습니다. 부행수는 그 차액을 이용해 지속적으로 앵속 밀거래를 하였고, 거기서 얻은 이익으로 인장이 박히지 않은 무기와 갑옷을 생산시켜 사병을 길러 왔습니다."

앵속 거래를 위해 손을 잡았던 수차렴은 죽었다. 그의 가족들까지 전부 사람을 보내 몰살시켰고, 최후의 증좌인 수차렴의 장부마저 그의 손으로 넘어왔다.

한데, 대체 어디에서 저따위 사실을 알아내었단 말인가.

서노담은 두 주먹을 쥐었다.

"사병을 키운 것은 사실이다. 하나 주로 무기를 취급하는 서해국 분점에서 많은 호위를 거느리는 것은 당연한 일이다. 본점에 올리는 장부와 시중에 판매된 물건의 가격이 달랐던 것은 과거 수차렴이 저지른 과오일 것이다. 이번에 돌아가면 바로잡고 수차렴을 제대로 단속하지 못한 사실을 고해 달게 벌을 받을 생각이었다."

진실은 죽은 수차렴과 그만이 공유하던 것이었다. 얕은 추론만으로는 저들은 결코 진상에 도달할 수 없을 터였다.

"그리 말씀하신다면 증인들을 부르도록 하겠습니다."

서청의 말이 끝나기가 무섭게 문이 열리며 서해국의 대장장이들이 들어왔다.

서청은 바닥에 꿇어앉은 대장장이들에게 하문하였다.

"그대들은 여기 서노담 부행수의 명령으로 수란의 인장이 박히지 않은 검과 창, 단도, 활과 화살, 갑옷 등을 만들어 납품한 이력이 있는가?"

"저, 저, 저희들은 그저 주시는 대로 받고 물건을 만들어 드린 죄밖에 없습니다요."

대장장이들은 두려움에 떨며 아는 대로 고하였다.

"물건에 인장을 박지 않은 것은 효용성을 먼저 시험해 본 후에 물건이 좋으면 지속적으로 납품을 하게 해 준다는 조건으로 했던 거래였기 때문입니다. 결코 수란에 위해를 끼칠 마음은 없었습니다! 믿어주십시오!"

대장장이들의 애원을 가만히 듣고 있던 서노담이 앞으로 나서서 그들에게 하문하였다.

"너희들에게 거래를 제안하고 물품대를 준 사람은 누구이냐?"

"자, 잘 모릅니다. 그저 수란 상단의 사람이라고밖에는……."

"그자가 수란의 사람임을 제대로 증명한 적이 있느냐?"

"하, 하나, 벽촌에 있는 저희에게 굳이 찾아오신 것도 그렇고, 작업 방식까지 세세히 알고 계신 분이었던지라 분명히……."

"결국 증좌는 없다는 뜻이구나."

서노담은 대장장이의 말을 자르곤 모두를 둘러보며 말하였다.

"수란은 창서국에서 유일하게 무기 교역권을 가지고 있지. 하나 대량으로 무기가 필요한 자들이라면 누구건 수란의 이름을 대고 생산을 의뢰하는 것이 가장 쉽다는 사실을 모르지 않을 것이다."

"앵속 거래 내역이나 장부의 허점은 수차렴의 탓, 인장이 박히지 않은 무기의 유통은 상단을 사칭한 누군가의 탓이다?"

기가 차다는 듯 서청이 되물었으나 서노담의 태도는 여전히 당당하였다.

저들은 절대로 진실에 도달할 수 없으리란 확신 덕분이었다.

되레 서노담은 언성을 높여 모두를 꾸짖었다.

"오래전부터 상단 내에서는 나를 못마땅하게 여기는 자들이 즐비하였지! 서청, 그대 역시도 그러하지 않았는가!"

"우선 저자들을 끌고 나가라."

대장장이들이 모두 끌려 나가자, 서청은 조서를 내려놓고 한 통의 서신을 꺼내 들었다. 그는 서신을 펼쳐 들고 건조한 목소리로 내용을 읽어 내려가기 시작하였다.

서노담은 첫 구절을 듣자마자 바로 서신의 정체를 알아차렸다.

'백호청! 네놈이 나를 배신하였구나!'

이윽고 서청은 서신을 내려놓고 다시 심문을 시작하였다.

"원관회를 앞두고 서노담 부행수가 백호청 행수에게 은밀히 보낸 이 서신은 원관회에서 후주 서단휘를 암살해 달라는 내용을 담고 있습니다."

서청은 품에서 다른 서신을 꺼내어 말을 이어 갔다.

"그리고 바로 이것이 성사된 거래 내용을 담고 있는 마지막 서신입니다. 이에 따르면 결행은 백호청 행수의 부하들이, 무기와 갑옷 및 물자와 비용은 서노담 부행수가 대는 것으로 되어 있습니다. 결행의 대가는 황제 폐하께서 수란에만 윤허하신 무기 교역권의 주권 이동입니다."

이가 으드득으드득 갈렸다.

백호청! 그 우매한 놈이 줄줄이 다 불고 그에게는 거짓 서한을 보내 서단휘의 죽음을 알렸다. 욕심도 배포도 용기도 없는 천하의 한심한 작자였다.

"부행수님."

가만히 상황을 지켜만 보고 있던 단휘가 내처 말하였다.

"저 서신을 어찌 입수하였는지 궁금하지 않으십니까?"

"……."

"우선 안심하십시오. 백호청은 저 약조를 지키기 위해 무척 노력했습니다. 부하들을 산적으로 위장시켜 산을 넘고 있던 저희를 덮쳤지요. 부행수님께서 미리 내주신 인장이 박히지 않은 무기를 들고 말입니다."

하면 대체 언제, 대체 언제 그를 배신했단 말인가!

"습격에서 살아남은 저는 다시 청호 상단으로 향하였습니다. 백호청을 찾아가 포로들이 토설한 말과 증거들을 일일이 일러 주었지요. 백호청은 참으로 가상하게도 부행수님과의 의리를 지키기 위해 애썼습니다만……."

단휘는 사특한 미소를 흘렸다.

"인장이 박히지 않은 무기를 생산해 나라에 들여온 일을 청호가 꾸민 짓으로 황제 폐하께 고한다고 겁박하자, 바로 태도가 돌변하였습니다."

"……."

서노담이 침묵하자, 서청이 기다렸다는 듯 고하였다.

"후주님께서 생포한 자들의 증언은 이와 일치하고 있으며, 실제로 그자들이 쓰던 무기와 갑옷은 이미 대장장이들이 직접 만든 것이라고 시인하였습니다."

도대체 한 놈도 제대로 된 자가 없었다.

대장장이들이야 그렇다 치더라도 백호청의 우매함에는 치가 떨릴 지경이었다. 기껏 놓친 서단휘가 찾아와 주었다면, 그때라도 제대로 죽여 버렸다면 끝났을 일이었다. 결국 그 한심한 작자가 모든 일을 그르친 것이다. 하나 아직 포기하기에는 이르다.

아직, 아직 포기할 수는 없었다.

"하면 후주께선 평생을 수란을 위해 헌신한 이 몸을 저버리고 오랫동안 호시탐탐 수란을 무너뜨릴 기회만 노려 온 백호청의 말을 더 믿는다는 말씀이신가."

서노담은 필사적으로 말을 이어 갔다.

"설령 내가 수란을 취할 야욕에 미쳐 있었더라도 무기 교역권처럼 큰 이득을 낳는 장사를 스스로 양보할 리 없지 않나. 한눈에 보아도 백호청이 수란에 내분을 일으키려 전부 조작한 짓인데, 어이하여 그자의 말에 휘둘리고 있단 말인가!"

"바라였는데……."

격노한 서노담을 향해 단휘가 알 수 없는 말을 흘렸다.

접빈실에 모인 모든 간부들이 송구스럽다는 듯 고개를 숙인 순간, 또다시 문이 열리며 낯익은 사내가 걸어 들어 왔다.

"거봐, 절대로 시인하지 않을 거라고 했지?"

아니다.

아닐 것이다.

"처음부터 이걸 들이댔어야지. 뭘 바란 거야, 도련님?"

서노담의 머릿속은 장부를 들고 들어오는 사내를 본 순간 정지하였다. 죽은 줄로만 믿고 있던 서단휘를 다시 대면했을 때보다 더, 끔찍했다.

"저자는 누구입니까?"

"저도 처음 보는 자입니다."

그를 처음 보는 몇몇 간부들이 수군거리기 시작하였다.

오랫동안 상단에 존재해 왔으나 알려진 것은 별칭뿐, 얼굴조차 없는 존재로 살아왔기에 당연한 반응이었다.

"'던져진 창' 이라고 하면 다들 알아보시려나?"

은강이 천연덕스럽게 내뱉은 말에 접빈실 안은 금방 혼란으로 가득 찼다.

"저, 저자가?"

"행수님이 부리던 야차!"

"하나 오래전 종적을 감추었다고 들었는데?"

"왜 갑자기 이런 때에 나타났지?"

그때 수군거리는 간부들의 목소리를 헤치고 우자영이 불쑥 소리쳤다.

"은강! 네놈이, 네놈이 감히 부행수님을 배신하였느냐! 제 주인을 배신하고 정처 없이 세상을 떠돌았어야 할 너를 거두어 주고 쓸모 있게 만들어 주신 은인을 감히 배신하다니!"

우자영은 치를 떨었다. 당장에라도 허리춤에 차고 있던 검을 뽑아 은강의 목을 내려칠 기세였다.

은강은 그런 우자영을 보며 태연히 웃었다.

"배신이라니? 누가 누굴 배신해? 이 몸은 말이야. 평생 누구도 배신한 적이 없는 게 자랑거리란 말이지. 아아, 부행수님. 걱정은 하지마. 정효이는 아주 무사하니까. 내가 아주 제대로 빼돌렸어."

그 와중에 은강은 넉살 좋게 서노담에게도 인사를 올렸다.

"네, 네놈이 감히!"

우자영은 분노를 참지 못하고 칼을 빼 들었다.

"허? 안 그러는 게 좋을 텐데?"

"죽어라, 이 배신자!"

우자영의 검 끝이 순식간에 은강의 목을 향해 달려들었다. 은강은 뒷짐을 진 채 느긋하게 검을 피하며 발을 차올렸다.

"윽!"

발끝은 정확히 우자영의 손목을 쳤다. 은강은 우자영이 무방비해진 틈을 파고들어 순식간에 급소를 쳤다. 퍽! 우직한 소리와 동시에 우자영이 정신을 잃었다. 은강은 쓰러지는 우자영을 받아 낸 후 손수 양손에 형구를 채웠다.

"자, 자. 이놈은 잘 가둬 두라고. 부행수의 수족이니까."

일련의 상황을 지켜보며 서노담은 이미 넋이 나가 있었다. 단휘의 앞이니 어떤 감정도 드러내서는 안 된다는 사실조차 잊은 지 오래였다. 은강은 모든 것을 알고 있다. 모든 것을 지켜보았고 도와 왔다. 은강이야말로 그가 벌인 모든 짓들에 대한 살아 있는 증좌였다.

"저기 도련님 바람대로 당신이 진즉 시인했다면 난 나서지 않았을걸? 뭐, 나야 아무래도 상관없지만. 자, 도련님, 이제 마무리해 보자고."

"들여라."

단휘의 명령이 떨어지자 하인들이 여러 권의 장부를 가져다 나르기 시작하였다. 황망한 와중에도 서노담은 그 장부들을 한눈에 알아보았다.

그것은 창서국으로 건너올 때 서노담이 가지고 입국한 그의 이중 장부들이었다.

수차렴과의 거래 내역, 별개로 그가 대장장이들에게 지불한 돈은 물론이고 사병을 양성할 때 든 비용과 분점에서 가격을 조작한 모든 내용이 상세히 기록된, 이 세상에 존재하는 그의 유일한 치부.

'어찌 저게 이런 곳에!'

문갑은 단순히 나무로 만든 물건이 아니기에 불에 녹이지 않는 한 부수어서 열 수도 없는 물건이었다. 밖에는 몇 중으로 된 잠금쇠를 걸어 놓았고, 열쇠는 오직 서노담 그만이 가지고 있었다.

한데, 대체 어떻게 저 스물세 권의 장부를 다 여기로 가져왔단 말인가!

경악에 찬 얼굴로 장부를 바라보고 있던 서노담에게 은강이 친절히 설명했다.

"문갑의 잠금을 푸는 것쯤이야 나 같은 자들에게는 식은 죽 먹기보다도 쉽지. 나는 당신이 눈치채지 못하도록 매일 장부를 하나씩 가지고 나가서 아는 자들에게 필사를 시켰어. 만일에 대비해야 했거든."

많은 인원이 달라붙어 이틀에 한 권씩 필사해 만들어 낸 장부를 문갑에 넣고 원본을 빼돌리는 식으로 은강은 총 스물세 권의 장부를 모두 손에 넣은 것이었다.

은강은 본래 창서국 태생인 데다 오랫동안 이 나라에서 서노타를 보필한 사람이었다. 바로 그랬기 때문에 서노담은, 매일 밤 과거의 원수들을 찾아다닌다던 은강의 말을 믿었었다.

"너는…… 하면 너는 네 동지들을 죽여 왔다는 뜻이냐?"

서노담이 은강을 굳게 믿게 된 데에는 다 이유가 있었다.

서해국 분점으로 찾아오는 수많은 세작들, 늘 그자들을 차출해 죽여 버리는 일을 도맡았던 사람이 바로 은강이었다. 은강은 타고난 살수였고 눈이 밝은 밀정이었다. 따라서 서노담은 은강을 더 의지하게 되었던 것이었다.

"방금 부행수님의 말씀은 제법 자백처럼 들렸습니다만, 혹 더 하실 말씀이 남아 있다면 들어 드리겠습니다."

서청은 매끄럽게 상황을 정리하였다.

더 할 말이 없지 않느냐는 태도였다.

서노담은 멍한 시선으로 주변을 둘러보았다. 서노담의 눈빛은 순간순간 아이처럼 무구하였고, 살인귀처럼 표독스럽기도 하였다.

"이상입니다."

마지막으로 서청은 조서를 단휘에게 바친 후 자리에 앉았다.

단휘는 기다렸다는 듯 모두를 둘러보며 명령하였다.

"이 시간 이후 서노담을 파직시키겠다. 전국의 모든 분점에 이 사실을 알려라. 당분간 서해국 분점의 수습은 서청이 맡도록 해라."

"예!"

"모두 나가 보아라."

단휘의 명령 한마디에 모든 부하들이 썰물처럼 접빈실을 빠져나갔다.

쿵.

문이 닫혔다.

단휘는 한때 그가 아버지보다 더 의지하고 사랑했던 사내를 바라보았다. 단휘의 눈에 비친 서노담은 더 이상 어린 시절에 목마를 태워 주거나 무술 대련을 응원해 주던 백부가 아니었다. 그는 미련한 탐욕에 미쳐, 가질 수 없는 것을 탐하다 끝내 전부를 잃게 된 어리석은 죄인에 불과하였다.

"미련이라는 것은 사람을 참으로 추하게 만드는구나."

단휘는 한 발짝씩 천천히 서노담에게로 다가갔다.

서노담은 단휘가 다가온다는 사실조차 모를 정도로 정신이 빠져 있었다.

"이 자리에 대한 미련마저 버리라고는 하지 않겠다. 이룰 수 없는 바람이라도 품어라. 잡을 수 없을 허상이라도 가져라. 그처럼 하찮은 것들은 기꺼이 양보하겠다."

이윽고 단휘는 허리에 차고 있던 검을 빼 들며 서노담 앞에 다다랐다.

"만약 그대가 오로지 나만을 죽이려 들었다면 나는 너를 살려 주었을지도 모른다."

목숨을 거두지 않고 용서를 해 줄 수도 있었다.

눈알을 뽑고 혀와 손가락을 자른 채로 여생을 보내게 할 수도 있었다.

부하를 시켜 온 세상에 구걸을 하러 다니며 비천한 생을 살게 할 수도 있었다.

그렇게라도 살려 두었을 수도 있었다.

하나.

'서해국에서 감시하고 있던 효이의 고향 사람 중 한 명이 실종되었는데, 그 배후가 서노담인 듯합니다. 은강이 말해 준 대로 서노담은

효이의 힘을 탐하고 있던 모양입니다.'

한로에게서 그 이야기를 들었을 때, 단휘는 이미 서노담을 제 가슴속에서 죽였다. 그리고 다시 몇 번이고 몇 번이고 죽이기를 반복하며, 잔해조차 남지 않을 정도로 베어 냈다. 그러니 다시 또 한 번 눈앞에 있는 서노담이 죽는다고 해서 새삼 마음이 아플 것도 없었다.

콱!

서노담의 눈앞에 검이 내리꽂혔다. 땅이 검에 박힌 충격으로 검날이 진동하였다.

"하나 정효이를 탐낸 것만은 용서할 수가 없구나."

단휘는 검을 놓고 뒤로 한 발짝 물러났다.

"스스로 멈출 기회를 주겠다."

결국 자결하라는 뜻이었다.

서노담은 검에 비친 제 초라한 몰골을 바라보다가 발작적으로 웃었다.

"큭, 큭, 하하하! 하하하하하! 왜? 네 손으로는 날 죽일 용기조차 없느냐? 그래, 너희는 그렇겠지. 노타도, 너도 유약하기 그지없어! 너희 같은 것들이 내 자리를 탐하고, 빼앗아 취하고 있는 것이 옳다고 생각하느냐? 수란의 번영을 생각한다면 마땅히 죄를 빌고 물러났어야 하지 않느냐!"

"……."

서노담은 단휘의 도포자락을 움켜쥐며 계속 소리쳤다.

"나는 빼앗으려 한 것이 아니다. 되찾으려 한 것이지! 내 것을, 내가, 내 손으로 되찾으려 한 것뿐이다! 너는 그것을 죄라고 말할 수 있느냐? 날 죽이고 네게 돌아갈 세상의 모멸을 견디지도 못할 네가, 감히 나를 죄인으로 치부할 수 있는 자란 말이냐!"

서노담의 목소리가 접빈실 안에서 메아리쳤다.

“…….”

선대 행수가 서노담을 후계로 택하지 않은 순간부터 이미 수란은 그의 것이 아니었다. 하나 서노담은 그 긴 세월 동안 제 것을 부당하게 빼앗겼다고 믿고 있던 것이다. 어리석은 집착과 믿음은 결국 그를 파멸로 이끌었다.

거친 숨을 토해 내는 서노담을 잠시 내려다보던 단휘는 그 앞에 한쪽 무릎을 꿇고 앉았다.

“유약해서 그대를 죽이려 들지 않은 것이 아니다. 평생에 단 한 번쯤은 그대에게 내가 조카였길 바라였을 뿐이지. 하나, 그마저도 이제 와 바라기에는 새삼스러운 것이구나.”

관용을 베푸는 일도, 기다리는 짓도 이제는 전부 귀찮아졌다.

지금 단휘가 있어야 할 곳은 비루한 배신자의 앞이 아니었다. 단휘에게는 하루라도 속히 서노담이 벌인 짓들을 정리하고 돌아가야 할 곳이 있었다. 서노담이 마지막까지 악인으로 남기를 자처한다면 단휘 역시 그간의 죄를 용서하지 않으면 그만이었다.

설령 여기서 단휘가 혈족을 죽인 천하의 미친놈이 되더라도 효이만 모른다면, 아무것도 모른 채 서노담이 죄를 뉘우치고 자결한 것으로 알게 된다면, 하여 효이가 슬퍼하거나 가슴 아파하지 않는다면, 무엇이 어찌 되건 단휘와는 상관없는 일이었다.

단휘는 일어나면서 서노담 앞에 꽂아 두었던 검을 빼 들었다.

그리고 다시 서노담을 바라보는 단휘의 눈빛에는 손톱만큼의 자비도 담겨 있지 않았다.

十三話 · 해후

과거의 위명은 온데간데없이 거의 폐허가 되어 버린 이궁. 그곳의 뒤뜰은 전부터 은강이 자주 쉬러 온 장소였다. 은강은 서노담의 시신이 접빈실 바깥으로 치워지는 꼴을 본 후 바로 이곳으로 와 오랜만에 나무 위에 드러누웠다.

"은강."

은강이 혀를 찼다.

휴식은 그리 길지 않았다.

"행수님의 명령 때문이었다고 왜 말하지 않았어?"

한로는 예전처럼 나무에 등을 기대고 선 채 물어 왔다.

은강은 여전히 드러누운 채로 대답하였다.

"말했으면 어땠겠어?"

"……네가 서청에게 서노담의 사병들을 전부 인솔해 왔을 때조차 나는 널 믿을 수가 없었어. 네가 서노담의 문갑에 대해 말하고 장부의 사본을 보여 주고서야 믿어졌지."

오랫동안 속아 오고도 한로는 조금도 화나지 않은 얼굴이었다.

"하긴, 우리가 행수님을 배신할 수 있을 리가 없지."

도리어 안도했다는 말투였다.

"작은 어른께서 단도를 보여 주셨을 때 어림짐작은 했었어. 그래, 역시 너였던 거지?"

단도라.

은강은 서노담 밑에서 세작으로 활동할 때 독자적으로 움직이며, 서노타와 거의 연통을 주고받지 않았었다. 만일에 대비해서였다. 그렇게 보낸 세월이 겹겹이 쌓이고 드디어 때가 되었다 싶었을 때에서야 은강은 제 주인에게로 돌아왔다.

그러나 서노타는 의식이 없었고 머잖아 죽을 사람처럼 위독해 보였다.

'이봐, 행수님. 명령을 내려야지. 지금 누워서 뭘 하고 있는 거야. 서노담이 창서국으로 왔어. 장부를 가지고 왔다고. 이제 정말 끝이야. 근데 대체…… 뭘 하고 있는 거야!'

아무리 흔들어 깨우고 소리를 쳐 봐도 서노타는 꼼짝하지 않았었다.

어찌할 바를 몰라 하던 순간, 갑자기 들이닥친 정효이 때문에 결국 은강은 도망을 쳐야만 했다. 당시 은강은 깊게 절망했었다. 그대로 서노타가 죽으면 지난 수년간의 노력은 허사가 될 터였고 은강은 그저 그런 배신자로 여생을 보내게 될 것이기에. 앞으로 무얼 어떻게 해야 할지조차 감이 잡히질 않았다.

'당시엔 도련님을 유약하다고만 생각했으니까.'

번민하던 그때, 갑자기 도성에 치부책에 대한 소문이 퍼지기 시작하였다. 그러자 서노담은 선뜻 은강을 서해국으로 보내 주었고, 덕분에 그는 편히 움직일 수 있게 되었다.

그때에서야 은강은 단휘의 자질을 의심하던 마음을 내려놓았다. 어쩌면, 아주 어쩌면 정말로 서노타 행수의 뒤를 잇기에 부족함이 없는 후계자일지도 모른다, 그런 마음이 든 것이었다.

"행수와 도련님은 별로 안 닮았다고 생각했었는데 말이야."

문득 은강이 읊조렸다.

"따지고 보니 하나는 제대로 닮았네."

은강이 마저 말하기도 전에 한로는 이미 웃고 있었다.

"제 여인 하나에게만은 제대로 눈이 멀었잖아. 거참. 돌아가신 행수님의 부인 마님께선 어느 모로 보나 완벽하셨지만, 도련님 취향은 도통 이해가 안 가. 따박따박 대들고, 나서고, 낄 데 안 낄 데 구분 못 하고 말이야. 거기에 살기까지 읽어 낸다니. 취향 한번 참……."

대놓고 흉을 보는데도 한로는 뭐가 좋은지 계속 웃는 얼굴이었다.

"그렇지만 은강, 너도 효이를 꽤 좋아하잖아."

"뭐? 무슨 헛소리야?"

좋긴 어디가 좋단 말인가.

방금까지 한참 단점에 대해서 늘어놓았는데.

'이 사람은 전에도 행수님이나 저를 죽일 기회가 있었습니다. 지난번 산에서도 마찬가지였지요. 우릴 전부 죽일 수 있었어요. 그렇지만 은강은 누구도 죽이지 않았지요. 후주님, 저는 이 사람을 믿습니다. 은강의 말이 사실이라면 이 사람은 그저 행수님의 명령을 충실히 지켜 온 부하일 뿐이지 않습니까.'

정효이는 단휘조차 그를 배신자로 여기며 믿지 않으려 들 때, 굳이 나서서 그의 편을 들어 주었다. 아무것도 알지 못하면서 당당히 은강에게 등까지 보이며 감싸려 든 어리석고 한심한 여인이다.

'내가 정말 배신자였으면 단칼에 등을 찔렀을 거라고.'

살기를 읽는다는 힘만 믿고 그러는 것인지 모르겠지만, 아무튼 은강과는 맞지 않는 사람이다.

'옆에 있으면 괜히 기분만 묘해지고 마니까.'

은강은 나무 아래로 휙 뛰어 내려왔다.

"은강, 앞으로는 어쩔 생각이야?"

"뭘?"

"살수 주제에 얼굴에, 이름에, 소속까지 다 알려졌잖아. 이제 어디 가도 일할 곳이 없을걸."

"……."

모두의 앞에서 워낙 유명했던 별칭을 그대로 밝혔으니, 한로의 말대로 이제 밥벌이 해 먹기에는 다 그른 셈이었다.

"은강."

"뭔데, 또."

"작은 어른은 좋은 분이야. 그렇게 보이지는 않겠지만."

한로가 웃었다.

"난 그만 가 볼게."

늘 그랬듯 한로는 제 할 말만 마치고 쏙 빠져 버렸다.

좋은 분이라니, 그래서 뭘 어쩌란 말인가. 하여간 정효이건 서단휘건 한로건, 그의 마음에 들지 않는 것투성이다. 오랜만에 돌아온 창서국은 아직은 이처럼 은강에게 낯설고 짜증나는 것들로만 가득했다.

아주 어쩌면, 머잖아 익숙해질지도 모르지만 말이다.

✻

난간에 걸터앉은 효이가 두 다리를 허공에 휘휘 흔들며 물었다.

"후주님께선 언제 오실까요?"

"풉!"

한로는 참지 않고 효이 앞에서 대놓고 웃었다.

"그리 기다려지세요?"

"나루로 온 지 벌써 석 달하고도 반이나 지났지 않습니까."

"언제는 어머니께로 돌아가고 싶다고 서신 끌어안고 우시던 분이."

눈을 흘기며 한로가 말하자 효이가 벌떡 일어섰다. 얼굴에는 당황한 기색이 역력하였다.

"그런 말이 아닙니다!"

"오연 님께서 들으시면 서운해하시겠습니다."

"다만 후주님께선 분명히 금방 돌아오겠다고 하셨는데 기별도 없으시고, 전 그냥……."

"네, 네. 알았어요. 그만해요."

석 달 전, 주막을 덮쳐 왔던 적들은 다름 아닌 한로와 그의 부하들이었다.

한로는 단휘의 명령대로 서해국에서 필요한 모든 증좌를 확보하고 조서를 작성해, 서청에게 맡긴 후 창서국으로 막 돌아온 참이었었다. 단휘가 부하들과 미리 정해 두었던 구호대로, 도운을 사칭하고 다니는 사람을 쫓은 그들은 백호청의 부하들보다 먼저 단휘에게로 도달할 수 있었다. 그 후 효이는 당연히 단휘와 함께 도성으로 돌아가게 될 줄 알았다. 그리 약조했었으니 말이다.

하나 단휘가 허락하지 않았다.

'데리러 가겠다. 그때까지 나루로 가 있어라.'

'싫습니다! 함께 가겠습니다!'

열심히 고집을 부려 보았으나, 단휘의 명령은 지엄했고 한로까지 나서서 설득하는 바람에 결국 혼자서 여기 나루로 오고 말았다.

"정말로 아무 소식도 들려온 게 없습니까? 여기 나루가 그렇게 변두리도 아니고, 다름 아닌 수란의 일인데 어떻게 아무 소식도 퍼지지 않을 수 있단 말입니까?"

갑갑한 마음에 효이는 가끔 뭍으로 나가는 한로를 잡고 캐물었으나, 돌아오는 대답은 늘 하나였다. 아무것도 듣지 못하였다고 말이다.

"그게……."

한로가 난감해하던 그때 멀리서 효이를 부르는 목소리가 들렸다.

"효이야. 너 또 그분을 괴롭히고 있니?"

"아, 어머니!"

오연은 가까이 다가와 한로와 은근한 눈빛을 교환하고, 품에 안겨 오는 효이를 다독였다.

"후주님이야 기다리면 오시지 않겠니. 매번 이 무렵이면 나루로 오곤 하셨다고 몇 번을 말해."

두 사람을 바라보던 한로도 난간에서 일어났다.

"하면 전 이만 가 볼게요, 효이."

"어? 벌써요?"

"효이한테 객식구 취급 받지 않으려면 도성에 한 번 다녀와야 할 것 같아서요."

"예? 그런 말이 아니었습니다!"

한로는 농이었다며 웃곤 효이의 뺨을 다독여 주었다.

"효이, 아무것도 걱정하지 말아요."

한로는 그 한마디만을 남겨 놓고 휙 가 버렸다.

"우리도 그만 돌아갈까?"

오연이 효이의 손을 잡았다. 손으로 전해져 오는 따뜻한 체온에 효이가 웃었다.

석 달 전 처음 재회했을 때는 마치 꿈과 같아서 잠시도 어머니의 곁에서 떨어지지 않던 효이였다. 서로 얼싸안고 한참을 울고 그간의 일들을 밤새 이야기하며 하루하루를 보냈고, 지금은 마치 4년 전으로 돌아간 것처럼 평범하게 지내고 있었다.

단휘의 말은 하나도 틀린 것이 없어서, 오연은 의원인 효이가 직접 살펴보아도 의심할 구석 없이 무척 건강했다. 거기다 마냥 안채에 틀어박혀 지낸 것이 아니라, 객점의 일을 돕고 손님들과 대화도 나누며 평온한 여생을 보내 왔다. 늘 걱정만 하고 있던 효이로서는 오연의 사소한 일상 하나하나가 마냥 신기하고 기쁘기만 했다.

"참, 옹 영감께서 지난번에 한로랑 대체 술을 얼마나 퍼마신 거냐고 물어보시던데?"

"어? 전 많이 안 마셨는데, 그날 술은 한로가 다……. 아! 한로가 지금 그래서 도성으로 간 겁니까? 아아, 돌아가면 저만 혼나겠네요."

오연은 풀이 죽은 효이를 보며 웃었다.

"그까짓 술이야 다시 담가 놓으면 되니 걱정 마라."

"아, 그렇지! 저어, 어머니. 후주님께선 매년 여기에 와서 무얼 하셨습니까? 저희처럼 쉬셨나요?"

혼자 느긋하게 휴식을 즐기는 단휘의 모습이라니.

4년 동안 한 번도 듣도 보도 못한 효이로서는 아무리 애써도 상상하기가 어려웠다.

"음, 우리 딸이랑 한로가 그랬던 것처럼 강가에 발을 담그고 술을 드시기도 하고. 도륜 선생님과 대국도 하시고, 네 안부를 전해 주기도 하셨지. 일 년에 단 며칠이었지만, 그래도 덕분에 이 어미는 네가 후주님 곁에서 어찌 지내는지 훤히 들을 수 있었단다."

그러던 어느 날 오연은 도륜에게 청해 글을 배웠다.

혼자만 효이의 소식을 듣는 것이 미안해서였다. 단휘로부터 효이에게 서신을 보내도 된다는 허락을 받은 날은 나루에 온 이래로 가장 기쁜 날이었다. 단휘는 많은 제약을 주었으나, 오연은 기쁘게 서신을 썼다. 답장을 받지 못하더라도 제 목소리를 전할 수 있다는 사실만으로도 그저 감사하였다.

결국 두 사람 모두 한쪽에서 일방적으로 소식을 전해 들었으나, 같은 방법으로 소통해 온 것이나 마찬가지였다.

"효이야."

"예?"

"그분을 많이 연모하니?"

"예?"

갑작스러운 물음에 효이의 두 눈이 커졌다.

"무지한 이 어미는 그분께서 사시는 세상에 대해서는 잘 몰라. 미안하게도 네 덕분에 이렇게 무탈하게 지내 왔을 뿐이란다. 하나 세상의 무엇이든, 넘치는 것은 부족한 것만 못한 법이다. 석 달 전에 네가 나루로 왔을 때처럼, 그분의 곁에 있으면 또 그렇게 다치고……."

오연의 목소리가 흐려져 갔다.

효이는 걸음을 멈추고 우는 오연을 달랬다.

"네가 다치는 것을 보고 싶지 않구나. 과분한 바람일지 모르지만 이 어미는 그저……."

네가 안온하기만을, 무사하기만을.

그 마음은 말로 듣지 않아도 효이에게 충분히 전해졌다.

"하나 어머니, 저는 이미 후주님께 하늘이 허락할 때까지 함께하겠다고 약조하였습니다. 그리고 지금 이 순간에도 후주님이 많이 보고 싶어요. 제가 없는 곳에서 또 다치셨을까 봐 저어되고, 혼자서 또 견디기 힘들 괴로움을 안고 계신 것은 아닌지, 무섭고 두렵습니다."

연모, 그것은 상대가 곁에 없음에도 꺼질 줄 모르는 불이었다.

"곁에 있어 드리겠다고 하였는데, 바라볼 수조차 없는 곳에 혼자 와 있는 지금이 너무 힘듭니다. 고작 석 달도 이렇게 괴롭습니다, 저는."

함께 있고 싶었다. 언제나 그와 함께.

효이가 바라는 것은 수란 상단의 후주가 아니라 오로지 서단휘, 그 한 사람뿐이었다. 효이는 단휘와 함께하기 위해서라면 아무리 위험한 세상에라도 기꺼이 발을 들여놓을 각오가 되어 있었다.

"……그렇구나."

오연은 효이를 꽉 안아 주었다. 숨이 막힐 듯 꽉 껴안아 주는 오연의 품이 싫지 않은 듯 효이도 그 품에 더 깊이 파고들었다.

"이제 돌아가자."

"네!"

오연은 다시 효이의 손을 잡고 함께 땅거미가 져 가는 거리를 걸었다. 이 길의 끝에서 기다리고 있을 나날이 무엇인지 오연은 여전히 짐작하지 못하였으나, 한 가지만은 분명히 알았다. 어떤 역경이 기다리고 있더라도 딸이 행복할 유일한 길이 바로 이 길이라는 사실을.

하여 객점으로 돌아가는 오연의 걸음은 아주 조금 더 가벼워졌다.

배가 출항해 물안개 속으로 모습을 감추었다.

떠나는 배를 가만히 바라보고 있던 사내의 곁에, 수란 상단의 문양이 그려진 등롱을 든 노인이 다가와 인사를 올렸다.

"도련님."

인사를 마친 노인은 바로 허리를 폈으나 이미 굽을 대로 굽은 허리라 편 것처럼 보이지 않았다. 당장 내일 별세해도 이상하지 않을 것처럼 다 늙은 노인이었으나, 얼굴만은 활기가 넘쳤다.

"아이고. 이 늙은이가 노망이 났나 봅니다, 이제 행수님이라 불러야 하는데 말입니다요."

"오랜만이구나."

옹지감은 다시 한 번 인사를 올리며 웃었다.

"천하가 다 아는 사실을 정효이의 귀에만 들어가지 않게 하라 명하시다니. 덕분에 이 노인네는 객점에 오는 손님들 입단속까지 시키느라 죽는 줄 알았습니다요. 이제 밤잠을 좀 편히 자겠군요."

"상황이 변하는 것을 들으면 더 수선을 피울 것 같아 그러했다. 좋은 소식만 있는 것도 아니지 않느냐."

담담한 단휘의 목소리에 도리어 송구스러워진 것은 옹지감이었다.

"효이는 어디에 있지?"

"아아. 객점의 사람들이 다 강가로 나와서 혼자 가게를 지키고 있습니다. 오신다고 하셔서 묵고 있던 손님도 다 내보내서 할 일도 없을 텐데 말입니다. 뭐, 소식도 듣지 못한 지 석 달이나 지났으니 풀 죽을 때도 되었지요."

단휘의 입술이 얄궂게 웃었다.

순간 불길한 예감이 스쳤으나, 옹지감은 아무것도 모르는 척 고개를 숙이고 객잔까지 불만 비추었다.

"그만 가 보아라."

"음……."

옹지감은 장사를 끝낸 객점과 단휘를 번갈아 보며 말로는 내뱉지도 못할 온갖 걱정을 하였지만, 끝내 말없이 돌아섰다.

옹지감이 가자마자 단휘가 객점의 문을 열었다.

드르륵, 탁.

안으로 들어온 단휘는 손님 한 명 없는 객점을 한눈에 둘러보고 문을 조금 열어 두었다.

쾅, 쾅, 쾅.

그때 인기척을 느꼈는지 이 층에서 시끄러운 발소리가 울리기 시작하였다.

"바깥의 등롱을 꺼 놓았는데 못 보셨습니까? 손님, 송구하오나 오늘은 장사 다 끝났습니다. 거기다 오늘은 어머니께서 주무시는 손님을 받지 말라고 하셨……."

위층에서 울리던 목소리는 어느덧 끊겨 있었다.

계단을 다 내려온 효이는 문 앞에 서서 웃고 있는 단휘를 보고 우뚝 걸음을 멈추었다. 너무 노곤해선지, 너무 보고 싶어서인지, 아니면 무슨 또 다른 이유로 인해 드디어 눈이 미친 것이 분명하였다.

"어……."

꿈인지 생시인지 분간하느라 효이의 머리가 분주해졌다.

"잘 어울리는구나."

그의 목소리였다.

분주하던 머리가 새하얗게 변하고 가슴이 뛰기 시작하였다.

효이는 천천히 계단을 내려와 단휘에게로 다가왔다. 그리고 손을 뻗어 단휘의 뺨을 쓸어내리고 아름다운 입술을 어루만져 보았다. 환영도, 착각도 아니다. 사실을 확인한 순간 갑자기 울음이 터져 나왔다.

"왜, 왜 이제야 오셨습니까! 왜, 왜!"

"할 일이 많아서 바로 오지 못했다."

"왜, 기별도 없이, 흐윽, 제가, 얼마나, 걱정…… 아!"

그 순간 효이가 단휘의 옷고름을 쥐어 왔다. 그리고 그가 미처 말리기도 전에 도포의 옷고름을 풀어 버리고 바로 소의까지 풀어헤쳤다. 부끄러운 줄 모르고 단휘를 반나신으로 만든 효이는 육안으로 다친 곳은 없는지 얼른 살피기 시작하였다.

"그리 그리웠느냐?"

단휘가 웃으며 하문하자 효이가 대번에 화를 냈다.

"그런 뜻이 아니지 않습니까! 제가 지금! 제가, 얼마나 걱정했는지 아십니까? 또, 또 설마 어디 다치셔서 못 오고 계신 건 아닌지, 기별이 오긴 왔는데 안 좋은 소식이라서 다들 저한테, 흐윽, 숨기신 건 아닌지! 제가 얼마나!"

단휘는 화를 내는 효이의 양손을 잡고 제 품에 안기도록 끌어당겼다.

"나는 네가 그리웠다."

그 한마디에 두 달간 쌓였던 화가 사르르 녹아 사라져 버렸다.

효이는 그의 단단하고 너른 품에 얼굴을 묻었다. 얼른 효이도 그를 보고 싶어 했다고 말해야 하는데, 울먹이는 목소리가 곱지 못할 것 같아서 입술만 깨물고 말았다.

"그만 울어라."

단휘가 제 품에서 눈물을 쏟아 내고 있던 효이의 고개를 들게 하였다.

단휘는, 아무도 없는 곳에서 하늘을 올려다보며 지난 석 달간 이 눈물을 참아 왔을 효이의 모습이 눈에 선해 마음이 아렸다. 도성에서의 소식은 낭보보다 비보가 더 많아 일부러 숨기도록 명령하였는데, 도리어 효이에게 더 큰 걱정만 끼친 모양이었다.

단휘는 매끈한 혀로 효이의 젖은 뺨을 핥았다. 기겁한 효이가 놀라서 버둥거리자 쪽 소리가 나게 입을 맞추곤 말하였다.

"잘못했다."

"……."

"다시는 너를 이토록 오래 혼자 두지 않겠다."

"……."

진심 어린 사과에 비로소 효이가 훌쩍이며 울음을 그쳤다.

"정말로, 다시는 그러지 마세요. 정말로, 걱정했습니다."

"그래, 알겠다."

단휘는 효이의 얼굴이 풀어지는 모습을 보자마자 곧바로 다시 입을 맞춰 왔다.

"으흡, 으흣……."

늘 어찌 움직일지 몰라 뻣뻣하던 효이의 혀가 단휘의 그것을 감싸 왔다. 단휘의 품으로 깊게 안겨 든 효이 덕분에 도취가 깊어져 웃음이 났다. 부끄러워하는 것이 여인의 덕목이라 알고 있었으나, 단휘는 이처럼 매달려 오는 효이가 더 보기 좋았다.

지난 석 달간 하루를 천 년과 같이 그리워한 것은 단휘 또한 마찬가지라, 효이의 옷고름을 풀어 내리는 손길이 조급해져 가고 있었다.

"하앗, 후, 후주님!"

단휘가 가슴을 움켜쥐고서야 옷이 벗겨졌다는 사실을 깨달은 효이가 황급히 그를 밀어 냈다. 다 풀어진 옷자락으로 앞섶을 가리며 효이가 고개를 저었다.

"여, 여기는 객점 안입니다!"

"네 입으로 오늘 장사는 다 끝났다고 하지 않았느냐?"

"그, 그건! 그렇지만!"

이미 단휘에게 효이의 변명은 닿지 않았다.

효이를 의자에 앉힌 단휘가 거추장스럽던 가슴 가리개를 쥐었다. 지난 석 달하고도 반 동안 꼬박 기다린 순간을 하찮은 옷 따위가 방해하는 것만 같아 화까지 날 지경이었다. 단휘는 단숨에 가슴 가리개를 벗기고 효이의 둥근 어깨를 깨물어 왔다.

"읏!"

신음을 흘리면서도 효이의 시선은 조금 열린 문에 고정되어 있었다. 이미 등롱을 꺼 두었으나, 단휘처럼 멋대로 들어오는 손님이 또 없으리라는 보장이 없었다.

내내 불안해하던 효이가 망설이다가 단휘의 두 손을 꽉 잡았다.

"위, 위층으로 가요. 예?"

원하던 대답을 얻어 낸 단휘가 얄궂게 웃었다.

"그래, 가자."

단휘는 한 손아귀에 다 들어올 것처럼 가녀린 효이의 목선을 바라보았다. 우아한 목선은 곧게 내려와 둥글고 사랑스러운 어깨와 이어져 있었다. 효이가 숨을 내쉬고 다시 들이마실 때마다 움직이는 몸이 미치도록 아름다워, 단휘는 속으로 신음하였다. 이미 몇 번이고 안은 효이의 몸이 한계에 다다라 있음을 알고도 단휘는 제 자신을 제어하기 어려웠다.

단휘는 스스로 절제심이 강하다고 생각해 왔다.

냉정히 말하여 석 달이라는 시간은 사실 그리 길지 않은 것이다. 더군다나 단휘가 효이를 갈망하는 마음을 참아 온 시간은 고작 석 달에 비할 수 없을 만큼 길었었다. 하나 이제 단휘는 그 시절을 어떻게 버텼었는지 기억이 잘 나지 않았다.

절제라는 말은 단휘에게서 사라졌다.

남은 것은 끝없는 욕심뿐이었다.

'마치 정말로 미친 것만 같다…….'

지금처럼 더는 깨물어 흔적을 남길 곳이 없는 효이의 나신을 바라보고 있으면서도, 단휘의 입술은 다시 빨갛게 부어오른 효이의 유두를 적셔 갔다. 단휘는 흠뻑 젖어 질척이는 효이의 안쪽 다리를 다시 무릎으로 벌리며 위로 올라왔다.

"효이야."

그의 부름에 효이가 가까스로 눈을 떴다.

곧고 곧아, 늘 단휘가 먼저 이끌리고 말았던 두 눈동자가 이제는 오로지 그만을 바라보고 있었다. 그토록 탐을 내고 바라던 사람이 그의 아래에서 적나라한 자태로 신음하고 있었다. 어찌 기쁘지 않을 수 있단 말인가. 어찌 더 탐하지 않을 수 있을까.

"오, 오늘은 정말 이상하십니다. 후주님답지가, 읏, 않으십니다."

"네가 너무 그리워서 그런 모양이다."

웃으며 던진 대답에 효이가 더 아연실색하였다.

"역시 뭔가 이상하십…… 흐읏."

단휘는 말없이 효이의 안으로 다시 제 분신을 바듯하게 밀어 넣으며 입을 맞추었다.

"흣……."

참고 참다가 입술을 비집고 흘러나온 효이의 야트막한 목소리가 고왔다. 단휘는 한참 동안 계속 듣고도 그 목소리가 더 듣고 싶었다.

"하윽!"

허리를 흔들며 단휘가 몸을 숙여 왔다. 그리고 웅크리고 있던 효이의 긴장을 녹여 주듯 입을 맞추고, 젖은 눈가를 핥으며 이내 귓바퀴를 깨물어 왔다.

"으흑, 흑, 후주님, 오, 오늘따라 왜 이리 지, 집요하십……."

울면서도 계속 무언가를 물으려는 효이 탓에, 아무것도 내색하지 않으려는 단휘는 속으로 다소 초조해졌다.

단휘의 눈동자가 문득 정인과의 절애를 즐기는 사내답지 않게 침잠해 갔다.

지난 석 달 동안 단휘는 많은 일을 처리하였다.

단휘는 서해국 분점을 정리해 몇몇 부하들에게 맡겨 둔 후, 서노담의 배신을 낱낱이 알렸다. 수란의 치부는 전국에 알려졌다. 수란의 명예 실추는 황실과도 무관하지 않았기에 결국 황제의 진노를 사고 말았다.

단휘는 황궁에서 치부책에 대해 추국까지 당하였다. 황궁에 뿌려 두었던 연줄이 힘을 발휘해 주긴 하였으나, 말도 안 되는 풍문 정도로 마무리된 것은 하늘의 도우심이 분명하였다.

옥사에서 풀려나 은월각으로 돌아오자마자 단휘를 기다리고 있던 것은, 서노타 행수의 임종이었다. 서노타 행수는 자신이 형의 진영으로 몰래 보낸 부하 한 사람에 대한 이야기를 늘어놓았다. 단휘가 서노담의 결말을 몇 번이고 말해 주어도 서노타는 형을 살려 두면 안 된다는 말만 반복하다가 끝내 숨을 거두었다. 그나마 다행스러웠던 것은 망자의 얼굴이 단휘가 살면서 평생 동안 본 중 가장 평온하였다는 것이다.

단휘는 아버지의 상을 치르자마자 백호청과의 묵은 관계를 청산하였다.

본래 서노담과 연관된 증좌들을 내주는 조건으로 단휘는 백호청의 만행을 눈감아 주기로 약조하였었다. 단휘는 그 약조를 어기지는 않았다. 다만, 오강 근방을 전부 사들여 백호청이 창서국을 떠나도록 만들었을 뿐이다.

백호청이 창서국을 떠나던 날, 영륜산과 호곡산에는 셀 수 없이 많은 양의 술이 비처럼 내려와 땅을 적셨다. 단휘는 두 산에서 잠들었을 부하들 앞에서 치부책을 태운 후에야 나루로 오는 배에 오를 수 있었다.

'하나 이 모든 일들은 굳이 네가 알 필요 없는 것들이다.'

효이가 알아야 할 것은, 서단휘가 어디에서 어떤 일을 겪었더라도 오로지 그녀만을 생각했다는 것이며, 그녀만을 그리워했다는 것이며, 또한 그녀에게 돌아오기만을 바라고 있었다는 것뿐이었다.

정효이는 오로지 그것만 알면 되었다.

더러운 피로 물든 접빈실에 열심히 물을 뿌리고 향초를 태워, 누구도 그곳에서 벌어졌던 일들에 대해 알아차리지 못하도록 만든 것처럼. 단휘는 효이에게도 똑같이 할 것이다. 지저분한 그의 속내를 덮어두고 매 순간 효이가 다른 생각을 하지 못하도록 현혹시킬 것이다.

"하아, 흐윽, 후주님, 후주님."

한참 동안 허리를 흔들던 단휘가 파정과 동시에 뜨거운 숨을 뱉어냈다.

"하……."

단휘는 침상에 누워 효이를 제 품으로 끌어당겼다. 얼결에 효이는 얇은 이불 하나를 사이에 두고 단휘의 위로 올라와 눕고 말았다.

"효이야."

단휘의 가슴팍에 고개를 묻고 있던 효이가 얼굴을 들었다.

"예?"

"나루에서 보낸 석 달은 어떠하였느냐?"

효이는 단휘의 하문을 열심히 곱씹더니 마치 문제에 답안을 내듯 또 열심히 대답하기 시작하였다.

"어머니를 다시 뵙고, 아, 음식을 하는 방법도 배웠습니다! 은월각에 있을 때는 항상 감시만 하느라 제대로 보거나 배운 적이 없었거든요. 어머니랑 살 때는 묽은 죽만 먹어서 요리를 할 일이 거의 없기도 했고요. 그런데 정작 요리는 못 하고 직접 담근 술만 칭찬받았습니다."

정말로 아쉬웠는지 효이가 입술을 삐죽 내밀었다.

그 모습마저 보기 좋아 단휘가 웃자, 이내 효이도 따라서 웃었다.

"아! 그리고 저번에 후주님이 망종 무렵에 나루 사람들이 어찌 지내는지 말씀해 주셨잖아요. 그 말씀 그대로였습니다. 저번에 한로랑 같이 강어귀에 앉아서 직접 담근 술을 마셨어요. 취하지는 않았지만 흘러가는 시간이 너무 예뻐서, 후주님 생각이 났었습니다."

어여쁜 대답에 단휘가 또 물었다.

"또 재미난 일은 없었느냐?"

효이는 또 곰곰이 생각했다.

"특별한 것은 없었습니다. 그렇지만 특별한 일이 없어도 좋았습니다. 후주님의 말씀대로 나루는 평온하고 좋은 곳입니다. 손님들도 다들 친절하고, 도륜 선생님의 학식은 정말 존경스럽고, 어머니와 함께 있을 수도 있고. 옹 영감님은 좀 잔소리가 심하시지만 들을 만했습니다. 원래 잔소리가 많은 사람은 정도 많다지 않습니까."

단휘는 조잘조잘 즐거웠던 일들을 이야기하는 효이를 바라보았다.

지난 석 달, 만약 단휘가 효이를 도성으로 데리고 돌아갔다면, 이처럼 웃으며 말할 만한 일들은 하나도 겪지 못했을 것이다. 비록 석 달이라는 시간은 4년이나 떨어져 있게 만든 과거를 보상해 주기에는 턱 없이 부족할 터였다. 하나 단휘는 이보다 더 오래 효이를 제 곁에서 떨어뜨려 놓을 마음이 없었다.

그러니 함께 돌아가자.

그리 말하려던 참이었다.

"저어, 후주님."

문득 효이가 단휘를 부르더니 내처 말하였다.

"나루에서의 하루하루는 무척 즐거웠지만……."

효이는 단휘의 가슴팍에 고개를 묻으며 겨우겨우 목소리를 짜냈다.

"저는, 안심할 수가 없었습니다. 무섭고 두려워서, 걱정이 돼서……. 그러니 약조해 주세요. 앞으로 두 번 다시는 저를 곁에서 떨어뜨려 놓지 않으시겠다고, 제가 후주님의 곁에서 머물 수 있게 해 주겠다고 말해 주세요."

진심 어린 애원에 단휘의 가슴이 사르르 녹아내렸다.

어쩌면 안절부절못하며 거리를 두지 못하는 것은 두 사람 모두 마찬가지인지 몰랐다. 먼 곳을 돌고 돌았으나 결국 다시 만나는 한 줄기의 강처럼.

두 사람의 마음은 하나였다.

"날이 밝으면 함께 배를 타고 도성으로 돌아가자. 이번에는 정말로, 그리하자."

"네!"

힘찬 대답을 한 효이가 단휘의 옆구리에 파고들며 헤실헤실 웃었다.

"효이야. 도성에 있는 모두가 너를 기다리고 있다. 하구는 너에게 새로 가르칠 의서들을 한가득 사다 두었지. 네 작은 서고에는 넣어 두지 못할 정도다. 네 의동생은 눈으로 보기 전까지는 네가 살아 있다고 믿지 않을 요량인 것 같더구나."

단휘는 계속해서 반빗아치나 약방의 주인처럼 효이와 인연이 있던 많은 사람들의 이야기를 들려주었다. 혹여라도 내일 효이가 나루를 떠나는 배에 오르지 않을까 봐 초조해하는 그의 이야기는 한동안 그칠 줄을 몰랐다.

문득 단휘는 거의 잠든 효이의 손을 굳게 잡았다.

"그러니 꼭 같이 돌아가자."

"으음, 네……."

제대로 듣기는 한 것인지. 효이가 잠결에 대답해 왔다.

잠시 자유를 누리게 해 주었던 새는 스스로 날아 다시 새장으로 돌아와 주었다. 그녀가 돌아오지 않을까 저어하며 내내 불안해하던 단휘의 걱정을 말끔히 지워 주며, 그의 곁에 남아 주었다. 효이가, 스스로 그를 택해 주었다.

단휘의 가슴에 환희가 차올랐다.

'아느냐? 네가 잠든 밤은 내게 있어 전보다 더 지루하고 길다는 것을. 오로지 너만이 이 칠흑과도 같은 밤을 견디게 하고, 뜨는 해를 기다리게 만든다는 것을 알고 있느냐?'

4년 전, 효이가 그에게 달려든 순간부터 시작된 운명이었다.

이 운명은 단휘가 아무리 저항해도 그를 비켜 가지 않았다. 한때는 족쇄처럼 느껴지던 운명의 굴레가 단휘는 이제 싫지 않았다. 도리어 효이 역시도 그와 마찬가지로 이 굴레를 받아들이고 이 안에서 행복을 찾길 바라였다.

이제 그가 그러하듯.

〈終〉

번외 一 · 혼례

차월은 몇 번이고 벽 뒤에 몸을 숨기고 주변을 살폈다. 시종들은 식사를 나르고 잡일을 하며, 반빗아치들은 부엌을 벗어나지 못할 오시였음에도 차월은 바짝 경계심을 세웠다.

근처에 사람이 없음을 확인한 차월은 조용히 쪽문을 열고 은월각을 나왔다.

"휴우."

차월은 한숨을 내쉬고 다시 주변을 둘러보았다.

혹 따라오는 사람이 없는지, 알아보는 사람은 없는지 걷는 내내 신경을 썼다.

'앞으로 몇 번이나 더 이런 짓을 계속해야 하지? 과연 끝이라는 것이 있기는 할까?'

이 은밀한 외출은 이미 열 손가락으로는 셀 수 없을 정도로 오래 지속되고 있었다.

'역시 그 일을 마무리 짓기 전에는 끝이 나지 않겠지? 하나 언니는 절대로…….'

어느덧 차월은 취골을 벗어나 나루터에 당도해 있었다.

차월은 마지막까지 주변을 꼼꼼히 살핀 후, 기다리고 있던 사공에게 패를 보여 주고 배에 올랐다. 차월이 탄 배는 작은 선실이 하나 딸린 것으로, 배를 젓는 사공은 안에서의 대화를 엿들을 수 없는 구조로 이루어져 있었다.

지극히 그다운 장소 선정이었다.

"늦어서 송구합니다."

차월은 선실에 들어와 문을 닫자마자 사죄부터 하였다.

사내의 시선은 열린 창 사이의 강가를 떠돌다 차월에게로 돌아왔다. 묵직한 그의 눈빛에 차월은 한껏 더 고개를 숙였다.

"네 대답이 짐작은 가는구나."

차월이 움찔했다.

짐작하고 계시다면 묻지 않아 주실 수는 없는 것일까. 바라여 보았으나 그는 차월의 마음은 전혀 안중에도 없다는 듯 바로 물어 왔다.

"그래, 혼수 준비는 어찌 되어 가느냐?"

나긋한 단휘의 목소리에 울분이 치솟았다.

혼수, 이 모든 일의 발단은 그 망할 놈의 혼수였다.

넉 달 전, 어떤 언약이 오고 갔는지 단휘는 행수의 자리에 오르자마자 효이와의 혼례를 선언하였다. 그 순간 은월각에 있는 모두가 어떤 얼굴을 했던가. 적어도 계집 중에는 효이를 부러워하지 않는 이가 없었다.

효이는 세상의 모든 여인이 부러워할 위치에 올랐고, 앞으로 평생을 부유하게 살 터였다. 감히 상상해 보지 못한 경사에 차월도 제 일

마냥 진심으로 기뻐해 주었었다. 신부인 효이보다 차월이 더 들떴을 정도였으니 말이다.

그로부터 얼마 후, 효이의 처소로 단휘가 보낸 선물들이 속속 도착하였다.

이불, 신발, 혼례복 등을 비롯해 생활에 필요한 물건을 만들 비단과 지참금, 혼례 이후에도 평생을 쓸 수 있을 만큼의 각종 장신구 등이 한가득이었다. 본래라면 신부의 친정으로 보내져야 할 선물들이었다. 하나, 지금 효이의 친정은 나루라, 단휘가 신부에게 직접 보낸 것이었다.

'세상에, 언니! 황제 폐하께 진상하기에도 부족함이 없어요. 갓 혼례를 치른 여인이 입기에 전부 어울리는 색이고, 여기 회색 바탕에 은빛 실로 꽃이 수놓아진 비단은 조금만 떼다 팔아도 쌀 한 가마니는 족히 나오겠는걸요? 역시 행수님의 안목은 대단하셔요.'

그리고 어느 날 불행은 갑자기 닥쳐왔다.

'어, 언니? 지금 뭘 하시는 거예요?'

'스승님께 어느 정도는 배웠는데, 역시 진짜 비단을 가지고 하는 건 어렵구나.'

효이가, 직접, 옷을, 짓고 있었다.

단휘가 보내 준 모든 비단은 그저 효이더러 직접 보고 좋아하라고 보낸 것일 뿐이었다. 신랑이 지참금으로 보내 준 물건은 혼례에 있어 하나의 즐거움이니 말이다. 이후로 모든 비단은 늘 그래 왔듯 상단을 위해 일하는 장인에게로 보내질 예정일 터였다.

'이걸, 왜 직접 하세요? 왜요?'

'혼례를 위해서 손을 보태고 싶었는데, 마침 행수님께 말씀드렸더니 허락해 주셨거든.'

허락이라니!

단휘가 제정신이었다면 그럴 리 없었다.

'언니는 머리도 좋고 의원으로서도 능하지만, 정말 그게 전부라고! 언니의 손에 맡겨 두었다간 치수도 맞지 않는 옷들이 주르르 나올 거고, 그조차 언제 완성이 될지 기약이 없어!'

불행하게도 차월의 생각은 어긋나지 않았다.

하루, 이레, 달포가 속절없이 지나고 두 달을 채우자, 단휘는 더 기다리지 못했다. 단휘는 효이가 눈치채지 못하도록 몰래 차월을 밖으로 불러내 채근하기 시작하였다.

'밤새 붙어서 가르쳐라.'

'몰래 네가 더 작업해 두면 되지 않겠느냐?'

'다른 방법을 강구해 보아라.'

거듭되는 요구와 명령에 이제는 차월도 지쳤다.

"다른 일을 시키시면 무엇이건 하겠습니다! 편지를 훔치라면 훔치고, 몰래 대화를 엿들으라면 엿듣겠습니다. 이제껏 제가 늘 행수님의 명령에 최선을 다했다는 사실을 아시지 않습니까? 하나 이번만은 정말로 불가능합니다!"

차라리 마른하늘에서 비를 내리게 하는 일이 더 쉬울 듯하였다.

"저어, 행수님. 언니가 포기하도록 명령하시는 것이 어떠하십니까?"

탁.

배가 작게 진동하였다. 벌써 나루터로 돌아온 모양이었다.

단휘는 기다렸다는 듯 몸을 일으키며 대답하였다.

"그건 안 된다. 다른 방도를 찾아내라."

"행수님!"

애절한 차월의 외침에도 단휘는 무심하게 말하였다.

"명령이다."

단휘가 먼저 배에서 내리고 혼자 남은 차월은 울상을 지었다.

효이는 단휘의 명령 한마디면 곧장 실과 바늘을 놓을 터였다. 한데, 어이하여 행수님께선 그 쉬운 방법을 외면하고 이리 그녀만 괴롭히신다는 말인가. 덕분에 차월은 엉망으로 꼬인 실타래를 풀라는 명령을 받은 기분이었다. 몇 번이고 몇 번이고 꼬이고 매듭지어져 있어서 잘라 내지 않고서는 도저히 쓸 수 없는 실타래 말이다.

※

은월각으로 돌아온 차월은 효이의 방문을 열자마자 기함했다.

"지금, 뭐, 뭐 하시는 거예요? 왜, 왜 실을 다시 푸십니까, 왜요!"

"아아, 조금 선이 어긋난 것 같아서. 행수님 성정 알잖아."

"그러니까, 행수님 성정에 지금 넉 달이면 엄청 오래 기다……. 아니, 그렇지요. 행수님 성정에 박음질 하나 어긋난 것도 용서 못 하시겠지요. 휴우."

한숨을 뱉어 내며 차월은 가만히 효이를 바라보았다.

'그러고 보니 요즘처럼 언니가 즐거워하는 모습은 본 적이 없네.'

풀어지지 않을 실타래에 열중하고 있는 효이의 옆얼굴은 아름다웠다. 적어도 지난 몇 년간 차월이 봐 온 모든 시간들 중 최고라고 말할 수 있을 정도로.

'저렇게 좋아하는데 어떻게 억지로 말려.'

은애하는 사람과의 혼례를 준비하는 일이 신부에게 어떤 의미일지 차월은 헤아릴 수 없었다. 그저 지금처럼 행복한 효이의 모습을 계속 보고 싶은 마음밖에는 들지 않았다. 설령 뒤에서 단휘에게 계속 혼이 나더라도 말이다.

'그래, 포기야. 억지로 언닐 멈추게 하고 싶지 않아.'

"제가 좀 도와 드릴까요?"

"아니, 괜찮아. 천천히 제대로 하고 싶어. 행수님께서도 허락해 주셨으니까."

그 허락이 그 허락이 아니라는 사실은 역시 차월만 아는 모양이었다.

적어도 차월이 보기에 단휘는 효이에 관해 모르는 것이 없었다. 하나 효이는 여전히 그에 대해 모르는 면이 많았다.

"즐거워요, 언니?"

"응. 뭐가 그분께 가장 잘 어울릴지 고민하고, 그저 그렇게 대단한 일 없이 시간을 보내는데 하루하루가 너무 즐거워. 감히 내가 이리 지내도 될까 싶을 정도로."

차월은 웃었다.

"언니가 좋다면 저도 좋아요."

이제 차월도 어쩔 도리가 없었다.

단휘의 말대로 아둔한 머리라도 열심히 굴려 보는 수밖에.

⁜

차월은 쥐가 난 머리를 감싸 쥐고 복도 난간에 등을 기대고 앉았다.

'이대로 혼례가 더 늦춰지면 난 쫓겨날지도 몰라.'

효이를 말리는 방법은 차월 스스로 포기해 버렸으니 이제 어쩌면 좋단 말인가. 아무리 머리를 굴려도 별다른 묘수가 떠오르지 않았다.

"여기서 뭘 하고 계십니까?"

"아! 하 의원님!"

"일어나지 않으셔도 됩니다."

오늘 불침번을 서는 의원이 하구인 모양이었다.

"날이 참 좋군요. 춥지 않고 선선하니 절기가 바뀌는 것이 느껴집니다."

하구는 차월처럼 잡일이나 하는 하비에게도 말을 낮추지 않는 상냥한 의원이었다. 거기다 오랫동안 단휘를 모셔 왔고, 효이의 스승이기도 했다. 두 사람을 잘 아는 하구라면 무언가 답을 주지 않을까.

기대를 품은 차월이 입을 뗐다.

"저어, 의원님. 실은 의논하고 싶은 일이……."

결국 차월은 지난 넉 달간 혼자 이고 지고 있던 고민거리를 하구에게 털어놓았다.

"흠."

"어떠셔요?"

"어쩐지 혼례가 늦어지는 것이 이상하다 싶긴 했습니다만, 그런 사연이 있는 줄은 몰랐습니다. 참으로 행수님다우시고, 아씨다우신 일이네요. 중간에 끼어서 참으로 고생이 많으십니다."

하기야 공표는 했는데 혼례는 미뤄지고 있으니 다들 티를 내지는 못해도 의아해하고 있을 터였다.

"제가 아씨를 가르치며 느낀 것이 있는데, 그건 스스로 결심한 일은 절대 물러설 줄 모른다는 것입니다."

"하아."

그것은 차월도 아주 잘 아는 장점이자 단점이었다.

"그렇지만 그런 사람에게는 대응하는 방법이 따로 있기 마련이지요."

"예? 있습니까? 대응하는 방법이!"

하구를 바라보는 차월의 눈이 반짝반짝 빛났다.

"아씨가 스스로 마음을 바꾸도록 유도하세요. 혼례에 필요한 것이 꼭 옷이나 이불만 있는 건 아니지 않습니까? 서로 주고받을 정표를 생각해 보거나, 신방을 꾸미게 하는 것도 좋겠지요. 세상에는 돈으로 해결할 수 있는 일들이 많습니다."

"요컨대 손이 가지 않는 일로 주의를 돌리라는 말씀이시지요!"

그리되면 분주해진 효이가 옷을 만드는 일은 포기해 줄지도 모른다.

"아아, 고맙습니다! 고맙습니다!"

하구가 웃으며 차월의 머리를 쓰다듬었다. 그러곤 스스로 놀라며 얼른 손을 뗐다.

"아. 미안합니다. 어쩐지 예전의 아씨를 보는 것 같아서요."

"괜찮습니다! 하면 저는 행수님께 가 볼게요!"

신바람이 난 차월은 얼른 인사를 올리고 복도를 달려갔다.

차월은 그 길로 단휘에게로 가서 새로 고안한 방법을 고했다. 단휘는 허락하고, 미리 꾸며 둔 신방을 밤새 싹 비워 주었다.

덕분에 신방 안은 흔한 의자 하나 없이 텅 비었다.

"어떠세요, 언니?"

"그렇구나. 여길 채우는 일도 있었지. 생각지 못했었어."

효이는 텅 빈 방을 보고 다소 놀란 눈치였다.

차월은 기세를 몰아 열심히 효이를 설득했다.

"옷 같은 것이야 한두 번 입고 말지만, 여기는 앞으로 계속 두 분께서 지낼 곳이잖아요. 또 행수님 성정에 아무거나 쓰지도 않으실 테고요. 그렇다고 수란의 행수께서 거처하실 곳인데, 손님이 들어오지 않는다고 해도 체면이 있고 말이에요.”

“네 말이 맞아. 여길 먼저 채워야겠다. 하나 다른 일들은 어쩌지?”

차월은 얼른 효이의 두 손을 잡으며 간곡히 말하였다.

“언니, 언니의 의자매로서 혼사 준비에 뒷짐만 지고 기다리기가 여간 울적한 것이 아니었어요. 혼례복도, 평소에 입으실 옷이나 쓸 침구도 제가 전부 잘 준비해 드릴게요. 그러니 절 믿고 맡겨 주세요! 언닐 위해 뭐라도 하고 싶어요. 네?”

제발.

제발, 제발.

“고마워, 차월아. 네가 해 준다면 더할 나위 없을 거야.”

하마터면 차월은 감격에 차 소리를 지를 뻔하였다.

차월은 애써 차분한 표정을 유지했다.

“저야말로, 도울 수 있게 해 주셔서 너무 고마워요, 언니. 자! 얼른 언니는 여길 채우도록 하세요. 저는 다른 일들을 준비할게요.”

효이에게는 준비한다고 말해 두었으나, 이미 일은 다 끝나 있었다. 침구는 단휘가 미리 준비해 놓았고, 혼례복은 이미 넉 달 전에 다 완성되어 있었다.

‘됐어! 이제 혼례를 치르실 날만 받으면 돼! 아아, 행수님! 제가 해냈어요! 하 의원님 정말 감사합니다! 이제 끝났어요! 이제 다 끝났어요!’

아, 어찌 방 안을 비추는 햇살마저 저리 아름답단 말인가.

당장 승천이라도 할 기세로 행복해하던 차월에게 효이의 고민스러운 목소리가 들려왔다.

“언젠가 듣기로는 은월각의 모든 가구들은 행수님의 취향에 맞추어 각지에서 사 온 것이라고 했는데. 여길 다 채우려면 앞으로 몇 달은 족히 걸리겠구나."

"예?"

몇 달이라니?

지금 효이가 실성한 것일까.

"여기 좀 봐."

효이가 가리킨 것은 나무창살이었다.

전통 문양대로 깎아 만들어 햇살이 들어오는 자리는 아름다운 문양이 새겨지는 것으로 물론 누가 보아도 수준급의 솜씨였다.

"이 방은 이렇게나 아름다운데 가구가 별로라면 더 행수님 눈에 띌 거야. 행수님께선 만족스럽지 않은 것은 거들떠도 보지 않는 분이시니까. 내가 직접 도성 바깥으로 나가서 물건을 구해 오는 걸 행수님께서 허락해 주실까?"

"……예?"

차월의 입이 떡 벌어졌다.

세상에, 돈으로만 해결할 수 있으면 만사형통이라 생각하였었다. 하나 열의가 넘치는 효이의 모습을 본 차월은 전부 착각이라는 사실을 깨달았다.

"잘 되어 가느냐?"

차월은 황망한 중에도 단휘의 목소리를 알아듣고 얼른 도망치듯 물러났다.

"앞으로 서너 달은 더 걸릴 것 같습니다."

"서너…… 달?"

"방이 너무 넓어서 채울 것이 많아요. 행수님 취향에도 맞추어야 하니까요. 사실 행수님 안목을 잘 맞출 수 있을지 염려스럽지만 그래도 해 보아야지요."

효이는 단휘가 곁에 와 있다는 사실조차 잊은 듯 신방을 둘러보는 데에 여념이 없었다. 의욕이 넘치는 효이와 반대로 단휘는 온몸에 힘이 쭉 빠져나갔다.

"……."

잠시 침묵이 지나간 후에 단휘가 문득 말하였다.

"이제 봄꽃이 필 무렵이구나."

"예, 벌써 겨울이 다 지났네요."

맞는 말이었다.

단휘는 다가오는 봄날처럼 싱그럽게 웃었다.

두 하루 후, 늦은 밤에 차월이 붉은 혼례복을 들고 효이의 처소로 찾아왔다.

"노곤하시겠지만 바로 입어 보셔야 할 것 같아요. 옷이 잘 만들어졌는지 확인해야 하거든요."

"그래."

차월은 효이의 환복을 도왔다.

방 안에는 단휘가 보내 준 은팔찌나 다른 장신구가 많았으나, 차월은 안중에도 없다는 듯 오로지 혼례복만 입혔다. 마지막으로 차월이 혼례 때 쓸 머리쓰개를 씌워 주었다. 머리를 다 덮는 모양의 머리쓰개는 길게 내려온 붉은 술 때문에 시야를 전부 가리고 있었다.

"어떠셔요?"

"정말로 혼례 날 이걸 써야 하는 거야? 걷다가 넘어지면 어쩌지?"

차월은 불안해하는 효이의 손을 잡아 주었다.

"자, 언니가 행수님께로 갈 때는 제가 이렇게 곁에서 손을 잡아 드릴 거여요. 언니는 바닥만 보며 걸으면 돼요. 우왕좌왕하는 것보다 더 얌전한 신부로 보이겠지요? 신방의 입구까지는 제가 손을 잡아 드리고, 다음부턴 후주님께서 언닐 부축하실 거예요."

차월의 도움으로 몇 발자국 걸은 효이는 한숨을 푹 쉬었다.

보이지 않는 시야는 둘째 치고 목이 너무 아팠다.

지끈거리는 목을 풀어 주기 위해 이리저리 돌리던 효이는 고개를 뒤로 훅 젖혔다. 그 순간, 조금 열려 있던 장지문 사이로 붉은 비단이 훅 지나가는 것이 보였다.

귀신처럼 빠른 움직임이었으나 효이는 분명히 보았다.

"차, 차월아, 방금!"

"예? 무엇요?"

허리를 숙이고 치마의 길이를 살피고 있던 차월이 고개를 들었다.

"못 봤어? 방금 그 비단, 혼례복 지을 때 쓰는 비단 같았는데."

"무슨 비단요? 헛것을 보신 거 아니에요?"

"헛것이라니! 분명히 봤어!"

효이는 머리쓰개를 벗어 버리며 강하게 주장하였다. 정말로, 정말로 보았으니 말이다.

"세상에, 언니. 어쩌면 좋아요?"

차월의 눈가에 그렁그렁 눈물이 차올랐다.

"왜 그래? 응?"

"혼례 전에 붉은 비단을 가지고 노는 사람을 본 신부는 소박을 면치 못한다는 말이 있잖아요."

"뭐?"

그러고 보니 그런 말이 있기는 하였다.

붉은 비단은 보통 혼례복을 상징한다. 붉은 비단을 가져가는 이를 보았다는 것은 혼례복을 다 짓기도 전에 비단을 잃어버렸다는 뜻이니, 결국 칠칠치 못한 신부라 나중에 소박을 당한다는 속담이었다. 세상에 붉은 비단이 혼례복을 짓는 비단만 있는 것도 아니고 신빙성도 없는 낡아빠진 속담이건만, 머잖아 신부가 될 효이의 가슴은 철렁 내려앉았다.

"안 되겠어."

"예?"

"직접 확인해 봐야겠어!"

효이는 차월이 말릴 새도 없이 방을 뛰쳐나갔다.

차월은 복도를 달리는 발소리를 들으며 면구스러운 얼굴로 고개를 푹 숙였다.

"송구합니다, 언니. 고생하시어요."

붉은 비단의 끝을 쫓고 쫓은 효이는 막다른 복도 끝에 다다랐다.

'귀신이 아니야. 사람이 맞아!'

복도에 비치는 그림자를 확인한 효이가 찬찬히 상대를 살폈다. 온몸이 비단에 가려져서 보이지 않았으나 어쩐지 상당히 낯익은 느낌이 들었다.

"이 기운은……."

효이의 말이 미처 다 끝나기도 전에 사내가 얼굴을 가리고 있던 비단을 조금 끌어내렸다.

전혀 생각지 못한 범인을 앞에 둔 효이는 우뚝 멈춰선 채 굳어 버렸다. 어리둥절하다 못해 괴이쩍기까지 하였다. 반면 단휘는 붉은 비단을 몸에 두른 채 장난이라도 치듯 웃고 있었다. 혼례복을 연상케 하는 붉은 비단과 서단휘라니, 아름답다 못해 사특하게까지 보일 지경이었다.

"왜……."

효이가 말을 다 내뱉기도 전에 코앞까지 다가온 단휘가 입술을 막았다. 효이는 그저 동백꽃처럼 붉은 그의 입술이 순간 미소 짓는 것을 보았을 뿐이었다.

"효이야."

입술을 뗀 단휘가 오랜만에 예전처럼 그녀를 불렀다.

효이야, 하고.

괜히 아득한 기분이 들어 효이가 웃었다.

"들어가자."

조금 전까지만 해도 벽으로만 보이던 곳이 단휘의 손을 거치자 문으로 변모해 옆으로 스르륵 열렸다.

'은월각의 구조는 대체 어찌 되어 있는 거야.'

안으로 들어선 순간 효이는 두 눈을 크게 떴다.

"세상에……."

열린 문 너머에서 그녀를 기다리고 있던 것은 못 위에 지은 나무다리였다.

마치 나루의 물가처럼 못 근처에는 갖은 풀들이 자라나 있어, 은월각 내부에 있는 장소라고 믿기 어려웠다. 무엇보다 가장 마음에 든 것은 못 위에 띄워진 연등이었다. 연등은 마치 반딧불처럼 주변을 은은하게 밝히며 풍경을 더 아름답게 만들어 주고 있었다.

선선한 바람과 물이 잔잔히 흐르는 소리를 만끽하며 효이가 웃었다.

"나루에 온 것 같아요."

강가에 앉아, 물에 발을 담그고 술을 마시던 추억이 아득하게 떠오르는 풍경이다.

"부족한 것이 있느냐?"

"아무것도 없습니다. 아무것도요."

"다 보았으면 가자."

효이는 더 구경하고 싶었으나 그에게 잡힌 손이 멋대로 나아가고 있었다.

아쉽게도 다리의 끝은 그리 멀지 않았다.

이윽고 또다시 처음 보는 문 앞에 당도하자 단휘가 뒤로 비켜섰다. 효이는 늘 그래 왔던 것처럼 먼저 문에 손을 가져다 대었다.

'아무것도 느껴지지 않아.'

확인을 마친 효이가 뒤를 돌아보았다.

"행수님."

단휘는 그사이 흘러내리던 붉은 비단을 다시금 효이에게 둘러 주며 조용히 속삭였다.

"넉 달 전, 혼례를 치르기로 공표했던 날을 기억하느냐?"

"네."

함께 돌아오자는 말이 혼례를 뜻하는 줄 몰라 당혹스러워했던 기억이 났다.

감히 단휘와 혼례를 치르다니. 함께 있고자 하는 마음뿐이었지, 그와 함께하는 훗날은 감히 그려 보지 못하던 효이였었다.

"그때 너는 아무 말도 하지 않았다. 나는 너에게서 어떤 감정도 찾을 수가 없어 불안하였지. 하나, 너는 그런 내게서 거리를 둔 채 방에 틀어박혔다."

거리를 두었다니.

"혼수를 준비하기 위해서였음을 아시지 않…… 읏."

해명하려던 효이는 제 허리를 감싸며 밀착해 오는 단휘의 몸을 느꼈다.

어이하여 이럴 때만 더 확실하게 느껴지는 것일까. 지금 효이의 뒤에 서 있는 사람이 그저 사내일 뿐이라는 사실을, 맞닿은 단단한 몸이 말해 주는 듯하였다. 새삼 효이는 넉 달이라는 시간이 얼마나 길었는지 느꼈다. 지난 넉 달 동안 효이는 단휘와 손 한 번 잡은 일이 없던 것이다.

효이의 얼굴이 빨갛게 물들었다.

"저, 저, 저는……."

단휘는 효이의 어깨에 턱을 괴며 내처 말하였다.

"혹 나와의 혼례를 바라지 않는 것은 아니냐."

설마 혼례가 미뤄진 일이 효이가 그에게 마음이 없어서라고 생각하였을까.

당황한 효이가 얼른 해명하였다.

"전 그저 제대로 치르고 싶었을 뿐입니다. 절 신부로 맞이하겠다고 말씀해 주셔서 너무 기뻤습니다. 그래서 더 제대로 해내고 싶었습니다. 전 행수님께 어울리지 않는 짝이지만 혼례라도 부족함 없이 완벽하게……."

효이의 허리를 감싸고 있던 단휘의 한 손이 먼저 문에 닿았다.

"그뿐이라면 직접 열어라."

문을 연다.

간략하고 쉬운 명령인데 어이하여 이리 떨린단 말인가.

'여기서 망설이면 행수님께 또 상처를 드리고 말 거야.'

효이가 문을 잡은 순간 단휘가 말하였다.

"하나 효이야. 이 길은 한 번 걸음을 떼면 두 번 다시 돌아올 수 없는 길이다."

"……."

효이는 정면을 응시한 채 조용히 대답하였다.

"반년 전에, 원관회를 마치고 돌아오던 길에 습격당했을 때를 기억하십니까? 모두를 남겨 두고 도망치던 순간, 행수님께서 제게 해 주셨던 말이 있습니다."

살아라.

"그 말이 그때까지 고집하던 제 신념을 지웠습니다."

누구도 다치게 하고 싶지 않다는 굳은 결의도, 혼자서는 살아남지 않겠다는 부질없는 욕심도 비워 내자 꼭꼭 감춰 두었던 마음이 보였다. 무슨 짓을 해서라도 그에게로 돌아가고 싶은 진심이, 생사의 갈림길에서야 모습을 드러냈다.

"이제, 제 신념은 오로지 그대이십니다."

효이는 문에 닿아 있던 단휘의 손을 떼어 냈다. 따뜻하게 타오르는 눈동자와는 달리, 차갑게 얼어붙은 손끝이 안쓰러워 마음이 아렸다. 이런 것에조차 가슴이 아팠다.

효이는 문고리를 잡으며 나들이라도 가는 사람처럼 환히 웃었다.

"이 길은 제가 가고 싶은 길입니다."

"……."

드르륵.

문을 연 효이의 눈이 방 안의 풍경을 미처 다 받아들이기도 전에, 꽃내음이 코끝을 적셔 왔다. 잠시 빈 방에 가득한 꽃들을 바라보며, 효이는 흐릿한 기억 속에서 이 향기의 정체를 찾아내었다.

"수군에 피던……."

아주 예전에.

어머니와 살던 마을 수군에는 치자나무가 가득하였다. 그래서 봄이면 치자꽃 향기가 온 마을을 뒤덮곤 하였었다. 강하지는 않으나 맡으면 마음이 편해지는 향이었다. 하나 도대체 이 많은 꽃들을 어디서 가져오셨을까. 적어도 도성 근처에서는 한 번도 보지 못했었는데.

"효이야."

다정히 부르는 목소리가 효이에게로 성큼 다가왔다.

효이는 두 팔을 그의 목에 두르고 입을 맞추었다. 그의 혀가 효이의 혀를 희롱하고 다독이는 중에도 효이는 계속 웃음이 났다. 낯간지럽고, 부끄러운데도 너무나 기뻐서 웃음이 그치질 않았다.

나루에 이어 고향에 온 기분마저 들게 해 주시다니. 도대체 그는 어디까지 효이를 기쁘게 만들 작정이란 말인가.

"우리, 이제 혼례 치르자."

"하, 하나 아직 준비가……."

"네가 원하지 않는다면 아무것도 하지 않겠다."

"원하지 않는 것이 아닙니다! 그저 저는!"

"날 도와주겠느냐?"

어느덧 효이의 손에는 단휘의 옷고름이 들려 있었다.

효이는 흔들리는 시선으로 단휘를 올려다보았으나 도리어 짙은 시선에 밴 유혹에 빠졌다. 사실 처음부터 뿌리치고 싶지 않았다. 그저 부끄러웠을 뿐이었다. 이젠 그 부끄러움마저 단휘의 눈빛에 부서져 흔적 없이 사라졌지만 말이다.

효이는 천천히 단휘의 옷고름을 풀었다.

도포가 벗겨지고 드러난 것은 하얀 소의가 아닌 얇은 사라로 지은 비단옷이었다. 속을 훤히 비치는 검은 사라 옷은 단휘의 상반신을 투영하였다. 효이는 세밀하게 쪼개진 그의 반라를 무감한 시선으로 보기가 어려웠다. 아무것도 하지 않았는데 벌써부터 달뜬 숨이 나오려 하였다.

넉 달, 넉 달, 넉 달.

머릿속에서 그 단어가 사라지지 않았다. 벌써 넉 달 동안 한 번도 단휘와 잠자리를 치른 적 없다는 사실이, 넉 달이라는 짧은 단어 안에서 계속 상기되었다.

"예법은 다 익혔느냐?"

빤히 단휘를 바라보고 있던 효이에게 하문이 떨어졌다.

"예? 그, 그것이, 아, 아직……."

그럴 줄 알았다는 듯 그의 입술이 웃었다.

어려서부터 살던 마을은 제대로 혼례를 치르고 부부가 되는 사람이 없을 정도로 가난하였다. 물론 은월각에 온 후로도 효이가 누군가의 혼례를 지켜볼 일은 전혀 없었다.

간단히 말하여 효이는 예법에 무지했다.

"이리 와라."

단휘는 텅 빈 방바닥에 깔린 이불 위로 효이를 불렀다.

넓은 방을 채운 것이라곤 꽃송이들과 향을 내는 초, 그리고 이불 하나가 전부였다. 마치 오로지 잠자리만을 위해 준비된 자리인 것처럼 느껴져서, 효이는 선뜻 단휘에게 다가가지 못하였다.

"또 명령을 어기려 들지."

짐짓 투정하는 말투에 결국 효이는 그에게로 다가갈 수밖에 없었다.

늘 그러하였듯이.

단휘는 이불 위에 앉은 효이의 탈의를 도왔다. 붉은 혼례복과 아래에 겹겹이 두른 치마들을 하나씩 풀어낼 때마다 효이는 제 허리를 스치는 단휘의 손길에 숨을 삼켰다. 그리고 이윽고 소의만이 남자 단휘의 손길이 아래를 향하였다.

단휘는 효이의 실내화와 버선을 벗기고 드러난 발등에 가볍게 입을 맞추었다.

"행수님!"

"받아라."

그저 그뿐이라는 듯, 단휘는 몸을 일으켜 술잔을 건네주었다.

단휘는 아주 익숙하게 예법대로 신방에서 해야 할 일들을 차근히 짚어 나가고 있었다. 효이는 어리둥절해하면서도 단휘가 시키는 대로 술잔을 받았다.

'생각보다 맛있다!'

술맛은 쓰지 않고 달았다. 부드럽고 향기가 감돌아 마시기 어렵지 않았다. 효이는 단휘가 채워 주는 잔을 속속 비워 나갔다. 순후한 맛에 점차 혀끝이 무감각해졌을 때, 문득 효이는 술잔을 잡는 손에 힘이 들어가지 않는 것을 느꼈다.

"행수님, 이제 그만……."

"더 마셔라."

그는 몽롱해하는 효이를 바라보며 작게 읊조렸다.

"취하지 않으면 견디기 어려울지 모르지."

"왜…… 무엇을요?"

단휘가 웃었다.

"곧 너는 지난 넉 달이 얼마나 길었는지 상기하게 될 것이다."

"예?"

"조금 취하는 편이 낫다."

은월각으로 돌아온 이후로 단휘는 한 번도 효이를 안지 못하였다.

이미 두 번이나 잠자리를 했으니 더 가릴 것이 없다 생각한 단휘와 달리, 효이는 은월각에서만은 한사코 안 된다고 거부하였던 것이다.

'거, 거긴 사람도 없었고! 여기는 다들 알지 않습니까! 그러니까 정식으로 혼인을 할 때까지는 미, 미루었으면 합니다! 제가 미천하여 법도를 모르기는 하나, 그래도 후주님, 아, 아니 행수님과 함께할 때는 예법을 지키고 싶습니다.'

두 눈을 똑바로 마주치며 겨우겨우 말하는 모습이 어여뻤었다.

부러질 줄 모르는 그 곧은 심성에 반한 것이니 별수 없는 노릇이었다. 단휘는 효이에게 져 주었다. 하나 그때만 해도 설마 기다림이 이리 길 줄은 미처 몰랐던 단휘였다.

효이가 넉 달이나 되는 긴 시일 동안 실과 바늘만 쥐고 있을 때, 단휘는 홀로 식을 기다리며 정염을 내리눌렀다. 부인이 될 여인을 제 집에 두고도 도를 닦는 승려 못지않은 기세로 수양해야 하는 처지가 서글퍼질 지경이었다.

"아직 너는 아무것도 조급하지 않겠지."

오랫동안 홀로 조급해하고 초조해하던 사람은 단휘였다.

효이가 금방 그와 같아지기를 바라지는 않았다.

다만.

"조금만 날 더 보아라. 조금이라도 더, 나를 원해 주어라."

단휘는 효이의 손으로 제 뺨을 어루만지게 하였다.

"내가 바라는 것은 오로지 너인데, 너는 너무도 쉽게 다른 곳으로 눈을 돌리지 않느냐."

"제겐 행수님뿐이십니다. 다른 곳으로 눈을 돌리다니요."

"다른 사내를 말하는 것이 아니다."

시종이건, 비단이건, 그 무엇이건.

그가 아닌 다른 모든 것을 말하고 있을 뿐이었다.

단휘는 효이의 뺨을 어루만지며 천천히 이불 위로 눕혔다.

다정한 눈빛은 이내 열에 찼다. 효이의 위로 올라온 단휘는 소의의 옷고름을 풀었다. 차월은 그의 명령대로 안에 아무것도 입히지 않았다. 혼례복은 본래 이렇게 입는 것이라는 차월의 거짓말에 순순히 넘어갔을 효이의 모습이 떠올라 웃음이 났다.

"순진하긴."

"읏! 행수님!"

놀란 효이가 버둥거렸으나 이미 단휘의 혀는 다홍빛 유실 위를 노닐고 있었다. 원하는 만큼 베어 물다가도 핥아 주며 달래는 움직임이 뱀처럼 교활했다. 고작 세 번째 잠자리였으나 단휘는 이미 효이가 어느 부위에 기민하게 반응하는지 훤히 알고 있었다.

단휘는 고개를 숙여 풍만한 가슴 바로 아래의 살갗을 핥았다.

"하아."

동시에 효이의 가슴이 부풀어 올랐다.

효이가 몸을 가리려는 듯 비틀었으나, 단휘가 허락지 않았다.

아직, 단휘는 아무것도 하지 않았다.

버둥거리기를 포기한 손목을 잡아 누르며 단휘가 효이의 한쪽 다리를 접어 올렸다. 치마가 흘러내리자 새하얀 다리가 드러났다. 천천히, 아프지 않게, 달래듯 안아 주어야 하는데 단휘는 그럴 수가 없었다.

하기야 처음 삼해주를 준비했을 때부터 느긋하게 안겠다는 마음 따위는 저버렸을 터였다.

분주한 손길이 곧바로 영리하게 효이의 하초를 헤치고 작은 집을 찾아 들어갔다. 술기운에 젖어 조그만 손길도 기민하게 느꼈을 터였다. 그럼에도 아직 효이는 단휘가 만족할 만큼 젖어 있지 않았다.

단휘는 효이의 마지막 치마를 벗겨내 옆에 사르륵 내려놓고 망설임 없이 머리를 숙였다.

"아아! 행수, 행수님! 으흣!"

단휘는 효이의 두 다리를 꽉 붙든 채 혀를 놀렸다.

손가락이 지나가기 전에 충분히 아래를 적셔 둘 생각이었다. 진득하게 흐르는 애액을 핥고 그의 타액으로 아래를 다시 적시며 깊게, 깊게 빨아들이고 깨물었다. 타오르는 불처럼 뜨거운 단휘의 혀가 내밀한 곳을 드나들 때마다 차차 이불이 더럽혀졌다. 단휘는 더운 날 여름을 먹는 것처럼 깨물고, 주변까지도 전부 샅샅이 탐했다.

목을 축이듯, 마른 땅에 비를 적시듯.

효이는 입술을 막으며 소리 내지 않으려고 애썼으나, 도리어 참지 못하고 간간이 터져 나오는 목소리가 단휘를 더 자극시켰다.

이미 효이의 단전 아래는 금방 수초처럼 젖었다.

단휘는 곧바로 손가락으로 길을 넓히기 시작하였다. 당장 안아도 될 정도로 축축하였으나 효이는 겁이 많으니까, 만취해서 훗날 이때를 단편적으로만 떠올리게 되더라도 기뻐했으면 했다. 그러니 조금도 겁먹지 않게, 아프지 않게 해 주고 싶었다.

'완전히 아프지 않기란 불가능하겠지.'

단휘는 다 젖은 손가락에 묻은 애액을 핥았다.

그 광경을 보고 만 효이는 귀까지 빨갛게 물들었다. 아직 제대로 하지도 않았는데 술기운이 달아나고 정신이 들었는지, 효이가 몸을 반쯤 일으켰다. 도망치듯 뒤로 물러나 벽에 등을 대고 앉은 효이는 소의로 가슴을 가리며 단휘를 보았다.

"뭐, 지, 지금 뭘 핥아 드시는……."

톡 건드리면 툭 하고 울음을 터뜨릴 얼굴이 사랑스러웠다.

단휘는 손가락을 마저 다 핥은 후 젖은 손가락으로 효이의 입술을 쓸었다.

"네 것이지, 또한 내 것이고."

"해, 해, 행수님, 대, 대체 어디서 그런 말을 배워 오셨……."

"내게 입 맞춰 주겠느냐."

호흡이 닿는 거리에서 요구해 오는 단휘보다도 당혹스러운 것은 배 언저리를 누르는 단단한 감촉이었다. 효이의 시선이 아래를 향하고 있음을 눈치챈 단휘가 느른히 웃으며 허리를 움직였다.

"아아!"

배 언저리에서 위아래로 움직이는 그의 분신을 느낀 효이의 낯빛이 점차 창백해져 갔다.

단휘는 효이가 그의 분신을 감히 쳐다보지도 못한다는 사실을 잘 알고 있었다. 잘 모르니 무서운 것이리라.

"너는 금방 전부 알게 될 것이다."

단휘가 웃었다.

그는 효이의 손을 잡아 제 분신으로 가져다 댔다. 화들짝 놀라며 효이가 주먹을 쥔 것을 단휘가 힘으로 펴며, 손바닥 전체를 제 분신에 문질렀다. 단단하지만 살아 있는 것처럼 고동치는 감촉에 효이의 몸이 파들파들 떨렸다. 하나하나 낯설어하는 것을 다 가르쳐야 하지만, 지루하지 않았다. 도리어 즐거웠다.

"전에도 말하였지. 너는 사람의 몸은 잘 알지만 사내의 몸은 모른다고."

"아, 아, 알고 싶지……."

"내가 너를 알 듯, 그대 또한 내 몸을 알아야지."

얄궂은 겁박과 함께, 단휘가 효이에게서 쉽게 소의를 빼앗았다. 그리고 계집의 안을 드나들 듯 겹쳐진 하반신을 천천히 계속 흔들었다.

"무서우냐?"

"해, 해, 행수님……."

"멈추고 싶으면 내게 입 맞추어라."

눈물에 젖은 입술이 애타게 단휘의 입술을 덮어 왔다.

넘나드는 혀와 서로의 타액이 섞이는 소리가 방 안을 메웠다. 서툰 입맞춤에 응해 주면서도 단휘는 효이의 아랫배를 계속 자극하였다.

무서워도 결국은 애가 타서 그에게 더 안겨 오도록.

길고 긴 입맞춤이 끝남과 동시에 단휘의 인내도 막을 내렸다. 단휘는 효이를 끌어당겨 제 배 위에 올렸다. 그리고 효이의 몸이 힘없이 아래로 떨어지기 전에 충분히 젖은 협곡으로 제 분신을 밀어 넣었다.

"으으윽!"

찔러 오는 단단한 감각에 땅에 닿은 효이의 두 다리가 파들파들 떨렸다.

너무나 아프고 깊어서 효이는 두 손을 단휘의 가슴에 짚은 채 그대로 멈춰 버렸다. 여기서 아주 조금이라도 움직이면 제 안을 가득 채운 것이 무엇인지 더 깊게 느껴질 것만 같았다.

누워 있던 단휘는 제 위에서 우는 효이를 감상하듯 바라보았다.

아무리 술을 마셔도 탁해지지 않았던 단휘의 두 눈이 탐욕에 차 흐려졌다.

"아으흣! 하아, 흐읏!"

아래에서 단휘가 허리를 흔들었다.

좌우로 느른하게 시작된 움직임은 점차 위아래로 방향을 틀어 가며 점차 빨라졌다.

"흐으읍, 흐으흐흑!"

뚝, 뚝.

효이의 눈물이 계속 단휘의 배를 적셨다. 아릿한 애락 속에서도 단휘는 눈물이 제 살결 위를 흐르는 감촉을 강렬하게 느꼈다. 다른 때라면 열불이 났을 정인의 눈물이었으나, 이 순간만큼은 단휘에게 무언의 결실처럼 느껴져 기뻤다.

"효이야."

다정히 부르며 단휘가 몸을 일으켜 효이를 눕혔다.

다시 위에서 내려다보는 자세가 되자, 단휘는 체중을 실어 몸을 숙이며 더 깊게 효이를 찔러 왔다. 입술로는 효이의 둥근 어깨를 깨물고 손으로는 유두를 희롱하며, 몸 안을 찌르는 허리의 움직임은 전부 계속 격렬해졌다.

"하, 행수님, 행수님……."

간절히 부르는 목소리에 단휘가 쪽 소리가 나게 입을 맞추었다.

단휘의 뿌리는 여전히 효이의 안에 있었다. 아주 깊게 가르고 갈라 파고든 제 땅 안에 깊게 자리 잡고, 허리를 흔들며 더 깊고 안락한 자리를 향해 뻗어 가고 있었다. 텅 비어 있던 그곳에 단휘는 제 모든 것을 쏟아 내었다. 이제 이곳은 단휘가 자주 찾을 안식처였다. 가꾸고, 아껴 줄 것이다.

정인의 위로 몸을 겹치며 단휘가 신부의 귓가에 속삭였다.

"사랑한다."

효이는 울면서 웃었다.

"사랑합니다, 행수님."

안을 채우는 뜨뜻미지근한 체온이 다시 실감케 하였다.

이제 효이는 정말로 온전히 그의 여인이라는 사실을.

지쳐서 몸을 씻을 기운도 없는 효이를 돕겠다더니.

듣기 좋은 말만 흘려 대던 입술은 효이의 둥근 어깨를 탐하느라 분주하였다. 손가락 역시 이제는 숨결만 스쳐도 아릿한 몸을 여전히 어루만지고 있었다.

"읏, 아, 아픕니다."

퉁퉁 부은 입술로 투정을 부리자, 단휘의 입술이 얼른 어깨에서 떨어졌다.

그러나 뒤에서 효이를 안고 있던 팔은 더 단단하게 감겨 왔다.

꽃잎이 뿌려진 탕조의 물이 넘실거렸다. 효이는 물에 비친 단휘의 얼굴을 보며 웃었다. 어찌 이리 고운 사내를 신랑으로 맞이하였을까. 함께 거닐 때면 사내들은 놀라고 계집은 얼굴을 붉히던 사람이, 이제는 효이의 사람이 되었다.

"저어, 행수님."

"응."

짧게 대답하며 단휘가 효이의 어깨에 이마를 묻었다.

"나중에 저희에게도 아이가 생기겠지요?"

"그렇겠지."

효이는 단휘의 품에서 나와 그를 마주 보았다.

"꼭 행수님을 닮았으면 좋겠습니다. 어여쁜 눈도, 코도, 입술도. 그리고 강인한 마음까지 전부 다 행수님만 닮았으면 좋겠습니다."

그의 한 곳 한 곳을 손가락으로 훑어 내리며 효이가 말하였다. 사랑스러운 모습이었으나 단휘의 표정은 다소 떨떠름하게 변하였다.

"나는 그대만 닮았으면 하는데."

"안 됩니다."

생각 외로 단호한 대답에 단휘가 웃었다.

"너는 고집도 세고, 너무 주변까지 챙기려 들고, 바느질 솜씨도 형편없지만, 이리 사랑스럽지 않느냐."

농을 던지는 단휘와 달리 효이의 얼굴빛은 흑색이 되었다. 마치 누군가가 억지로 등을 떠밀어 흙탕물에 빠진 표정이었다.

흔들리던 효이의 눈가가 차츰 젖어 가고서야 놀란 단휘가 황급히 눈물을 닦아 주었다.

"왜 우는 것이냐."

효이는 조금 전처럼 다시 울면서 웃었다. 잠자리를 할 때와는 전혀 다른 얼굴이었다.

"절 닮아서…… 저 같은 힘을 타고나면 어찌합니까."

"뭐?"

"제 아이가 평생 몰라도 될 것을 알아 버리고, 보지 말아야 할 것을 보며…… 매 순간 혼자 두려움에 떨면……. 감추느라 혼자 애쓰는 모습을…… 전 지켜볼 수가……."

갑자기 두려워졌다.

그 힘이 있었기에 단휘의 사람이 되었고 다른 이들의 입을 빌리자면 누구건 탐할 힘이었으나, 효이는 절대로 자식에게 그녀와 같은 힘을 대물림시키고 싶지 않았다.

"……."

단휘는 울먹이는 효이를 끌어당겨 제 품에 안았다. 그리고 아이를 달래듯 천천히 등을 쓸어내리며 말하였다.

"태어난 순간부터 이미 그대와 나의 아이이다. 사력을 다해 사랑하고 지킬 것이다. 지금 내가 그대에게 그러하듯."

"……."

단휘는 두 손으로 효이의 얼굴을 감싸며 눈을 마주쳤다.

"그리고 우리의 아이는 그대를 닮았으면 한다. 어떤 운명을 타고 나더라도 올곧게 살아가는 마음씨를 지녔으면 해. 이렇게 곁에 두는 것만으로도 따뜻해지는 사람이 되었으면 한다. 우리의 아이가 꼭 그대를 닮아야만 하는 이유이지."

"……."

효이는 믿음을 주는 단단한 단휘의 눈빛을 바라보며 힘없이 웃었다.

어리석은 생각이었다. 그와 그녀의 아이다. 단휘의 말대로 어떤 운명을 타고나더라도 괜찮을 것이다.

전부 다 괜찮을 것이다.

"자, 하면……."

단휘는 안겨 있던 효이의 두 다리를 벌리고 제 몸을 밀착시켰다. 배 언저리에 닿은 단단한 분신을 느낀 효이가 나가려고 버둥거렸으나, 이미 단휘에게 잡힌 몸은 빠지지 않았다.

탕조에 들어오기 전 했던 약조를 상기시키려는 듯 효이가 읍소하였다.

"오, 오, 오늘은 이제 안 하시기로 약조하셨잖아요."

"확인해 보고 싶지 않느냐. 너를 닮을지, 나를 닮을지."

"그, 그……."

단휘는 농담처럼 말하였으나 효이는 그 말이 무척 진심처럼 들렸다.

"네 책임이다. 내가 잊고 있던 것을 상기시켰으니."

낮은 목소리로 해 온 경고에 결국 효이는 져 버렸다.

손가락 하나 까딱할 힘이 없었으나 마음은 동조하고 있으니, 참으로 신기한 일이 아닐 수 없었다. 효이는 마지막 힘을 짜내어 먼저 단휘에게 입을 맞추었다.

갈구하던 허락을 얻어 낸 단휘는 해사하게 웃으며 효이를 안고 탕조를 나왔다.

두 시진 후.

단휘는 깨끗하게 씻긴 효이를 이불 위에 눕혔다.

효이가 기진하듯 잠들어 버린 것은 이미 꽤 시간이 지난 일이었다. 단휘는 잠든 효이가 깨지 않도록 조심스럽게 몸을 씻겨 다시 처소로 데리고 온 것이었다. 그의 것으로 온몸을 물들인 효이의 모습은 보기는 좋았으나, 깨끗하지는 않으니 말이다.

"많이 노곤하였구나."

걱정이 담긴 목소리였으나 입술은 웃고 있었다.

넉 달이나 그를 방치하면 이런 일이 생긴다는 사실을 몸소 깨우쳐 주었으니, 다음부터는 단휘가 애원하기 전에 먼저 안겨 주지 않을까, 작은 기대가 가슴에 자랐다.

'몇 년을 어찌 기다렸는지 모르겠다. 이제는 찰나도 더 기다릴 수가 없어.'

세상에서 가장 편안한 얼굴로 잠든 효이가 보기 좋았다.

그녀의 고른 숨소리는 그의 곁이 두려운 자리가 아니라 마땅히 있어도 되는 자리라고 말해 주는 듯이 들려와서, 어떤 명창의 소리보다 듣기 좋았다.

'그대와 나의 아이라…….'

밀려오는 웃음을 참기가 힘들었다.

사내아이이건 계집아이이건. 못난 얼굴이건 고운 얼굴이건. 아둔하건 영민하건. 무엇이 어떻더라도 무관하였다.

"우리의 아이인 것으로 충분하지 않겠느냐."

단휘는 효이의 둥근 이마에 입을 맞추고 곁에 누웠다.

애타게 기다리고 바라던 혼례식의 밤이 지나가고 있었다.

번외 二 · 육아

18년 후.

타라국 국경의 한 마을.

은강은 피가 잔뜩 묻은 도포를 벗어 눈앞의 구덩이로 휙 던졌다.

부하들이 가져다준 새 옷으로 갈아입은 은강은, 곳곳에서 연기가 올라오는 마을을 한 번 더 둘러보았다. 감히 수란의 재물을 탈취한 놈들이 거처하는 곳치고는 보잘것없는 마을이었다.

"분점에서 연통이 왔습니다. 머잖아 관군들이 여기로 올 것 같습니다."

"서둘러 정리해야겠네?"

그들은 도적 마을에 억류된 물자를 얼른 분점에 전달하기 위해 왔을 뿐이었다. 덤으로 다시는 이와 같은 귀찮은 일이 재발되지 않도록 아예 싹을 잘라 버렸다. 이제 물자만 가지고 움직이면 될 터였다.

"관군이랑 마주치면 곤란하지. 시신부터 구덩이에 모아서 다 태워. 우리와는 전혀 무관한 다른 놈들의 소행으로 보이게 꾸며."

명령을 내린 은강은 마을 한곳에 우두커니 서 있는 한로를 발견했다. 은강은 주변을 둘러보며 한로에게로 다가갔다.

"당장 여길 떠야 돼. 관군이 온대. 난 바로 서해국으로 갈 테니……. 잠깐, 그건 뭐야?"

은강의 두 눈이 휘둥그레졌다.

한로의 다리에 웬 아이가 달라붙어 있던 탓이었다.

"……잘 모르겠어."

시원찮은 대답이었다.

더벅머리에 지저분한 옷을 입은 아이는 마치 자신이 매미이고 한로가 고목나무라도 되는 양 아주 찰싹 붙어 있었다.

은강은 기가 차다는 얼굴로 물었다.

"설마 가져가서 노비로 팔 생각은 아니지?"

"타라국 애를 어디로 데려가서 팔겠어."

"그럼 죽여. 어차피 이 마을에 있던 이상 도적 떼의 아이인 게 빤하잖아."

관군들이 당도해 고초를 당하건, 아무것도 남지 않은 마을에서 굶어 죽건, 어차피 저 아이는 머잖아 죽을 운명이다. 한로가 얼마쯤 더 일찍 죽게 한다고 해서 새삼 미안해하거나 망설일 이유는 없다는 뜻이었다.

"안 돼."

"이봐, 이미 우리가 누군지 알 거야. 입을 막아야 해."

은강이 검을 빼 들자 한로가 그 앞을 막아섰다.

"데려가면 돼."

"어디로?"

설마.

은강이 웃었다.

"행수가 용서하지 않을걸? 엄청 싫어할 거야. 엄청, 무척, 매우."

"의지할 사람 없어서 나한테 온 거야. 죽게 둘 순 없어."

"재밌네."

은강은 몸소 허리를 숙여 아이를 마주 보았다.

[너, 우리가 누군지 알아?]

기껏 타라국 말로 해 주었건만.

알아듣지 못하는지 아이는 대답이 없었다.

벙어리거나, 귀머거리거나, 아니면 무서워서 넋을 놓았거나. 여러 이유가 있겠지만, 적어도 아이의 눈에서 살기 비슷한 것은 엿보이지 않았다. 어쩌면 도적 떼와 무관한 아이일 수도 있다. 적어도 한로는 그렇게 느꼈겠지.

'아무리 그래도 타국에서 들여오는 아이라니. 딱 도운, 그놈 꼴이잖아. 아니지. 그걸 떠나서 지금 행수는 아이라면 질색할 게 뻔하다고. 한로 이놈은 대체 무슨 생각인 거야?'

연민인가.

하나 그런 것은 오랫동안 수란 상단의 그림자로 살아온 두 사람에게 허락되지 않은 감정일 터였다.

'어차피 전부터 한로 이놈은 고집을 부리면 말릴 수가 없었지.'

은강은 몸을 일으키고 앞서 걸어가며 소리쳤다.

"난 절대 절대로 모르는 일이다!"

일단 방해는 않겠다는 말이었다.

한로는 안도하며 아이의 머리를 쓰다듬었다.

✻

원주당(原主堂).

이곳은 은월각의 후면에 새롭게 지어진 별채였다. 원주당에는 사람이건 물건이건 단휘가 허락지 않은 것은 일체 들어갈 수 없으며, 어떤 손님이 와도 출입을 허락지 않는 요새였다. 단휘는 이 안온한 성채 안에 제 부인과 두 아들, 그리고 고명딸을 머물게 하고 상단 일을 하다가도 몇 번이고 들르곤 하였다.

지금처럼 볕이 좋은 오후에는 특히 더 그러하였다.

"모르겠어요! 모르겠어!"

우아함이나 정숙함이라고는 찾아볼 수 없는 목소리가 어김없이 원주당 안을 울렸다.

단휘는 제 곁에 배를 깔고 누워 수틀을 잡고 있던 아이의 이마를 살짝 떠밀었다.

"그리 힘을 주어 잡으니 천이 뜯어지지 않느냐."

"어렵단 말이어요! 아버지, 우리 이거 말고 다른 거 해요. 응? 저자 구경도 좋고, 나루에 가서 배 띄우고 놀고, 응?"

개구쟁이처럼 활짝 웃으며 쓸데없는 말을 늘어놓는 아이는 높은 담장 아래에 핀 한 송이의 꽃과 같았다. 달래 꽃이 수놓아진 비단옷을 입은 아이에게는 더할 나위 없이 좋은 향기가 풍겼는데, 거기에 더해 단휘와 효이의 장점만 쏙 뺀 미모는 이미 도성 제일이라 칭하기에 부족함이 없었다.

"소아야. 아버지가 가르쳐 주실 때 잘 배워 두어야지."

곁에 앉아 둘째 아들인 단우의 공부를 봐주고 있던 효이가 부드럽게 소아를 타일렀다.

"몰라요, 몰라! 다들 미워! 누가 아버지한테 고자질했어요?"

"원래부터 듣고 있었다. 이것도 못해서 나중에 시집은 어찌 가려고 그러느냐."

"난 시집 안 가고 아버지랑 어머니랑 오라버니들이랑 같이 살 거예요."

"그러지 말고 잘 보아라. 수자할 때 촘촘하게 놓는 것도 중요하지만, 천이 너무 헤지지 않도록 해야 한다."

다정하게 수자를 가르치고 있는 단휘를 보며 효이가 웃었다.

효이의 복중에 단우가 있었을 때만 해도 단휘는 바느질이라곤 전혀 해 본 적 없는 사람이었다. 당시 효이가 직접 단우의 배내옷을 짓겠다고 나섰었는데, 단휘가 이를 말리며 두 사람 사이에 잠시 불이 붙었던 적이 있었다.

'입덧을 하느라 물도 마시지 못하면서, 푹 쉬지 않고 무얼 하겠다는 것이냐.'

'휘영이 때보다는 나아요. 한 번쯤은 배내옷을 직접 만들어 주고 싶었는걸요.'

'그대가 하게 두느니 차라리 내가 하겠다.'

'행수님이 옷을 짓겠다는 말씀이세요?'

서단휘가 바느질이라니.

생각만 해도 우스운 일이라 효이가 선뜻 허락하자, 단휘는 금방 배내옷을 뚝딱 만들어 온 것이었다. 이후로 단휘는 소아의 배내옷도 직접 만들어 주었으며, 심지어 특별한 날이면 효이의 옷이나 신발도 직접 지어 선물로 주었다.

참으로 못하는 것이 없어서 기가 차는 사람이었다.

"저어, 행수님. 송구하옵니다."

그때 열린 문으로 들어온 시종이 얼른 머리를 숙였다.

"내가 이곳에 있을 때는 찾지 말라 이르지 않았느냐."

부드러운 어조였으나 시종의 몸에는 오스스 소름이 돋았다.

"하, 한로가 왔습니다."

단휘는 고개를 들어 눈치 없는 시종을 쳐다보았다.

얼마 전, 타라국으로 보냈던 한로가 창서국으로 돌아오는 배에 올랐다는 소식을 전해 들었었다. 전에 없던 일이라 바로 은월각으로 들르도록 명령해 두었으나, 원주당으로 오게 하라는 뜻은 아니었다.

"와아! 한로가 왔어요?"

소아는 벌써 신이 났고, 효이의 얼굴에도 반가운 기색이 만연하였다.

이미 돌이킬 수 없는 일이 되어 버렸음을 실감한 단휘가 한숨을 뱉으며 명령하였다.

"들여라."

시종이 나가고 들어온 한로를 본 모두의 시선이 그의 다리 쪽으로 향하였다.

한로의 다리에 딱 달라붙어 있는 아이 때문이었다. 아이는 새 옷을 입고 있었으나 어쩐지 행색은 추레하였다. 지저분하게 잘려 나가서 얼굴을 반쯤 덮고 있는 머리칼 때문인 듯도 하였고, 전체적으로 음침한 분위기를 풍기기 때문인 듯도 하였다.

모두의 말문이 막힌 가운데 침묵을 깬 사람은 소아였다.

자리에서 벌떡 일어난 소아는 한로에게로 달려가 품에 안기며 물었다.

"한로, 한로! 재는 누구야?"

"아아, 아씨. 그것이……."

한로는 단휘와 효이의 눈치를 살피며 애매하게 말끝을 흐렸다.

"단우야. 소아 좀 방에 데려다주겠니?"

단우는 곧바로 서책을 덮고 일어나 소아의 반짇고리를 챙겼다.

"소아야, 가자."

"싫어! 한로가 오랜만에 왔잖아! 같이 있을 거야!"

지금보다도 더 어린 시절에 소아는 한로가 지붕 위에서 뛰어내리는 모습을 본 적이 있었다. 새처럼 우아하고 군더더기 없는 그 모습에 첫눈에 반한 소아는 한로만 보면 같이 있겠다고 고집을 피워 댔다.

그 고집에 모두가 난감해하는데 단우가 나서서 소아의 손을 잡았다.

"저번에 한로에게 보여 주겠다던 물건이 있었잖아."

"그, 그렇지만 그건 휘영 오라버니가 가져가셨는데……."

휘영의 엄한 얼굴을 떠올렸는지 소아가 울먹이기 시작하였다. 단우는 능숙하게 그런 소아의 어깨를 두드려 주며 다정히 말하였다.

"같이 가서 돌려 달라고 말해 보자."

"그렇지만……."

"괜찮을 거야."

망설이던 소아는 결국 단우의 손을 잡고 방을 나갔다.

"자, 문간에 서 있지 말고 어서 들어와요."

효이는 뒤에 앉은 단휘가 못마땅해하는 기색은 전혀 느끼지 못하고 기꺼이 두 사람을 맞아들였다.

모두가 착석하자마자 효이는 두 사람을 번갈아 가며 쳐다보았다.

그 묘한 눈빛의 의미를 깨달은 한로가 앞서 대답해 주었다.

"제 아이가 아니에요."

"아, 미안해요! 그저 갑자기 아이를 데리고 나타나니까 너무 놀라서요."

미안하다고 말하는 것치곤 효이는 무척 즐거워 보였다.

"편안하게 이야기해도 괜찮아요. 소아는 돌아오지 못할 거예요."

"소아 아씨는 여전하시네요."

"그래도 단우가 있어서 다행이에요. 휘영이는 혼낼 줄은 아는데 달래 줄 줄은 영 몰라서요. 얼마 전에 소아가 어디서 찾았는지 낭도를 가지고 놀다가 휘영이한테 들켰거든요. 그때도 단우가 나서 주지 않았으면 아마 삼 일은 울었을 거예요."

전에 어떤 부하가 이런 말을 한 적이 있었다.

'행수님이 어린 시절로 돌아가시면 큰 도련님과 같을 것이고, 마님께서 어려지시면 작은 도련님과 같겠고, 두 분의 고집을 합치면 소아 아씨가 나오겠지요.'

그 말 그대로였다.

아무리 그래도 단휘와 효이 모두 고집만 부리지는 않는데, 대체 어디서 소아 같은 황소고집 딸이 태어났는지 모를 일이었다.

"그래서, 그 아이는 어찌 된 것이냐?"

단휘의 하문에 한로가 정신을 차리고 얼른 대답하였다.

"실은 타라국에서 명령하신 일을 처리하다가 만난 아이입니다. 변에 기댈 곳도 없고 완전히 혼자라 차마 두고 올 수가 없었습니다."

"타라국의 아이예요?"

고아인 것으로도 모자라 하필이면 또 영토 분쟁 중인 나라에서 왔다니.

단휘의 눈썹이 일그러졌다. 효이의 측은지심을 자극하기에 아주 유리한 조건이기 때문이었다.

이윽고 효이의 입에서 단휘가 말릴 틈도 없이 듣기 싫은 말이 흘러나왔다.

“걱정 말아요, 한로. 제가 맡을게요.”

“우리가 직접 맡을 필요는 없다. 좋은 입양처를 찾아보마.”

“타라국에서 갓 온 아이를 또 다른 곳에 맡기자는 말씀이세요?”

반문하며 돌아보는 효이의 눈빛에는 이미 굳은 결의가 담겨 있었다. 단휘가 결코 반항하지 못하게 만드는 눈빛이었다.

“한로, 걱정하지 말고 그만 가 봐도 괜찮아요.”

“아니, 저어, 굳이 여기가 아니더라도…….”

도리어 한로가 더 눈치를 살피기 시작하였으나, 효이는 개의치 않았다.

“내가 직접 돌봐 주고 싶어서 그래요. 괜찮으니 어서 가 봐요.”

효이가 계속 채근하자 한로는 눈치를 살피며 겨우 물러갔다.

혼자 남은 아이는 두려움에 가득 찬 시선으로 주변을 둘러보며 눈치만 살피고 있었다. 아마 뒤에 앉은 단휘에게서 풍겨져 나오는 분노를 본능적으로 느낀 것이리라.

[너는 이름이 뭐야? 타라국 말로 해 줘도 괜찮아. 예전에 배워 두었거든.]

효이는 몸을 낮추고 천천히 아이에게 다가갔다.

[괜찮아, 그리 떨지 않아도 돼.]

효이가 아이를 향해 손을 뻗었다. 아이가 그 손을 잡아 팔을 물어뜯은 것은 정말 찰나의 일이었다.

“으으윽!”

고통을 참지 못한 효이가 신음하는 순간 단휘의 눈이 뒤집혔다. 벌떡 일어난 그는 곧장 두 사람에게로 돌진해 아이의 목을 움켜쥐고 바닥에 내던져 버렸다. 단휘는 맨바닥에 내던져진 아이는 쳐다보지도 않고 얼른 효이의 팔부터 살폈다.

"괜찮으냐!"

"으읏, 너무 심하셨어요!"

도리어 효이는 단휘를 책망하며 얼른 아이에게로 다가갔다. 단휘가 제지하려 하였으나 효이는 고집불통이었다.

[다치지는 않았니? 나는 괜찮아. 화내지 않을게. 이리 와, 아가야. 응?]

"저것이 아직도 아이로 보이느냐! 저것은 짐승이다!"

"그리 말하지 마세요! 타라국에서 여기까지 한로만 의지해서 온 아이입니다. 한로가 가 버렸으니 얼마나 불안하고 무섭겠습니까! 아무도 모르는 곳에 혼자 와서 지내는 일이 얼마나 버거운지 아신다면 행수님께서도 저 아이를 책망하지 않으실 거예요."

단휘는 무슨 말을 더 하려는 듯 입을 벙긋하였으나 곧 다물었다.

이대로 여기에 더 있다간 기어이 효이의 눈 밖에 날 짓을 벌이고야 말 터였다.

"모두 들어와서 부인을 돕도록 해라! 결코 부인과 아이만 두지 마라!"

하는 수 없이 단휘는 시종들을 불러들여 놓고 효이의 처소를 나왔다.

제 처소로 돌아온 단휘는 서안 앞에 앉아 턱을 괴었다.

'저토록 난폭한 아이를 부인 곁에 둘 수는 없는 일이지.'

하나 효이가 납득하지 못하는 방법으로 억지로 떼어 냈다간 오랫동안 미움을 사고 말 터였다. 단휘의 고집은 효이의 명령이면 금방 꺾이고 말지만, 반대로 효이는 한 번 마음을 먹으면 좀처럼 돌이키는 일이 없으니 말이다.

'대체 저런 아이를 어디에 의탁하면…….'

단휘가 골몰하고 있던 그때 시종의 목소리가 들려왔다.

"행수님, 도련님이 오셨습니다."

시종의 목소리와 함께 문이 열리며 휘영이 들어왔다.

"늦은 밤에 송구합니다, 아버지."

휘영은 단휘와 효이의 첫째 아들로, 오래전 효이가 바란 것처럼 단휘를 똑 닮은 채 태어났다. 한로를 비롯해 단휘를 어려서부터 봐 온 모든 시종들은 휘영을 보며 늘 단휘의 어린 시절을 떠올릴 정도였다.

"오늘 시험을 보기로 했었는데 기억하고 계신지요."

내년에 관례를 올릴 휘영은 이미 학술은 물론이고 각종 어학에 통달하였고, 물상객주로서 알아야 할 모든 이론을 숙지한 수준에 이르러 있었다. 하나 단휘는 그런 제 아들에게 상단의 일을 맡기는 대신 여전히 공부만 계속할 것을 명해 왔다. 아직 단휘의 눈에는 부족한 것이 많아서였다.

"시험이라."

단휘의 입가에 아주 작은 미소가 스치듯 지나갔다.

"전에 서청을 만나 보고 싶다고 했었지."

뜬금없는 말에 휘영의 무심하던 눈빛에 생기가 돌았다.

그것은 몇 달 전 휘영이 단휘에게 올린 청이었다. 호기로운 청이었으나 단휘는 단호히 거절했었다. 아직 휘영에게 상단의 일을 맡기고 싶지 않아서였다.

"네가 이번 시험을 잘 풀어내면 서청을 만나게 해 주마."

"갑자기 대답을 바꾸시는 연유가 무엇입니까."

과연 휘영은 흥분하거나 선불리 받아들이지 않았다.

'달콤한 거래는 위험이 따른다는 사실을 아는 게지.'

단휘는 흐뭇함을 드러내는 대신 여전히 냉엄한 목소리로 응대했다.

"사람을 다루는 네 자질을 시험하려는 것이다."

"……."

"자신이 없다면 포기해도 좋다. 강요하지 않으마."

어린 것이 보내는 눈빛은 제법 도전적이었다. 단휘는 그 치기 어린 시선을 여유롭게 받아넘기며 쉬이 속셈을 티 내지 않았다.

휘영은 잠시 단휘를 바라보며 생각하더니 곧 대답했다.

"먼저 돌아가서 기다리겠습니다."

인사를 올린 휘영이 방을 나갔다.

동시에 단휘도 몸을 일으켰다.

효이의 처소로 돌아온 단휘는 조용히 시종을 뒤로 물렸다. 효이는 그 아이를 잠시 하비들에게 맡겼는지, 혼자 후원에 나와 있었다. 지친 듯 축 늘어진 어깨를 바라본 단휘의 미간이 일그러졌다.

단휘는 최대한 기척을 감추고 천천히 다가가 뒤에서 갑자기 효이를 안았다.

"행수님!"

그가 가까이 접근할 때까지 눈치채지 못했던 효이가 화들짝 놀랐다. 얼른 몸을 돌려 단휘의 얼굴을 확인한 효이는 침울해했다.

"제가 점점 더 쓸모가 없어지는 모양입니다. 행수님께서 이리 가까이 오실 때까지 알아채지 못하다니요."

"나는 그편이 더 좋다. 세 어미인 너에게는 불필요한 힘이지 않느냐?"

태연히 대답하였으나 단휘는 내심 안도하고 있었다.

월담이 불가능할 정도로 원주당의 담을 높게 지은 것도, 함부로 바깥사람을 안으로 들이지 않는 것도, 어리고 순진한 아이들만 뽑아 효이의 시종으로 두는 것도 전부 다 효이의 힘이 사라지길 바라였기 때문이었다.

'내가 볼 수 없는 것은 너도 보아서는 안 된다. 내가 느끼지 못하는 것 또한 너 혼자 느껴서는 안 된다. 내가 감춰줄 수 없는 모든 것으로부터 네가 홀로 전전긍긍해서도 안 된다.'

오랫동안 사용하지 않은 물건은 끝내 녹슬어 버리는 것처럼.

단휘는 효이의 힘 또한 하루 빨리 사라져 주기를 바라며 모든 노력을 다하고 있었다.

"팔은 괜찮으냐?"

어느덧 단휘는 효이의 소매를 걷어 팔을 살피고 있었다. 한눈에 들어오는 부은 자국에 다시 분노가 치밀었으나 단휘는 필사적으로 내리눌렀다.

"여직 시료도 안 하고……."

효이는 얼른 단휘의 품에서 나와 달래듯 그의 손을 잡았다.

"이제 막 하려고 했어요."

"그대는 나의 부인인 동시에 의원이다. 내가 누누이 말하지 않았느냐."

"의원이 아프면 우리 가족은 누가 돌보느냐는 말씀이시지요?"

효이가 냉큼 말을 받아 버리자 결국 단휘도 웃고 말았다.

"하구가 걱정하기 전에 그대가 미리 해 두어라."

"네.

염려스럽던 점들을 다 확인한 단휘는 멀리서 기다리고 있던 시종을 불러 명령하였다.

"이제 데려가라."

단휘의 명령에 시종이 곧장 효이의 처소 구석에 처박혀 있던 아이를 끌어냈다.

"행수님!"

효이는 얼른 방으로 뛰어 들어갔다.

이미 아이는 두 명의 시종에게 양팔이 잡힌 채 질질 끌려가고 있었다. 소리를 지르며 반항하는 아이를 도와주려는 듯 효이가 얼른 손을 뻗었다. 하나 단휘는 시종들이 나가자마자 방문을 닫아걸며 앞을 막아섰다.

"괜찮을 것이다."

"많이 놀라서 아직 말 한 마디 못하는 아이입니다! 대체 어디로……."

"휘영이에게 보냈다."

"예? 행수님! 저 아이는 아직 안정이 필요합니다!"

단휘는 효이의 어깨를 붙들고 단호히 말하였다.

"사람을 다루는 자질은 훗날 상단을 이끌어 나갈 휘영이에게 꼭 필요한 것이다."

"휘영이에게 필요한 능력을 기르게 하기 위해 아무것도 모르는 아이를 과제로 내 주라는 말씀이십니까?"

"그대의 걱정을 이해한다. 휘영이는 도통 곁을 내줄 줄도 모르고 필요치 않은 자에게는 눈길조차 주지 않으니 말이다."

효이는 단휘의 말을 듣자마자 기가 차다는 듯 일갈하였다.

"그건 행수님이랑 똑 닮은 부분이잖아요."

"그래서 내가 처음부터 그대만 닮은 아이를 낳자고 하지 않았느냐."

"행수님!"

"반드시 잘 해낼 것이다. 나를 믿듯, 그 아이를 믿어라."

단휘의 확언에 흔들리던 효이의 눈이 점차 제자리를 찾아갔다. 결국 효이는 힘없이 웃으며 읊조렸다.

"처음 휘영이를 품에 안았을 때 이미 깨달았었는걸요. 휘영이는 행수님을 참 많이 닮았습니다."

"하면 찾아 주지 않아도 알아서 그대처럼 좋은 부인을 얻겠군."

"어차피 찾아 주고 있지도 않으셨잖아요."

곧 휘영이도 성인이 될 터인데, 아직 단휘는 매파 한 사람 집 안에 들인 적이 없었다. 미리 수소문해 두지 않으면 좋은 집안의 아이들은 다 미리 짝을 지어 둘 터인데 말이다.

"역시 걱정됩니다."

"그대의 말대로 휘영이가 나와 닮았다면 억지로 짝지어 줄 필요 없다."

효이는 진지하게 토로하였다.

"혼례도 혼례지만 아까 그 아이, 타라국에서 왔잖아요. 아주 먼 땅에서 왔다고요. 휘영이는 타라국 말을 할 줄 알지만, 져 주거나 품어 줄 줄 모르고 아이를 어르거나 달랠 줄도 모르잖아요. 소아에게도 늘 심할 정도로 엄하게만 대하는걸요."

단휘는 온 세상의 걱정을 다 사서 하는 효이의 입을 부드럽게 막았다.

"읍!"

아주 오래전부터 그러하였던 것처럼, 달래듯 효이의 입안을 오간 단휘가 한참 만에 젖은 입술을 떼며 웃었다.

"이제 내가 그대의 눈앞에 있으니, 내 생각만 하여라."

"예?"

더 따져야 하는데도 진심 어린 단휘의 얼굴을 보니 효이는 할 말이 없어졌다.

"화나셨어요?"

"그래."

전혀 화난 목소리가 아니었지만 단휘가 진심으로 투정을 부리고 있다는 사실만은 세 아이의 어미로서 확신할 수 있었다. 가련한 아이 한 명에게 내 주는 시간을 못 견디다니, 지극히 그다웠다. 그답다고 당연히 생각하는 것마저 우스웠지만 말이다.

"세 아이의 아버지인데 어쩌자고 이리 아이 같으십니까."

나이를 먹을수록 도리어 단휘는 점점 아이를 닮아 가는 듯하였다.

고집 부리고, 떼쓰고, 하고 싶은 대로 하려 들고, 무엇보다 효이를 독점하려 드는 모양이 어른과는 영 거리가 멀었다. 그래도 근자에 단휘가 소아와 단우를 위해 많이 인내하고 양보한 것만은 사실이었다.

결국 효이는 늘 그랬듯 웃으며 단휘의 품에 매달렸다.

이제 효이는 그저 믿는 수밖에 없었다. 지금껏 늘 그래 왔듯 단휘가 옳은 길을 제시하였을 거라고. 그의 말대로 휘영이가 상처 많은 그 아이를 잘 보듬어 주리라, 그리 믿을 것이다.

❈

휘영은 한참 만에 서책에서 눈을 뗐다.

지친 몸을 풀기 위해 이리저리 목을 움직이던 휘영의 시선에 융단 위에 쓰러져 잠든 아이가 들어왔다. 시종들이 단휘가 보낸 시험 문제랍시고 갑자기 데려온 아이였다. 하도 기가 차서 반항도 못 하고 방에 들여놓았더니, 아이는 어느 틈엔가 잠들어 버렸다.

사실 자는 꼴을 보면 잠들었다기보다는 기진했다는 표현이 어울렸지만 말이다.

'시험이라니, 살아 있는 아이를 상대로 무슨 답을 찾아 올리라는 말씀이시지? 아무리 어머니와의 시간을 방해하는 것이 미워도, 오밤중에 계집아이를 여기로 덜컥 보내시다니.'

휘영은 질렸다는 듯 고개를 저었다.

은월각 바깥의 사람들은 단휘가 애처가라는 말을 흘리고 다녔다. 하나 사람들이 모르는 사실이 하나 있다면, 단휘는 그들이 생각하는 것보다 훨씬 심각한 애처가라는 사실이었다.

'그러고 보니 어디서 재우라는 말은 한 마디도 없었잖아. 이불도 안 주고 시종도 안 붙이셨어.'

세상에, 설마 그의 침상에서 재우고 수발까지 직접 들어 주라는 뜻인가.

소아에게도 베풀어 보지 않은 관용을 휘영이 저 미친한 아이에게 기꺼이 허락하리라 믿으셨단 말인가.

아니, 분명 그건 아닐 것이다.

'아버지께선 그저 얼른 저 아이를 어머니의 처소에서 치우고 싶으셨을 뿐이야.'

그 얕은 수에 놀아나고 있자니 짜증이 났다.

더 화가 나는 것은 이 사실을 알고 따져도, 말로는 결코 단휘를 이길 수 없음이 분명하다는 사실이었다.

탁!

글자가 더 눈에 들어오지 않아 휘영은 서책을 덮어 버리고 일어났다.

이대로 침상으로 직행하여 자고 싶었으나, 융단 위에서 이불 하나

덮지 않고 자고 있는 아이가 눈에 걸렸다.

'융단을 더럽히고 싶지는 않은데.'

하는 수 없다는 듯 휘영은 아이에게 다가갔다.

또래의 아이라면 단우와 소아를 늘 봐 왔기 때문에 더 비교가 쉬웠다. 아이는 살색도 까맣고 심지어 빼빼 말라, 마른 나뭇가지처럼 보였다. 거기다 계집아이면 머리카락이라도 좀 기를 것이지, 어찌 이리 형편없이 잘랐을까.

말이 좋아 계집아이지, 시종이 말하지 않았으면 당연히 사내아이라고 생각했을 것이었다.

'어머니 처소에 있었으니 씻기는 했을 테지만……. 정말 씻은 건가? 왜 이렇게 지저분해 보이지?'

불행히도 휘영은 조금이라도 지저분한 것은 두고 보지 못하는 결벽적인 성격까지 단휘를 쏙 빼닮았다.

그 말인 즉, 더럽다고 여겨지면 제 처소에 둘 수 없다는 뜻이었다.

"일어나라."

휘영의 목소리를 듣지 못했는지 아이는 계속 잤다.

하는 수 없이 휘영이 흔들어 깨우자 한참 만에야 아이가 두 눈을 번쩍 떴다.

아이의 담갈색 눈동자는 휘영을 발견하고 바람 부는 언덕의 갈대처럼 계속 흔들렸다.

"아아아!"

아이는 갑자기 소리를 지르며 휘영을 향해 주먹을 휘두르기 시작하였다.

놀란 휘영이 일단 두 팔을 잡자 아이는 고함을 지르며 울고, 계속 버둥거리며 휘영을 때리려 들었다. 이처럼 난폭한 사람 자체를 처음 본 휘영은 당황했다. 사람이 아니라 짐승 새끼도 이보다는 얌전할 것이다.

"아아으아아! 아아으아아아악!"

[처음 만난 사람에게 인사를 하기도 전에 손찌검부터 하려 들다니! 대체 어디서 버릇을 이따위로 길러 온 것이냐? 타라국이 아무리 전란 중이라고는 해도 어린아이 한 사람 제대로 가르칠 사람이 없었느냐!]

"꺄아아악! 아악!"

휘영이 호통쳐도 아이는 제 나라 말도 못 알아듣는지, 아니면 들을 마음이 없는지 계속 소리를 쳐 댔다.

"도련님! 에구머니나!"

황급히 들어온 시종은 눈에 들어온 광경을 보고 더 놀랐다.

"어, 어, 어쩌지요? 마님을 부를까요?"

"됐다! 가서 물부터 한 동이 가져와!"

"예, 예!"

시종이 나가자 휘영이 다시 소리쳤다.

[잘 들어라! 여기서 자려면 시종이 가져오는 물로 씻어야 한다! 알겠어? 안 그러면 명령이고 뭐고 널 쫓아낼 것이다!]

"아으아아악! 아아아악!"

차라리 귀머거리가 되고 싶을 정도로 아이의 목소리는 듣기 싫었다.

"도, 도련님! 가져왔습니다!"

시종이 얼른 물 한 동이를 떠 와 휘영의 곁에 내려놓았다.

그 순간, 아이는 버둥대던 발로 물동이를 걷어차 버렸다. 촤악!

"꺄악! 도련님!"

가슴께부터 발끝까지 다 젖은 휘영의 몸에서 물이 뚝뚝 떨어졌다.

"도, 도련님, 송구합니다! 송구합니다!"

시종이 젖은 바닥에 이마를 대며 몇 번이고 사죄하였다.

"됐다! 가서 다시 가져와라!"

"예? 예, 예!"

시종이 도망치듯 나가는 순간에도 아이는 계속 소리를 질러 대고 있었다. 휘영은 다 젖은 융단을 둘러보고 아이에게 훈계하였다.

[아무리 버릇없게 굴어도 네가 어린아이면 모두가 널 이해하고 용서해 줄 것 같으냐? 노력하지 않는 사람을 받아들여 줄 곳은 어디에도 없어! 얌전히 말 들어라, 알겠느냐!]

"으엉엉어엉! 아아으아아악!"

"도련님! 가져왔습니다!"

거친 숨을 몰아쉬며 시종이 물동이를 들고 문간에 섰다.

가까이 다가오기를 겁내는 눈치였으나 휘영은 시종을 불렀다.

"이리로 가져와."

"예? 네, 네……."

눈치를 살피며 시종이 물동이를 다시 아까와 같은 위치에 내려놓았다.

쾅! 차락!

그리고 또다시 같은 일이 벌어졌다.

"다시 가져와라!"

"예, 예!"

"다시!"

"예!"

그리고 다시.

"다시 가져와라! 다시!"

다시, 다시, 다시, 다시.

못해도 스무 번은 넘게 반복된 명령에 처소는 이제 아예 물바다가 되어 버렸고 휘영 본인도 살이 퉁퉁 불 정도로 젖어 있었다. 아이 역시 튀긴 물에 맞아 온전한 상태는 아니었다. 시종은 단 한 번도 이처럼 엉망인 광경을 본 적이 없어서 문간에 주저앉은 채 벌벌 떨었다.

"으으으하허으흐아아아앙!"

마지막 힘을 짜내듯 소리를 지른 아이가 지쳤는지 머리를 푹 숙였다.

휘영이 손을 놔주자 아이는 원망이 서린 눈으로 그를 노려보기만 했다. 닭똥 같은 눈물은 계속 뚝뚝 떨어지는데 더는 목소리가 나오지 않는 듯하였다.

"하아. 다시 가져와라."

"예!"

시종은 후들거리는 다리를 애써 움직여 바깥으로 나갔다.

휘영은 주변을 다시 한 번 둘러보더니 서안 근처로 향하였다.

"우으으윽. 흐으으윽."

겨우겨우 울고 있던 아이는 문득 뺨을 덮은 감촉에 놀라 고개를 들었다.

[걷어차려면 다른 쪽으로 걷어찰 일이지. 우매하긴. 너도 다 젖었잖아.]

휘영은 손수건으로 아이를 닦아 주었다. 뺨부터 시작해 땅을 짚고 있던 손을 잡아 손바닥까지도 하나하나 꼼꼼히 닦았다.

아이의 의아한 시선이 휘영을 향하였다.

[갑자기 타국에 오게 되어 당혹스럽겠지. 이해해. 하나 나도 길 가다 날벼락을 맞은 기분이야. 피차일반, 너나 나나 서로 비슷한 상황이라는 뜻이다.]

한숨과 함께 뱉어 낸 휘영의 목소리에는 짜증도 분노도 서려 있지 않았다.

[난 네가 방해되고 짜증 나고 싫고 귀찮다. 난 내 방에 허락하지 않은 사람이 들어오는 일은 딱 질색이야. 특히 너처럼 물불 못 가리는 아이는. 그것도 계집애라니. 정말 날벼락도 이런 날벼락이 없지.]

휘영의 말을 알아들은 것일까.

아이의 담갈색 눈동자가 차츰 다시 젖어 가기 시작하였다.

[그렇지만 참을게.]

휘영의 선언에 아이의 얼굴에 의아한 빛이 스쳤다.

문득 휘영은 아이가 개암을 닮았다고 생각하였다. 달고 맛있는 속을 단단한 껍질로 감춘, 아직은 익어 가고 있는 개암 열매 말이다.

단순히 눈동자 색 때문인지도 모를 일이었다.

[절대 내가 먼저 널 내쫓지 않을게. 대신 내 말은 잘 들어야 해. 씻으라면 씻고, 오라면 오고, 먹으라면 먹고. 대답하라면 대답해. 알겠어?]

아이는 대답하지 않았다.

하나 휘영은 아이가 제 말을 받아들였다고 느꼈다.

"헉, 헉. 도, 도련님. 무, 물 가져왔습니다."

축 늘어진 두 팔로 물동이를 든 시종이 들어왔다. 아이가 또 소란을 피울까 염려하는 시종에게 휘영이 다시 명령하였다.

"새 옷을 가져와라. 소아가 입던 옷이 있을 것이다."

"예? 아아, 예, 예!"

얼이 빠져 있던 시종이 다시 나갔다.

아이는 시종이 떠다 놓은 물동이를 물끄러미 쳐다보다가 휘영의 품에 안겼다.

[뭐야, 추워?]

따뜻한 물이었으나 식으니 더 추운 모양이었다.

[기다려, 이불이라도 덮어 줄게.]

이불을 가지러 가려던 휘영은 도로 주저앉았다. 아이가 놔주지를 않아서였다.

[이거 놓고 얌전히 기다려라.]

아이는 침묵했으나 휘영을 잡은 손에는 더 힘이 들어갔다.

[내 말은 잘 들으라고 했잖아.]

하나 아이는 여전히 요지부동이었다.

휘영은 잠시 기가 차다는 얼굴을 하였으나 곧 한숨을 내쉬며 표정을 풀었다.

응석을 받아 주는 일은 취향이 아니었으나, 소아처럼 겁을 줘서 쫓아낼 수 있는 상대가 아니니 별수 없는 일이었다.

"하아."

단휘는 독이 오른 휘영이 오기로라도 이 아이를 잘 돌봐 주는 일까지 전부 계산해 두었을 터였다. 휘영은 단휘의 생각대로 따르게 되는 일이 참으로 싫었으나, 그렇다고 일부러 아이에게 못되게 굴고 싶지는 않았다.

'적어도 그건 너에게 공정하지 않으니까.'

이미 여러 번 단휘에게 놀아난 전적이 있다. 한 번쯤 더 보태진다고 해서 새삼 손해로 여겨질 것도 아니었다.

'타라국에 가족이 있었으면 여기로 오지 않았겠지. 그러고 보니 이름도 모르네. 있기는 한가? 있어도 어차피 타라국과는 말이 다르니 새로 지어 줘야 할 텐데. 성을 붙여 주려면 우선 어디건 양녀로 보내야 할 테고. 아직은 어디 보낼 수 없으니 글이랑 행동거지부터

가르쳐야겠다.'

억지로 떠맡고도 이미 휘영의 머릿속은 먼 훗날까지 헤아리느라 분주하였다.

좀처럼 동생들에게도 곁을 내 주지 않던 휘영이었으나, 그는 제 자신이 생각하는 것보다 육아에 재주가 많았다. 이곳저곳 다 푹 젖은 상황에서, 이젠 융단이 아니라 제 품에 안긴 아이가 고뿔에 걸릴까 저어하기 시작했으니 말이다.

이미 첫 발은 내디딘 셈이었다.

'옷 갈아입고 자야 하는데, 벌써 잠들었네.'

그런 와중에도 아이는 휘영의 품으로 꼬물꼬물 더 깊이 안겨 왔다. 이상하게도 휘영은 이 귀찮은 아이가 조금 전처럼 밉지는 않아졌다.

'묘하구나.'

휘영은 손을 뻗어 조심스럽게 아이의 어깨를 토닥여 주었다.

이젠 다 괜찮다는 듯이.

번외 三 · 눈길

창서국 원무 84년.

'약 기운이 참으로 잘 돌지 않습니까?'

그는 손을 뻗어 보아도 아무것도 느껴지지 않는 새카만 어둠 속에 있었다.

명멸한 머릿속에서는 벗어나야 한다는 일념만이 울리고 있었다. 누군가 목을 조르는 것처럼 숨쉬기가 고통스러웠다. 이대로는 죽는다. 죽을 것이다! 두려워하며 앞을 더듬어 보던 단휘에게 닿은 것은 온몸을 태워 버릴 것처럼 타오르는 불길이었다.

'수란 상단이 저질러 온 모든 악행이 용서받을 수 있으리라 생각하나?'

'오늘 밤이 가기 전에 너는 죽을 것이다.'

'이 넓은 세상에 너희 상단을 원망하는 자들이 고작 두 사람뿐일

리 없지 않은가.'

먼 길을 돌고 돌아 도망을 쳐도 단휘는 늘 다시 이곳으로 돌아와 있었다.

잊히지 않는 목소리가 크게 메아리치고, 수그러들 줄 모르는 불길 속에서 계속 혼자 헤매고 헤매었다. 도운의 말이 옳았다. 단휘는 어디로도 도망치지 못할 것이다. 용서받지도 못할 것이다.

절대로, 그 누구에게도.

"으윽, 하아!"

거칠게 몸을 일으키며 단휘가 숨을 몰아쉬었다.

한참 동안 주변을 둘러보고서야 악몽을 꿨다는 사실을 깨달았으나, 마음은 진정되지 않았다. 도운의 배반으로부터 1년여가 지났으나 단휘에게는 여전히 고통을 양분 삼아 타오르는 불길이었다.

단휘는 침상에서 나와 비밀통로의 문을 열었다.

처음 은월각을 지을 때부터 오로지 그만이 쓸 수 있는 통로로 만들어 둔 이곳은, 여러 갈래의 길로 나뉘어져 있어 실로 복잡한 구조였다. 하나 단휘는 아주 익숙하게 몇 번이고, 몇 번이고 갔던 길을 통해 아주 작은 마당으로 나왔다.

이곳은 효이의 방을 바깥에서 바라볼 수 있는 유일한 장소였다.

"……춘란은 이른 봄에 피고 굵은 뿌리가 사방으로 뻗어 자라므로 캐낼 때는 함부로 땅을 파서는 안 된다."

단휘는 담에 등을 기댄 채 방 너머에서 들려오는 목소리를 가만히 듣고 있었다.

"……뿌리를 제대로 쓰기 위해서는 손으로 부드럽게 흙을 파헤쳐야 하며, 굴취한 후 말려서 잘게 썰어 가루로 빻아 둔다. 이는 필요시 기름에 갠 후 환부에…….”

오늘 효이는 단휘의 처소로 오지 않았다.

어젯밤, 열다섯 명의 배신자를 새로 색출해 낸 탓이었다. 그들은 이번에 새롭게 배정된 단휘의 호위대에 속한 자들이었다. 암살을 시도하기에 최적의 위치인지라 색출해 내고도 참으로 대단하게 여겨질 정도였다.

단휘는 그들을 효이의 눈이 닿지 않는 곳에서 무참히 죽였다.

그러나 무언가를 느끼거나 예감하였는지 효이는 다시 몸살을 앓았다. 듣기로는 온종일 아무것도 먹지 못하고 토악질만 하다가 끝내 쓰러졌다고 했다. 그것은 효이가 배신자를 색출해 내고 나면 으레 있는 일이었다. 울고, 소리치고, 반항하고, 체념하다가 끝내는 효이가 제 자신을 망쳐 가는 일은, 배신자를 색출할 때마다 반복되고 있었다.

이것은 쉽사리 끊어 낼 수 없는 굴레였다.

'너는 무슨 마음으로 견디고 있는 것이냐?'

단휘가 봐 온 정효이는 저와 무관한 놈들이라고 쉽게 외면할 줄 아는 아이가 아니었다. 그러니 분명 괴로울 것이다. 지금의 단휘처럼. 하나 다시 잠드는 일을 포기한 그와는 달리 효이는 힘없는 목소리로 악착같이 글귀를 읽으며 내일 있을 시험에 대비하고 있었다.

어찌 저리 강인할 수 있을까.

너는 어떻게 그럴 수 있을까.

효이에게서 그 답을 찾아내기 위함인지, 저 강인함에 기대어 위로받기 위함인지 알 수 없었다. 그저 단휘는 저 방 안에 있는 보잘것없고 작은 계집애가 이끄는 대로 따라왔을 뿐이었다. 설령 그것이 아주 작고 연약한 빛일지라도, 짙은 어둠 속일수록 더 선연히 빛나기에.

살고 싶어서. 살기 위해서 쫓았을 뿐이었다.

'너희 가문의 피가 흐르는 자들은 저승에 가도 결코 안식을 취하지 못할 것이다!'

인과응보.

도운의 말대로 그것은 언젠가 단휘에게도 돌아올 업보였다.

효이의 어미를 앗아 가고, 괴로워한다는 사실을 잘 알면서도 고문에 가까운 짓들을 시켜 왔다. 효이의 가슴을 아픔으로 가득 채운 그가 효이를 보며 위안을 얻을 자격은 없었다.

그럼에도 어이하여 그는 이 자리를 떠나지 못하고 있단 말인가.

✻

다음 날.

단휘는 담장 앞에서 쭈그리고 앉아 있는 효이를 발견했다.

기껏 시험을 잘 본 상으로 쉬게 해 주었다. 포상 삼아 용돈을 주고 한로가 감시한다는 조건하에서 외출도 허락해 주었다. 응당 은월각을 나갔을 거라 사료했는데, 정작 효이는 마당에서 흙 놀이 따위나 하고 있었다.

"여기서 뭘 하느냐."

"도련님? 아아, 여기에 핀 꽃을 보고 있었습니다."

"꽃?"

효이의 시선이 닿는 곳에는 이름 모를 꽃이 한 송이 피어 있었다. 피었다고는 해도 굳이 치맛자락을 흙에 더럽히면서까지 지켜보고 있을 만큼 예쁜 꽃은 아니었다.

"여긴 응달인 데다 눈길도 잘 안 가는 구석자리라 저도 얼마 전에야 보았어요."

"그래서?"

"아무도 돌봐 주지 않으면 외로울 것 같아서요. 사실 꽃을 어찌 돌보면 좋을지 몰라서 그냥 보고 있는 것이 전부지만요."

"아무도 봐 주지 않으면 외로운 것이냐?"

여전히 꽃만 쳐다보고 있던 효이가 별생각 없이 대답하였다.

"외롭겠지요. 다른 꽃들은 무리 지어 피어 있는데 이 꽃은 여기 혼자 있잖아요. 보잘것없는 꽃송이조차 햇볕이 나는 자리를 향해 피어나는데 여기에 혼자 있으면 얼마나 외롭겠어요."

"하면 너도 외로우냐?"

"예?"

그제야 효이는 정신이 번쩍 든 목소리였다.

"음."

효이는 단휘의 하문을 곰곰이 생각하는 듯했다.

뒤에서 팔짱을 낀 채 기다리고 있던 단휘는 제 자신을 비웃었다. 이 넓은 세상에서 의지하고 지내던 단 한 사람을 빼앗기고도 외로워하지 않을 리 없지 않은가.

"저는……."

"왜 도망치지 않는 것이냐?"

"예?"

단휘와 억지로 계약을 한 이래로 효이는 한 번도 도망을 시도한 적이 없었다.

몰래 담을 넘지도, 도성을 나가지도, 거짓말을 하지도 않았다. 포기했다고 생각하기에는 어머니에 대한 효이의 집념은 강했고, 만약 단휘를 믿는 것이라면 그처럼 우스운 일은 또 없을 터였다.

"내가 널 가르친다는 것은 널 오래 두고 쓰겠다는 뜻이다. 네가 바라는 바를 하루아침에 이룰 수는 없다는 뜻이다."

"도련님께서 그러셨잖아요. 제가 도망치면 다른 사람들을 가만두지 않겠다고요."

"그래도 너라면 더 발악할 줄 알았다."

비녀를 들고 단휘를 찌르겠다고 설치던 때처럼.

그리움이 혼자 감내하기 어려워지면 무엇이라도 더 할 거라 생각하였었다.

"다른 사람들이 희생되게 할 순 없어요. 사람에게는 누구나 스스로 선택할 권리가 있다고 스승님이 그러셨는걸요."

"남들의 희생 없이는 네가 평생 염원을 이루지 못한다고 해도?"

"다른 사람을 상처 입혀야만 이루는 염원이 무슨 의미가 있나요?"

"그런 각오로는 평생 아무것도 못할 것이다."

"어쩔 수 없지요."

효이는 아이처럼 웃으며 시원스럽게 대답했다.

어이하여 너는 그럴 수 있는 것이냐.

어이하여, 어이하여.

문장을 다 완성할 수조차 없이 아득한 의문들이 계속 단휘를 어지럽혔다.

단휘는 그 복잡한 생각으로부터 도망치듯 성큼성큼 걸어 담벼락 근처를 벗어났다.

'혼자 있으면 얼마나 외롭겠어요.'

혼자라면 외롭다니, 잘 모르겠다.

잘 모르겠어.

'다른 사람들이 희생되게 할 순 없어요.'

열망을 이루지 못할지도 모른다고 하였다. 영영 어머니에게로 돌아가지 못할 수도 있다고 하였다. 한데 어이하여 그리 깨끗한 방법만 고집할 수 있을까. 은월각에서 보내는 지옥과도 같은 하루하루로부터 속히 도망치고 싶은 마음만은 분명할 터인데.

어이하여, 어이하여 너는 내가 쉽게 하지 못할 선택을 그리 선뜻해 버리고 후회 한 점 드러내지 않을까.

어려웠다.

단휘에게는 그 어떤 난제보다도 정효이 단 한 사람이 어려웠다.

“한로.”

“예.”

지붕에서 효이를 감시하고 있던 한로가 얼른 땅으로 내려왔다.

“말씀하시지요, 작은 어른.”

“정효이에게는 내가 가 볼 테니 너는 물러나 있어라.”

“알겠습니다.”

군말 없이 한로가 자리를 비우자마자 단휘는 다시 효이가 있는 곳으로 돌아갔다.

지친 몸을 벽에 기댄 채 단휘는 집요한 시선으로 효이를 쳐다보았다.

그의 시선을 느낀 것인지, 곁에 드리워진 그림자를 발견한 것인지 한참 만에 효이가 더듬더듬 말을 걸었다.

“음, 도련님. 저기, 아까도 말씀드렸지만 저 도망 안 칠 거예요. 그러니 굳이 도련님께서 여기에 계시지 않아도…….”

“그저 조금 더 지켜보고 있을 뿐이다.”

“예? 아, 예…….”

효이는 고개를 갸웃하고 말았다.

그때 불어온 봄바람이 그늘 아래에 핀 가늘고 약한 꽃송이를 흔들었다. 연약하고 작은 꽃에게서는 향기조차 느껴지지 않았으나, 효이는 정말로 시선을 빼앗긴 듯이 그 볼품없는 작은 꽃만 바라보고 있었다.

뒤에 단휘가 서 있다는 사실조차 잊은 것처럼.

'그래, 그저 조금 더 지켜보고 싶을 뿐이다. 아주 조금만 더…….'

단휘는 그대로 무릎을 끌어안고 앉아 있는 아이를 한참을 더 바라보고 있었다.

장성하지 않아 볼품없는 데다 어리고 미약해 향기조차 나지 않는 것에게, 마치 정말로 시선이라도 빼앗긴 것처럼.

마지막 인사

세 편의 번외 이야기까지 더해, 작년 초여름에 시작한 글을 한 해를 돌아 다시 온 여름에 마무리 짓게 되었네요. 사실 후기를 쓰고 있는 지금도 꿈 같습니다.

'효이'는 모르는 사람들은 부러워하지만 속을 들여다보면 갖은 상처로 그득그득한 연인의 이야기입니다.

집필하는 내내 만약 내가 효이와 같은 힘을 타고났다면 어찌 살았을까, 몇 번이고 생각해 보았습니다. 아마 번외 편에서 효이가 울며 성토한 것처럼 혼자 짊어지기에는 많이 힘든 짐이었겠지요. 저는 많은 세월이 흐르며 그 힘을 없애려는 단휘의 노력이 더 빛을 발했으리라 믿습니다.

차월과 효이의 신혼 이야기나 아이들의 성장 이야기, 한로나 은강의 과거사 등등 책에 미처 다 담지 못한 여담이 한가득이라 아쉬움이 남지만 행복할 두 사람을 생각하며 제 사심은 고이 접어 두겠습니다.

단휘와 효이를 비롯해 한로, 하구, 은강, 차월, 자영, 도운, 노담, 휘영과 단우, 소아, 무열, 서청, 갈선, 옹지감, 오연 등등의 사람들과 함께한 지난 1년여의 시간은 제게도 무척 의미 있는 시간이었습니다. 때때로 불어온 풍랑 앞에서 제가 무너지지 않고 버티게 해 준 것이 바로 효이의 작업이었던 것 같아요.

'효이' 에게 감사합니다.

제가 정말 감사해야 할 분들은 여기에 더 계시지요.

정말 천사보다 더 아량 넓은 뿔미디어 관계자님들께는 아주 매우 많이 무척 감사드립니다. 다음 작업은 덜 고생하실 수 있도록 제가 더 노력하겠습니다. 그리고 이번에 더 단단해진 우리 가족들 정말 많이 사랑합니다. 또 제게 많은 위안이 되어 주고 있는 주은, 현희, 현화 양, 그리고 항상 응원의 말씀 아끼지 않으시는 비향 작가님께도 감사 인사 올립니다.

물론 이 기나긴 책을 읽어 주시고 다시 여기서 기나긴 후기를 읽어 주고 계신 모든 분들께도 제 사랑을 전합니다.

정말 감사합니다.

Scarlet
스칼렛
www.bbulmedia.com

Scarlet
스칼렛
www.bbulmedia.com